JN306773

ラード

上田早夕里

ハルキ文庫

角川春樹事務所

〈目次〉

プロローグ

旅行鞄《かばん》に着替えを詰めこんでいると、寒さが背筋を這《は》い昇ってきた。密閉型都市の外部を吹き荒れる冷たい大気が、どこからともなく室内に忍びこんできたような錯覚を感じて、オリヴィアは思わず苦笑を浮かべた。

なんて馬鹿なことを考えている。

引っ越し作業で汗だくになった体が、一段落ついて冷えてきただけなのに。

火星の都市を覆う天蓋《てんがい》の強度は桁外《けたはず》れだ。隙間《すきま》風が入りこむ余裕などありはしない。

わずかな調度品すら運び出してしまったワンベッドルームは、いまのオリヴィアの立場と同じく空疎だった。見せかけの理想。からっぽの倫理観。それに振り回されていた自分。思い出すだけで腹の底が寒くなった。同時に、熱い怒りがふつふつと湧《わ》きあがってくる。

地球暦換算で十二年。火星で脇目もふらずに働いてきた。大脳生理学、構造生物学、遺伝子工学、プロテオーム解析、薬理学——あらゆる分野のエキスパートが集まったマリネリス峡谷の総合科学研究所——オリヴィアはその中にいた。

資金は潤沢だった。地球と火星の双方から金が出ていた。それだけ価値のある重要な研究なのだと、ことあるごとに責任者から聞かされた。

仕事は面白かった。楽しかった。

成果が上がるたびに、新しい視点と地平線が開けたような気がした。

頭を抱えて眠れない日もあったが、ひたすら努力を続ける仲間たちの熱意を目《ま》の当たりにするうちに、自分でもエネルギーの溜《た》め方を覚えた。いまは研究以外の事柄でも、めったに落ちこむことはない。

そして、三十三歳になる今月、オリヴィアは慣れ親しんだ職場を退職した。誰もが惜しがった。だが、後悔はなかった。すべてを知ったいま、なぜ皆がいつまでもここにいられるのか疑問を感じないのか、むしろ不思議だったし、不気味でもあった。

もっとも、オリヴィア自身、少し前まではたいした考えもなかったのだ。オリヴィアにとって日々の研究は、生活の糧を得るためにあり、知的好奇心を満足させるためにあり、些細《ささい》な社会的貢献のひとつだった。それが人類社会を根本から変えてしまう可能性など、想像もしなかった。そもそも、そういう類《たぐい》の仕事ではなかったはずなのだし。

それが、科学者としての自分の限界だったのかもしれないとオリヴィアは思う。予測がつけば悪い方向へのシフトは回避できたはずなのだ。もちろん科学という領域だけでなく、あらゆる局面において、何を「悪」と考えるかは微妙な問題なのだが。

自分の馬鹿さ加減がつくづく嫌になる。

もはや、自分が退職したぐらいでは計画は止まらない。すべてはオリヴィアの手を離れたのだ。それを了解できないなら、自分から枠の外へ出るしかなかった。

火星での六年間——地球暦換算なら十二年間になる暮らしの中で、手元に残ったものは何もない。人工授精で産んだ娘以外には何も。それでも満足だ。娘の安全を守れるのなら、私は火星など捨ててどこへだって行く。地球でも月でも木星でも構わない。あの男から逃れられるのなら、宇宙の果てだって行ってやる。

オリヴィアは鞄を担ぐと、傍らに控えていた男に言った。「これが最後の仕事になるわ。私たちを宙港まで警護して。料金は先に口座に振り込んでおいたから」

男は角張った顎《あご》を少しだけ引き「了解」と答えた。

「行くわよ、クリス」オリヴィアの言葉に、床に座りこんで電子本をいじっていた幼女が顔をあげた。地球暦換算で四歳になったクリスティーナは、まずいものを食べたような目つきで母親を凝視した。

「パパは来ないの?」

「何度も話したでしょう。あなたはママとふたりで地球へ行くの。しばらくおばあちゃんの家でお世話になって、それから新しいアパートを探すのよ」

「また、ここみたいに狭いところ?」

「いいえ、もっと広いところに住むのよ」

とは言ってみたものの、地価の高い地球でどの程度の部屋が借りられるのか、オリヴィアには見当もつかなかった。家賃だけではない。食べるもの着るもの、環境保全のために徴収される税金の数々。火星にはないもの、火星では安いが向こうでは高いもの、それがいったいどれほどの数にのぼるのか。十二年間も地球を離れていたオリヴィアには、ニュースによる知識はあっても実感はなかった。

それでも、いまは前へ進むしかないのだ。進むこと。前へ進み続けること。それが火星で学んだ生き方だった。

「パパと一緒に行きたい」

「本を閉じなさい、船に間に合わなくなるわ」

「パパはどこ」クリスティーナは語気荒くまくしたてた。「パパに会いたい。一緒にパフェを食べたい。パパが行かないなら、地球なんか行かない！」

目を剝《む》いたオリヴィアを制すると、ボディーガードの男は、クリスティーナの体を抱きあげた。堅い無表情を崩し、少女の水色の瞳《ひとみ》をのぞきこみながら言った。

「パフェなら、おじさんが買ってあげよう。どんなのがいいのかな」

「ゲイリーはパパじゃない！」クリスティーナは目に涙を溜め、きゅうっと両手に力をこめた。「ママがひとりで行けばいいのに。あたしは火星のほうがいいのに。火星生まれの子供は地球なんか行ったら重力で潰《つぶ》れちゃうって、みんな言ってたよ！」

「そんなの嘘《うそ》よ」どこから聞いてきたのか、想像力の豊かすぎる話にオリヴィアは眩暈《めまい》を覚えた。「地球の重力はここの三倍程度よ。たいしたものじゃないわ」

「それに、一日の長さも半分しかないって」

「公転周期を間違って解釈したのね。半分になるのは一日の長さじゃなくて、一年の長さ。地球では季節の長さが火星の半分になるの。一年が三百六十五日しかないからね。でも、一日の長さはほとんど変わらない。火星のほうが三十七分長いだけよ。重力はだんだん慣れてくるから大丈夫。全然痛くないから心配しなくていいの」

「違うわ。本当に潰れちゃうのよ。シュークリームを踏んづけたみたいに。ネットの画像で見たもの」

オリヴィアは金切り声をあげた。「どこでそんなものを見たの！」オリヴィアの端末機には閲覧制限がかかっている。オリヴィア以外の人間には、いかなるプログラムもいじれないはずだった。

まさか、この子が自分でコードを破ったんじゃないわよね。あの男が言うように、これがこの子の「能力」だなんてことは——。

オリヴィアの詰問に、クリスティーナは耳元で風船が弾けたときのように泣き出した。ゲイリーは彼女を抱いたまま、背中をぽんぽんと叩《たた》いてやった。「ルドウィグさん」低い声でオリヴィアに言う。「些細なことを気にしている暇はありません。早くヴィークルへ。出発時刻に間に合わなくなってしまう」

「わかったわ。そうしましょう」

オリヴィアはふたりを連れて、アパートメントの地下まで降りた。駐車場に停《と》めてある薄紫色のヴィークルに乗りこむ。ゲイリーはクリスティーナを懸命になだめながら、後部座席に身を滑りこませた。

　オリヴィアはシートベルトを締めながら言った。「ごめんなさい。手間をかけさせたわね」

「いいえ。これも仕事のうちですから」

　アクセルを踏み、オリヴィアはヴィークルを、駐車場から外の車道へゆっくりと移動させた。「父親がひどく甘やかしたのよ。もう、どうしようもないぐらいに」

「男親なんて、そんなものですよ」

「でも、程度というものがあるでしょう」

「男には難しいんですよ。そのあたりの匙《さじ》加減がね」

「失礼だけど、あなたお子さんは」

「お嬢さんぐらいの年頃の娘を真ん中に、女ばかり三人もいます。地球じゃとても暮らせない。物価も税金も高すぎてね」

　電動車は時速百六十キロまで出せるが、一般道路の速度制限は六十キロである。ゆるゆると大通りへ出て、通常レーンより数段上方に敷設された高速用レーンに乗る。そこからは自動運転に切り替えた。

　制御装置がオンになると、たちまちヴィークルの速度は百キロを超え、道路標識が次々と後方へ飛び去り始めた。ハイウェイは都市の中層部に敷設されているので、しばらく進むと建物の数はまばらになり、代わりに、峡谷内部に作られた巨大都市の全貌《ぜんぼう》が目の前に広がった。

半透明のカバーで四方を囲まれたハイウェイの底から数十メートル下方には、住居やオフィスビルが、苗床から萌《も》え出た植物のようにびっしりとひしめき合っていた。ヴィークル用レーンのさらに上方には、列車用レーンが都市全体を縦断するように伸びているのが目に入る。

そこからさらに数キロメートル上空には、都市全体を覆う強靭《きょうじん》な天蓋が広がっていた。色は地球の空に似せてある。

精巧な温室の屋根だ。

火星の表面に降り注ぐ弱い陽光は、天蓋内の集光器で増幅された後、峡谷の底まで届けられる。宇宙放射線や紫外線をカットした安全な光だけが、谷底を照らすように設計されているのだ。

マリネリス峡谷は、赤道の少し南に位置する火星で最大の谷である。

全長四千キロメートル、深さ七キロメートル、最大で七百キロメートルの幅を持つ。地球でいうと日本列島がすっぽり収まり、まだ余裕が残る大きさだ。

その巨大な溝に、人類は大きな「蓋《ふた》」をかぶせ、その内部に都市を建設した。地球の半分の直径しか持たず、砂嵐と薄い大気と極端な寒さに支配された赤い惑星に、最新の技術で都市を作りあげたのだ。

火星全体を地球化するのではなく、限られた範囲内のみを地球と似た環境にする技術――それは従来のテラフォーミングと区別して、パラテラフォーミングという名前で呼ばれていた。

惑星全体を改造する方法と違って、パラテラフォーミングには様々な利点があった。

まず、これまで提案されてきた方法よりも、圧倒的に投入資金を軽減できる。現在の科学技術の範囲内で、すべての作業をまかなえる。短期間で設備を完成できる。つまり、最初は小さな規模から始め、次第に「温室」の面積を拡大すればいい――。そのため投資の早期回収が可能で、投資者が利益を受け取れる余裕が充分にあった。

これまで提唱されてきた火星のテラフォーミングは、惑星全体の環境を一気に激変させる大規模なものばかりだった。

巨大な反射鏡やレンズで地表をあぶり、地中の二酸化炭素放出による温暖化を狙《ねら》い、極冠の氷や永久凍土を溶かす方法。

あるいは、宇宙空間に存在する多数の小惑星上にマスドライバーを建設し、砕いたかけらを火星表面に射出、衝突の衝撃で地中のメタンハイドレートを融解させ、メタンによる温室効果を狙う方法。

いずれも火星の気温を一気に上昇させ、大気圧とその成分を安定させ、氷を溶かして海を復活させる方法だった。それらの大規模な改変の後、ようやく、本格的な移住へ向けての環境作りが始まる――。

どれも素晴らしいアイデアだったが、実行するには、費用と時間がかかりすぎるのが難点だった。

できるだけ少ない出費で、しかも早期に、移住可能な環境を作れる方法はないのか？

パラテラフォーミングは、その検討の過程で誕生した、極めて現実的で合理的な手段だった。

そのために選ばれたのが、マリネリス峡谷だった。

峡谷内の片隅で始まった都市構築は、現在でも拡張工事が続けられている。東西に延びる長大な溝は、次々と、人類の新しい棲息《せいそく》地域に変えられつつあった。

並行して、標高二万一千メートルのパヴォニス山頂に根をおろす形で軌道エレベータが建設された。

軌道エレベータの外観は、天へ向かって伸びる塔に似ている。

だが、その建築方法は地上から空へ積み上げるものではない。

宇宙空間の一点——静止衛星軌道上にアンカーとなる質量を置き、そこを拠点に、地上へ向かって糸を吊《つ》り下げるように建設する。同時に、アンカー上方の宇宙空間に向けても塔を伸ばし、惑星の引力と遠心力が釣り合うような形で塔の重心を安定させる。

この塔の内部と外部に移動カーゴを設置し、地上と宇宙空間との間で、貨物や人間の運搬を行う。

軌道エレベータを使えばロケットに頼らず荷の上げ下ろしができるので、資源の節約になるし環境への影響も少ない。火星の開発には、なくてはならない建築物だった。

火星の衛星ダイモスは、エレベータの材料とアンカーに利用された。

もうひとつの衛星フォボスは、もとの軌道を保ったまま、火星の周囲を回り続けている。

宇宙空間に伸びたエレベータは、ゆるやかに振動することで、この不格好なジャガイモ型の衛星との衝突を回避していた。その様子は、軌道塔の外部を昇降する外付けカーゴの展望窓から、約十一時間ごとに見ることができた。

フォボスは、砕いて資源として利用したほうが安全だし役に立つのだが、エレベータの窓から直《じか》に見られる——というのが観光スポットとして極めて有益だったので、あえて、このような措置が取られたのである。

パヴォニス山と裾野《すその》をぐるりと取り囲む地域には、マリネリス峡谷と同じく天蓋で覆われた観光都市が広がり、そこから少し南下した先にあるノクティス谷でも建設計画が進行中だった。

迷路のような地形のノクティス谷は、軌道エレベータで降りてきた移民が真っ先に住みつく場所である。

巨大都市へ引っ越すための資金をここで稼ぐのだ。

都市と都市はハイウェイとリニアモーターカーの軌道でつながれている。長いチューブを縦に切って伏せたようなハイウェイ専用の天蓋は、その形状ゆえ、はるか上空から見おろすと、まるで赤褐色の荒野に横たわる大蛇のように見えた。

何本もの太い交通網が、うねるように張り巡らされた赤い惑星――それがいまの火星である。その姿はあたかも、冠状動脈に覆われた人間の心臓のように見えた。

マリネリス峡谷の整地された谷底に、茸《きのこ》のようにみっしりと並ぶ建築物。その間をぬって走る金属光沢に彩られたヴィークルの数々。高層にはチューブ状のハイウェイが張り巡らされ、無人制御の列車が内部を走っていく。天蓋までの七キロメートルの高さを利用して、都市内の上空には、飛行型の都市監視システムがゆっくりと浮遊していた。都市の大気成分や気温、有害物質や放射線レヴェルを常時観測して、気象管理センターへデータを送信する装置である。建築物の屋上程度の高さを漂っているのは、企業の広告ボードだ。商品の映像とキャッチコピーを、目を惹《ひ》きつける派手な動画で表示させながら、ビルの谷間を移動していく。

谷の両壁は階段状に整地され、そこには環境維持施設や、政府高官の別邸などが腰を据えていた。マリネリス峡谷では、優雅な地位にある者ほど高い場所にいる。谷底を地衣《ちい》類のように埋め尽くす建築物を、日々悠々と睥睨《へいげい》しているのだ。

軌道エレベータへ向かうヴィークルの中で、クリスティーナが口走った『シュークリームを踏んだみたいに人が潰れた画像』というのが、極めて漫画的なイラストであったことを、ゲイリーは彼女の口から聞き出した。

オリヴィアは、ほっと安堵《あんど》の息を洩《も》らした。誰かに、本物の死体写真を載せた悪趣味なサイトでも見せられたのかと思っていたのだ。どこかの冗談好きな人間が描いた絵を、子供らしい率直さで信じこんでいたようだ。

子供たちの間では、そんな無責任な噂《うわさ》が飛び交っているのだろうかと、オリヴィアは苦々しく思った。火星では、科学は英会話と同じぐらい重要なのに。これでは地球の状況と同じだ。

オリヴィアは自分の子供時代を振り返った。怪談、幽霊話、願いをかなえてくれる妖精《ようせい》の話。地球生まれ地球育ちのオリヴィアは、幼少時、そんなファンタジーに浸りきっていたものだ。人類発生以来の住み処《か》である地球は、いまでも幻想と怪奇の宝庫だ。ありもしないものをあるように感じる人々が絶えず、ときにはそれらが信仰の対象にすらなる。火星は、そんなものとは無縁だと思っていた。だが、自分が知らないうちに、そうではなくなってしまったのか。

宙港は軌道エレベータの先端に設置されている。エレベータの途中には中継ステーションや管理施設があり、地表との接点であるパヴォニス山頂には、エレベータで上り下りする人々の審査ゲートがある。

ゲートでは、エレベータで運ばれる人員や荷物が厳しくチェックされる。不穏なものが火星に持ちこまれたり、火星から出ていったりしないように管理しているのだ。

だが、経歴に何の汚点も持たないオリヴィアにとって、ゲートの通過は、自宅の玄関をくぐるのと同じぐらい容易なはずだった。

駐車場にヴィークルを停めると、オリヴィアは荷物を持ってゲートへ向かった。ヴィークルは、あとでゲイリーが中古屋へ運んでくれる。売り払って得た金は、後日、オリヴィアの口座に振り込まれる算段になっていた。

審査ゲートは混んでいた。清掃ロボットが磨きあげた廊下を、大勢の人間が行き交っていた。複数の言語で表示される案内板。複数の言語で流れる場内アナウンス。火星の都市は年を追うごとに雑然とした印象が増し、いまでは、すっかり人種の坩堝《るつぼ》と化していた。北米系、ヨーロッパ系、南米系、アジア系、ロシア系、アラブ系、アフリカ系、オセアニア系、等々……。そして、地球／月／火星在住のあらゆる民族の混血で、もはや何系なのかわからない新しい人種ユニヴァース――火星の住民の半数はこの種族だ。これら、ありとあらゆる民族が無秩序にひしめき合っていた。まるで人間の見本市のようだ。

こういう場所に出てくると、ここは火星というよりも、まるでミニ地球のようだとオリヴィアは実感する。研究所内は欧米系の人間が多かったが、一歩外へ出ると、出身地を一瞥《いちべつ》では判断できない雑多な人々と出会うことになる。そして、これほど多くの民族が共生しているにもかかわらず、火星では相変わらず、出身国の違いによるトラブルがあった。ときとして、露骨な人種差別が個人や組織の間でまかり通り、治安管理局が仲裁に入るような事件もあとを絶たなかった。

パラテラフォーミングの行き着く先は、結局、こういうことなのだろうか。火星のパラテラフォーミングとは、所詮《しょせん》、火星を「ミニ地球化」するという程度の意味だったのか。

私たちは、火星に来て変わったか？

地球的な発想の狭さや偏見を、未《いま》だに、抱き続けているのではないだろうか……。

聞き慣れぬ言語のざわめきを風のように聞き流しながら、オリヴィアは娘とゲイリーを連れて歩いた。火星の公用語は英語だが、街中では様々な言葉が飛び交っている。ほとんどの人間が、皆、母国語以外に第二、第三の言語を使用している。英語で話せば筒抜けの内容も、母国語ならば仲間内だけの意思疎通が可能だからだ。

最近は、英語を喋《しゃべ》れない人間でもどんどん移住してくるので、言語の多様化は、文化の多様化とともにますます加速していた。建設ラッシュの火星に必要なのは、低賃金で働いてくれる労働力であり、英会話で満点を取れる学生や通訳者ではないからだ。

クリスティーナは、まだぐずっていた。パパに会いたい。地球なんて嫌い。あたしは火星のほうがいい。

オリヴィアは苛立《いらだ》っていた。どうかすると、床の上に座りこんでだだをこねそうになる娘を叱咤《しった》し、先を急がせた。時間をかけて説明してきたのに、本当に、この子のあきらめの悪さは誰に似たんだろう。私に？　それとも、あの男に？

そのとき三人は、ネイビー・ブルーの背広を着たふたりの男に行く手を阻まれた。男のひとりが訊《たず》ねた。「失礼、オリヴィア・ルドウィグさんですね」

「何よ、あなたたちは」オリヴィアは少しも怯《ひる》まず訊ねた。ゲイリーがクリスティーナから手を放し、すっと彼女の脇に回る。

相手は答えた。「治安管理局の者です。あなたに捜索願いが出されています。ご同行願えませんか」

「捜索願い？　誰から」

「あなたのご主人からです」

オリヴィアは唇にゆがんだ笑みを浮かべた。「私は彼と離婚したの。いまさら捜索願いを出されるいわれはないわ。第一、あなたたち本物の警官なの？　ＩＤを見せなさいよ」

ふたりの男は、左腕の袖口《そでぐち》をめくってオリヴィアの前に掲げた。手首に巻いた幅広のウェアラブル・コンピューター――腕輪のように着脱可能な小型情報端末装置《リストコム》に、治安管理局員の身分を証明するＩＤバッヂが装着されていた。

オリヴィアは自分のリストコムの受信部を彼らのバッヂに向けた。無線で個人データを受け取り、本部に照会する。

信じ難いことに彼らは本物だった。仮想ディスプレイに現れたデータを見つめたきり、オリヴィアはしばらく動けなかった。

「承知して頂けますね」

オリヴィアは腕を伸ばして娘の手を握った。男たちの顔をにらみつけながら、数歩、後ずさる。

「同意して頂けない場合、我々には強制連行の義務があります」

突然、ゲイリーが男たちとオリヴィアの間に割って入った。オリヴィアの体を後方へ突き飛ばし、鋭く叫んだ。「行きなさい。私の仕事は、ここで終わりだ」

オリヴィアはクリスティーナを抱きあげると、ゲイリーに礼も言わず身を翻《ひるがえ》した。三人の男たちがもみ合いになる。振り返りもせずにオリヴィアは走った。

男たちは、ゲイリーを強引に抑えこんだ。その隙に、オリヴィアは受付ゲートを目指した。両腕を背面へねじあげられたゲイリーは、首筋をつかまれ、冷たい床の上にうつぶせに押しつけられた。それでもまだ息のある大魚のように、ふたりの腕の下で暴れ続けた。

新たに出現した別のふたり組が、オリヴィアの行く手を遮った。あわてて足を止め、振り返ったオリヴィアの瞳に、床の上で死んだように横たわっているゲイリーの姿が飛びこんできた。

母と娘は四方を取り囲まれた。オリヴィアは叫んだ。「彼に何をしたの」

「麻酔薬を貼《は》りつけただけです」

直後、オリヴィアは背後から迫ってきた男の掌で首筋をぴしゃりとやられた。はっとなって手をやったが、もう遅かった。爪《つめ》を立てて無理やり引き剝《は》がした麻酔シートは、とうの昔に薬剤を放出し終えて変色していた。シートにはＩＤバッヂと同じマークが刻印されていた。

背筋が寒くなった。

麻酔シートは、現場で働く治安管理局員にしか配布されていない。ヤミでは類似品も出回っているが、このシートには正規品のマークがある。

待ち伏せされていたのだ。

あのアパートメントも、張られていたのかもしれない。ずっと監視されていたのかも。

足元がふらついた。オリヴィアは自分の意志とは反対に、目の前の男の体に寄りかかった。クリスティーナも同じ方法で眠らされ、別の職員に抱きあげられた。

なぜ――。

薄れゆく意識の中で、オリヴィアは声にならない叫びをあげた。どうして、こんなプライベートな問題に治安管理局が乗り出してくるのよ。どうして、あんな男のために火星の治安機関が動くの――。

答を見出《みいだ》せないまま、オリヴィアは深い暗闇《くらやみ》に引きずりこまれていった。


次に目を覚ましたとき、オリヴィアはソファの上に、不自然な格好で横たわっていた。強いコーヒーの香りを感じながら、ゆっくりと身を起こした。

事務机の向こうの窓際に、ネルヴェーザのスーツを着た男がひとり立っていた。背を向け、前かがみの格好で両手を窓の桟に乗せて、外の風景をじっと眺めている。顔を見なくても誰だかわかった。彼女にとっては忘れようのない男――離婚した夫、グレアムだった。

ソファの軋《きし》みと衣擦《きぬず》れの音に、グレアムは振り返った。にこりともせずに言った。「気分はどうだ」

「まだ頭がふらふらする」

グレアムは部屋の隅に置かれたコーヒーメーカーからポットを抜いた。湯気を立てる真っ黒な液体をカップに注ぎ、粉末クリームと一緒に応接セットのテーブルに置いた。

「飲むといい。ちょっとはましになるだろう」

オリヴィアが躊躇《ちゅうちょ》していると付け加えた。「心配するな。毒や薬は入れていない」

インスタントではなく、豆を挽《ひ》いて入れた美味《おい》しそうな匂《にお》いに我慢ができなくなった。

オリヴィアはカップを手に取り、半分ほど啜《すす》ってから言った。「クリスティーナを返して」

「検査と分析が終わったら、すぐに返すよ」

「何をしているの」

「採血、脳波の測定、脳の活動を動画で撮影、それから共感性のテスト」

グレアムはオリヴィアの向かいに腰をおろし、両手を膝《ひざ》の上で組み合わせた。「痛みを感じるような検査は何もしていない。私もしばらく付き添っていたんだが、あの子は目一杯はしゃいでいたよ。『パパ』って呼ぶ声を聞いたのは本当に久しぶりだ。もう何十年も呼ばれていなかったような気がして、思わずあの子を抱きしめてしまったよ。離婚する前の生活を思い出して、涙がこぼれそうになった」

「勝手なことを言わないで。私が、なぜ離婚したのかわかっているでしょう。クリスティーナをあなたに任せるわけにはいかないの。私はあの子を普通に育てたい。人の親として当然の望みだわ。訴えるところへ訴えれば、あなたは犯罪者として逮捕される」

「治安管理局は、私たちの味方になったよ」

「どういうこと」

「わかっていると思うが、君を連行してきたのは本物の治安管理局員だ。つまり、総合科学研究所の重役連は、もう好きなように彼らを動かせるようになったわけだ」

「重役？　あなた、いつから重役になったのよ」

「一週間ほど前に。生命科学部門全体を束ねる役職に任命された。もっとも、動かせるといっても、治安管理局全体を動かせるわけじゃない。調査室の一部——つまり特務課を動かせるようになっただけだ。それでも大変な進歩だがな。つまり内務省は、我々の研究成果をそれだけ評価してくれたわけだ。研究の邪魔になる出来事、人物の処理に関しては、今後は特務課が受け持ってくれるだろう」

　オリヴィアはカップを抱えた両手を震わせた。まさか、そこまで話が進んでいたとは——。

　グレアムは穏やかな口調で言った。「もう一度やり直せないのかな、私たちは」

「無理よ」

「どうしても考え直してくれないのか」

「ええ」

「あの研究は、もともと君のテーマだった」

「あなたが、あんないじり方をするとは思わなかったのよ。あなたは天才かもしれないけれど——人でなしよ」唇を震わせながら言った。「これ以上、私たちに関わるのはやめて」

「人でなしだと?」水色の瞳がオリヴィアをじっと見つめた。「地球の環境を好き放題に悪化させ、いつまでも戦争をやめず、犯罪から足を洗うことができない人類全体のほうが、よっぽど人でなしじゃないか。そんな状態から人間を救い出すために、私は最大限の努力を続けてきたつもりだ。それを、人でなし呼ばわりされる覚えはないね」

オリヴィアはグレアムの顔を見つめ返した。

この瞳に惹かれ、この瞳に恋をし、結婚もした。公的にも私的にも、グレアムは冷静な人物だった。めったなことでは人に頭を下げない、その高潔とも傲慢《ごうまん》とも言える誇り高い性格をオリヴィアは好きだったし、尊敬もしていた。だが、後には、そこが逆に鬱陶《うっとう》しくもなった。

あの日——オリヴィアが別れ話を持ち出したとき、グレアムはぽかんと口をあけていた。自分が何を言われているのか理解できず——最新の科学用語なら即座に咀嚼《そしゃく》できる男が、日常生活のことになるとそんな有様だった——困惑し狼狽《うろた》えた。やがて、ようやく事の次第を呑《の》みこむと、次の瞬間、凄《すさ》まじい勢いで怒りを爆発させた。

以後、オリヴィアは弁護士の仲介なしでグレアムと話をしたことはない。物事を穏やかに進めるためだ。怒り狂ったグレアムの言動は手負いの獣のようで、このままでは刃傷沙汰《にんじょうざた》になりかねないと思ったのだ。

その彼もいまは落ち着き、完全に怒りのエネルギーを失っているように見えた。やり直せないかと問う言葉に、以前のような粘着質な気持ち悪さはなく、危うい情動の揺れも感じなかった。だが、それでもオリヴィアは彼を信用できなかった。

「どうしてもだめなのか」

「ええ」

「こんなに紳士的に頼んでも？」

「あなたは何もわかっていない。私は『あれ』を、すべて破棄すべきだと思っている。私たちはいま、取り返しのつかない領域へ足を踏み入れようとしているのよ。あの研究は使い方によっては、人類を根本から変質させてしまう。あなたたちは、本当に、それがわかっているの？」

「そうか」グレアムは溜息を洩らした。「こんな結末になって残念だ。私は君を、もう少し、科学に情熱を持った女性だと思っていたんだが」

「あなたが認めなくても私は科学者よ。科学者である以上、あんな研究に手は貸せない」

「だが、それが人類を救うかもしれないんだよ。いまは乱暴な措置に見えても、十年先、二十年先――いや、百年先に人類全体を幸福にできるかもしれない。私は、そういう仕事をやっているつもりだ。なのに、なぜ君にはそれがわからない」

「クリスティーナを返して」オリヴィアは繰り返した。「私のボディーガードも一緒に」

「返さないと言ったら」

「いまここであなたを殺して、自力で彼を救い出す」

「……あれが、おまえの新しい恋人か。趣味の悪い――」

「大切な友人よ。あなたには他者を命がけで守るという発想がないから、わからないんだわ。人類全体を救うことは考えても、目の前にいる、たったひとりの人間を愛することはできないんでしょう。そんな人間に、いったい何ができるって言うの」

グレアムは口をつぐんだ。言い負かされたというよりも、これ以上話しても無駄と悟ったようだった。

「本当に残念だな」グレアムは投げやりな調子で言った。「このまま一緒に研究できれば、いつかは君も、クリスティーナのように進化させてあげられたのに……」

オリヴィアはソファから立ちあがった。グレアムを見おろして断じた。「人類に進化なんてものはない。ただ、適応があるだけよ。環境への過剰な適応がね」

第一章　ヴァレス・マリネリス

1

現場へ足を踏み入れた途端、金属を打ちつけ合い、高速で接合してゆく騒音が、水島《みずしま》の全身をびりびりと震わせた。フルタイム稼働の建築ロボットは、ひとけの絶えた鉄骨の間を決められた順路を律儀に往復し、脇目もふらずに作業を続けている。

敷地面積約六万五千平方メートルの工事現場は、内装が完了すれば、ノクティス谷最大のショッピングセンターになる予定だった。火星で二番目に大きな商店街のできあがり。軌道エレベータの根元に近く、火星に来た人間が真っ先に訪れるこの都市――ここに多国籍企業出店型の総合店舗を作りあげることは、いまや必要不可欠の課題となっていた。

一日でも早い完成。そのために人間が働かない時間帯も、自動制御のロボットによる突貫工事が続けられている。

建築材に過剰な鉛直荷重をかけないよう、ロボットは軽量化されている。旧時代の家屋の屋根裏を走り抜けるネズミのように、素早く無駄なく方向を変え、必要な素材を定められた位置へ次々とはめこんでいた。

大型のロボットは地面や舗装面を行き来し、下からアームを伸ばして鋲《びょう》を打ち、小型の自動機械たちに機材を受け渡す。

水島はケミカル弾を装填《そうてん》した拳銃《けんじゅう》を構えたまま、ロボットが行き交う工事現場内をじっくりと見回した。焦げ茶色の瞳が、狩りの獲物を追いつめる鋭さで目指す相手の姿を探り続ける。捜査官として十八年のキャリアを持つ水島にとって、それは呼吸をするように自然な行動だった。

水島の職業は地球流に言うなら刑事である。地球生まれ地球育ちの移民で、火星治安管理局の第二課第三班に所属している。第一課は対テロ訓練を受けて重装備を許されているが、第二課は従来の警察に近い機構を持つ部署だ。水島はそこで強行犯の捜査を担当していた。地球側の思惑で軍隊を持つのを禁じられている火星では、治安管理局が最大の武装組織である。

工事現場には作業機械以外何も見あたらない。人の気配を探ろうにも、この騒音では勘を働かせるのは無理だった。体内に埋めこまれた聴覚インプラントの感度を上げたとしても。

水島の背後では、彼と背中合わせの格好でバディの神月璃奈《こうづきりな》が銃を構えていた。臙脂《えんじ》色のアクティヴ・スーツに包まれた璃奈の若々しい体は、水島とほとんど身長差がないほどに上背がある。火星の低重力環境で生まれ育ったせいだ。だが、捜査官としての訓練は充分に受けているので、その全身は、女性らしい外見からは想像もできないほどに強靭《きょうじん》だ。

水島は璃奈に向かって日本語で言った。「こいつらを止めるように、建築会社に連絡してくれ」

その声は、周囲の騒音に掻《か》き消されることなく、聴覚インプラント経由で璃奈の耳まで鮮明に届いた。

即座に、水島の耳にも返事があった。「こんな時刻に、事務所に残っている人間なんていません」

「担当者は、自宅からホストをリモートして機械を止められるはずだ。照明以外のすべての装置を止めてもらえ。これでは奴に逃げられる」

「了解」

璃奈はリストコムの操作画面を撫《な》で、現場責任者の緊急連絡先をコールした。担当者につながると、自分の身分を名乗り、容疑者捕獲のために協力するよう要請した。担当者は璃奈のＩＤを確認すると、即座に承知した。

ふたりのやりとりを自分のデバイスで聞き流していた水島は、そのとき、前方の鉄骨の陰から、長身の白い影がふらりと姿を現したのを見た。

影は、水島と充分な距離をとったまま、にやりと笑った。

銀色のコートが発光するように輝いている。相手は人差し指をゆっくりと曲げ、水島に向かって「来いよ」という仕草をした。次の瞬間、くるりと背を向けて走り出した。

水島は璃奈に向かって叫んだ。「奴がいた。先に行く。あとから来い」

建築ロボットがまだ作動している中へ、水島は全速力で飛び出した。

「待って下さい」璃奈が金切り声をあげた。「ひとりではだめです。危険すぎる」

だが、水島は止まらなかった。璃奈を無視して走り続けた。

大勢の女たちの無惨な遺体が脳裏に甦《よみがえ》る。現場で目の当たりにしたもの。資料として凝視し続けた画像。今日発見されたばかりの遺体は、全身にショットガンの弾を撃ちこまれ、ほとんどばらばらの肉片になっていた。それでいて、顔だけは血を綺麗《きれい》に拭《ぬぐ》われ、唇には火星産の青い薔薇《ばら》が差しこんであった。

治安管理局に対する挑発行為なのは明らかだった。火星の青い薔薇には「私を捕まえて！」という意味の花言葉があるのだ。

薄暗く、悪夢のように際限なく広がる工事現場を、水島は建築ロボットの隙間《すきま》をぬって走った。現場責任者からの指示が届いたのか、ロボットが少しずつ動作を停止していく。

生き物のように動き回っていた機械のセンサーや電源ランプが消え、ただの金属の塊に戻ってその場にうずくまった。静寂があたりを支配した。自分の靴音だけが、いやに大きく耳に響いた。

先を行く男の後ろ姿は、太い金属柱や大型作業機械の陰に隠れながら、水島を誘いこむように、ちらちらと暗がりに踊り続けた。水島は速度を上げて相手との距離を詰めた。

突然、周囲の照明が落ちて、ただでさえ薄暗い工事現場が一気に闇《やみ》に呑《の》みこまれた。

水島は足を止めた。乱れた呼吸を整えながら、周囲の気配に集中した。物音は何も聞こえない。後を追ってくるはずの璃奈の靴音も、自分が追っている男の足音も。

拳銃を構えたまま、水島はじっとしていた。闇に目が慣れてくる。数台の建築ロボットが、眠りを貪《むさぼ》る巨獣のように、黒い影になって浮かびあがってきた。

わずかに足を踏み出したとき、ふいにモーターの唸《うな》りが響き、足元に振動が伝わってきた。音の来る方向を察知した水島は、突進してきた建築ロボットを僅差《きんさ》でかわした。それと同時に、周囲に設置されていた大型機械が一斉にライトをつけて動き始めた。アームを伸ばし、工事を始めるときのように変形してせわしく動き回った。

どういうことだ？　水島は機械の動きから逃れながらあたりを見回した。電源は担当者が切ったはずだ。なのに――手動でスイッチを入れたのか？　奴が？

ふいに、目の前にいた建築ロボットが向きを変え、折り畳んでいたアームを展開した。逃げそこねた水島は腹部にもろにアームの一撃を食らい、吹っ飛ばされるように後方へ転倒した。眩暈《めまい》を感じながら無理やり体を起こすと、胃が痙攣《けいれん》して、生温い液体が口から溢《あふ》れ出た。

手の甲で口元の汚れを拭いながら、水島はふらふらと立ちあがった。そこへ、別の機械が突っこんできた。先ほどより三倍ほど大きく速度も早い。逃れようとした水島の背後に別の機械が立ち塞《ふさ》がった。

突進してくるロボットへ向き直ると、水島は渾身《こんしん》の力をこめて暴走する機械を押しとどめた。靴の底が甲高い音をたてて滑り、両腕が軋《きし》んだ。踏ん張ったままの姿勢でずるずると後退を余儀なくされ、そのまま背後のロボットとの間に挟まれて押し潰《つぶ》されそうになった。が、ある程度まで押してくると、前方のロボットは速度をゆるめた。だが、エンジンは切らず、じわじわと油断のならない力で押し続けた。

幸い、後ろのロボットは停止したままだった。両腕で支えていれば何とかもちそうだった。しかし、銃を使うために片手を動かせば、取り返しのつかないことになる。

腕の代わりに脚で支えようとしたが、ロボットの下部カバーが邪魔になり、脚を引き抜くことができなかった。水島が苦戦していると、再び他の機械の動きが止まった。

靴音が水島の左側から近づいてきた。璃奈かと思ったが違った。青白い顔が薄暗い照明の中に浮かびあがる。道ですれ違えば、ほとんどの女性が目を見張らずにはいられないほどに端整な顔立ち。肩まである長い黒髪。鳶《とび》色の瞳。濃いグレイのジップアップ・ニットと同系色のパンツに包まれたスリムな肉体は、猫科の生き物のようにしなやかだった。

男は右手の拳銃を、建築ロボットに挟まれて身動きのとれない水島のこめかみに押しつけた。

「おれは昔、建築現場で働いていた経験があるんだ」よく通る滑らかな英語で、ジョエル・タニは言った。「だから、リモートで電源を落とした建築ロボットを現場で復旧する方法も知っている。自由に動かす方法も。おれが何の考えもなしに、ここへ逃げこんだと思ったのか」

水島も英語で言い返した。「私を撃っても、外には大勢の局員が待機している。もう逃げきれないぞ」

「お巡りとの追っかけっこは好きだよ。いい退屈しのぎになる」

ジョエルは微笑を浮かべたまま、拳銃を逆手に持って、銃把で水島の左腕を殴りつけた。目が眩《くら》むような痛みが走り、腕から力が抜けた拍子に、建築ロボットは一段と前へ進み出た。二台のロボットに挟まれて擦り潰されそうになった水島は、歯を食いしばって前から迫ってくる一台を押し戻した。殴られた腕がぎしぎしと痛んだが、骨は折れていない様子で何とか持ちこたえられた。喘《あえ》ぎながら、機械との力比べを続けた。

「ロボットに潰されて死ぬのと、おれに撃たれるのと、どちらがいい?」ジョエルは長く優雅に伸びた指先で、水島の首筋から頬《ほお》をゆっくりとなであげた。震えあがるような悪寒を感じて、水島は相手の指を振り払うために頭を激しく振った。

ジョエルは水島の反応を面白そうに笑い、続けた。「おれは男はターゲットにしない主義なんだが、おまえはなかなか男前だし、気に入った。おまえの顔が恐怖に崩れ、助けてくれと泣き叫ぶところをおれは見てみたい」

水島は答えなかった。唐突に、ぶつけるように右肩を前方へ押し出し、無理やり体を斜に開いた。左腕と右肘《ひじ》で押してくるロボットの勢いを押さえこみ、右手に持った銃でジョエルに狙《ねら》いを定めた。だが、敏感に事を察知したジョエルは、するりとロボットの陰に身を隠した。

「どうやら潰されて死ぬほうが好みらしいな」

水島には見えない場所から、ジョエルの声が響いた。「残念だな。おれ好みのその顔と体が、壁に投げつけられたトマトみたいになるのは」

「そうでもないぞ」

水島は建築ロボット本体に銃口を向けた。装塡されている弾は対人用の特殊弾なので、初速度が遅く貫通力も弱い。跳弾も怖かったが迷っている暇はなかった。覚悟を決めてトリガーを引いた。

空薬莢《からやっきょう》が二台のロボットの間で飛び跳ねた。六発の弾丸は、かろうじてロボットの外装を貫き、電気系統を損壊させてその動きを封じた。続いて、背後の一台も連射して電源を落とす。これで機械に押し潰される心配はなくなった。

素早く弾倉を交換しながら、水島は怒鳴り声をあげた。「さあ、これでハンデなしだ。どこからでも撃ってこい。この、女を殺すしか能のないインポ野郎が！」

「下品なお巡りめ。では望み通りにしてやる」

水島は後方のロボットに背をあずけ、両手で銃をホールドした。左右どちらから来る？あるいは——。

勘に突き動かされて視線をあげた途端、ロボットの上から水島のいる隙間に銃を向けていたジョエルと目が合った。水島は相手が撃つよりも先に、二度続けて撃った。ジョエルはのけぞり、機械の上から転げ落ちた。悪態をつく声が聞こえた。

安堵《あんど》よりも緊張が水島の体を支配した。次は絶対に側面へ回りこんでくる。至近距離での撃ち合いになる。下手をすれば共倒れになる。

先手に出て撃ち殺すことは可能だ。特殊事例として処理できる。

だが、水島には、これまで容疑者を射殺した経験はなかった。どんなときでも逮捕を優先してきた。殺せる機会があるときでも絶対に殺さなかった。ただケミカル弾を撃ちこんで相手の無力化を図るだけ――それが治安管理局の第一方針だったし、その技術を持っていることが、彼の警官としての誇りでもあった。

その自信が、いまは微《かす》かに揺らいでいた。

落ち着け、と水島は自分自身を叱責《しっせき》した。個人的な恐怖から容疑者を殺すなど、警官としてあるまじき態度だ。冷静に対処すれば、必ずこちらが勝てるはずだ――。

直後、ロボットの陰で、複数の足音と人間の肉体を殴るような音が混じり合った。

ジョエルが一方的に呻《うめ》き声をあげているのが聞こえた。

水島は機械に挟まれた格好のまま、体と首を伸ばして外の様子をうかがった。

璃奈が追いついてきたのだった。臙脂色のアクティヴ・スーツを閃《ひらめ》かせながら、壮烈な回し蹴《げ》りがジョエルに決まったところを水島は目撃した。凄まじいスピードで振り抜いた踵《かかと》が、相手のこめかみに決定的な打撃を与え、地面に叩《たた》き伏せる。ジョエルはうつぶせに倒れたまま、ぴくりとも動かなくなった。

相手の背後に回り、後ろ手に手錠をかけておいてから、璃奈は水島の側《そば》に歩み寄ってきた。「大丈夫ですか」

「悪いな。奴の具合はどうだ」

「三、四発蹴りを入れておきましたから、安心して下さい。薬物過敏症の容疑者はやっかいですね。麻酔シートが使えないから」

ふたりがかりで建築ロボットを押しのける。水島はようやく狭い空間から解放された。倒れ伏したジョエルの様子を確認する。

「水島さんの撃った弾は耳を抉《えぐ》ったようです。出血はしていますが、命に別状はありません」

「そうか……」

「もう少し内側に入っていれば微妙な位置でしたね。射殺するつもりだったんですか」

「馬鹿を言うな。こんな奴を一瞬で楽にさせてたまるか。判決がおりて死刑になるまで、長々と苦しめばいいんだ」

ジョエルに息があるのを確かめると、水島はリストコムで、外に待機している局員に容疑者確保の連絡を入れた。

ほどなく、担架を持った局員が数名やって来た。ジョエルの体を担ぎ上げ、ベルトで固定すると工事現場から運び出した。

2

容疑者は列車で護送しろ、というのが治安管理局本部からの指示だった。飛行船や専用ヴィークルに回す金はない、定期往復便の最後尾に専用車両を連結してそれで運べと。

同時に通信を受けていた水島と璃奈は、溜息《ためいき》を洩らした。

璃奈が訊《たず》ねた。「護衛は、どれぐらい頼みましょうか」

「相手が相手だから、分局長と相談して二、三名借りよう。まあ、時速五百キロで走るリニアモーターカーから飛び降りようとする奴はいないだろうし、どうしても飛び降りたいのなら、そのまま死んじまえってことだろうな。到着すれば、本部の局員が車で迎えに来るだろう」

「せこい話ですね」

「末端の部署に金がないのは、地球も火星も同じだな」

ふたりは分局の食堂に入ると、一番安い朝食を摂った。〈低重力下でこねた小麦で作った火星味〉が宣伝文句の、安っぽいベーグルにベーコンと卵を挟んで食べ、ミルクをたっぷり入れたコーヒーを飲みながら璃奈は言った。「マリネリス峡谷に帰ったら、少し休暇を頂いてもいいですか」

「何か予定があるのか」

「ええ」

「だったら好きに休めばいい」

「でも、水島さんの都合もありますし」

「こっちはいつでもいい。気にするな」

「じゃあ、帰ったら休暇届を出しますね」

「また旅行にでも行くのかい」

「ええ、北半球の地底湖回遊ツアーです」

「火星の海に生き物はいないんだろう?」

「最近は観光用に何か飼っているようですよ。植物園の整備も進んでいるんです。緑化計画の一環として」

「ふうん」と気のない返事をして、水島はコーヒーを啜《すす》った。誰と行くのかはわかっていた。名前も顔も知らないが、璃奈と、そういう関係にある男がいるのだけは知っていた。

休暇で旅行に出かけると聞かされるたびに、水島の心には針の先でつついたような微かな痛みが走る。璃奈が職場に戻ってくるまで、その疼《うず》きは水島の胸を苛《さいな》み続ける。

璃奈は水島より十二歳下、地球暦換算だと二十七歳である。仕事上ではパートナーだが、この若く美しい女性を、私生活においてまで縛る勇気は水島にはなかった。

部下として有能で、ひとりの女性として愛《いと》しいとも感じるが、すでに恋人もいる人間――。絶対に手を出すわけにはいかないと考えたのは、己の掟《おきて》に従ったからというよりも、若干の怯《おび》えを感じたからだった。

バディとたびたび衝突し、長続きしない傾向が強かった水島の相手として、「これで最後だぞ」と通告されたうえで配属されてきたのが璃奈だった。火星暦で三年ほど前、人事担当の七尾《ななお》は水島を直接呼び出すと面と向かって告げたのだ。

「今度バディと仲たがいしたら、もう知らないよ。君は資料室勤務に配置換えだ。それでもいいの？」

水島がぶっきらぼうに「それは困る」と答えると、「じゃあ、今度こそ自分を抑えて、人並みの協調性を見せてくれよ。いい子を回してあげるからさ」と七尾は恩着せがましい口調で言ったのだった。

諸々《もろもろ》の事情から今以上の出世を望めない水島にとって、現場から外されるのは精神的なダメージが大きすぎた。自由に動きたいという意志はある。だが、その一方で、捜査官としての仕事ができなくなるのは最も恐ろしい事態だった。

死ぬまで警官を続けていたい。

犯罪者を追いつめ、追い続けたい。

それが、水島がわざわざ火星まで来た理由だった。

過去の汚点から、地球では警官になれない水島にとって、火星は自分の望みをかなえられる唯一の場所だった。

そして、新しいバディとして組むことになったのが、神月璃奈だったのだ。

気むずかしく自分勝手な水島に、璃奈はよく従った。水島自身が驚いたほどに。なぜ、そこまで我慢強くなれるのか。水島が思わず訊ねると、璃奈は平然と答えた。

「水島さんは頑固で乱暴ですが、とてもわかりやすい方なので。人間として、というのではなく、捜査官として、とてもわかりやすいんです。そういう方と一緒にいるのは楽です。治安管理局は、仕事の内容のわりには、捜査官としての信条が見えない方のほうが多いので」

捜査官としては合格。では、人間としてはどうなのか。

そこから先は恐ろしくて訊《き》けなかった。璃奈が言葉に容赦のない人間であることが、この一件でよく理解できたからだ。

捜査官としてはそこそこでも、自分が人間的な魅力に満ちた男であるとは、水島自身にもとうてい思えなかった。

偏執狂的な仕事ぶりを、同僚から揶揄《やゆ》されたのは一度や二度ではない。そこまで熱心に容疑者を追いかけて何になるのかと。殺すのではなく、逮捕が前提になっている治安管理局第二課の仕事は、言ってみれば賽《さい》の河原での石積みのようなものだ。逮捕した人間をすべて死刑にしてしまえるなら別だが、犯罪者は刑期を終えれば、再犯の可能性を残したまま いずれ社会へ戻っていく。

だから、力を入れて仕事をしても無駄だと言い切る同僚もいるほどだった。自分たちがやっているのは、所詮《しょせん》、社会にとって一時しのぎでしかないのだと。

水島もそのことはわかっていた。だが、そんなことはどうでもいいのだ。

追いかけ、追いつめる。逮捕して刑務所にぶちこむ。そういうサイクルの中に、自分の身を置き続けられるなら、それだけで充分だった。

ようするに、この仕事に終わりが来なければいいと考えていた。終わるのは自分が死ぬときだけでいいと。この仕事を続けている限り、自分は嫌なことをすべて忘れられる。苦々しい思い出を反芻《はんすう》せずにすむ。くだらない後悔に身をやつすこともない。

走り続けた先に何もなくても構わない。自分にとっては、走り続けるという行為そのものに意味があるのだ。だからゴールが断崖絶壁であったとしても、自分はそのとき、喜んでそこから飛び降りるだろう。

ただ、走り続けるだけの人生。

それを求めて、自分は火星へ来たのだから。

起き抜けの璃奈は、髪はパサパサで、化粧っけのない肌を晒《さら》していた。だが、ほつれた髪が絡む白いうなじと、ふっくらとした唇からは、女としての生々しさが、かえって濃厚に滲《にじ》み出していた。

璃奈には、この倦《う》んだような疲弊感がよく似合うと水島は思っていた。化粧をして着飾った女が嫌いなわけではない。そんな璃奈も見てみたいとは思う。だが、より親しみを覚えるのは、きりりと髪を編み上げてアクティヴ・スーツに身を包んだ姿や、こうやって徹夜明けの労働者の気だるさを漂わせる姿のほうだった。

からになったカップをテーブルに戻すと、璃奈が口を開いた。「私、もう少ししたら現場を離れるつもりでいます」

水島は思わず、残ったベーグルを取り落としそうになった。感情を押し殺して訊ねた。

「どうして？」

「内勤に変えてもらおうと思っているんです。実は――そろそろ結婚を考えているので」

いまつき合っている男とか？　とは訊けなかった。「もう日取りは決まっているのか」

「いえ。私が勝手に考えているだけです。相手とも、まだ相談していません」

「何だ。びっくりさせないでくれよ……」

「でも、話せばすぐに決まると思うので」

「そうか――。いや、それはおめでとう。いずれ、お祝いを贈らせてもらうよ」

「ありがとうございます。でも、ひとつだけ、心配なことがあるんです」

「気になることがあるなら、何でも相談に乗るぞ」

「水島さんのことが心配なんです」

「え？」

「自慢みたいに聞こえたら嫌なんですけど、私がいなくなったら、また苦労しないかなと思って」

「そんなことは考えなくていい。何とかやっていくよ」

「でも……」

「配属されるときにいろいろ吹きこまれたんだろうが、私だって、いつも誰かと喧嘩《けんか》しているわけじゃない。これでも、多少の世渡りは知っているつもりだ」

「それはわかっていますが……でも、昨日みたいな行動は控えて欲しいんです。誰もが水島さんを助けに来るとは限りません。容赦なく見捨てる人だっているでしょう。だから……」

「そうなったらそれは自業自得だ。しかたないんだよ」

璃奈が複雑な表情をしたので、水島は微笑を浮かべてみせた。「花嫁が花婿以外の男の生き方を気にする必要はない。内勤の件は私からも人事に言っておこう。一日も早く移れるように」

「すみません。逃げ出すような異動で」

「いいんだ。それより、いままで文句も言わずによくついてきてくれた。ありがとう」

「結婚式には、ぜひ来て下さいね」

「ああ。休暇をとれるようにしておくよ」

ベーグルの残りを口に放《ほう》りこみ、コーヒーを飲み干すと水島は立ちあがった。「じゃあ、そろそろ行こうか」

「はい」

璃奈もトレイを持って立ちあがった。

自分の表情を見られずにすむように、水島はひとあし先に食堂を出て、璃奈に背を向けたまま歩き始めた。

3

分局の捜査官とともに、水島と璃奈はジョエル・タニを連れ、車庫内に置かれた護送用車両に乗りこんだ。

車両の中央まで歩き、向かい合った座席の片側に、腰の鎖とつないだ手錠で拘束したジョエルを座らせる。

その隣には璃奈が座った。正面には水島、水島の隣には、分局の捜査官ファレルが腰をおろした。

護送用車両は運搬機に牽引《けんいん》され、駅で出発を待っていた列車の最後尾に連結された。

貨物車のように見える護送用車両には、前の車両からつながる通路はなく、一般客が迷いこまないようになっている。

窓もない。

天井のライトだけが唯一の光源だ。

ドアには厳重な錠がかかり、その向こうの予備スペースには、分局から派遣されたもう二名の警官が、もしもの場合に備えて待機していた。

定刻になると、マリネリス峡谷行き特急列車は、電磁誘導の力で軌道から浮かびあがった。

車両内の薄型ディスプレイに、外部に設置された警備カメラから送られてくる景色が鮮明に映し出される。

ジョエルが、ほう、と感嘆の声をあげた。「こうやって眺めていると、本物の窓から景色を見ているみたいだ」

「黙っていろ」とファレルが英語で注意した。「私語は禁ずると言っておいたはずだ」

「独り言をつぶやいただけだ」ジョエルは飄然《ひょうぜん》と答えた。「こんな車両に来るのは初めてだから、何を見ても珍しいんでね」

ジョエルは背を丸めて前かがみになった。足枷《あしかせ》をはめられた両脚を軽く開き、手錠をはめられた両手をだらりと垂らした。

やがて、落ち着かないのか、ドラムでも叩くように、一定のリズムで座席の縁に手錠を打ちつけ始めた。

ファレルは再度注意した。

「うるさいぞ」

「退屈なんだ」

ファレルが座席から腰をあげかけたのを、水島は服をつかんで引き戻した。聴覚インプラントで話しかけた。『やめておけ。人を挑発して楽しむのはあいつの癖だ。いちいち反応していたのでは身がもたん。後々、人権擁護委員会につけこまれる』

『しかし……』

『いいから放っておけ。君の仕事は、マリネリス峡谷までの護衛だ。それ以外は考えなくていい』

「口で喋《しゃべ》れよ」ジョエルは唇の端に不敵な笑みを浮かべた。「インプラントを使っているのが見え見えだ。こんな狭い場所で内緒話をするな！」

ふいに、ジョエルは手錠を激しく座席に叩きつけた。がちっと嫌な音がして、座席の縁がわずかに欠けた。水島とファレルをにらみつけながら、ジョエルは、シートに刻みこまれた傷の上を何度も叩いた。激怒した野生の猿のようだった。

その首根っこを璃奈がつかみ、座席に背を押しつけた。語気荒く言った。「黙れって言ったでしょう。聞こえなかったの？」

「わかってるよ」璃奈に話しかけられると、ジョエルは掌《てのひら》を返したように大人《おとな》しくなった。整った顔に華やかな笑みを浮かべた。「そうやって、誰にでもわかるように話してくれれば、おれだって暴れないさ。君は親切だな。今度つき合ってくれないか」

「悪いけど先約があるの」

「君の相棒？」

「違うわ」

「そうだろうな。君には、あんな泥臭くて間抜けな野郎は似合わない。もっと都会的で洗練された男のほうが似合うんだ。例えばおれみたいな――」

『ああいう男だ』水島は再びファレルの聴覚に囁《ささや》きかけた。『だから気にするな』

『たちの悪いナルシストか』

『そう。だから何をやっても無視。これが一番効く』

『なるほど。殴るより拷問になるわけだ』

『マリネリス峡谷へ到着するまでに、できるだけ精神的に追いこんでおきたい。そのほうが尋問がスムーズにいく』

『了解。君の言う通りだ』

『ご協力感謝する。向こうに着いたら一杯おごるよ』

『いいね。旨いワインと肉がある店に案内してくれ。仕事が忙しすぎて、栄養失調気味なんだ』

『OK。合成タンパクじゃなくて、本物の肉が食える店を探してやるよ』

『それにしても、こいつは何のために女ばかり殺し回っているんだ？　わざわざ火星まで来てすることとか。もう何十人も殺しているんだろう』

『殺さずにいられないから殺すんだ。こいつにとって、女を殺すことは愛情表現のひとつで、日常なんだ』

『地球的なゆがみ方だな』ファレルは忌まわしそうに顔をひきつらせた。『全く、火星的じゃない』

　車両内のスクリーンが郊外の風景に切り替わった。ノクティス谷から軌道に沿って蛇のように這《は》いあがった特急列車は、ウーデマンスからシナイ高原へ向けて走り、やがて、マリネリス峡谷の各所へ分岐するそれぞれの軌道に乗る予定になっていた。

観光案内のアナウンスが護送車両内にも流れこんできた。火星開拓史をコンパクトにまとめて語り始める。

ノクティス谷からマリネリス峡谷まで走る列車の上空は、峡谷内と同じく天蓋《てんがい》に覆われている。火星を料理用のラップのように包みこみ、最終的には、惑星全体の約八〇パーセントまで覆い尽くすことになる「壮大な温室の屋根作り」は、パラテラフォーミングにおける最大の事業だ。

天蓋を支えている柱は、遠目には銀色の金串《かなぐし》のように見えた。もちろん、近くで見れば圧倒されるような太さと長さであり、地面から約三キロメートル上空にある板状の天蓋を支えているので、簡単に折れるような代物ではない。

火星を覆う天蓋は、一枚の板ではなく、二重構造を持った六角形のユニットを隙間なく結合させた形で作られている。それを支える柱の断面は、円形ではなく、六方向に腕を伸ばした雪の結晶に似た形をしていた。

現在、火星の各地がこの天蓋で覆われ、その内部では温室化が完了しつつあった。天蓋パネルは有害な宇宙放射線を遮断し、弱い太陽光を増幅し、囲いこんだ領域内へ通している。温室内部に管理装置を設置すれば、気圧も気温も大気組成も自由に設定できる。制御できないのは、地球の三分の一しかない火星の重力だけだった。

青い天蓋の底を、特急列車は時速六百キロで爆走していた。火星は大気が薄いので、ジェット機を飛ばすことができない。飛べるのはロケット・エンジンを搭載した飛行機か、気流を利用して飛ぶタイプの軽い機だけだ。

そのため、鉄道が重要な移動手段となっていた。大量の資材や人材を安価で運ぶため、火星鉄道は、なくてはならない交通機関だった。

ジョエルが度を越して璃奈に絡み続けるので、水島は璃奈にも聴覚インプラントで話しかけた。『不愉快なら外にいる警官と交替してもいいぞ。私が席を代わってもいい』

『お気づかいありがとうございます』璃奈は水島に微笑を返した。『でも、大丈夫です。もっとひどいのに当たったこともありますから』

『そうか。でも警戒してくれ。どうも嫌な予感がするんだ』

『水島さんの勘は当たりますからね。注意しておきます』

そのとき、ふとジョエルが顔をあげ、ゆっくりと周囲を見回した。室内を飛び回る羽虫でも追っているような目つきになり、低い声で訊ねた。「いま、何か聞こえなかったか」

「何だって」

「唸り声みたいな変な音だ。直接、耳の中で響いたような――」ふいに微笑を浮かべて言った。「なあ、火星にも幽霊はいるのかな。地球みたいに」

「あなたが殺した人たちの幽霊ならいるかもね」

璃奈が皮肉たっぷりに答えると、ジョエルは乾いた笑い声をたてた。「そうだな。あいつらなら、ここへ出てきても不思議じゃないかもな」首の後ろを指先で神経質そうに撫でながらジョエルは続けた。「体中の毛がぴりぴり逆立っている。おれは、こういうことには勘が鋭いほうなんだ。何だか、妙なものが近づいてるような気がするぞ」

「近づいている？　何が？」

「さあな――」

直後、突然、列車全体に凄《すさ》まじい振動が走った。全員の体が、座席から投げ出された。ファレルは危うくジョエルと頭突きしそうになった。

異常を示す赤色灯が車両内で明滅し、警告音が激しく鳴り始めた。

ファレルが叫んだ。「どうした。軌道の磁力が切れたのか」

水島は車内のスクリーンを見た。電力の供給が止まったのか、ディスプレイを利用した窓は何も映し出さず、真っ黒になっていた。

列車は停止していたが、傾きはないので軌道から外れた様子ではない。いったい何がブレーキをかけさせたのか。

「そうか」とジョエルがつぶやいた。「あいつらがおれを迎えに来てくれたんだ。あいつらは――そう、あいつらは幽霊なんかじゃない。火星人だ。火星人なんだ」

ジョエルは瞳をぎらつかせると、突然、熱に浮かされたように喋り始めた。「あいつらは地球人を嫌っている。何の断りもなしに勝手に火星を開拓した地球人を心底憎んでいる。だから見つけた途端、おまえらをズタズタに引き裂いて、はらわたまで食い尽くすだろう。だが、地球人を殺しまくったおれのことは仲間として認めてくれたんだ。だからおれを助けに来た。きっとそうだ。ほら聞こえるだろう」

異様な物音が水島たちの耳にも届いてきた。分厚い金属を殴るような音。それが少しずつ近づいてくる。

「ドアだ」水島は低い声で言った。「車両のドアを一枚ずつ破る音だ。正体はわからんが、前の車両から少しずつ近づいてくる」

「火星人だ！」ジョエルが狂ったような声で叫んだ。「火星人が来るぞ！」

ファレルは吐き捨てるように言った。「火星人だと？　火星に先住知性体などいない。火星人なんてものはいない。科学的に証明されているんだ。小学校で習わなかったのか」

水島は懐から銃を抜いた。ファレルも同じ行動を取った。席から腰を浮かしかけた璃奈を水島は制した。「おまえはそこにいろ。その阿呆《あほう》から目を離すな」

「ふたりで大丈夫ですか」

「私たちがやられたら後を頼む」

「了解」

金属を叩く音が大きく響いた。敵は、すぐそこに迫っているようだ。

水島はドアに向かって銃の狙いをつけた。ケミカル弾は合金ではなく、高分子化合物で作られている。命中すると生体内で即座に溶けて細胞組織を焼き、凄まじい痛みを与えて相手の抵抗心を奪う。体内で完全に代謝されるので、あとで弾を摘出する必要がない便利なものだ。初速度が遅く貫通力は弱いが、至近距離から急所を狙って撃てば、相手を殺せる。

璃奈は自分も銃を抜き、安全装置を外した。期待に目を輝かせているジョエルの様子をうかがいながら、同時に水島にも気を配る。

ドアに衝撃が加わり、車内へ向かってへこんだ。水島とファレルは緊張した。璃奈も一瞬、びくりとした。

防げる相手なのか、と水島はふいに不安を覚えた。この銃一丁で――。

轟音《ごうおん》とともにドアが外れて床を叩いた。振動で足元が揺れた。前方の車両からぬっと頭を出したものの姿に水島は圧倒された。それは「火星人」ではなかったが「怪物」だった。巨大な肉食恐竜に似た獣が、牙《きば》を剝《む》き、ぎらぎらと両眼を輝かせていた。神経にさわる甲高い鳴き声を発して飛びかかってきた。

とっさに水島は判断した。こいつは幻覚だ。何らかの方法で脳の機能に割りこんできた異常情報が、視覚と聴覚を混乱させているだけだ。ジョエルを助けに来た「誰か」が、幻覚剤でも撒《ま》いたに違いない――。

だが、理性で判断できるのと、実際の恐怖心とは別物だ。全長三メートルの馬鹿でかい恐竜が飛びかかってきた瞬間、水島は銃の引き金を絞っていた。怪物の頭部を狙い連射する。信じ難いことに、着弾と同時に相手は大きな音をたてて床に落ちた。鋭い悲鳴をあげ、尻尾《しっぽ》を振ってのたうちまわった。

あまりに生々しい光景に、水島は息を呑んだ。これは本当に幻覚なのか。この反応のよさは何なんだ。璃奈の叫び声が鼓膜を突き刺した。水島は思わず振り返った。その隙を突かれた。残り三匹が一斉に飛びかかってきた。三発撃ったところで一匹にのしかかられ、水島は仰向《あおむ》けに倒れた。前脚の鉤爪《かぎづめ》が水島の喉元《のどもと》を押さえこんだ。容赦なく食いこんできた爪は、あっというまに水島の喉を突き破った。同時に、もう片方の脚が、どすんと腹部に突き刺さった。

　声を出す余裕もなかった。激痛と、大きな重い塊に押し潰された圧迫感が、水島から思考する力を奪った。

　痛みに意識が遠のいた。そのまま何もわからなくなった。

4

　ひどい頭痛で水島は目を覚ました。仰向けに倒れたまま力なく両眼を開くと、ODカラーの防護服を着た男の姿が瞳に映った。治安管理局第一課の職員だった。水島の部署とは違い、重装備を許された対テロ組織を持つ課である。

「起きられるか」東欧系の顔立ちをした男は、心配そうに水島の顔をのぞきこみ、英語で訊ねてきた。

「何ともない。平気だ」

　水島は顔をゆがめ、喉を押さえながら上半身を起こした。気を失う前に負ったはずの傷はどこにもなかった。喉にも胸にも腹にも。倒れたときにぶつけた箇所が、熱を持って疼いているだけだ。

頭がふらふらした。

鼻の奥には、何かが焦げたような匂いが染みついていた。

首をひねって視線を動かすと、怪物に蹴倒されたはずのドアが、何の問題もなくあるべき場所にはまっていた。傷もなく、へこんだ跡もない。

ということは、幻覚は、音が聞こえたときから始まっていたわけか……。

水島は車内を見回した。護送車両内には数名の職員がたむろし、現場検証を行っていた。厳しく張りつめた雰囲気に、異状が起きたのがすぐにわかった。水島はかすれた声で訊ねた。「被害を受けたのは私たちだけか？　列車の乗客はどうなった」

「乗客全員に影響が出ている。毒物が撒かれたのかもしれない。全員が、ひどい頭痛と吐き気を訴えている。救急車で病院へ運んだり、事情聴取を行ったりしているところだ」

「ジョエル——いや、私たちが護送していた容疑者は」

「混乱に乗じて逃走したようだ。いま、二課が捜索中だ」

水島は唇を噛《か》みしめた。何たる失態だ。恐らく救出に来た仲間とともに、まんまと逃げ出したのだ。

仲間——火星人？　まさか。

「神月とファレルは」

男は、首を、ゆっくりと左右に振った。

水島は、はっとなって、車両内で一ヶ所に集まっている職員に視線をやった。弾《はじ》かれたように飛び起きて駆け寄ろうとした瞬間、一課の男に腕をつかまれた。

「やめろ」

「放せ」

「いかん、見るな」

力まかせに相手を突き飛ばし、水島は床を蹴った。立ち塞がる職員を掻き分けて、前へ出た。足元に、青いシートをかぶせられた物体があった。形状を見ればそれが何であるのか一目瞭然《いちもくりょうぜん》だった。水島は荒々しくシートを剝《は》ぎ取った。

生臭い匂いが鼻をついた。馴染《なじ》み深い、だが、あまり嗅《か》ぎたくない匂いが――。途端に胃が痙攣して、内容物を逆流させようとした。だが、喉の奥で無理やりそれを押し戻した。

神月璃奈は、床に仰向けになって横たわっていた。両腕を無防備に伸ばし、片足を少し曲げた格好で。顔面と喉元が、煮崩れた砂糖漬けのチェリーをぶちまけられたようになっていた。額から上が吹き飛び、焼け爛《ただ》れた内容物が床に散らばっている。瞳は完全に生命の輝きを失い、濁った色で虚空を見つめていた。信じられないほどの至近距離からケミカル弾を撃ちこまれて殺されたのだ。璃奈ほどの捜査官が。

一瞬、これは本当に璃奈なのかと水島は疑った。だが、血に汚れた桜色の唇は、まぎれもなく璃奈のものだった。ほんの少し前、『ふたりで大丈夫か』と問いかけた、あの優しい声を発していた彼女の唇――。

水島は両膝《ひざ》から床に崩れ落ちた。全身が震え出し、止めることができなかった。嘘《うそ》だ。

冗談じゃない。なぜ、こんなことに——。

獣が吼《ほ》えるような叫び声をあげた。璃奈の名を呼んだ。職員に引きずられながら叫び続けた。璃奈は答えなかった。それでも喚《わめ》き続けた。声がかれるまで、彼女の名前を呼び続けた。一課の職員が、三人がかりで水島を押さえつけた。床に押し倒し、強制的に鎮静剤を打った。

リストコムで通話していたアフリカ系の捜査官が、彼らのほうを向いて指示した。「おい、そいつは二課じゃなくて、調査室送りになるそうだ。車を用意してくれ」

「調査室だと?」水島を心配そうに眺めていた一課の男は、不満の声をあげた。「彼は事件の被害者だ。なぜ、調査室が担当するんだ」

「おれに訊くなよ。上がそう言ってるんだ。あとで二課に戻すんじゃないのか?」

「鎮静剤を打ったんだ。尋問は規則に反する」

「薬が切れるまで待ってもらえばいいさ。とにかく、連れ出してくれ」

水島は車外へ引き出されると、治安管理局のヴィークルに押しこまれた。発狂しそうなほどの興奮が薬の作用でおさまってくると、今度は、ひどい罪悪感が彼の内面を蝕《むしば》み始めた。

軽い薬では抑えられない鬱屈《うっくつ》した感情だった。じくじくするような敗北感に身悶《みもだ》えしているうちに、ヴィークルはマリネリス峡谷に到着した。ヴィークルは治安管理局本部ではなく、司法調査室の玄関に横付けされた。

調査室は、治安管理局を管理している司法省直轄の機関である。治安管理局内の不正行為やトラブルや犯罪を燻《いぶ》り出し、職員を告発して裁きを受けさせる。

仕事柄、ともすれば自らも犯罪行為に染まりやすい治安管理局員を監視し、必要とあれば告発して裁きの場へ引き出すために作られた組織――警察を裁くための警察、司法機関内部の監視組織――それが調査室だった。

調査室の敷地内に併設されている病院で、水島はまず医療チェックを受けた。脳の活動状況が記録され、血液検査が行われ、最後にようやく、打撲傷の手当てをしてもらうことができた。

その後、事情聴取を受けるように命じられた。理由は、神月璃奈の死因に不審な点があるためだと聞かされた。

取調室ではなく普通の会議室に通されると、水島は経緯をすべて語るように命じられた。

水島は素直に従った。調査室の職員たちは、容疑者が幻覚剤を撒いた可能性、容疑者の仲間が撒いた可能性、水島自身が不法薬物の常習者である可能性の三点から、すでに調査を開始していた。

水島を担当したのは、范《ファン》という名前の捜査官だった。

范は英語で訊ねてきた。「現場からは薬物の反応は検出されなかった。君自身の血液中からも。だが、君は確かに幻覚を見たと言う。何か思い当たるような兆候はなかったか。

薬物による影響でないなら、新手の兵器が使われた可能性もある」

水島は「何も」と答えるしかなかった。ジョエルが火星の幽霊の話を始めてから、幻覚はすぐにやってきた。いまにして思えば随分と早い反応だ。ゆっくり効いてくる感じではなかった。現実との境目がほとんどないままに、怪物との格闘に突入してしまったのだ。

「水島くん。君が真面目《まじめ》な捜査官であるのはよく知っている。過去のデータはすべて検証させてもらった。それでも疑わざるを得ない点がひとつある。君は何に向かって銃を撃ったのかね。どこへ向かって、五発も撃ったのかね」

「怪物に向かってです」質問の意味がわからず、水島は、ぼんやりとした口調で答えた。

「だが、あれは幻覚だった。だから、弾はすべて車内の壁に当たっているはず……」

「実は、神月捜査官の死因はケミカル弾によるものなのだ。頭部に三発、喉に一発、合計四発食らっている。あれでは絶対に助からん。撃った奴は、ケミカル弾の効果を充分に知っていて容赦なくぶちこんだとしか思えない。そして、ケミカル弾を持っているのは、火星では治安管理局員だけだ」

水島はそのときになって初めて、自分が調査室に呼ばれた理由を理解した。膝が震えた。胃の奥で不快なものがごろりと動いた。

「私が撃ったと言うんですか」絞り出すような声で訊ねた。「自分の一番の相棒を、何のために」

「ジョエルから、取引を持ちかけられなかったか」

「取引とは」

「逃がしてくれたら礼をするとか何とか」

「馬鹿にしないでくれ」思わず叫んでいた。「私が神月を裏切ったと言うんですか。金のために犠牲にしたとでも」

「まあ、落ち着きなさい」

「神月を殺した弾が、私の銃から発射されたという証拠はあるんですか。どうなんです」

「それは、まあ……」

「銃なら神月も持っていた。ジョエルが、それを奪って撃った可能性もある」

「神月くんは優秀だった。格闘の技術にも長《た》けていた」

「それでも、何かの拍子に奪われることはある」

「その通りだ。容疑者相手なら警戒するだろうが、バディが裏切って銃口を向けたなら、隙ができても不思議ではない。いくら格闘技術に優れていても確実に撃たれるだろう。ましてや、頭を狙われたのではな」

「私はやっていない」水島は悲鳴に近い声をあげた。「本当だ、信じてくれ！」

「残念だが、私たちの仕事は人を疑うことの上に成り立っている。現場にいたのは君たち四人だけだ。そのうちのひとりは死に、ひとりは逃亡、君は幻覚を見たと言い張っているが、本当に見たのかどうか、それを証明する手だてはいまのところない」

「ファレルはどうした。私と一緒に車両内にいた警官だ」

「彼は頭部を撃たれて意識不明の重体だ。こちらもケミカル弾を食らっている。銃創から察するに、一発で仕留められている」

目の前が暗く霞《かす》んだ。椅子《いす》に座っているのに、そのまま倒れそうになった。

范は冷ややかに言った。「これで合計五発。計算は合うな」

「一般客はどうなんです。何も見ていないんですか」

「あの列車に乗っていて、幻覚を見たと証言している乗客はひとりもいない。頭痛と吐き気を訴えているだけだ。護送車両の外部で見張っていたふたりも、同じ証言をしている」

そんな馬鹿な。水島は唇を噛んだ。これでは、まるでこちらが偽証しているみたいじゃないか。「神月の銃は。残弾数を調べたんですか」

「彼女の銃は行方不明だ」

「ジョエルが持って逃げたんだな」

「現在調査中だ」

「では、私の銃が彼女を殺したとは断定できないわけだ。神月の銃を調べて、何発減っているか確認しない限り」

「仮に神月くんの銃が発見されたとしても、彼女を撃った弾が、どちらの銃から発射されたのか断定するのは困難だ。君も周知の通り、弾丸の性質上、ケミカル弾の旋条痕《せんじょうこん》を確認するのは不可能だ。化学反応による発熱で、着弾と同時に体内で弾丸自体が溶融するので、どの銃から発射されたのかを見極めるのは難しい。だが、君が撃ったのも五発、神月くんとファレルくんの被弾数も五発。偶然とは思えない」

「車両内に弾痕は。絶対にあるはずです」

「残念ながら、報告書にそのような記述はない」

「嘘だ」水島は掌で机を叩いた。「私を引っかけようとしても無駄だ。こちらも本職の捜査官だ。誘導には引っかからないぞ」

「そのような報告は受けていない、と言っているだけだ。書類にないことを、君が言っているからという理由で信用するわけにはいかない」

「でたらめの書類だ。見なかったことにしているだけだ」

「我々が報告書を偽造しているというのか。何のために？　仲間が殺されたというのに」

　水島は歯を食いしばった。

「ないものを、あると言うわけにはいかないんだ」范は続けた。「それに、もし車内に弾痕が残っていたとしても、それが君の撃った弾だと断定することもまた難しい。ケミカル弾は脆《もろ》い。生体より堅いものとぶつかると、変形したり砕けたりしてしまう」

「そんな……」

「我々が知りたいのは真実だけだ。もし単なる事故なら、少なくとも謀殺容疑で君の責任が問われることはない。正直に話してもらえないか。君は本当は『何に向かって』撃ったんだ？」

　范の言葉は、水島の心を深く抉った。

——本当に自分が撃ったのか。怪物に向かって撃ったはずの弾は、幻覚に騙《だま》されて、璃奈とファレルに向かって飛んでいったのか。飛びかかってきたあの怪物は璃奈だったのか。私を止めようとして、恐怖に陥っていた私を落ち着かせようとして——そんな彼女を、私は自ら撃ち殺したのか？

水島は片手で口元を覆った。眩暈がした。周囲の景色が揺れ始めた。范の顔がゆがんで見えた。

「水島くん」

范の声が遠い。

水島は両手を握りしめた。声が——自分の制御できない領域から湧《わ》きあがってくる。疑惑と罪悪感と——いや、そうではないと言い切る自信と、本当か本当かと問いかける自分自身の声が、彼を内側からじわじわと引き裂いた。

「私は殺していない」水島は呻いた。「絶対にだ」

「絶対というなら証拠が欲しいのだ。我々としては」

「証拠——」

「そう証拠だ」

水島は顔をあげた。「では、私に捜査をさせてくれ」

「何だと」

「そうしたら、証拠をあげてやる」

「だめだ。君はこの事件の関係者だ。捜査スタッフからは外される」

「では、個人捜査を行う」水島は机に両手をついて立ちあがった。「誰にも文句は言わせない。神月を殺した奴は、私が自分で見つけ出す」

「落ち着きなさい」

「調査報告書を見せてくれ。現場にいた私でなければわからないことがあるはずだ。資料をよこせ」

「君は重要参考人だ。渡すわけにはいかん」

「何だと」

水島は范につかみかかったが、後方に控えていた別の調査官に羽交い締めにされた。椅子と机を蹴飛ばして暴れながら水島は叫んだ。「放せ！」

范は立ちあがり、机の向こう側から回りこんできた。水島の顔をじっと見て言った。

「私は、まだ君をジョエルの共犯と断定したわけではない。だが、こういうことをされると、上へ報告する書類に記録が残ってしまう。苛立《いらだ》ちはわかるが、我慢して協力して欲しい」

「列車が止まったのはなぜだ。それぐらいは教えてくれ」

「何だって？」

「幻覚を見る直前、列車が急ブレーキをかけて止まった。運転手は、なぜブレーキをかけた」

「機器の故障があったようだ」

「事故ならすぐにアナウンスが入る。あのときはなかった」

範は答えなかった。

水島は問い詰めた。「なぜ黙っている」

「越権行為だ。君に捜査権はない」

「教えろと言ってるんだ！」

範は首を左右に振った。「捜査は我々の仕事だ。君は知っていることを全部話し、それから休暇でも取るんだな」

5

腹立たしい事情聴取は延々と続けられた。同じ質問が何度も繰り返され、ときどき揺さぶりをかけるように違った方向から質問が飛んできた。水島は、へとへとになるまで、言葉の暴力につき合わされた。鎮静剤を打たれているせいか、もう、ふらふらだった。自分でも限界だと感じ、抵抗する気力もついえたと感じた頃、範は、ようやく作業を中断した。監視員を残したまま、一旦《いちたん》、部屋から出ていった。

水島は机の上に突っ伏し、両腕で頭を抱えこんで目を閉じた。しばらくすると、範は戻ってきて水島に言い渡した。君を解放する。拘束はしない。それが彼の返事だった。「家に帰って、ゆっくり休むといい」

なぜ、釈放になったのかわからなかった。

だが、もともと正式に逮捕されたわけでもなく、拘束時間の期限が切れたのだろうと水島は推察した。

嫌みのひとつも言ってやりたかったが、頭に浮かぶ悪罵《あくば》は日本語ばかりで、英語でのいい言い回しが出てこなかったので、黙って部屋を出た。

疲れていたが、家に帰る気にはなれなかった。疲労でむくんだ体を引きずりながら、治安管理局へ向かった。

すでに夕方になっていたが、管理局のビルにはまだ明かりがともっていた。夜の帳《とばり》が降りても、ここでは人員がゼロになることはない。

建てられたときはそうでもなかったが、いまでは、それぐらい火星の治安が悪くなってしまった。都市と経済の発展によって、莫大《ばくだい》な富と人が行き交うようになった途端、犯罪率も急上昇した。それは誰にも止められない流れだった。地球でも何度も繰り返されてきた、都市の発展の上に咲く徒花《あだばな》だった。

第二課のフロアでは、職員が端末機の前で情報整理をしたり、古参の捜査官が新入りを怒鳴りつけたりしていた。

水島が配属されている部署には有色人種が多い。より正確に言うと、アジア系が大半を占めている。文化的背景やメンタリティの部分で、職員の共通項が多いとやりやすかろうという判断でこうなったらしいが、未《いま》だにアジアという地域を十把ひとからげでしか見られない上層部の考え方は、現場にいる水島にとっては呆《あき》れを通り越して、むしろ皮肉な意味で微笑《ほほえ》ましかった。

管理局内で人種別・出身地別に班を分けられても、一歩外へ出れば火星は人種の坩堝《るつぼ》である。いざ事件が発生すれば、管理局員は多種多様な人種を相手に立ち回らねばならず、捜査する側がこぢんまりと人種別に固まっていても、有益なことなど何ひとつない。

現場での要請は多岐にわたる。言語の問題も含め、欧米系のスタッフが欲しいときもあれば、アラブ系の職員でなければどうしても困ることもある。柔軟性が要求される捜査官の仕事では、いつでも自由に局員を使えることが必要だったし、どこかで日本系の捜査官が必要ならば、水島自身、喜んで飛んでいくつもりだった。

だいたい火星の公用語を英語のみに定め、暗黙のうちに修得を強要しておきながら、いまさら人種を云々《うんぬん》とする感覚が水島には理解できない。

水島が入室すると、あちこちから気づかいの声が飛んできた。相棒を亡くした水島を慰めるもの、彼が調査室に呼ばれたことで不信感を抱き探りを入れてくるもの、様々な思惑を感じたが、水島は礼儀正しく、いちいち彼らに応じた。

それから、神月璃奈のデスクへまっすぐに向かい、引き出しの中を掻き回した。璃奈の両親が私物を引き取りにくる前に、思い出の品をひとつ、手に入れておきたかったのだ。

水島は璃奈の写真を一枚も持っていなかった。仕事でいつも側にいたせいで、あらためて向き合う機会がなかったからだ。璃奈のホログラム写真が欲しかった。この先、個人捜査が行き詰まって挫折《ざせつ》しそうになったとき、励ましてくれる「痛み」が欲しかったのだ。

引き出しの奥に記録プレートがひとつあった。長さ五センチ、幅二センチほどのプレートの受感部を指の腹で撫でると、小さな立体映像が立ちあがった。

入局式のときの写真だった。二十歳になったばかりの璃奈の姿が映っていた。治安管理局の青い制服を着て、制帽をかぶっている。若々しい笑顔が眩《まぶ》しかった。水島の知っている璃奈より、少しばかり丸顔だった。あの凛《りん》とした鋭い顔立ちは、仕事を続けてゆく上で刻みこまれた苦労のあとなのだ。

水島は記録プレートを、シャツの胸ポケットにしまいこんだ。

その瞬間、再び、焼けつくような後悔に襲われた。机の上のものをすべて薙《な》ぎ倒し、大声で呪詛《じゅそ》を吐き散らしそうになった。それをせず、握りしめた拳《こぶし》を机に押しつけたまま震えながら耐えたのは、自分の情けなさと愚かさに、足元が崩れ去っていきそうな虚無感を覚えたからだった。

――神月。もし、おまえを撃ったのが本当に私なのだとしたら……この先私が窮地に陥ったとき、障壁となって私の前に立ち塞がるがいい。不運となって、私から幸運を奪うがいい。私はそれをすべて許す。何があったとしても、おまえの呪《のろ》いに逆らったりはしない。

オフィスを出ると、水島は鑑識課へ足を向けた。部外者立ち入り禁止の鑑識課は、ドアの前で読み取り機にリストコムのＩＤバッヂを通すだけでなく、局員の入室許可を受けねばならない。

遅い時間帯でも夜勤が残っているはずなので、水島はインターフォンに向かって氏名と用件を告げた。「神月璃奈の件で資料を確認したい。入室の許可を」

《あなたのIDは、担当捜査官として登録されていません》

職員ではなく、バッヂの情報を読み取ったコンピュータが人工音声で答えた。水島は顔をしかめた。事件が発生して捜査チームが編成されると、そのメンバーのIDが治安管理局のホスト・コンピュータに登録される。以後、様々な連絡事項や資料の閲覧は、登録IDの照会によって、許可／不許可が決定される。

担当捜査官以外が、無断で資料を読んだり、持ち出したりしないようにするための措置である。

捜査チームに登録されていない水島のIDは、従って、いまの時点では弾かれてしまうのだ。

水島はインターフォンに向かって怒鳴った。「機械と話している暇はない。そこに誰かいるんだろう。ドアをあけてくれ」

すると機械ではなく、女性局員の声が返ってきた。「悪いけど、あなたが来ても通すなと言われているの。申し訳ないんだけれど、帰ってもらえる?」

「資料を見せてくれとは言わない。少し訊ねたいだけだ。あの列車内の写真を撮った職員と話がしたい。そこに担当者がいるか」

「いないわ」

「だったら資料を確認するだけでいい。画像ファイルに改竄《かいざん》の形跡がないか、チェックしてもらいたい」

「改竄？　そんなこと有り得ない」

「有り得ないことが起きたから、私も驚いているんだ」

「証拠があるの？」

「現場にいた私が言っているんだぞ」

「どういうこと？」

「鑑識は現場の写真を撮ったとき、車両内に弾痕が残っているのを見たはずだ。その写真を確認して欲しい。調査室に提出されたのは偽物だ。君たちがまともな仕事をやっているのなら、オリジナルの画像データがそこに残っているはずだ。それを知りたい」

沈黙が訪れた。職員同士でもめているのだろうかと思い、水島は辛抱強く待った。だが、あまりに返事がないので、ついに自分から口を開いた。

「聞いてくれ。調査室の連中は、弾痕の写真など最初からなかったと言うが、そんなものは嘘に決まっている。現場を調べた人間なら、車内に残ったケミカル弾の痕《あと》を絶対に見ているはずだ。特に写真を撮影した人間なら、レンズ越しに必ず何かを見ていると思う。正直に教えて欲しい。質問にイエスかノーかで答えてくれるだけでもいい。お願いだ。本当のことを話してくれ。このままでは私は気が狂う」

「落ち着いて、水島さん」ようやく返事が戻ってきた。先ほどと同じ女性の声だった。

「自分を信じてもらいたいのなら、私たちのことも信じて欲しいの。あなたが本当に無実なら、データが必ずそれを証明する。だから、いまは大人しく帰って」

「待てないから言ってるんだ」

「これ以上はもう話せないわ。ごめんなさい」

通話は完全に途切れた。水島は鑑識課のドアを思い切り蹴飛ばすと、扉に両手をついたままうつむいた。疲労と絶望のあまり、全身がばらばらになりそうな気分だった。

待てない、これ以上は何も待てない。

水島は自分のデスクに戻ると、机に設置された端末機の極薄ディスプレイを手前に引き寄せた。タッチパネルを撫でて休暇申請書を書く。溜まりに溜まっていた有給休暇を、全部消化したいと希望し、所内のネットワーク経由で、直属の上司であるボー・ミン・フォンあてに文書を送信した。

自販機で買ったコーヒーを飲みながら返信を待っていると、リストコムのアラームが鳴った。回線をオンにすると、聴覚インプラントに直接、ボー係長の声が響いてきた。

《休暇申請を見た。おれのデスクまで来い》

つまり、休暇の許可は降りなかったということだ。受理された場合には自動的に端末にファイルが返信されてくるので、出頭しろというのは小言を聴けという意味だった。

水島は空になった簡易カップを握り潰すと、ゴミ箱に叩きこんで腰をあげた。同じフロアにあるボー係長の執務室へ向かった。

ドアを叩いて声をかけると、中から「入れ」と英語で返事があった。IDバッヂを読み取り機に通し、機械に許可をもらってから室内へ足を踏み入れる。

先客がいた。係長の机の側に、若い男がひとり立っていた。知らない顔だった。身長は水島より少し低く、アジア系の血が複数入り混じったような愛嬌《あいきょう》のある丸い顔立ちをしていた。水島を見ると、人懐っこい笑みを浮かべた。焦げ茶色の瞳に、薄茶色の髪。局内で警官の好感度コンテストをやったら、間違いなくトップに躍り出てきそうなタイプの若者だ。過酷な現場で容疑者を脅しつけるような精悍《せいかん》さはなく、むしろ市民のための受付窓口で、「親切なお巡りさん」を担当していたほうがよさそうな物腰の青年だった。

端末機のディスプレイをのぞきこんでいたボー係長が、視線をこちらへ動かした。ヴェトナム系の血を色濃く引いた顔立ちの中年男は、水島を厳しく見すえながら言った。「休暇はやれん。ジョエルの捜索に人手を取られて、日常業務の人員が足りない。悪いが、明日からもいつも通り出勤してくれ」

「頭痛がして、胸のあたりが重いんです」と水島は言った。「カウンセラーに見てもらいたいので、申し訳ありませんが休ませて下さい。現場へ出たら、眩暈と吐き気で倒れてしまいそうだ」

「見えすいた嘘を言うな。おまえがそんなやわな男か」ボー係長は平然と続け、水島の隣に控えている青年を顎《あご》で示した。「そいつは神月の後任だ。明日から一緒に行動しろ」

「はじめまして」青年は水島と視線を合わせると、愛想よく微笑みながら言った。「藤元《ふじもと》と言います。よろしくお願いします」

　直後、水島のリストコムがデータを受信した音を鳴らした。ボー係長が藤元のID番号を水島によこしたのだった。それを元に、あとでプロフィールを参照しろということだった。リストコムの画面を一瞥し、〝Y0098346〟という番号を覚えこむと、水島は藤元の全身をあらためてながめ回した。

　ひょろりとした長い手足。治安管理局の制服よりも、洒落《しゃれ》たイタリア製のスーツのほうが似合いそうな若者は、どう考えても自分の相棒としては力不足のように思えた。

「悪いが、新しいバディなら必要ない。私はこれから休暇をもらって家へ帰るところだ。人事課に言って、他の誰かと組み直してもらってくれ」

　ボー係長は拳の先で机をこつこつと叩いた。「休暇はやらんと言っただろう、水島」

「明日、精神科医の診断書を提出します。それで問題はないでしょう。私は鋼《はがね》ではありません。こんな気持ちで仕事などできない」

「ひとりで神月の件を調べるつもりか。やめておけ。早死にするだけだ」

「なぜです」

「調査室は、おまえを疑っている」

「知っています」

「おまえが拘束されずに出て来られたのは、うちがねじこんだからだ。その好意を無駄にするな」

意外な言葉に、水島は少しだけ目を見開いた。

ボー係長は続けた。「おまえと神月が、バディとして、どれほどうまくいっていたか知っているのはおれたち二課だ。おまえに神月を殺す理由なんぞない。仮に誤射だったとしても、弁護士もつけさせず、頭から犯罪者扱いするような調査室のやり方は気に食わん。それで、人権擁護委員会に割って入ってもらった。鎮静剤といえども、薬物を投与したうえでの尋問など無効だとねじこんだわけだ」

なるほど。それで調査室は追及をあきらめたのか。水島は、事情聴取の途中で范が席を外したことを思い出した。恐らくあのとき委員会から呼び出され、突き上げを食らったのだ。

「今回はこれで何とかなった。連中も、確たる証拠をつかんでいるわけではなさそうだしな。犯行にケミカル弾が使われたのが不利になっているようだが、旋条痕が確認できない以上、連中も正面切っては動けん。だが、おまえが下手に動けば、奴らは別件逮捕を盾に再度おまえを拘束するだろう。そうなったら、もう手に負えん」

「何もやっていないのですから、後ろめたいことなどありません」

「おまえは、連中のことをよく知らないんだ」

「ええ、知りませんよ。私は二課のヒラ捜査官ですからね」

「落ち着け水島、自分を粗末にするな」

「私は疑われたんだ。神月を殺したと。このままでは引き下がれない。はらわたが煮えくり返りそうだ」

「気持ちはわかるが、同じことを何度も言わせるな。休暇はなしだ。今日はもういいから、明日から藤元と一緒に新しい仕事にまわれ。つらいだろうが、火星の犯罪者はジョエルだけじゃない。マリネリス峡谷の安全を守るのが、おまえの仕事だ」

納得できなかったが、いま闘うべき相手はボー係長ではない。上司に向かって一礼すると、水島は執務室を出た。

藤元は廊下で水島に追いついた。「水島さんが休暇を取りたがっている理由はよくわかります。個人捜査をするつもりなんでしょう。ひとりで神月さんの仇《かたき》を……」

「その名前を口にするな」

「申し訳ありません。でも、大切な人だったんですね。僕らの仕事では、必ずしも組んだ相手と気が合うとは限らない。けれどもそれだけに、いい相棒に巡り合ったときの喜びは言葉に尽くし難い。神月さんは、素晴らしいバディだったんですね」

「黙れ。口にするなと言っているんだ」

「僕では頼りないでしょうが、少しぐらいはお役に立てると思います。何でも遠慮なく言って下さい」

「……何でもするんだな?」

「はい」

「だったらついてこい。調べたいことがある」

6

アデリーンは観測室で椅子に腰をおろし、ガラス張りの向こうの部屋を水色の瞳で見つめていた。

これまでは平気で入っていた部屋。

だが、あの日以来、こうやって実験に参加するのが恐ろしくてたまらなかった。嫌で嫌で、死ぬほど嫌だった。

肩よりも長く伸びたダークブロンドの髪を、彼女はそれしか頼るものがないようにそっとかきあげた。陶器のように滑らかな白い肌は、いつもより血の気を失い、より一層透けるように青白かった。

蜂蜜《はちみつ》色のツーピースを着て青いタイを結んだ胸元は、十五歳という年齢に相応《ふさわ》しく膨らみ、彼女がもう、子供と呼ばれる時代をとうの昔に過ぎているのを示していた。

編み上げ式のショートブーツの踵と膝をきちんと合わせ、すらりと伸びた両脚の上に手を置いて、実験室に入っていくふたりの姿を見つめ続ける。

ひとりは男性研究所員、もうひとりは友人のシャーミアンだった。

シャーミアンはアデリーンと同い年。茶色の髪を短く切り、Tシャツに細身のパンツという極めてラフな格好をしていた。高級ブランドで身を包んだアデリーンとは対照的だが、アデリーンにとってシャーミアンは一番の友人だった。アデリーンが堅苦しい格好をしているのは、あくまでも父親の好みに合わせてのことだ。娘のためなら惜しげもなく金を使い、ブティックの店員が勧めるままに何でも買ってしまう子煩悩《こぼんのう》な父親の下で、翼をたたんでいる雛鳥《ひなどり》に過ぎない。

――いや、もう雛とは呼べないだろうとアデリーンは思った。あんなことをしてしまったのだから……。

嫌な思い出がまた甦り、アデリーンは膝の上で両手を握りしめた。だめだ。落ち着け。鎮静剤なしで実験をクリアしなければ記録を取る意味がない、研究が進まない。研究が進まないと、自分を制御する方法が見つからない。一日も早く、自分自身を抑える方法を見つけるためにも、いまはがんばらねばならないのだ。

壁の片面がガラス張りになった部屋は、中央で半分に仕切られていた。シャーミアンと研究員は、それぞれの室内に置かれた椅子に腰をおろした。シャーミアンの前には何もないが、研究員の前には机がある。その上には、十段の引き出しがついた木製の小箱が置かれていた。引き出しは正方形の小箱の六面すべてにあり、そこには「A1」や「B6」といった具合に、各々《おのおの》に記号番号が振られている。

観測室のハリエットが、マイクを通してふたりに呼びかけた。「では始めます。シャーミアン、目隠しをして」

《OK》

元気のいい返事とともに、シャーミアンはアイマスクを装着した。

「始めて」

《了解》

研究員は身じろぎして気を落ち着けると、目の前の小箱をじっと見つめて、喉元の小型マイクにつぶやいた。

「C10」

彼の声と同時に、手で触れたわけでもないのに、小箱のC10の引き出しが開き、数秒後また閉じた。

研究員は次々と番号をつぶやき続けた。小箱の引き出しはそのたびに開き、すぐに閉じ、また別の場所が開いた。まるで自動制御の玩具《おもちゃ》のように。

一方、シャーミアンは目隠し状態で黙って座っているだけだ。特に変わった表情もせず、かといって没我状態にあるわけでもない。声をかければ、すぐに返事をしそうなリラックスした雰囲気だった。

突然、研究員の目の前で、小箱がくるりと転がった。いままで机と接していた唯一の面――F面が表を向いたのだ。続いて、F面の引き出しが次々と開閉を繰り返した。

観測室で見ていたアデリーンは思わず溜息を洩らした。私にも、あれぐらいの余裕があれば、もっと易々と課題をこなせるはずなのに。

「OK、シャーミアン。完璧《かんぺき》です。このテストは、もうあなたには必要ないわ」

ハリエットの言葉に、シャーミアンは、ひゅうと口笛を吹いてアイマスクを剝ぎ取った。

《お疲れさま！　今日は、もう帰っていい？》

「いいわよ」

《やった！　アディー、私、先に抜けるね。予定があるから》

アデリーンはハリエットにマイクを借り、答えた。「いいわよ。私のほうは時間がかかると思うから」

《悪い！　今度穴埋めするから、ごめんねー》

シャーミアンが意気揚々と実験室を出ていくと、ハリエットはアデリーンに向かって言った。「あなたの番よ」

アデリーンは視線をあげた。ブロンドの髪がツーピースの肩先を撫でる。

「怖いの？」とハリエットは訊ねた。

「ええ」

「今日は小箱を動かすだけよ。シャーミアンがやったのを見たでしょう。危ないことは何もない」

「でも」

「この間みたいな現象は起こらない。ジャックは優しい人よ。あの列車に乗っていた人とは違う。あなたも、よく知っているでしょう」

「はい」

「では部屋に入って」ハリエットは少女の手を取ってうながした。「自由に使えるようになったら戸惑いは消える。自転車に乗るのと同じ。わかるわね」

アデリーンは実験室へ足を踏み入れた。先ほどまでシャーミアンが座っていた場所に腰をおろす。柑橘《かんきつ》系の残り香を感じた。ジグと遊びに行くのだとわかった。こんなに怖がっていなければ、私も早々と実験をクリアして、一緒に連れていってもらえたのに。

――おまえは誰よりも強い力を持っているんだ、と父親が言ったときのことを、アデリーンは鮮明に思い出した。ただ制御の方法を知らないだけだ。だから、それさえ身につければ、おまえに勝てる者は誰もいなくなるだろう。シャーミアン？　彼女なんて数段下だよ。おまえと比べればな。

父親の言葉は信じ難いものだった。だが、いまでは彼が、なぜそんなふうに言ったのかわかる。

自分はそれだけのことをやってしまった。そして、すべてを制御できるようにならない限り、いつまでも自分自身に怯え続けることになる。だから、しっかりしなくてはならない。落ち着いて、課題をクリアして、木星へ行くのだ。皆と一緒に。

椅子に座り、シャーミアンがやっていたように目隠しをする。鼓動が少し早くなった。隣の物音は一切聞こえない。仕切りは完璧な防音が施され、研究員が何をつぶやいてもこちらには届かない。

その状態で、自分の内部に伝わってくるものを受けとめる。あとは、相手の意志に任せてエネルギーの手綱《たづな》を取るだけだ。

ハリエットは、隣室の研究員に指示を出した。「始めて」

研究員は先ほどと同じように、目の前の小箱に意識を集中させた。任意の番号を思い浮かべようとした瞬間、小箱は机の上から三十センチも飛びあがった。

研究員とハリエットは、ほぼ同時に「あっ」と声を洩らした。

彼らには、そこから先をコントロールできなかった。

実験室の電灯がすっと暗くなって消えた。立方体は独楽《こま》のように回転しながら、凄まじい早さで、次々と引き出しの開閉を繰り返し始めた。そして、内部に爆薬でも詰めてあったように破裂した。とっさに両腕で顔をかばった研究員の体に、粉々になった木片が降り注いだ。

「ジャック、大丈夫?」

《平気だ、何ともない。だが――これは、ひどいな》

床に散らばったかけらを、ジャックは靴の爪先《つまさき》で蹴飛ばした。《もう使い物にならない。資材部に新しいのを発注しなくちゃ》

ハリエットは額に手をやった。唇から陰鬱な溜息を吐き出した。

同時に、実験室の電灯が再び明るくなった。

部屋から出ると、アデリーンは実験が失敗したのを告げられた。やっぱり……と暗い表情になった彼女を、ジャックは陽気な口調で慰めた。「いや、シャーミアンのテストで僕が疲れていただけかもしれないし。もしかしたら、僕の内面にちょっと問題があるのかもしれないね。自覚はないけれど、意外と攻撃衝動を溜めこんでいたりするのかもしれないな」

そう言ってジャックは笑ったが、まるで慰めになっていないとアデリーンは余計に落ちこんだ。もし彼の言う通りだとしたら、自分はまたしても、無意識のうちに、触れてはならない他人の内奥へ手を伸ばしたことになるのだから。「引き出しを開閉する」以上の何かを、ジャックの中から引き出してしまったわけだから。

今日はもういいとハリエットに言われた瞬間、「お願い、もう一度試させて」とすがりつきたい気持ちと、「もう、どうでもいい」という気持ちが、アデリーンの中で同時に湧き起こった。

だが、結局、退出するほうを選んだ。バッグを持ちあげ、おざなりな挨拶《あいさつ》をした後、アデリーンは火星総合科学研究所の実験室を後にした。

家に帰る気にはなれなかった。どこかで気分を発散したかった。もっと安全な形で。足は自然と、マリネリス峡谷内を走るリニアモーターカーの駅に向かった。左腕に巻いたリストコムを改札口で読み取らせ、火星博物館行きの列車に乗りこんだ。

メラス峡谷の外れに位置する火星博物館は、アデリーンが見つけたお気に入りの居場所だ。

入り口で、リストコムを自動検札ゲートに通して入館料を精算させると、そこはもう彼女だけの世界、誰にも邪魔されず、思索に浸れる自由な場所だった。

アデリーンはエレベータで博物館の最上フロアへ昇った。その階のテーマは火星開拓史である。二十世紀以降、火星がどのような形で観測され、開拓されて現在に至ったか、すべてが簡潔に要約されている。

もう飽きるほど見て細部まで覚えこんでしまった惑星の立体映像を、彼女は水色の瞳でのぞきこんだ。

博物館としては、一番力を入れて作った展示場かもしれない。だが、お客の人気はいまいちだ。歴史の勉強に近い内容のせいだった。この星に住む人々にとって、昔の火星がどうだったかなど、もうあまり興味がないのだ。

火星は日常になってしまった。

地球と同じものになってしまった。

これからどうなるかに関心はあっても、過去の話はもうどうでもいいのだ。その点については、アデリーンも同意見だった。

にもかかわらず、彼女はこの部屋が好きだった。客が少なくて閑散としているからだ。

彼女は人混みが苦手だった。大勢の中に混じっていると、頭が痛くなってしまう。周囲からどっと押し寄せてくるごちゃついた感情の波が、彼女の脳の働きを混乱させるのだ。

それは普通の人間が、ネットワーク接続で大量の情報に晒され続けると、やがてデータの内容や質の高低にかかわらず、どっと疲労感を覚え始める現象に似ていた。

他人の鬱屈した想念が、無理やり脳の奥へ侵入してくる――それは精神的な意味での暴力に等しかった。

普通の人間が感知できないものを、彼女は感知してしまう。

そういう感覚を、彼女は生まれつき備えていた。

テレパスではないので、相手の具体的な思考の筋道が見えるわけではない。だが、何となく相手の考えていることが伝わってきてしまう。うれしい、悲しい、楽しい、苛立っている、憎んでいる、蔑《さげす》んでいる――そういう諸々の感情を、彼女は言葉を使わずに知ることができた。

思考ではなく、感情を読むのである。

それらすべてを聴くこともなしに聴き、瞬間的に理解できるのがアデリーンの持っている感覚――超共感性と呼ばれる受容能力だった。

さらに恐ろしいことに、アデリーンはそうやって受けとめた感情のエネルギーを、自分の中で一定量溜めてから放出する能力を持っていた。

溜められるのは、感情のエネルギーだけではない。

自分の外部に存在するエネルギーを取りこみ、効率的に放出する――。まるでエネルギー機関のような仕組みを体内に持っているのだ。

父親の説明によると、それは空間をゆがめ、エネルギーの流れを誘導する能力らしかった。アデリーンの体内には量子的な〈窓〉が開いており、そこをエネルギーや情報が行き来できるのだという。

感情の波は情報の一種だ。だから、彼女の脳はそれを感知する。

感情の波はエネルギーの一種でもあるらしい。だから彼女の体は、それを〈窓〉を通って入ってくる別種のエネルギーと一緒に溜めこみ、それがある程度以上になると外部に放出する。

父親はアデリーンに対して、その力を恐れるなと言った。いつかどこかで、必ず役に立つ日が来るはずだからと。

だが、それまでは、誰にも喋ってはいけないとも命じた。人間は自分と違う存在を感知すると、それを本能的に排除する性質を持っている。相手が自分を導く「神」に似た存在だと自覚し、その前に跪《ひざまず》くまでは、徹底的に苛《いじ》め尽くそうとするだろう。だから自分の身を守るために、おまえはその力について、決してよそでは話してはならない、わかるね？と。

わかるけど、とアデリーンは言った。その日はいつ来るの。本当に来るの？

来る、絶対にだ、と父親は答えた。アデリーンはそれを信じた。信じ続けて六歳になったとき、突然、日常が変わった。父親が「仲間」を紹介してくれたのだ。

おまえと同じ生まれ方をした子供たちだよ、と父親は言った。友達だ。この子たちとは秘密を共有してもいいんだ。何を話し合ってもいいんだよ。

だが、仲間といるのも疲れるものだった。アデリーンの超共感性は、仲間内でも桁外《けたはず》れだった。仲間がいても彼女は孤立した。後にはシャーミアンという親友もできたが、それでも、ときには誰の側にもいたくないと思う気持ちが消えることはなかった。

それで博物館通いが始まった。

誰とも思考を共有しない場所、のんびり過ごせる場所を探して。

もちろん、客が来る以上、博物館内も他人の思考が飛び交っている。だが、雑踏にいるよりはましだった。

博物館は最高だった。どこか冴《さ》えざえと冷たい部分もあったが、その一方で、優れた美術や芸術品に触れたときのような壮大な美を感じるのだ。

最上階で気分を落ち着かせると、アデリーンは少しずつ下の階へ移動していった。天文学や生物学のフロアが次々と現れる。特別展示があり、常設展示がある。人の営みに触れた展示があり、動物や植物の活動に触れた展示が目の前に広がる。ほとんどの展示品は、触感や質感まで忠実に再現してくれるＶＲ資料である。地球や太陽系全体を知るには、格好の記録だった。

こんなクラシックな、地球のことを教える博物館を火星に作ったのは、火星に住む人間に、火星以外のことを覚えておいてもらうためだった。火星は地球の前庭に過ぎず、極端に前衛的な思想を持つのは許されないのだと。そんな不自由な考え方を支持する人間は、いまどきの火星にはもう誰もいないのだが。

地質学と古生物のコーナーの先には、博物館で一番人気の恐竜コーナーがあった。アデリーンは、ここで子供や大人の無邪気な好奇心に触れるのが好きだった。化石の展示と立体映像のリアルさは素晴らしく、アデリーンは幼い頃、ここで泣いてしまったことがある。狩をする四匹のディノニクスの立体映像がもの凄い迫力で、そのときのショックが、未だに彼女の中では恐怖のシンボルになっているほどだ。

ざわりとした不快感が、アデリーンの背筋を這い昇った。

数日前、火星鉄道に乗っていた彼女は、ふいに強烈な感情の波を感知した。恐ろしく攻撃的で、暗い情念に凝り固まった感情――それが彼女の心を鷲《わし》づかみにし、逃れようのない強引な力で、ぐいぐいと引き寄せていったのだ。

暴力的に相手を引きずりまわす感情の波に、アデリーンの超共感性が動き始めた。自分では制御できない形で、相手との共振――感情の一体化が始まった。アデリーンは自分の周囲に、あっというまに巨大なエネルギーの塊が形成されていくのを感じた。だが、彼女にはそれを止められなかった。

一旦相手の精神との共振が始まると、アデリーンには制御が不可能になる。周囲からエネルギーを集め続け、体内に蓄積し続けてしまう。

それは彼女の最大の欠点で、どうしても克服できない弱点でもあった。

相手の感情に共振しているうちに、アデリーンの脳の奥から恐ろしいイメージが立ちあがってきた。強靭な顎と牙、鋭い爪を持つ怪物のイメージが次第に形を成していく。

共振してきた相手が想像していたのは、とても抽象的な存在だった。

相手が求めていたのは〈力〉そのもの――。

邪魔者を薙ぎ倒し、引き裂き、己の自由を獲得するための力だった。

共振に引きずられているうちに、アデリーンの中で、それは具体的なイメージに仕立てられていった。幼い頃、博物館の立体映像で怯えた四匹のディノニクス。そこへイメージが重なった瞬間、エネルギーの爆発と放散が起きた。

アデリーンと相手との間で形成されたエネルギーの塊は、列車全体を串刺しにするように荒々しく突き抜けた。精神の波が暴風のように吹き抜け、周囲の人間たちを薙ぎ倒した。暴力はそれだけでは終わらなかった。凄まじい混乱のあと、ひときわ激しい力の爆発が二、三度続き、そのショックでアデリーンは気を失いそうになった。その瞬間、自分が作りあげた恐怖のイメージが、恐竜の姿になって駆け抜けていくのを感じた。

エネルギーが外部へ放出された直後、アデリーンは別の強い想念を感じ取った。若い女性の精神波だった。長く尾を引く叫び声をあげながら、黒い淵《ふち》の中へ引きずりこまれていく魂の悲鳴に、アデリーンは思わず声をあげた。

凍りつくような衝撃に貫かれ、しばらくの間アデリーンは意識を失った。一緒に列車に乗っていた彼女の付き添い――ジャネットに揺り動かされて目をあけたのは、何十分も過ぎてからだった。あたりは騒然としていた。乗っていた列車は止まり、救急車や治安管理局のヴィークルがサイレンを鳴らしていた。乗客が次々と外へ運び出されていく。混乱した精神波が車両全体に渦巻いていた。アデリーンは耐えきれなくなって心の耳を塞いだ。

感覚を抑制すると騒音が遠ざかった。磨《す》りガラスの向こうの景色のように、あらゆる事象がぼんやりと霞んだ。

ほっとした瞬間、その遮蔽《しゃへい》を突き抜けて、またしても別の誰かの感情の波が、凄まじい勢いで彼女の脳に飛びこんできた。

アデリーンは座席の上で飛びあがりそうになった。

今度の波は男性のものだった。混乱し、怒り狂い、泣き喚いていた。無秩序にほとばしるイメージの断片から、先ほど叫び声をあげていた女性の知り合いらしいとわかった。

熱い泉に触れたようなショックを、アデリーンは覚えた。彼が放った感情の波は、激しい怒りと悲しみに満ちていた。男の剝き出しの感情は、彼女の心を強烈に揺さぶった。他人の感情は読み慣れている。怒りも悲しみもよく知っている感情だ。なのに、その男が放っていた波は桁外れに激しかった。これほどまでに激しい情緒を持った人間を、アデリーンはこれまで知らなかった。まるで自分自身すら破壊しかねないような熱を持つ——こんな人間は彼女の身近には存在しなかった。アデリーンはその強烈な感情の波に引きずられ、またしても共振を起こしそうになった。だが、体力を消耗していたので、今度は抑制がきいた。

不安な通底音を聞くように、アデリーンは相手の感情の波を受けとめ続けた。やがて男の感情は遠ざかっていった。列車から離れたのだとわかった。

いったい何が起きたのか。アデリーンには、全くわからなかった。

アデリーンが感知できるのは、感情の波だけである。

だから自分が引き起こした共振が、具体的に、どのような影響を彼らに与えたのか、目で見るように知ることはできなかった。

ただ、とてつもなく大変なことをしてしまったのだけは、はっきりとわかった。

しばらくすると、ジャネットが彼女を列車から連れ出し、外で待っていたヴィークルに無理やり乗せた。何が起きたのか知りたがったアデリーンに、ジャネットは厳しく言い渡した。心配しないで。皆がうまく処理してくれる。あなたは何も考えなくていい。私たちの知らないところで、どうでもいいことが起きただけ。もう忘れなさい。グレアムも気にするなと言っているわ、と。

忘れろですって？

私が原因で起きたのに。

世界を焼き焦がすような絶叫を脳の底までねじこまれたのに、それを忘れろと言うの？

自分のせいじゃないと思えと言うの？

隠さないで、何が起きたのか全部教えて！

だがジャネットは答えなかった。アデリーンは、いきなり首筋に麻酔薬を貼られて気を失った。目が覚めると自宅のベッドの上だった。ジャネットが言った通り、父親も何も教えてくれなかった。

博物館の立体映像ブースで、周囲に浮きあがってくる太古の海洋生物を眺めながらアデリーンは思った。

あの日からだ。自分の力を使うのが怖くなったのは。研究所の簡単な実験に参加するのすら、抵抗を覚えるようになった。やればことごとく失敗した。皆、口では、「気にするな」「緊張するな」「心配しなくていい」と言ったが、その言葉の裏に、奇妙な憐《あわ》れみと熱い好奇心が宿っていることにアデリーンは気づいた。

列車の中で使った力をもう一度見せてくれよ、ここで再現してみせてくれよ、本当はもっと凄い力を持っているんだろう、出し惜しみしてないで、さっさとやればいいじゃないか、なんて不器用な娘なんだろうな、取り澄ましているのさ、戸籍上では科学部長の娘だものな。

何と言われようとも、アデリーンは「あの力」を再現するつもりはなかった。制御できない力などいらない。このまま劣等生として消えてしまいたい。もう、木星行きなんてどうでもいい――。

そのとき、ふたりがけのシートの空席に、誰かが身を滑りこませてきた。驚いて横を見ると、相手は不機嫌そうに言った。「やっぱりここだったわね。出かけるときは、ひとこと伝言してもらわないと困るわ」

制服のようにかっちりしたデザインのスーツを着こんだ女――ジャネットはアデリーンより七歳年上だ。アデリーンは彼女が苦手だった。何がどうとはうまく言えないのだが、反《そ》りが合わないのだ。

シートに深く身を沈め、アデリーンは応じた。「散歩は必要よ。家とラボを往復してるだけでは、ストレスが溜まってしまうもの」

「出歩くのは構わない。でも、行き先を記録しておいて頂戴《ちょうだい》。お父さんが心配しているのよ」

アデリーンは憤慨して立ちあがった。「私はもう子供じゃない。ひとりで街へ出るぐらい何だっていうの」

「この前みたいなことになって、また私たちに後始末を頼むつもり？　あなたがひとりで出歩くのは、普通の人間が遊びに行くのとは違うのよ」

「ええ、そうね。私は普通とは違う。でも、望んで、こんな人間に生まれてきたわけじゃないわ」


マリネリス峡谷の自宅へ戻ると、アデリーンの父グレアムは、待ちかねていたように玄関先へ飛び出してきた。目尻に皺《しわ》を寄せ、満面に笑みをたたえながら彼女を抱きしめた。

「どこへ行ってたんだ。時間通り帰ってこないから、死ぬほど気をもんだぞ」

もう子供じゃないんだから放っておいてよ、とアデリーンは言いたかったが、父親の笑顔を見ると、なぜか口に出せなくなった。ためらいがちに「ごめんなさい」とつぶやくと、あとはもう、逃げるように二階の自室へ駆けあがってしまった。

あの表情、自分を見つめるときの、父の夢見るような幸福そうなまなざし――。それに出会うと、アデリーンはいつも抵抗心を砕かれる。まるで遺伝子の中に刷りこまれたように、彼には絶対服従を誓わねばならない気持ちになってしまう。彼の言う通りにして、彼の言う通りに生き、彼が望むような形で力を発現させ、木星行きの計画に参加する――。

すべて、アデリーンがひとりで決めたことではない。

グレアムの夢に乗っかる形で、何となく流されてきただけだ。

火星暦換算で七年余、アデリーンはグレアムの内面にずっと触れ続けてきた。彼の中にある優しく繊細な感情、時折、すっと影のように差しこんでくる寂しげな感情――それらすべてが愛おしかった。理屈抜きの親近感があった。彼の内面は、まるでバロック音楽のように理路整然と美しい。モーツァルトが書いた曲のように、微かな暗さの滲む明るさがある。

グレアムは、アデリーンが自分の感情を読むのを決して恐れなかった。読まれて困るようなことは考えていない、というのが彼の口癖だった。実際、彼の中にネガティヴな感情を読み取ることはなかった。

だからアデリーンは、グレアムをずっと信頼してきた。父親と呼ぶに相応しい人物だと思っていた。自分をよい方向へ導き、迷いには答を、悩みには安らぎを与えてくれる人なのだと。

だが、あの列車事故以来、アデリーンは考えを変えた。

彼は『読まれて困るようなことを考えていない』のではなく、実は、自分の感情を自由に制御できるのではないか。読まれて困る内容は、見えない壁の向こうに隠蔽され、自分が見ているのは、その外壁だけではないのかと。

どのような精神構造を獲得すればそれが可能になるのか、アデリーンにはわからなかった。だが自分は万能の神ではない。ある種の爬虫類《はちゅうるい》が、熱センサーによって獲物の動きを捉《とら》えるように、他人の脳の活動状態を捉えているに過ぎない。読めない感情があっても不思議ではなかった。

そう疑い出すと、もう、グレアムの側もくつろげる場所ではなくなった。

それでもアデリーンには、ここしか居場所がなかった。他にいる場所がない以上、いずれはグレアムの思惑通り、木星行きの船に乗らねばならない。

花柄のベッドカバーの上へ、アデリーンはうつぶせに倒れこんだ。もやもやした気持ちが膨れあがっていく。

アデリーンは地球を知らなかった。火星しか知らなかった。だから思考は、常に外宇宙へ向いている。地球へ行きたいとは思わない。地球は火星と相似形の都市で、ひどく環境の悪い星だと聞かされていた。観光のためだけに、わざわざ体を重くする一Gの環境へ行ってみたいとは思わなかった。火星生まれのアデリーンには、地球に対する郷愁はない。

けれども、木星と、その彼方《かなた》に広がる銀河の果てなら見てみたいと思う。グレアムは彼女が幼い頃から、繰り返し、遠い宇宙の素晴らしい話を聞かせ続けた。地球生まれというしがらみを持たないおまえには、未踏の星々の世界がよく似合う。おまえはそこで活躍するために生まれてきた世代だ。迷うことはない。十五歳になったら、木星のステーションへ行こう。私と一緒に。

十五になったら木星へ行く。アデリーンにとって、少し前まで、それはあたりまえのことだった。けれどもいまは違う。不安が彼女の心を曇らせていた。感覚を制御できない恐怖が、何もかもに自信をなくさせていた。

上階へ駆け上った娘の姿を、グレアムは幸福感に満ちた表情で見送った。が、彼女の影が消えると、娘に接するのとはうって変わった冷ややかな視線で、ジャネットを見すえた。

「事情を説明してもらおうか。なぜ、アデリーンから目を離した」

「申し訳ありません」ジャネットは素直に頭を下げた。「ほんのちょっとした隙に」

「私は言い訳を聞いているんじゃない」グレアムは厳しく言い放った。「それともアデリーンは、もう君の手に負えないほどの力を持ち始めているのかな。君はあの子より七歳も年上なのに、早くも感覚のレヴェルを逆転されたわけか」

ジャネットは蒼白になった。「いくら何でもそんなことは……。現に彼女は、まだ私の追跡をかわせません。私は建物の外からブースまで確定できました。彼女に気づかれずに」

「じきに追い抜かれるさ。あの子は、いずれ追っ手をまく方法を覚えるだろう。あの子の力は、私ですら、どこまで伸びるのか予想できないほどだ。だからこそ、日常の細部に至

るまで君に監視させているんだ。先手を打てるように。列車事故のほうは、どうなってい
る」

「特務課がうまく処理しているようです。死者が出たのは痛かったのですが」

「アデリーンには知られていないだろうな。一番肝心なところは」

「ええ。でも、相変わらず疑問を持ち続け、真実を知りたがっています」

「あれは心の優しい子だ。絶対に真相を知られてはならん。もし知ってしまったら、どう
なることか。私自身恐ろしい」

　グレアムはハンガーにかけていた上着を手に取った。「今日はこれから、所長や各部門
の責任者と夕食会だ。だいぶ遅くなるだろう。君はアデリーンの食事につき合ってやって
くれ。ふたりきりで寂しいなら、ラボのスタッフも呼ぶといい。キッチンは好きに使え」

「承知しました」

「ジャネット」

「はい」

　ジャネットが視線をあげると、グレアムは彼女の顎をつかんで自分のほうへ引き寄せた。

瞳をのぞきこむようにして囁いた。「私を裏切るなよ」

「……わかっています」

　グレアムはジャネットを解放すると、鼻歌を唄《うた》いながら玄関を出ていった。

7

展望レストランを訪れると、個室には、すでにグレアムの友人たちが集まっていた。火星の総合科学研究所に勤め、何らかの形で責任ある立場にいる者ばかりだった。年齢は四十代後半から五十代後半。地球に住む同年齢の人間よりも、皆、十歳ぐらい若く見えた。

火星の自由な気風がそうさせるのか、あるいは自分の好きな研究に没頭しているせいなのか。まるで火星の公転周期の遅さに合わせたように、グレアムも含めた五人の責任者たちの顔つきは、生き生きとして若々しかった。

「遅かったじゃないか」グレアムの顔を見るなりボルッが言った。「連絡を入れようかと迷っていたところだ」

「すまん。娘が行方不明になって、ちょっとあわてた」

「アデリーンが？　で、見つかったのか」

「見つからなきゃ、ここへは来ていない」

給仕係がメニューを持ってきた。ファーガソン所長は微笑を浮かべながら全員を見回した。「今日はおめでたい日だ。何でも好きなものを頼んでくれ」

「シャンパンはどう」デュビエフ副所長が薦めた。

「いいね。オードブルは何にしようか」

コースではなく、めいめいが好きな料理を大皿で頼み、取り分ける形式を選んだ。五人は食前酒の杯をあげた。

「目標達成を記念して」英語から、ここにいる五人にしか通じない人工言語に切り替えて、ファーガソン所長は言った。「乾杯」

研究所のチームが遊びで作り出した新しい言語は、ラテン語に似た音の響きを持ち、ひとつの単語に過剰な意味を持たせた特殊な言葉だった。瞬時に大量の意味を伝達し、部外者に意味を悟られないようにするための言語。ファーガソン所長はそれを改良し、研究所内の責任者にしかわからない言語を作った。五人はそれをまたたくまに修得し、いまでは日常的に使っていた。

「プログレッシヴも、とうとう百人か」

「百人と言っても、能力の程度はまちまちだ」黄《ウォン》はグラスを置いて言った。「能力の面から言うなら、完璧に百人生み出せたとは言えないよ」

「技術は安定した。あとはヴァリエーションの問題だよ」

「アデリーンは、最近、外出が多いわね」デュビエフ副所長がグレアムに訊ねた。「やっぱり、あなたの家に置いておくのは問題があるんじゃない？　ラボへあずけるべきだわ」

「一旦引き取ったものを、元へ戻すわけにはいかないよ」グレアムは平然と答えた。「それにあの子は私に懐いている。彼女の感覚を鍛える意味でも、家族を作ることは望ましい」

「怖くないの？」

「何が」

「アデリーンは読むんでしょう、あなたの心を」

「私は読まれて困るようなことは考えていないよ。第一、あの子は他人の思考を読むわけじゃない。感情を読むんだ」

「でも、普通の人間より何十倍も勘がいいのは確かだわ。思考を読まれているのと同じでしょう」

グレアムは肩をすくめた。「君だって、恋人の心ぐらいは読むだろう」

「彼の親馬鹿を問い詰めたって、得るものはないさ」ファーガソン所長が割りこんだ。「あれは、クリスティーナの遺伝子から生まれた子供だ。グレアムにとっては本物の娘と変わらない」

デュビエフ副所長は片眉《かたまゆ》をあげた。「よく、奥さんが承知したわね」

「心の優しい女でね。協力させるのは簡単だった」

「信じられないわ。で、その子は、いまどうしているの」

「地球で平凡に暮らしているか、むこうの環境に馴染めなくて苦労しているかもしれない――ひょっとしたら、もう死んだかな。いずれにしても、私にはもう関係のない話だ。あれは実験体としては失敗作だった。研究の当初にはよくあった事例だ。もう顧みるつもりはないよ」

「訴えられたり、データを暴露されたりはしないんでしょうね」

「いまさら？　有り得ないよ。私が、もう二度とあの子の人生に関わらないのと引き換えに、オリヴィアは研究の内容と秘密をよそへ洩らさない――。私たちは、そういう交換条件をかわしたんだ。その約束はいまでも有効だ。それに、私たちがいまやっている研究は、あの頃とは比べものにならないほど高度に複雑化している。現場を離れたオリヴィアに、この全貌《ぜんぼう》が理解できるとは思えないね。クリスティーナの身体が証拠になるわけではないし、その点については心配無用だ」

ボルツが訊ねた。「アデリーンのために再婚する気はないのか」

「ない」とグレアムは答えた。

「子供には母親が必要だぞ」

「私が母親代わりだ。父親兼母親。それにジャネットもいる」

「あれはせいぜい姉代わりだろう。あるいは教師か」

「いまの状態が、超自我を育てるのに問題があるとは思えないね。子供というのは、大人が考えているよりも、ずっとタフな生き物だよ」

「心配と言えば、むしろ、アデリーンが大人になって、自分で男を選ぶときのほうが深刻だろうな」ファーガソン所長が微笑しながら言った。「花嫁の父の心境だろう。君の性格なら、花婿に対して、一発殴らせろと言い出すのは必至だ」

「嫁になんかやりません。アデリーンは私のものです。娘だが、私のものだ」

グレアムが至極真面目に答えたので、残りの四人は弾かれたように笑った。本当におかしかったからではない。グレアムの中にある偏執狂的な部分を、皆、よく承知しているからだった。この男なら本当に娘を自分のものにするに違いない、肉体的な意味ではなく、精神的な意味でだ。

「ところで、木星のステーションはいまどうなっているのかな」黄が話題を変えた。「事故続きらしいね。いつになったら移住の目処《めど》がつくんだ」

「建築部をせっついておいたわ。半年後には、具体的なスケジュール表が回ってくると思うけど」

「半年か。じゃあ、しばらく新しいプログレッシヴは作らないほうがいいな。あるいは、グレアム方式で、誰かに自宅で育てさせるか?」

「その移住の件なんですが」グレアムはファーガソン所長に訊ねた。「いきなり百人は送らないんでしょう。選抜メンバーは何名ぐらい予定しているのですか」

「十人か、多くても二十人といったところかな。能力差もあるし」

「統率者としては、誰を?」

「未定だ」

「私に行かせてもらえませんかね」

「何だって?」

全員がグレアムの顔を見た。グレアムは構わず続けた。「誰かが行かねばならないのなら、私を任命して下さい。私は、あの子たち全員の父親代わりになる覚悟がある」

「よしてくれ。ここまで順調に来られたのは、君の研究成果があったからだ。プログレッシヴは、まだ発展途上の存在だ。改良するには技術と知識がいる」

「基本的なことは全部教えました。それに研究をやっているのはチームだ、私個人じゃない」

「しかし、君の統率力あってのことだ」

「木星へ行くのは私の夢なんです。いや――寿命が尽きるまでに、私は可能な限り地球から離れた場所へ行ってみたい。できることなら、木星だけでなくもっと先まで。宇宙の深みをのぞいてみたい。子供の頃からの夢だった。プログレッシヴを作ったのは、そのためでもある。わかって欲しいんです」全員の顔を見回して付け加えた。「こんな場所で話す内容ではないんだが、隠すことでもないだろうから」

「残念だわ」デュビエフ副所長が言った。「あなたがいなくなるなんて……」

「君は教育者じゃなくて、研究者のほうが向いていると思うんだけどな」と黄もつぶやいた。

「研究をやめるつもりはない。木星でも続けるよ」

「アデリーンも連れていくのか」

「当然だ。あの子の能力はスペシャルAだからな」

ファーガソン所長が言った。「わかった。考えておこう。だが、いつでも変更できるようにしておくから、気が変わったら教えてくれ」

「ありがとうございます。でも、たぶん変わらないと思うな」鴨《かも》のテリーヌをつつきながらグレアムは続けた。「湿っぽい話になったたな。話題を変えましょう。例の列車事故の件ですが、関係者が、ちょっと予想外の行動を取り始めました」

「個人捜査でも始めたか」

「ええ。共犯の容疑をかけておけば動きを封じられると思ったのですが、逆効果でした。随分アグレッシヴな男のようで、捜査官としての本分を越え、積極的に真相を探ろうとしています。多少の法律違反をしてでも、ジョエル・タニを見つけ出しかねない勢いです」

「ジョエルのデータは、もう充分に取れた。ラボから動かしたほうがいいな」

「特務課のエイヴァリーに何とかさせましょう」

「入院している警官の容態は」

「まだ意識不明です」

「彼の意識が戻ったとき、その捜査官が真相を聞き出したらやっかいだな」

「いや、あの怪我《けが》では回復は見込めないでしょう。それに、病院へ行ったところで、彼には面会できない。捜査内容のデータに触れるのも禁じました。もしデータにアクセスしてきたら、ネットワーク法違反で別件逮捕できます」

「その後は」

「特務課に処分してもらいましょう」

沈黙がその場を支配した。誰もが皆、わかりきっている言葉を口に出しかね、手元の料理を気だるそうにつつき回した。

グレアムは言った。「プログレッシヴを作ると決めたときから、我々は、いろんなことを考えてきました。人間として――というより、人類としての罪や裁きということを。我々はパイオニアではありますが、決してアウトローではない。研究のためなら何をやってもいい、というわけではありません。それでも、ときには非社会的な行動を取らざるを得ないこともある。それを容認できるかどうかで、今後の進み方が大きく変わります。そこで、あらためて皆さんにお訊ねしたい。プログレッシヴ計画に関する秘密保持のために、何の罪もないひとりの捜査官に対して、非人道的な立場をとるのを容認できますか。それとも、計画自体をあきらめますか」

「金で口封じというのは無理なのか」

「無理です。この捜査官のプロフィールを調べましたが、金で動くタイプの人間ではありません。むしろ、反発心からデータの公開を迫るでしょう」

ファーガソン所長は手元の仮想ディスプレイに、グレアムが送信したデータを表示させた。ざっと眺めると、不審げに眉をひそめた。「地球暦で計算すると、火星に来て二十年、治安管理局に勤続十八年。地球出身の三十九歳、独身か。この歳で、ただのヒラ捜査官とはどういうことだ。役付きになるには、少々頭が足りないのかね」

「そうではありません。功績の数々をご覧下さい。むしろ優秀な男と言えます。気むずかしい人物ではあるようですがね。こいつは、経歴がワケありなんですよ」

「どんなふうに？」

「地球に住んでいた頃——未成年のときに、傷害容疑で現行犯逮捕されたことがあります。事情が事情だったので不起訴になりましたが」

グレアムは該当記事をファイルに表示させた。一読、ファーガソン所長は苦笑いを洩らした。「なかなか愉快な経歴の持ち主だな。地球で警官になれなかったのは、これが原因か」

「ええ。この経歴では、いまの日本の司法機関では採用試験すら受けられません。だから彼は火星に来た。ご存知のように、こちらは恒常的に人手不足です。一定レヴェル以上の出世の頭打ちを条件に、こういう人間でも雇用する仕組みがあるんです。つまり、一度ぐらいの小さな『おイタ』には、目をつぶろうというわけです」

「なるほど。では、この経歴はうまく利用できるな」

「治安管理局へは、すでにほのめかしておきました。人事課から、それとなく警告してくれるでしょう。それでも効かなければ、いずれ本人に対して面と向かって使ってみます」

「わかった。では、あとはすべてを君に任せる。計画を中断するわけにはいかない——私の意見はそれだけだ」

グレアムは残りの三人にも意見を求めた。彼らもまた、ファーガソン所長に賛意を表し、グレアムに一任すると答えた。

それで重苦しい話題は終わりになり、五人は和やかに雑談に戻った。料理とデザートを楽しんだ。

全員の会話をリストコムに録音できたので、グレアムは満足だった。英語ではなく、人工言語であるところが少し問題だが、何かあったとき、この決定が全員の意志であったと証明できるだろう。人工言語の辞書は、研究所内のコンピュータにも保存されている。それとつき合わせれば、すべての意味は英語に翻訳可能だ。

――そう、私だけが責任を負わされるのはごめんだぞ。グレアムは食後のブランデーの香りを楽しみながら、にやりと笑った。切られるときは、おまえら全員道連れだ。

8

神月璃奈の死から三日後、水島は今度は二課から事情聴取を受けた。

自分が属している部署の取り調べを、しかも容疑者の疑いで受ける――それは水島にとって、これ以上ない屈辱だった。

だが、呼び出しを拒否すれば、さらにやっかいな事態に陥る。

いまは、黙って従うしかなかった。

取り調べの担当官は、スタンリーという名前の瘦《や》せた背の高い男だった。「まあ、本気で捜査するのは調査室のほうなんだが、うちとしても建前上の記録がいるわけでね」と断りを入れたうえで、調査室と似たり寄ったりの質問を水島に投げてきた。

その後に、「ところで、ウィンサイクル社からうちへ苦情が入っているんだが、いったい何をやらかしたんだ。ちょっと説明してくれないか」と切り出した。

水島は不機嫌さを顔にはりつけたまま答えた。「それも記録に残すのか」

「ああ」

「じゃあ、喋らない」

「君自身の証言がないと、この先、かえって不利になる」

「喋ったところで同じだろう」

「そこまでわかっていて、やったのか」

「……体を止められなかった。じっとしていられなかった。――同じ仕事に就いている者として、この感情を理解してもらえるのなら喋ってもいい」

スタンリーは溜息を洩らすと、傍らに控えていた職員に、記録装置を一旦止めるように指示した。職員は目を丸くした。「服務規程違反になります」

「構わん。どうせ、おざなりな書類を作っているだけなんだ」

装置を一時停止に設定すると、スタンリーは水島に向き直った。「これで信用してもらえるかな」

水島は少しだけ頭を下げた。「感謝する」

「礼はいいから、話を」

「事故列車内に、証拠が残っているのではないかと考えたんだ」

「証拠？」

「ケミカル弾が衝突した痕だ。弾は砕けても、痕は残る。それがあれば、私が神月を撃ったのではないという証拠になる」

「……なるほど」

「事故当日、調査室の取り調べを受け、二課へ戻り、その足でまた外へ出て事故車両の確認に行った。どういうわけか、車両はすでにリサイクル会社へ回されていた」

「でかいものだからな。証拠物件とはいえ、治安管理局で保管するわけにはいかん。鑑識が調べたあと、すぐに回したんだろう」

「それにしても早過ぎると思わないか。ちょっとピンと来てね。リサイクル会社に行くと、社長が立ち入りを渋ったので、その場で多少もめた」

「相手は『殴られた』と言っているぞ。脅迫もされたと」

「首根っこをつかんで壁に押しつけただけだ。許可しなきゃ鼻を潰すと言ってな」

「やり過ぎだろう。それは……」

「時間が惜しかったんでな。それで社長が折れたので、列車を確認させてもらった。藤元を同行させていたから、あいつに代わりに謝らせておいたんだがな。先方は承知しなかったのか」

「無茶苦茶だな。それじゃ抗議されても当然だ」

「治安管理局をなめている奴は、あれぐらいやらないと効かないよ」

「それで……弾痕はあったのか」

「いや、なかった」

スタンリーはひきつったような笑みを浮かべた。録音装置を再起動させようとして挙げた手を、水島はつかんで止めた。「話はまだ終わっていない」

「先があるのか？」

「廃棄に回された車両は、私が乗っていたものじゃない。偽物だ」

「何だと？」

「書類上は、鑑識が調べたものがウィンサイクル社に回されたとなっている。だが、それは偽装だ」

「なぜわかる」

「車両内には、もうひとつ傷があるはずだった。弾痕以外の傷が」

「弾以外の……？」

「ジョエル・タニが手錠でつけた傷だ。護送途中に少し暴れて、座席に傷をつけた。それが跡形もない。これは絶対におかしい」

スタンリーは腕組みをし、じっと黙っていた。水島には、それが自分を疑っているというよりも、彼が捜査官として考えを巡らせているように見えた。

やがて、スタンリーは口を開いた。「……ジョエルが暴れたと証言できるのは君だけだ。神月捜査官は死亡しているし、ファレル捜査官は意識不明。判断できる第三者がいない」

「わかっている。信じたくないなら、信じなくていい。自分に味方がいないのを、一番よく知っているのは私だ」記録装置に目をやって続けた。「もうスイッチを入れていいよ」

「いや、ちょっと待て」

今度はスタンリーがそれを止めた。「私にも、少し調べさせてくれないか」

「やめとけ。今後の生き方に響くぞ」

「君の言っていることが本当なら、私は二課の人間として真実を知っておきたい。逆に、もし君が嘘をついているのだとしたら——ひとりの容疑者を理詰めで追いつめて落としたことになり、これは単純に私の手柄となる。私にとっては、どちらに転んでも面白い展開だ」

スタンリーは腕をほどくと、机の上で掌を組み合わせた。「疑問に思っていることがあるなら全部話してくれ。私のほうで裏を取ってみよう」

「あなたを信用しろと言うことか」

「どう思うかは君の自由だ。親切心と見るか、出世に飢えている同僚の罠《わな》と見るか。君のほうで決めるといい」

水島は少し考えこんだ後、口を開いた。「その装置、一時停止じゃなくて、完全にスイッチを切ってもらえないか」

翌週は、神月璃奈の葬儀だった。

殉職なので治安管理局が遺族を呼び、セレモニーを執り行う形になった。

水島は葬儀の前日、一睡もできなかった。

葬儀に出席することを考えると、事件が起きたときの光景が鮮明にフラッシュバックし、後悔と怒りと屈辱の感情が、留《とど》まることなく押し寄せてきた。

それが少しおさまると、今度は底なしの状態まで落ちこみ、食事はおろか、身動きすらできなくなった。

地球にいた頃の――昔の出来事を思い出した。

それが璃奈の一件と結びつき、水島の内面を手《て》酷《ひど》く蝕んだ。

何もできなかった自分が嫌で火星へ来たはずなのに、結局ここでも同じことをやっている――。そう思うと、自分の情けなさに腹が立ち、死にたくなった。

ひどい有様で朝を迎え、頭痛を薬で抑えこんで葬儀場へ向かった。

藤元は水島の憔悴《しょうすい》した顔を見ると目を丸くした。しかし何も言わず、黙って座席へつくようにうながした。

会場付近にマスコミの姿はなかった。列車事故そのものは派手に報じられたが、殺人事件の容疑者を取り逃がした件は治安管理局がマスコミに圧力をかけたので、表沙汰《おもてざた》にはなっていなかった。

捜査官が三人も見張っていたにもかかわらず、死者まで出して逃げられた――。治安管理局長が、真っ青になって隠蔽工作に駆けずり回ったであろうことは、水島のような下級職員にも容易に想像がついた。

結果、神月璃奈は、でっちあげの事件で死亡したことになっていた。遺族ですら真相を知らされていなかった。

水島は会場に入ると、端のほうの席に大人しく腰をおろした。ぼんやりしていると、見知らぬ男が近づいてきて水島に英語で話しかけた。

「二課の水島というのは、おまえか」

水島は相手の顔を振り仰いだ。自分と同じように治安管理局の制服を着た男が立っていた。がっしりとした体つきで、アジア系の顔立ちをしている。引き結ばれた口元が微かに震え、瞳の奥で不穏な炎が燃えていた。水島は、ぶっきらぼうに答えた。「そうだが、何か用か」

その途端、水島はいきなり胸倉をつかまれ、椅子から引っぱりあげられた。はずみで会場中に大きな物音が響いた。会場内の参列者たちが、一斉にふたりに注目した。当惑、嫌悪、好奇心――様々な反応が露《あら》わになった。

藤元が険しい顔つきで、ふたりの間に割って入った。「やめなさい。ここを、どこだと思っているんです」

「邪魔をするな」男は藤元を突き飛ばし、水島をさらに締めあげた。「璃奈を殺したのはおまえだろう、そうなんだろう」

「人聞きの悪いことを言うな。何の証拠がある」

「正直に答えろ！」男は、水島の顔めがけて拳をふるった。素直に殴られるつもりなどなかったので、水島はそれを左腕で払い落とし、反対側の手を使って相手の首を絞めた。男の顔が、怒りと酸素不足で真っ赤になった。失神寸前の状態になったとき、藤元が再び割りこみ、ふたりを引き離した。「頼むからやめて下さい、神月さんが可哀想《かわいそう》だ！」

水島が手を放すと、男は喉を押さえ、ぜいぜい言いながら悪態をついた。「おまえのせいで璃奈は死んだ。何でおまえだけが生き残った。おまえが死ねばよかったんだ。璃奈の代わりに、おまえが死ねばよかったんだよ！」

水島は口元にゆがんだ笑みを浮かべた。「私だって、そのほうがよっぽどよかったさ。こんなところで、貴様とつまらん諍《いさか》いをせずにすんだものな」

「いまに見ていろ、必ず尻尾をつかんでやる」男は指先を突きつけ、会場中に怒号を響かせた。「証拠があがったら、今度はおれがおまえを殺してやる。絶対に殺してやる。いいか。覚えてろ」

場の異常さに気づいた係員や参列者が、男を止めに入った。羽交い締めにして会場の外へ連れ出した。男は子供のようにわあわあと泣きながら、ドアの外へ押し出された。ロビーいっぱいに泣き声が響いた。

水島は襟元《えりもと》を整え直し、再び着席した。同僚たちが投げてくる好奇の視線をにらみ返すと、彼らは薄笑いを浮かべながら壇上に向き直った。そこには満杯の花に囲まれた璃奈の棺《ひつぎ》があり、生前の写真が飾られていた。

「ひどい奴ですね」藤元は憤慨していた。「非常識な」

「璃奈の知り合いか、つき合っていた男だろう。あんなふうになるのも無理はない。あまりひどく言うな。可哀想だ」

「優しいんですね。だったら、一発ぐらい殴らせてやったほうがよかったんじゃありませんか」

「あれは条件反射だ。体が勝手に動いた。我ながら情けない反応だと思うよ」

会場内の音楽の調子が変わった。BGMが大きく響き、マイクからセレモニーの開始を告げる女性の声が流れた。プログラム通りに弔辞の読み上げや献花が進行していく。百合の花を璃奈の棺に入れたとき、水島は初めて璃奈の家族と顔を合わせた。老いた両親と弟――。何も言えず、黙礼だけして立ち去った。

セレモニーが終了すると棺は会場から運び出され、メモリアル・タワー行きの霊柩車《れいきゅうしゃ》に乗せられた。同行できるのは、遺族と治安管理局長だけである。

水島は同僚たちとともに道路の脇に立ち、敬礼しながら車を見送った。遺体は灰になった後、センターの小さなロッカーに収められる。そこで永遠に、火星の街を見守る役目につくのだ。

だが、そこは本当に安息の地なのか？

心の中で水島は璃奈に問いかけた。おまえにとって、私にとって、この地上に本当の安らぎの場所などあるのだろうか。

自分たちは永遠に失ってしまったのではないだろうか。心の落ち着く先と、心の底から笑うことのできる場所を。

霊柩車が去り、皆が解散し始めると、藤元が水島の側へ寄ってきた。「疲れたでしょう。ちょっと呑みに行きませんか」

「私と一緒にいると皆から変な目で見られるぞ」

「平気です、それぐらい。ところで、さっき突っかかってきた男の名前がわかりましたよ。ユ・ギヒョンという奴で、第二課第八班の捜査官だそうです。カナダ生まれで、神月さんの先輩にあたるとか何とか。一緒に食事をしたり旅行をしたり、随分深い仲だったらしいですよ」

「どんな字を書くんだ」

藤元はリストコムの仮想ディスプレイに『劉　基鉉』という字を表示させた。「会ったこと、なかったんですか」

「知らんな。私は、神月のプライバシーには口を挟まなかったからな」

「……あまり思い詰めないで下さいよ」

「私は、いま、そんなにひどい顔をしているのかい」

「水島さんのほうが死人のようです。しかも動いて毒舌をふるう分、本物の死人よりたちが悪い」

そのとき、ふたりに声をかけてきた者がいた。「悪いが、ちょっといいかな」

人事課の七尾だった。藤元に向かって、少し席を外してくれないかと言った。

藤元はすぐに事情を察し、では僕はこれでと言って立ち去った。

水島はぼやくように言った。「せっかく、新しい相棒と呑みに行くつもりだったのに」

「そう？　どうせ本気じゃないんだろう。聞いたよ。長期休暇の申請を出したそうだな」

「いけないいか」

「そいつを利用して個人捜査でもする気なんだろう。だったら、休暇は受けつけられないよ」

「君にそんな権限はないはずだ」

「ないけど……治安管理局というのは、なかなか奥の深い部署でねぇ」七尾は声をひそめた。「左遷どころの話じゃない。懲戒免職の話が出ているぞ」

「誰の？」

「また、そんな呑気《のんき》なことを。君のに決まっているじゃないか」

「言いたいことがあるなら、はっきり言ってくれ」

「休暇は認められない。仕事に戻らないのなら懲戒免職。簡単な話だ」

「これ以上、首を突っこむなということか」

「いくら出世の望みがない身とはいえ、職をなくすのはつらいだろう？」

七尾は水島の肩を叩くと、まあ、そういうことだからと言い、耳元で囁いた。「……どうしても辞めたいのなら、確かに辞めどきではある。君の才覚なら、ボディーガードや探偵事務所の仕事ぐらいはあるだろう。だが、それで連中があきらめるとは思うなよ。むしろ、現職の警官よりも、フリーになった奴のほうが抹殺しやすくなるからな」

水島は皮肉めいた微笑を浮かべた。「剣呑《けんのん》な話だね」

「誰でも命はひとつしかない。大切にしてくれ。君は神月から、そのことを教えてもらったばかりじゃないのかい?」


自分のアパートメントへ戻ると、水島は音声指示で室内の明かりをつけ、空調を動かした。制服を脱いでハンガーにかけ、セーターとジーンズに着替えた。

ひとり暮らしの室内は静まりかえっていた。部屋に物音がないことに耐えられず、音響設備のスイッチを入れた。室内音響システムに保存されている何万という曲のうちのひとつが流れ始める。

出かける気力がない休日、水島は完璧な防音設備が施された自室の中で、一日中音響装置を使い続けるのが常だった。オフビート・ジャンキーのように、恐ろしく古い時代のロックを酔ったように聴き続ける。飽きてくるとクラシック音楽に乗り替える。そうやって嫌なことを全部忘れて頭をからっぽにする。クラシックに飽きてくると、またロックをかける。

音響設備で選んだ曲は気だるいスローな曲だった。水島は居間の棚からウィスキーの瓶を取り、ショットグラスにゆっくりと注いだ。瓶をテーブルに置くと酒を一気にあおった。

からになったグラスにまた次を注ぎこんだ。

二杯呑んだところで止め、ベッドに仰向けに横たわった。ぼんやりと音楽を聴き流した。アルコールがいい具合にまわってくると、極度の緊張でこわばっていた精神が、ようやく穏やかに溶けていった。

ふと、自分が聴いているのは、死んだ人間が作った曲ばかりだと気づいた。大昔の音楽、少し前の時代の音楽。美しく、激しく、この世の矛盾に皮肉を投げかける歌詞をメロディーにのせているのは、どれもこれも故人ばかりだ。ただし、その音楽性の高さから、永遠に死なないとも言える故人だった。

音の海に溺《おぼ》れながら、水島は考えを巡らせた。

ボー係長や七尾の忠告は、確かにありがたいものだった。こんな身勝手な自分のことを、まだかばってくれる人間がいるとは正直意外だったし、頭が下がる思いだった。

だが、璃奈の最期を見たとき、自分の中で何かが壊れてしまったのを、水島は強く意識していた。

それは、情動の針が振り切れてしまったような感覚に近かった。

炎のように怒り狂った時期はすでに過ぎ、いま心の中にあるのは、凍《い》てつく冬の空のような冷たさだけだ。

社交性のない性格ながらも、何とか組織に身をすり合わせようとしてきた自分である。だが、そんな努力が、璃奈の死とともに一気に瓦解《がかい》してしまった感があった。

自分はもう、これまでの生活には戻れない。普通の顔をして生きていくことなどできない。

欲しいのは、ただ真実だけだ。

神月璃奈を殺したのは誰か。

ジョエルなのか、それとも自分なのか、あるいは自分の知らない第三者なのか。

ただ、それだけが知りたかった。焼けつくように、飢え渇くように知りたかった。自分がやったのではないという確信が欲しかった。そして、もし誤射にしろ自分がやったのだとすれば、潔く、厳しく裁かれたかった。

突き刺すような頭痛を感じながら思った。

このまま黙ってはいられない。必ず、真相に辿《たど》り着いてやる。

第二章　邂逅

1

リストコムの呼び出し音が鳴った。アデリーンは操作パネルを撫《な》でると、ベッドに横たわったまま、目の前に仮想ディスプレイを展開させた。
ハーイ、と画面の向こうから声をかけてきたのはシャーミアンだった。《今日はごめんね、ひとりで帰っちゃって》
「いいのよ。私も調子が悪かったたし、誘われても、たぶん行く気にはなれなかったし」
《あのね、あたしも気にはしてたのよ》シャーミアンにしては珍しく、戸惑うような切り出し方だった。《このあいだから元気ないでしょう。何かあったの？　グレアムと喧嘩《けんか》でもした？》
「そうじゃないけど……」
《まあ、喋《しゃべ》りたくないなら、別にいいんだけどね》
アデリーンは列車事故の一件をシャーミアンには黙っていた。話したかったが、通信端末で話せることではない。話すことにためらいもあった。

無理に笑顔を作り、話題を変えた。「あんまり気にしないで。もう大丈夫だから。それより、今度、また三人で遊びに行きたいね」

《うん、どこがいい》

「ダイオン・ストリートに行ってみたいな。昼間じゃなくて、夜中に」

シャーミアンは目を丸くした。《本気で言ってるの?》

「火星を離れる前に一度行ってみたいの。木星には、まだ、ああいう場所はないんでしょう?」

《研究施設しかないものね。いいわ。ジグに声をかけておく。彼なら、あんまり危なくない範囲で、面白い場所を知っているはずだから》

「ありがとう」

《服はある?》

「ちょっと前に、こっそり買ったの」

アデリーンはベッドから飛び降りると、その下の衣装ケースに隠しておいた、ノースリーブのワンピースを画面の前で広げてみせた。胸元をレースでたっぷり飾った今年風のデザインを見て、シャーミアンは親指を立てた。《合格。トップはどうするの》

「火星風にケープでも巻こうかな」

《いいね。最高だよ。日にちと時間が決まったら、また連絡するわ》

アデリーンは週に三回、火星科学総合研究所の研究室へ行く。

未成年としての教育は在宅で受けられるが、プログレッシヴとしての教育と検査は、そこで受けるからだった。

研究室では、体の成長と能力の発達が細かく調べられる。生まれたときから続いている定期検査。身長、体重の変化は言うに及ばず、血液検査、骨密度測定、全内臓の画像診断、代謝異常の有無、脳の活動状態のチェック。

だからアデリーンは、幼い頃、研究室のことを病院だと思っていた。病気にならないように、もしなっていたらすぐに見つけられるように、検査されているのだと。

違うと知ったのは、自分の能力について、グレアムから詳しく説明されてからだ。そのとき初めて、検査というのは実験用のマウスを調べているのと同じだと気づき、その日だけは、自分の部屋で枕《まくら》に顔を押しつけて泣いた。

いつまでも落ちこんでいなかったのは、同じ頃、ふたりの人物と知り合ったからだった。

ひとりは、惑星生物学の専門家・ゲラシモフ博士。もうひとりは、自分と同じ境遇にあった少女・シャーミアン――。

ゲラシモフ博士は、彼自身の言葉によると〈グレアムの古い知り合い〉だった。ときどき研究所に立ち寄っては、敷地内の中庭で遊んでいた幼いアデリーンに、明るい調子で声をかけた。

色とりどりのシュガー・ボンボンの箱詰めを手土産《てみやげ》に、博士はいつも、ひとりで施設を訪れた。それが研究所の意向ではなく、博士の個人的な意志だと彼女が知ったのは、ずっとあとのことだ。

ゲラシモフ博士は、研究所にいる他の誰よりも年配だったが、エネルギッシュさではひけをとらなかった。博士と会って話をするだけで、アデリーンは自分の中に、ふつふつと元気が湧《わ》きあがってくるのを感じた。

マリネリス峡谷から一歩も外へ出たことのないアデリーンに、博士は、火星の北半球の話を語って聞かせた。

惑星開発によって形成された、火星の大地の下に広がる地底湖の話。列車の軌道がないところへ荷物を運ぶ、ロケット・エンジンを搭載した貨物機の話。

どれも家庭学習では聞いたことのない話ばかりで、アデリーンは好奇心に目を輝かせた。轟音《ごうおん》を響かせて空を飛ぶ巨大な貨物機を見たいと言うと、博士は、いつかこっそり見せてあげようと約束した。ここが嫌になったらいつでも私のところへ来なさい、私はクリセ平原の研究所にいる、そこへ来ればここではできない勉強ができるよ、と。

博士は不思議な存在だった。アデリーンのデータを取ろうともしない、何かのテストを施行するわけでもない。ただ、ときどき彼女の様子を見に来て、うれしそうに帰っていくだけだった。

研究所内で育てられ、家族という概念を持たないアデリーンにとって、博士は、どう位置づければいいのかわからない人物だった。

ある日、思い切ってそのことを訊《たず》ねると、博士は、一枚の記録プレートをアデリーンに差し出した。

指の先で受感部に触れると、赤ん坊を抱いた若い女の映像が映し出された。

これは誰かと訊ねると、博士は、おまえには母親というものがわかるだろうかと、逆にアデリーンに問いかけた。

アデリーンは、わからないと答えた。

記録プレートの女性に対して、アデリーンは何の感慨も抱かなかった。感じた通りに答えると、博士は、少しだけ寂しそうな表情になった。

どうして彼がそんな顔つきをするのか、アデリーンにはわからなかった。だが、その悲しみの深さだけは理解できたので、もう二度と、自分からこの話題を振ることはなかった。

後日、アデリーンは、グレアムとゲラシモフ博士が激しく言い争っている現場を目撃した。

彼女には理解できない専門用語の応酬に混じって、狂ったように凄《すさ》まじい感情の流れが、その場には渦巻いていた。

罵《のの》り合いが頂点に達したとき、博士はグレアムに人差し指を突きつけて言った。「そういう態度であの子たちに接し続ける限り、いつか君は、自分が作ったものに裏切られるだろう。裁きが下されるのだ。君の傲慢《ごうまん》さに対して」

「無責任なのはあなたのほうだ」グレアムは断じた。「まるで自分の孫にでも会うようにして、あなたは、あの子に余計なことを吹きこんでいる。自分は全く傷つかない、安全な位置に立ってね。本当にあの子を思っているのなら、何もかも背負ってみてはどうです。いっさいがっさいを、この私のように」両腕を広げて言った。「私はあの子のためなら、どんな罪科だって引き受ける覚悟がありますよ」

博士は黙って研究所から出ていった。二度とここを訪れないであろうと、アデリーンは博士の感情の波から感じ取った。

胸の奥に、爆発するような悲しみが湧き起こった。己の感情に翻弄《ほんろう》されるままに、生まれて初めてグレアムに反抗した。泣き叫び、小さな拳《こぶし》でグレアムの体を殴りつけながら、問い詰めた。どうして博士を追い払ってしまうのか、どうして自分から大切な友達を奪うのかと。

グレアムはアデリーンを抱きすくめ、叩《たた》かれるままになっていた。沈黙を守り続け、ひとことも謝罪の言葉や言い訳を口にしなかった。

シャーミアンと知り合ったのは、その直後だ。ゲラシモフ博士の一件で、アデリーンは友人という存在に飢えていた。それを敏感に察したのか、グレアムは以前よりも積極的に、同じ能力を持つ子供たちの中へ彼女を連れ出したのだ。

それは功を奏した。ふたりは会った瞬間から、もう何年も一緒にいた友人のように、はしゃぎ始めた。

アデリーンとシャーミアンは、外見も性格も違っていたが、ひとつだけ共通点があった。力のレヴェルが、他のプログレッシヴよりも頭ひとつ抜けているのだ。超共感件は、男子よりも女子のほうが能力が高いことが多く、それは脳の構造と働き方に関連があるのではないかと言われていた。しかし、同じ女子の間でもふたりは他を引き離していた。

感覚の鋭いプログレッシヴは優遇措置を受けていた。研究スタッフとの交流も活発で、制限つきではあったが、街へ遊びに出るのも許されていた。

研究所へ閉じこめておくやり方は、感覚の発達にはむしろ逆効果であるという研究結果が出ていたので、アデリーンもシャーミアンも、外で友達を作れるほどの自由を与えられていた。超共感性は脳の機能の一種と考えられていたので、ある程度以上の刺激と、突発的な出来事への解決策を探る思考実験は、脳の発達のために奨励されたのだ。

ふたりは、やがてAクラスに編入された。そこには年齢も性別も異なる、二十人のプログレッシヴがそろっていた。

彼らは、ひとつにまとまることはなかった。自然に、いくつかのグループに分かれていた。アデリーンは、常にシャーミアンとふたりだけで行動した。別に他のグループと反目していたわけではない。他のグループもふたりを嫌っていたわけではない。強力な共感性と共振能力を持つ彼らにとって、組むのによい相手と悪い相手があるのはしかたのないことだった。相手の人間性とは無関係に、危険な組み合わせというのが確かに存在するのだった。

Aクラスのプログレッシヴは、能力は強くても、自分を制御する技術が安定していない者が多かった。組み合わせを間違えると、共振によるエネルギーの暴発が起きる。だからこそ、一緒にいる相手は、慎重に選ばねばならない。いくつかのグループに分かれつつ、全体では静かな共生関係が保たれていた。

アデリーンは、シャーミアンと一緒にいると能力が安定する傾向があった。不要な共振も起こさず、比較的、力の制御が利くのである。

その奇妙な能力は、当初「プログレッシヴ計画」が目指していた要素ではなかった。適応実験の単なる副産物でしかなかった。

もともとの「プログレッシヴ計画」とは、人間の肉体を宇宙の過酷な環境――低重力や無重量状態、大量の宇宙放射線、極端な温度差・気圧差、酸素濃度の低い環境――などに適応させるために遺伝子改変を行うことを目指した計画で、ようするに人間の肉体を、より強く宇宙環境に適応させてしまおうという実験だった。

それは、火星政府の独断専行という形で行われていた。

実験室の中で生まれ、実験室の中で育ち、野菜や家畜のように品種改良された人工の種族――それがプログレッシヴだった。

遺伝子の九〇パーセント以上を人為的にデザインされ、人工子宮で育てられ、「出産」された後には、専門スタッフの手によって育てられる。

一般社会からは切り離されていたが、何らかの形で第三者から問い合わせが入ったときのために、火星政府が発行した偽の戸籍とIDを持っていた。独自の教育と定期検査を受け、能力開発テストに合格すれば、宇宙開発のための人材として、木星以遠に派遣される予定になっていた。

研究所のスタッフは、プログレッシヴの本来の性質だけでなく、副次的に発生した超共感性を、研究成果のひとつとして興味深く見守り続けていた。

各々《おのおの》の個性を保ったまま他人との間に強い一体感を持ち、どんな場合でも争いを望まず、平和的解決を第一選択とする思考回路を生まれながらに備えた新しい人類——。教育とは無関係に、本能的に脳がそう働くよう神経伝達物質などが制御されているのだろうと、研究員たちは推察していた。彼らが宇宙開発の第一線で働くようになるのを、研究員たちは望んでいた。地球的な狭量な価値判断に囚われない、真に宇宙的な人間——プログレッシヴは、その予測通りに発達を遂げるのか、あるいは飛びすぎたイカロスのように、どこかで翼が溶ける運命にあるのか。それはまだ、誰にもわかっていなかった。

とりあえず、アデリーンたちが向かう先は木星。火星で生まれ、火星で育った新しい人類は、木星の環境下で働くことでその能力を試し、レヴェル・アップを繰り返しながら、寿命が尽きるまで、遠い宇宙への進出を続けるのだ。有益な遺伝子のみを次世代に残して——。

シャーミアンはすぐに、ダイオンに行く段取りをすませた。

アデリーンは、グレアムが夜に家をあける日を見計らい、ジャネットの追跡をうまくかわすと、ダイオン通りの喫茶店でシャーミアンを待った。

ココアを飲みながら時間を潰《つぶ》していると、シャーミアンは、ジグ以外に、もうひとり若者を連れてきた。

「紹介するわ」シャーミアンは、背後に隠れていた若者を前へ引っ張り出した。途端に、若々しく華やかな感情が、アデリーンの正面から風のように吹きつけてきた。その勢いに、アデリーンは目を瞬《またた》かせた。

「こちらはミゲル。ジグの友達なの」

「あの……突然来ちゃって悪かったんだけど、よろしく」ミゲルが手を差し出したので、アデリーンは握り返した。直接触れ合ったことで、相手の感情波がより強く流れこんできた。

劣等感や好奇心が、興奮状態の中でごちゃまぜになっていた。ジグの友人であるならば、ミゲルもまた普通の学生であり、プログレッシヴのことなど何ひとつ知らない一般市民のはずだ。アデリーンに感情を読まれるなどとは予想だにせず、戸惑いや恥じらいを率直に溢《あふ》れさせていた。その感情の中核にあるものが、アデリーンやシャーミアンを、「どこかの優秀な学校に通っているお嬢様らしい」と誤解している部分にあるのを知り、アデリーンは苦笑を洩《も》らしかけた。

シャーミアンが、そう自称してジグとつき合っているせいだが、自分たちが実験室で作られたマウスのような存在だと知ったら、この人はどんなふうに態度を変えるだろうかと、アデリーンは切ない想《おも》いを巡らせた。

「ダイオンに行くなら、ペアでなきゃつまらないからね」とシャーミアンは言い、椅子《いす》に腰をおろした。三人はそれぞれに飲み物を注文した。ミゲルはすぐに雰囲気に馴染《なじ》んだ。

しばらくすると四人は、もう何年も前からの友達のように喋りまくっていた。

シャーミアンとジグは、もう一年以上もつき合っている。ふたりがどうやって知り合ったのかアデリーンは知らない。だが、好奇心旺盛《おうせい》な彼女のことだ。Aクラスの男子だけでは物足りなくて、自分の好みの男性を探しまくったのだろう。

以前、アデリーンは、シャーミアンに訊ねたことがある。

《ねえ、木星へ行く前に、やっておきたいことってある?》
《美味《おい》しいものを食べ溜《だ》めしたいね。あたしたちが行くのは開発途上の惑星ばかりだから、きっと恒常的に物資不足だよ。下手をすると、宇宙食ばかり食べることになるかも》
《ぎゃっ、いまから嫌になりそう》
《でしょう。だから火星にいるうちに、うんと楽しんでおかなくっちゃ。美味しいものをたくさん食べて、飲んで、遊んで、それから素敵な恋をするの》

そして、シャーミアンは教えてくれたのだ。

自分たちプログレッシヴは、もう将来の配偶者を決められているのだと。木星選抜メンバーの男子の誰かと――あるいは全員と、一度は、カップルになるよう決められているのだと。

《本当?》

《嘘《うそ》じゃないよ。ちゃんと文書で見たもの。純粋で能力の強いプログレッシヴを作るための措置なんだろうね。妊娠という形じゃなくて、卵子を提供するだけかもしれないけれど》

プログレッシヴの人生には無駄というものがない。すべての行動が記録としての価値で測られ、記録として意味のない行動は認められない。母も子も、生涯、何らかの形でデータを取られ続けるのだ、というのがシャーミアンの言い分だった。

《でも、それだけじゃ味気ないでしょう? 私は、実験とは無関係に、誰かを純粋に好きになりたいの。打算も理屈もなしに、ただ『好き』っていう気持ちだけで、男の人と愛し合いたい。だいたい、選抜メンバーの男の子たちを見てよ。あなた真剣に、あいつらの子供を産みたいなんて思う?》

恋か、とアデリーンは思ったものだった。

言われて初めて意識した。自分は、どんな男の人なら好きになれるのだろう。子供の頃から、どんな場所へ出ても、男性の好奇の感情波を強く感じてきた。全身に浴びせられるぶしつけな情念、そわそわした落ち着きのない情緒のさざ波。アデリーンの脳は、それらをもろに感受してしまう。

それを好ましいと思ったことは、ただの一度もなかった。わずらわしいと思うだけだった。むしろ好ましく感じられたのは、「そういう他人の感情を気にするな」「自分のことだけを考えて、いつも堂々と胸を張っていろ」と教えてくれた、グレアムの言動に対してだった。

ということは、私の理想の男性はグレアムなのだろうか。仮にも立場的には「父親」である人物が、私にとっては一番なのか。

そう考えて複雑な想いに沈んだ日々もあったが、目の前で笑っているミグルを見ていると、自分の好みなんていい加減なものだったと感じた。この人は優しい、どんなことでも聞いてくれそう、うれしいことも悩みも自分とよく似ている——そんな一体感が芽生えてくるのを覚えた。

街に明かりがともり始めた頃、四人は次の居場所を探して店を出た。

シャーミアンは皆に何を食べたいかと訊ねたが、ジグが「まず、ホップ・クラブへ行こう」と言い出した。

ホップ・クラブは、火星の低重力を利用したアクロバティックな踊りが楽しめるダンスホールだ。軽食とドリンクも注文できる。古典的なR&Bから、最新のテクノ&パンクまで幅広く取り入れてリミックスした音楽に合わせて踊り狂える場所。常連の競い合いを眺める楽しみもあるし、初心者は好き勝手に踊っていればいい。経験が浅くても派手な踊り方をする人間は皆の目を引くし、そうなれば、ベテランと一緒にセッションもできるのだ。

ジグは、すでに踊り出したくて、うずうずしている様子だった。新しい振り付けを試したがっていた。

すでに成人している若者たちが、激しいリズムと音楽に陶酔しながら踊り狂っている様を想像すると、アデリーンは眩暈《めまい》を覚えた。

それだけの感情の波を一気に浴びたら、自分は発狂するのではないだろうか。不安を率直にシャーミアンに伝えたが、彼女から帰ってきた精神波は、アデリーンをなだめる程度のものだった。《心配ない。ホールでは、皆、自分のことしか考えていないし酔っぱらっているから、あなたに向かうような感情波は来ない》——言葉にすれば、そんな感じの意思表示だった。

アデリーンは再び伝えた。《共振が怖い。そんなふうに感情の波がぶつかり合っている場所へ行ったら、ホールの人間全員と共振しない?》

《鍛えなくっちゃ、アディー。木星にしろどこにしろ、いずれ私たちはラボの外へ出る。派遣される環境は選べないんだよ。どこへ行っても、自分の力を制御できるようにしてお

かないと》
《それはそうだけど》
《大丈夫。あたしが一緒だから平気だ。実験室で箱を動かすようなせこいテストをするよりも、こういうところで、バーンと思い切って行動したほうが、体と力が馴染むようになるんだよ》
　言葉にすれば、ジグやミゲルに不審に思われかねない思考を、ふたりは感情の波を利用して瞬時にやりとりした。テレパスではないので言語で伝わっているわけではないのだが、感情の色合いを読むことで、お互いの気持ちを読み合うのだ。
　アデリーンの第一言語は英語なので、同じ第一言語を使う者同士の感情波は、他の言語を使う人間とのやりとりよりも読みやすく、精度も高かった。ましてや親友であるふたりの感情波は、ほとんど言語と変わらないほど、明確に意思を伝え合うことができた。
　シャーミアンに説き伏せられ、アデリーンは腹をくくった。ジグに賛成した。
「私もそこがいい。ホップって一度やってみたかったの。やり方を教えて」
「火星生まれなのにホップをやったことがないって？　だったら、いちから教えてあげるよ。ミゲルもそこでいいだろう？」
「僕はどこでもいいよ。みんながいいと言うところで」
「じゃあ決まりだ。ダイオンで一番でかいホールへ行こう」

2

休暇申請は受けつけられず、水島は璃奈の葬儀の翌日から、再び職場へ戻った。

同僚は、もう璃奈のことなどすっかり忘れたように仕事に駆けずり回り、水島を気にかける者もいなかった。

少なくとも表面上は。

水島は、昼間は藤元を連れて外を回り、午後遅い時刻からは事務所で書類に向かい、場合によっては深夜近くに帰宅した。十八年間繰り返してきた日常を、大人しくこなしているように見せかけながら、少しずつ璃奈の事件に関するデータを集めていった。

列車事故が起きたとき、自分に駆け寄ってくれた一課の男が誰だったのかを突きとめると、勤務時間内に話を聞きに行った。

クリバネクという名のその男は、水島が一課の棟を訪れると目を丸くして、「もう大丈夫なのか」と心配そうに訊ねた。

怪我《けが》はなかったので大丈夫だと水島が答えると、体の傷ではない、精神的なことだとクリバネクは言った。

全く問題ない、と水島は答えておいた。

少し話をしてみただけで、クリバネクが事件の経過について過不足なく知っていることがわかった。ここまでは予想通りだった。

水島が知りたいのは、クリバネクが個人で気づいたことや、直感で捉《とら》えている何かだった。

はっきりとは形にならないものが、別の証言と組み合わせることで、突然鮮明な姿を見せ始める場合がある——。それは警官としての長年の経験から培われる、物事の捉え方のひとつだった。

クリバネクは首をひねって考えこんだ。「おれは特に、何も気づかなかったんだが……」

「車両内に異状はなかったか。どこかに大きな傷があったとか、ドアが壊れていたとか、弾痕《だんこん》があったとか」

「おれは記録係じゃないから、そこまで詳しくは見ていないしな……」

「どんな些細《ささい》なことでも構わない。列車の中、列車の外、何か直感に引っかかったようなことはないか」

「引っかかりねぇ。——そういえば、治安管理局以外のヴィークルを一台見かけたな。救急車や特殊な車じゃない。一般市民が乗る車だ」

「車種は」

「クライスラーの火星向けスタンダード・タイプに見えたが、遠くから、らっと見ただけだからな。色はメタリック・シルバーだ」

「ナンバーは」

「そこまでは確認していない」

「何をしていたんだ、その車は」

「列車から、誰かが降りてくるのを待っていたようだ。若い女性がふたり、列車からその車に乗りこんだ。車はすぐに発進して、マリネリス峡谷の方角へ向かった」

「ふたりの容姿を覚えているか」

「ひとりは二十代の初めぐらい。髪はブルネット。身長は百七十センチぐらいかな。もうひとりはまだ少女だった。ウェーヴのかかったダークブロンドの髪を背中まで伸ばして、青いツーピースを着ていた。なかなか綺麗《きれい》な子だったぞ。身長は、連れより十センチは低かったと思う。ふたりとも、ほっそりした体型をしていたな」

乗客は、現場検証がすむまでは勝手に動けなかったはずだ。そのことを訊ねるとクリバネクは、「言われてみればそうだ。だから印象に残ったんだな……」とつぶやいた。

「まだ捜査中だというのに迎えが来て、しかも車に乗るのを誰も止めなかった。もしかしたら、かなり地位のある人間だったのかもしれない。あのとき班長にも訊ねたが、詳しくは教えてもらえなかったんだよ」

捜査の埒外《らちがい》にあるふたりの女性。

クリバネクとの会話では、それ以上の収穫はなかった。だが、水島はこれに少し引っかかった。

一課や二課が実際にはどこまで捜査をしているのか、それは治安管理局のホスト・コンピュータに無断侵入すれば即座にわかる。

管理局内部にいれば、アクセスの手段を得るのは比較的容易だ。もちろん、規定違反なので、ばれればただではすまないが――。

さて、どうするか。

水島はしばらく考えこんだ。侵入のために使うプログラムは、犯罪の温床になっている地下ネットに行けばいくらでも手に入る。目指すデータを回収してくるだけでなく、アクセス記録自体もホストから消去してくれるソフトウェア。

だが、自分には監視がついているかもしれない。調査室が乗り出し、二課の取り調べもあり、自分が確認に行くのを見越したように事故車両は偽装されていた。七尾からの警告と、事故直後に列車から逃げ去ったふたりの女性も気になる。

この状態でアクセスするのは危険ではないだろうか。

少し様子を見るべきか――。

焦る気持ちはあったが、身柄を押さえられたら個人捜査を続けるのは難しい。

マスコミの報道によると、一課はテロの疑いで独自に捜査を進めているようだった。だが、乗客に影響を与えたとおぼしき薬物が検出されないため捜査は行き詰まっていた。電磁波や超音波など、物理的な現象を利用したのではないかという説もあったが、証拠を発見できないので袋小路に入っていた。

二課は、ジョエルの足取りを追い続けているはずだった。

三大都市以外にも、北半球にはいくつかの大きな街が存在する。火星の地下から鉱物資源や水、メタンハイドレート等を掘り出し、火星を覆う天蓋《てんがい》の工事を支援して、緑化計画とも深く関わっている都市だ。

国際統合都市の様相を呈している三大都市と違って、同じ民族が固まっている都市も少なくない。ミニ日本、ミニ中国、ミニアラブ――。火星政府は、名目上は、地球の各国からの代表で成り立つ公平な政治機関だ。しかし、実質的には、資源開発を巡って各国の思惑、駆け引きが入り乱れている状態で、それぞれの国が設立させた出張政府に近いものが、資源開発事業団の名目で火星各所に配置されていた。

ジョエルが、それらの都市にまぎれこんだ可能性は否定できない。二課は各都市を虱潰《しらみつぶ》しにあたっているだろう。

水島は、ジョエルはいずれ、三大都市のどれかに戻ってくるのではないだろうかと思った。地方都市は規模が小さく、集まっている民族の種類によっては、ジョエルの容貌《ようぼう》はかなり目立ってしまう。まぎれこめる人混みを求めるなら、国際統合都市へ戻ってくるしかない。

それに、ジョエルは殺人嗜《し》好《こう》症。人を殺さずにはいられない。人口が多い都市ほど、彼の欲求を満たす標的が潤沢に存在する。そこに惹《ひ》きつけられるようにして、きっと彼は戻ってくる――。

水島は、あらゆる殺人事件の情報を、リアルタイムでチェックすることにした。治安管理局に届くデータや、管理局員が使う無線の会話をキーワードで引っかかるように設定しておいた。これなら仕事上は合法で、誰にも文句はつけられない。普通は自分の担当地区しかチェックしない機能を、水島は全開に設定した。殺人事件や傷害事件が発生するたびに、仮想ディスプレイにフルタイムでデータが表示されるようにしておいた。

ひっきりなしにデータの着信音が鳴るとわずらわしい。アラームは切って、小さなアイコンだけが仮想ディスプレイの片隅で点滅するようにしておいたが、すぐに藤元に気づかれ、呆《あき》れられた。

「気が変になりませんか。火星中のデータでしょう」

「キーワードでフィルタリングしている。たいした量じゃないよ」

「それでも嫌になるでしょう」

「この程度で？　おまえ、二課に向いてないんじゃないか」

「こんなの平気で処理できるのは、二課でも水島さんだけですよ……」

数日後、スタンリーから水島のリストコムに連絡が入ってきた。「先日の続きを話したい。今夜、時間を作れないか」

「こちらは大丈夫です。適当に場所と時間を決めて下さい」

「では、ダイオン通りの近くで待ち合わせよう。軽く立ち呑《の》みでもしながら話そう」

約束された場所まで出向くと、水島は建物の隙間《すきま》に身を隠すようにして、スタンリーを待った。

信用していいのかどうか、よくわからない相手だ。呼び出されたうえで、いきなり調査室や二課に逮捕されたのではつまらない。

やがて車道を横断して、ブティックの前にやってくるスタンリーの姿が見えた。ベージュ色のコートを着たひょろりと背の高い男は、飄然《ひょうぜん》とひとりで歩いてきた。連れはいない。

尾行もついていないようだ。

水島は反対側の通りに出ると、遠回りして、待ち合わせ場所まで辿《たど》り着いた。

スタンリーは水島と顔を合わせると、「私の知っている店でいいかね」と訊ねた。

水島は「オープン・カフェがいい」と答えた。

「用心しているのか」

「店の中だと、包囲されたら逃げられませんからね」

「じゃあ、ダイオン通りまで入って、屋台で何か食うかい」

「それで結構です」

テイクアウトのメキシコ料理を売っている店を見つけると、ふたりはビールと豆料理を買い、歩道に展開されている安っぽい椅子に腰をおろした。

簡易コップからビールをあおりながら、スタンリーは水島に言った。「実は今日、転属命令を受け取った。別の街に移ることになったんだ」

「急な話ですね」

「ああ。どういう力が働いているのか知らんが、よくない動きがあるようだ。私は君の件で、まともな捜査を続けられなくなった。残念だが、この件の担当からは外れることになる」

アクセス権のあったスタンリーにすら圧力がかかったのか。もし自分でやっていたらと思うと、水島は怖気《おじけ》を覚えた。間違いなく、ネットワーク法違反で別件逮捕されていたはずだ。

スタンリーは続けた。「私は個人的には、君のことをシロだと思っている。君にとっては腹立たしい事情聴取だったかもしれないが、とにかく私はそう結論した」

「……理由を聞かせてもらえませんか。なぜ、私を無実だと」

「いくら調べても動機が出てこない。神月捜査官の死によって、君が精神的・物理的に利益を得たような事実もない。君自身も馬鹿正直に、裏の取れない同じ供述を繰り返すばかりだ。自分に有利な嘘をつくことすらしない。調べれば調べるほど、むしろ君は被害者のひとりに見えてくる」

「それはどうも。馬鹿正直って言い方だけは、気に入りませんが」

「君の資質を的確に言い表した客観的な事実だと思うんだが、違うのか」

「『馬鹿』を抜いてもらえれば、私も客観的な事実だと認めますがね」

「とにかく私は、この件を上へ報告したし、今後の捜査方針についても提案した。だが、申し出はことごとく却下され、反論すら受けつけてもらえなかった。挙げ句の果てに今回の異動だ。どう考えてもおかしい。だが、何がどうなっているのかは、私にもよくわからんのだ」

「私を容疑者にしておくことで、誰かが得をするのでしょうか。どう考えても、ジョエルを犯人と結論するほうが自然なのに」

「もちろん、ジョエルは容疑者として現在も捜索中だ。君にかけられているのは共犯の容疑だよ。私がいる間は抑えが効いたが、そろそろ具体的な動きがあると思う。いろいろと行動を制限されることになるだろう」

「何とかならんのですか」

「どうにもならん。だから忠告だけは残しておく。身の危険を感じているのなら、治安管理局を辞めたほうがいい。地球にでも逃げるんだな。火星にいる限り、君は疑われ続ける」

「辞めたら、自分の罪を認めたように思われる」

「だが、命は助かるかもしれない」

「……人事課の友人からも、そう言われました。でも、あなたまで、なぜそんなことを教えてくれるんです。あなたは事件の担当者でしょう」

「私なりの意地みたいなもんさ。真面目《まじめ》な捜査を権力でねじ曲げるようなやり方は、至極気に食わんのでな。それに治安管理局の人間は皆阿呆《あほう》だと、君に思われるのも癪《しゃく》にさわる。

——調査室には、治安管理局と同様に内部にいくつかの課と班があってな。その中で、表に出てこない形で特別任務を担当している班がある。組織図には書かれていない特殊な部署だ。司法省ではなく、内務省と直結している。特務課という名前で呼ばれている部署だ。聞いたことがあるか」

「噂話《うわさ》としては知っていますが……」

「そうだろうな。普通に生活してりゃ関係するような部署じゃないよ。国家機密に抵触したときに、しゃしゃり出てくるような連中がいる部署だからな。君を共犯にしておきたいのは、どうやら調査室というよりも、その特務課らしい。私が捜査で気づいたのは、ここまでだ」

「内務省が……」と水島はつぶやいた。「なぜ、こんな小さな事件にそんな関わり方を」

「私たちが思っているほど小さな事件ではないわけだ。警官がひとりで立ち向かえる事態じゃない。いますぐ身を引いたほうがいい」

「その特務課というのは、いますぐにでも動きそうですか」

「わからん。明日にも動くかもしれないし、一週間先になるかもしれん。君は警官だ。法律にも詳しいから、素人《しろうと》と違って中途半端な理由で引っぱることはできない。それにこの事件は、調査室と二課の両方が担当している。私たち二課は、現時点では君をジョエルの共犯とは断定していない。調査室は二課の連中を説得できない限り——つまり問答無用の証拠が出てこない限り、おいそれと君を逮捕できない状態にある。だが、それは表向きのことだ。特務課は何をやるかわからない部署だ。逮捕という生ぬるい方法ではなく、一気に口封じに出てくる可能性もある。最悪の場合を考えておいたほうがいい」

「ありがとうございます。でも私は、真相を探るのをあきらめませんよ」

「命を粗末にするなよ。忠告はしたぞ。あとのことは知らんからな」

そのとき、水島のリストコムがアラームを鳴らして仮想ディスプレイを開いた。通報キーワードに、特大の情報があったときの反応だ。

聴覚インプラントに、治安管理局の無線通告が響いた。

《ダイオン通りで殺人事件が発生。容疑者の特徴に、指名手配中の逃亡犯、ジョエル・タニとの共通点が見られる。巡回班は直ちに現場へ急行せよ。繰り返す。ダイオン通りで――》

水島は耳を疑った。ダイオン通りだと。この近くに来ているというのか？

――罠《わな》ではないかと瞬時に思った。タイミングがよすぎる。自分とスタンリーがここにいると知っている者が、偽情報を流したとも考えられる。

それでも――行くべきだ。万が一でも可能性があるのなら。

もし、本当にジョエルが来ているのなら、現行犯逮捕できるのなら――。

一気にすべてが解決する。

神月璃奈を撃ったのは誰か。ジョエルなのか、自分なのか、自分の知らない第三者なのか。その場で締めあげて、吐かせることができる。

結構じゃないか。水島は唇の端を微《かす》かに吊《つ》りあげた。罠ならば、こちらからはまってやる。罠を内側から食い破り、逆に、首謀者へと至る道を見つけ出してやる。

椅子から立ちあがると、水島はスタンリーに頭を下げた。「すみません。急用ができましたので、続きはまた――」

「続きはもうない。言いたいことは全部言った」

「では、もう行きます」

「気をつけてな」


スタンリーをその場に残すと、水島はひとりで駆け出した。耳の奥で流れている治安管理局の無線情報に意識を集中させる。

ジョエルとおぼしき人物は、メイン・ストリートから歓楽街へ逃げこんでいた。チェス盤の如《ごと》く整然と建築されたマリネリス峡谷の中で、唯一、意図的とも言えるほどに区画整理が乱雑な歓楽街「ダイオン」。峡谷内の未整地区域に、業者が殺到して建て増しを繰り返した結果、いまとなっては迷路のような様相を呈している。

表向きは合法的に酒と娯楽を提供する場所だが、二重三重の構造を持った建物の内部では、ありとあらゆる快楽が提供されている。

非合法合成酒や薬物の売買。脳に対する規定以上の刺激を含んだ疑似体験ゲーム場。たった一晩で途方もない額の賭《か》け金が動き、火星の居住権すら借金のカタになってしまう賭《と》博《ばく》場。買うほうも売るほうも、相手の性別や年齢や性癖を好き放題に選べる売春宿。そこでは低年齢の幼児までもが仕事につき、大人たちのゆがんだ欲望に奉仕させられている。入り組んだ間取りの奥で堅く扉を閉ざし、完璧《かんぺき》に防音設備が施された屋内で熱狂的に繰り広げられる饗宴《きょうえん》の数々は、火星政府が公式には存在しないものとしている出来事だ。

地球の学校で、火星について学ぶ子供たちには知らされていない現実。

人間が人間であるがゆえに、捨てることのできない強烈な欲望が吹き溜まった場所。

ジョエルとおぼしき容疑者は、そこへ向かって逃げていた。

歓楽街の深部へ入りこまれたら行方《ゆくえ》を見失う。どこかの店に客として入ったら、当分の間は見つけられない。もっとも、潜伏していられるのは金がある間だけだ。支払いが滞れば、報賞金目当てに、誰かが必ず治安管理局へ密告する。

無線が容疑者の特徴を教えてきた。枯れ草色のジャケットと細身のパンツを着て、辛子《からし》色のインナーを着こんでいる。黒い髪は肩まである長髪、瞳は鳶《とび》色、身長は――。

同時に、仮想ディスプレイに画像データが来た。不鮮明で小さな画像だったが、確かにジョエルに似ている。だが、本人だと確信できるほどではない。

パトロール・ヴィークルが集合している場所まで到着すると、制服組の局員ににらまれないように身を隠しながら、水島は歓楽街の奥へさらに歩を進めた。

明滅する広告の群れと、店舗の輝く看板が視界に飛びこんできた。

ダイオンの迷路は平面上だけでなく、立体的にも入り組んでいる。

建設現場の足場にも似たフレームや梯子《はしご》が、無秩序に建物と建物の間に渡され、そこを自動制御の運搬ロボットが行き来していた。蜘蛛《くも》の巣のように張り巡らされた足場から足場へ飛び移り、酒類や食料品や雑貨を運んでいる。

いったい何階建てなのか容易には判別し難い、ごちゃついた構造の建築物が肩を寄せ合うように密集し、ゆがんだ空間を作り出していた。まるで、デッサンの狂った画の中へ迷いこんだようだった。

水島は通りを早足で歩いた。仮想ディスプレイの位置を少し動かし、視界と重なるようにした。

歓楽街の風景と重なって、ダイオン地区一帯の地図と、容疑者の逃げた方向を示すアイコン、推定される逃走経路を描き出したラインなどが映し出された。管理局員が容疑者に液体マーカーを付着させているおかげで、追跡者との距離や逃走速度が、管理局のコンピュータ経由で伝達されてくる。

ジョエルらしき男は、衣服ではなく体に直接マーカーを浴びているようで、どこまで追っても輝点は消失しなかった。

運よく、自分が最短距離で容疑者を追っていることに水島は気づいた。うまくいけば、同僚が到着する前にジョエルを捕縛できる。

速度をあげて走った。道端では、光ファイバーで編んだドレスを着た女が店先で一服していた。ネットからダウンロードした流行の色柄が服の上で躍っている。スキンタイト・スーツを着た痩《や》せぎすの女が傍らに立って雑談している。どう見てもふたりとも未成年だが、いまは補導している暇などないので無視して通り過ぎた。

通りを行き交う男女は、ひとりの例外もなく酔っぱらっていた。何に酔っているのかは人それぞれだったが、脚をひっかけて絡まれたりしないように、水島は素早く身をかわしながら街の深部へ進んだ。

3

アデリーンが想像していた通り、ホップ・クラブの店内は凄まじい熱気と狂ったような騒音に近い音楽、目が変になりそうな刺激的な照明の渦だった。

無数の生命がひしめき合い、さらに巨大な別の生命を生み出そうとしているかのような奇妙な高揚感——。古い文献で見る魔女の集会、古い時代の呪術《じゅじゅつ》的な儀式に迷いこんだようだった。

剝《む》き出しの本能に彩られた感情の波が、ぎらぎらと輝きながら人々の動きに合わせて、嵐のように踊り狂っている。

どこで何をするという取り決めなどないままに、アデリーンたちは踊りの輪に呑みこまれていった。R&Bのリズムに合わせて回る、飛び跳ねる、誰かとぶつかっても気にしない、弾《はじ》かれ、抱きつき、笑いながら踊り続けるだけだった。

特設ステージの上では、火星の低重力を利用した高度なダンス合戦が繰り広げられていた。

飛びあがる、独楽《こま》のように回る、猫のように体をひねる、脚を振りあげる。まるで天井から糸で吊られているように、自由自在に姿勢を変えながらぐるぐる回る。声援が飛ぶ。技と体力の続かない者は脱落し、また新たな挑戦者がステージへ駆け上る。次々と薪《まき》をくべられる暖炉のように、ホール全体がますます過熱していく。人もステージも照明も、熱気でとろとろに溶けてしまいそうだった。

いい加減ふらふらになったところで、アデリーンは壁際に並んだドリンク・バーの椅子に腰をおろした。ジグとシャーミアンはまだ踊っていた。二頭の獣がじゃれ合うように、寄り添ったり離れたりを繰り返している。

アデリーンは、ノンアルコールの柑橘《かんきつ》系カクテルを注文し、一気に飲み干した。ひとくちサイズのサンドウィッチを注文し、ひとりで全部食べて空腹を満たした。

興奮で頭が変になりそうだった。シャーミアンが言う通り、皆の感情波が充満しているといっても、それはアデリーンに向けられたものではないし、極端に自己の内部へ向かうものだったので共振も起こりそうになかった。

だが、膨大なエネルギーを放出している他人の内面に触れ続けているのは確かだ。長居すれば、この熱い塊全体と共振しそうな気がして、やはり不安を拭《ぬぐ》いきれなかった。

瞳を射る照明が淡いオレンジ色に切り替わった。チークでも踊れそうなスローな曲が始まった。ホールに満ちていた客たちは、そのまま抱き合ってダンスを続ける者と、ドリンク・バーで休憩する者とに分かれた。

ミゲルが緑色のグラスを片手に寄ってきた。アデリーンの隣に腰をおろした。「疲れた？」

「平気。でも、耳が壊れそうになった」

「僕もだよ」アデリーンのグラスを指して言った。「新しいのいらない？」

「うん、何かもらってくる」

「あ、座ってて。取ってきてあげるから。何がいい？」

「ピンク色の、チェリーが沈んでるのを」

「了解」

うれしそうにグラスを運んできたミゲルに、アデリーンは安らぎと緊張感の入り混じった複雑な感情を抱いた。胸が騒ぐような高揚感はないけれど、この人と一緒にいると何となく落ち着く。いい友達になれそうだ。甘ったるいカクテルを啜《すす》りながら、とりとめもない会話を続けたが、やがて話題が尽きて、ふたりは黙りこんだ。

ホールでは相変わらずゆったりとした曲が流れていたが、客はそろそろ席から立ちあがり、次の曲のための場所取りを始めていた。まだ混み合っていない床の上で、曲芸団のようなアクロバット・ダンスを見せている者もいる。猫のようにしなやかな身のこなしに、アデリーンは思わず感嘆の声をあげた。「ああいうの、できるようになるといいな」

「できるさ。毎日練習していたら。ジグは学校でも馬鹿みたいに練習しているよ。ホールへ来るのは週二回だけどね」

「いいな。私は、そんなには来られないもの」

「お母さんがうるさいの？」

「母はいないわ。でも、父に見つかったら大変なことになりそう」

「君、いくつ」

「十五」

「じゃあ、いまからでも遅くないから反抗してみれば。親はそのうちあきらめるよ」

「あなたの両親はあきらめた？」

「もうちょっとかなあ。あと一、二年たてば、何も言わなくなると思うけど」

音楽がまた速くなった。ふたりは立ちあがり、向かい合って踊った。

ミゲルの感情が、自分に、より強くまっすぐに向かい始めているのをアデリーンは感じた。彼女は再び共振を恐れた。素直な愛情からもたらされるものとはいえ、彼の熱心さが自分を揺らしたら、どんなことになるのだろうかと。

いっそ、そうやって身を任せてしまうのも面白いだろうか。この音楽とリズムの中に、完全に自分を溶かしこんでしまえたら――。

眠りに落ちる直前のように、すっと意識が遠ざかりかけたとき、誰かがアデリーンの腕をつかんだ。シャーミアンだった。ダンスで高揚しているせいなのかカクテルのせいなのか、頬《ほお》を赤く染めていたが耳元で出した声は冷静だった。「だめよ、アディー。波に呑まれちゃ」

アデリーンはあわてて意識を取り戻し、周囲を見回した。相変わらずの耳を聾《ろう》するような音楽、汗だくのジグ、心配そうな顔をしているミゲル。

「酔った?」とジグが訊《き》いた。「ピンクのカクテルを飲んだって? あれは口当たりはいいけど、キックが強いんだぞ」

「お腹がすいた」とシャーミアンが言った。「ここのサンドウィッチだけじゃ物足りない。何か食べようよ」

「じゃあ中華街へ行こうか。安くて美味しい屋台がいっぱいあるぞ。アメリカ資本の偽物じゃなくて、本物の中国人が作っているんだ」

皆で賛成してホップ・クラブを出た。店を出て初めて、自分たちが、いかに暑苦しい場所で飛び跳ねていたかを実感した。適温に設定されているはずの都市内の空気が、冷たく心地よく感じられる。

そのとき、四人のリストコムに同時に着信があり、各々の仮想ディスプレイが開いた。真っ赤な警告文字とともに、立ち入り禁止区域の表示が出た。

アデリーンが「何、これ?」と訊くと、ミゲルが答えた。「治安管理局が来ているんだ。何か事件があったんだな」

事件——アデリーンは列車事故のことを思い出し、身をこわばらせた。

それを目の前の事件に対する反応と勘違いしたミゲルが「心配ないよ」と優しく声をかけた。「治安管理局はいつも大袈裟《おおげさ》なことをするんだ。仕事を邪魔されたくないから」

「でも、ちょっと興味あるなあ」ジグが言った。「範囲が広い。これ、犯人追っかけてる最中じゃないのか？　だったら逮捕の瞬間が見られるかもな」

「危険だよ、そんなの。通り魔が暴れているのかもしれないし」

「遠くから見るだけなら大丈夫だよ！　怖いのか？　ただ見ているだけのことが？」

ジグの挑発が、自分たちを意識したものであることをアデリーンは感知した。女の子に自分たちの気丈なところ、格好いいところを見せようという魂胆だ。

私たちが悲鳴のひとつでもあげて抱きつけば、ふたりは喜んで私たちを慰め、自分の強さを誇示するのかしら……。そう思うとちょっと微笑《ほほえ》ましく、自分の緊張が解けていくのをアデリーンは感じた。

シャーミアンも同じだったようで、苦笑めいた感情をアデリーンに送ってきた。『せっかくだから、一緒に行ってみない？』

『そうね』

いつまでも怖がっていてもしかたない。

アデリーンは夜気を大きく吸いこみ、心を落ち着かせた。

4

仮想ディスプレイが表示する地点まで辿り着くと、水島はすぐに逃げていく男の姿を見つけた。後ろ姿だけでは、ジョエルかどうかわからなかった。

水島は微かに失望感を覚えた。

確信を持てないなら、偽者である可能性が高かった。自分は直接ジョエルに会っているのだから、見間違うはずはないのだ。

それでも、見過ごすわけにはいかなかった。捕まえて確認するまでは、つながりがわからないのだから。

路地へ逃げこんだ相手を、水島は執拗《しつよう》に追いかけた。料理店の換気扇から吐き出される湯気と食材の匂《にお》いが、むっと胸をむかつかせる。ホルスターから銃を抜き、走り続ける相手に向かって「止まれ、治安管理局第二課だ」と怒鳴ったが、もちろん相手は警告など聞くはずもなく、ゴミ袋や清掃ロボットを蹴飛《けと》ばして駆け続けた。

水島は急所を外して狙《ねら》いを定めた。

直後、背後に人の気配と首筋がざわっとするような悪寒を覚え、水島は反射的にその場にしゃがみこんだ。

銃弾が間近をかすめていくときの、震えあがるような空気の振動があった。水島は転がるように身を投げて立ちあがると、路地の入り口に向かって銃を向けた。通りの明かりで影になった男の手元で新たに閃光《せんこう》が輝いた。だが、弾は水島には当たらなかった。水島が撃ったケミカル弾のほうが相手の腕に命中した。

体内で溶融して劇薬となるケミカル弾の反応に、男は叫び声をあげて身をよじった。水島は素早く駆け寄ると、靴の先で相手の顎《あご》を思いっきり蹴りあげた。脳震盪《のうしんとう》を起こした男は、仰向《あおむ》けに倒れて意識を失った。

　相手の銃を拾いあげて周囲を見回したとき、ゴミ箱の陰から、もうひとりの男が拳銃《けんじゅう》を撃ちながら飛び出してきた。一発が水島の左腕をかすめたが、水島は怯《ひる》まず応戦した。肩に被弾した男は、情けないほどの大声をあげると、自分から銃を放《ほう》り投げてその場でのたうちまわった。

　水島は男に歩み寄り、相手の拳銃を拾いあげて腰の後ろに差した。自分の銃を再び相手に突きつけた。「動くな。公務執行妨害と殺人未遂の現行犯だ。地面に伏せて両手を頭の後ろへ回せ」

　男は顔色を変えた。両手をあげて喚《わめ》いた。「許してくれ。殺すつもりはなかったんだ。勘弁してくれ」

「ふたりがかりで撃ってきて殺意がなかっただと？　そんな言い訳が通用すると思っているのか。署まで来てもらうぞ」

「お、お巡りだと知ってたら襲わなかったよ、本当だよ、助けてくれっ」

「お巡りじゃなかったら、襲ってもいいってことか」

「違う！　そういう意味じゃない！　おれたちは、ついさっき出会った男に頼まれただけだ。あんたの追跡を邪魔して、うまくいったら金を払うって。先に半分くれて。本当だよ。殺す気なんてなかったよ。ちょっと手を貸せって言われただけだ。銃も、そいつからもらったんだよ。狙うのが警官だとわかっていたら断ってたよ。カードですっからまって電車賃もないんだ。頼むから見逃してくれ！」

「見えすいたことを言うな。私が誰かわかっていて撃ったな。調査から手を引けという警告のつもりか」

「そんなんじゃないって！」

水島はズボンのポケットからワイヤーロックを出すと、男を後ろ手の状態で拘束した。麻酔シートを男の首筋に貼《は》りつけてから、相手の体を引き起こし、胸倉をつかみあげた。

「取り調べのときに弁護士を呼びたいなら、いくらでも呼べばいい。ただし、そいつを通しておまえらの雇い主に言っておけ。文句があるなら直接私に会いに来いとな。話の内容によっちゃ取引してもいいぞ」

麻酔シートはすぐに効果を発揮し始め、男は目蓋《まぶた》を閉じて意識を失った。水島は先に倒した相手も拘束し、麻酔シートを貼りつけておいた。

それから自分の銃をホルスターにしまい、上衣《うわぎ》の内ポケットから止血シートを取り出した。血で汚れた服を脱ぎ、自分の傷の手当てを始めた。

銃弾は腕の肉を抉《えぐ》り、縁の崩れた醜い傷跡を残していた。ひどい痛みがあったが、神経や骨には異常はないようで、肩も肘《ひじ》から先も問題なく動かせた。

止血シートを貼りつけると、塗布された薬剤が体液と反応してすぐにゲル状の代用タンパク質を形成し始めた。傷口が完全に修復されるわけではないが、失われた細胞組織が埋められ、凝固成分で止血され、鎮痛成分で楽にもなる。

処置を終えると、水島はリストコムで管理局員に連絡を入れた。「公務執行妨害と殺人未遂で二名逮捕した。通信から私のいる場所を確定できるな。すぐに連行してくれ」

通信回線を開いたままの状態に固定すると、水島は溜息をつき、壁にもたれかかった。頭上を見あげると、ビルとビルの間に渡されている細い回廊を通して夜の色が見えた。

都市を覆う天蓋は、日没の時間に合わせて集光を絶つ。入れ替わりに繁華街が電気を使い始め、空ではなく地上に星の海が広がる。天蓋は外部の星のきらめきを直《じか》には見せない。模倣された疑似映像だけが流される。本物の星が見えないこの街は、どれだけ広くてもただの閉鎖空間だ。自分はそういう街に住んでいる。そういう街の底で、ひとりで足掻《あが》いているのだ——。

予想はしていたものの、嫌な脅され方をしたと水島は感じていた。衝突のしかたによっては、重傷を負わされていただろう。今回は自分のほうに運があったに過ぎない。

いまはまだ見えない相手のためらい方に、人を殺すことに慣れていない人間特有の揺れや匂いを感じた。犯罪集団ではなく、火星政府そのものや諜報《ちょうほう》局絡みでもなく、その出先機関でもない、しかし、ある程度権力中枢に近い場所にいる人間——。そいつが特務課に働きかけているのだろう。スタンリーの口調から鑑《かんが》みるに、特務課というのは、この程度の脅しでお茶を濁すような組織には思えないからだ。

だが、それがどこの誰かは、見当もつかなかった。

まだ情報が足りない。

相手の顔が見えるまでには——。

そのとき、水島は路地の入り口に視線を感じて、そちらを振り返った。

四人の少年少女が、こっそりと路地をのぞきこんでいた。路面に転がしておいた容疑者を見て、お互いの体をつつき合ったり、何か喋ったりしている。

華奢《きゃしゃ》な体型は、彼らが火星生まれ火星育ちの未成年であることを示していた。

十代半ばぐらいの少女が、血に汚れた容疑者の体から視線をあげて水島を見た。白い相貌《そうぼう》と、波うつダークブロンドの髪が闇《やみ》に浮かびあがる。水島と目を合わせると、少女は大きく目を見開き、体を震わせた。

少女がなぜそんな反応をしたのか、水島にはわからなかった。

余計なことをされると困るので、壁から離れて四人に近づいていった。重々しく言い渡した。「ここは未成年がいるべき場所じゃない。早く家に帰りなさい」

すると少年ふたりが素直に頭を下げた。「すみません」「すぐに帰ります、ごめんなさい」

世間ずれしたような聞きわけのよさに、水島は少年たちが全く反省していないのを見抜いたが、口には出さなかった。未成年の指導は自分の仕事ではない。この四人に帰る気がないなら、いずれ誰かが補導してくれるだろう。それだけのことだ。

ブロンドの少女だけが名残惜しそうに躊躇《ちゅうちょ》していたが、もうひとりの少女に強く手を引っぱられると、しかたない様子でその場から立ち去った。

入れ替わりに、分署から制服姿の局員がやってきた。職員は水島が負傷しているのを気づかったが、水島は大丈夫だからと言って続けた。「いま私は他の容疑者を追っている途中だ。この連中は任せた。犯行に使われた銃はこれだ」

「わかりました。では、あとでまた詳しく事情を聞かせて下さい」

水島は職員に自分の部署と名前を教え、その場を後にした。

通りに出たところで、視界からずれていた仮想ディスプレイの位置を再設定し、引き続き逃亡犯の軌跡をトレースした。

スクリーン上には容疑者の輝点がまだ光っていたが、もめ事を処理している間に、容疑者との距離がだいぶ広がっていた。

だが、しばらくすると、管理局員が容疑者を追いつめていく過程が、地図上に表示され始めた。

水島はディスプレイの上で指を動かして市街図を拡大した。容疑者を示す輝点が停止した。確保したか、あるいは射殺したかだ。

通りの番号を確認すると、早足で現場へ向かった。

さほど行かないうちに、水島の前に飛び出してきた影があった。

先ほどのブロンドの少女だった。

水島はそれを無視した。少女が駆け足で食い下がってきたので、水島は叱責《しっせき》した。「帰れと言っただろう。何をしている」

「聞いて欲しいことがあるんです。少し前の事件のことで……」

「そういうことは、昼間、治安管理局本部へ行って話しなさい」

「私、あなたのことを知っています！　同じ列車に乗っていた方でしょう。あなたは列車の最後尾にいて、そこには女の人がひとり、別の男の人がふたり乗っていた。違いますか」

水島は歩みを止めなかった。正面を向いたまま目つきを険しくした。

火星鉄道でトラブルがあったのは報道されているが、神月璃奈の事件は一般市民には知らされていない。最後尾の護送車両に、誰が何人乗っていたかなど普通はわからない。ましてや、乗員の性別まで。

――そこまで考えたとき、頭の中で何かが弾けた。

クリバネクの話を思い出す。

事故直後、列車から逃げ出すように立ち去ったふたりの女性――。


『ひとりはまだ少女だった』

『ウェーヴのかかったダークブロンドの髪』

『なかなか綺麗な子だったぞ……』


水島は少女に訊ねた。「君の名前は」

「アデリーン」

「フルネームで」

「ごめんなさい。それ以上は言えないの。言えば個人データを検索するでしょう。それは困るんです」

　情報提供者が素性を隠すのは珍しいことではない。水島は詮索《せんさく》しなかった。

「では、知っていることを全部話してくれないか。手短に」

「その前に約束して下さい。私は自分の知っていることを話すけれど、私のほうも知りたいことがあります。あの現場で、本当は何があったのか……」

「それはだめだ」

「どうして」

「事件について何か知っているのなら、君には治安管理局に報告する義務がある。だが、こちらは君に捜査内容を話す義務はない。むしろ守秘義務というものがある。だから、その取引には乗れない」

「だったら私も話しません。いつまでも、ひとりで困っていればいいんだわ。手がかりなしで頭を抱えたまま」

「何の話だ」

「事件の解決がつかなくて困っているんでしょう。その気持ちが、びしびし伝わってきます」

治安管理局員は、いたずら通報や偽情報を日に百件も聞く。少女の言葉がいたずらでないという保証はなかった。

水島が唯一気になったのは、マスコミが報道していない内容を、このアデリーンと名乗る少女が知っていることだった。

だが、だからといって、この少女が真実を知っているとは限らない。当てずっぽうで言っただけかもしれない。

慎重にならねば。

先ほど引っかけられたばかりなのだ。こちらが本命の罠だったらどうする?

水島は訊ねた。「友達はどうした」

「ダイオンの外で待っています。連絡ならリストコムでとれるから気にしないで」

「よし。じゃあ、君はいますぐそこに戻りなさい」

「えっ」

「ついてこられても困る。私はいま別の事件を追っている最中だ。話は明日以降に聞こう。治安管理局まで来られるかな。もし来てくれるなら信用しよう」

「どうしても明日にですか。私、なかなか家を出られないんです」

「君の都合など私にはどうでもいいことだ。通報の意志がないなら、そのまま黙っていればいい」

「……わかりました。何とか時間を作ります。そのかわり、最後まできちんと聞いて下さ

います ね」

「約束は守るよ。もし私が留守にしていたら、指示を出しておくから別の管理局員に……」

「それではだめなんです！」

ふいに水島は腕をぎゅっとつかまれた。少女はきゅっと唇を噛《か》みしめ、思い詰めたような目で彼をにらみつけた。

「どうして？　情報提供だけなら誰が相手でも――」

少女は震えるような声で続けた。水島は初めて微かな戸惑いを覚えた。

「話すのは、列車に乗っていたあなたじゃないとだめなんです。他の人では、絶対に信じてもらえないと思うから……」

話の前後が見えなかった。この少女が何を知っていて、何を言おうとしているのか。

だが、少女が必死になっていることだけはよくわかった。どんな事実があるにせよ、何かを、懸命に伝えようとしているのだけは。

水島はしかたなく答えた。「わかった。では、治安管理局ではなく、私の家まで来てくれないか」

「えっ？」

「管理局の意向ではなく、私個人の希望として君の話を聞かせてもらおう。それでも構わないかな」

アデリーンは黙りこんだ。

水島はこのハードルを彼女がどう扱うか、冷静に観察していた。

捜査官相手とはいえ、個人宅に来いと言われれば普通は警戒する。ましてや自分の性別や年齢を考えれば……よほどの世間知らずでない限り、治安管理局の受付窓口に行くほうを選ぶはずだ。そして、たいした情報でないなら、来ること自体をあきらめる。

「はい。では、お家のほうにうかがいます」アデリーンは小さな声で答えた。「私のリストコムに、住所と連絡先を下さい」

「待ち合わせは近くの公園にしておこう。午後十二時半。一時間待っても約束の場所に私が現れなかったら、急な捜査が入って来られなくなったと思って欲しい」

「そのときには、どうすればいいんですか」

「悪いが、治安管理局の前まで来てくれ。受付に面会を申し出る必要はない。正面玄関の近くにいてくれればわかる。そこなら、必ず戻ってくるから」

水島は公園の地図を仮想ディスプレイに映し出した。アデリーンが自分の腕に巻いたリストコムを画像の中にくぐらせると、ピッとアラームが鳴ってデータがコピーされた。

アデリーンは頭を下げると、礼を言ってその場から立ち去った。

水島はしばらく後ろ姿を見送っていたが、やがて自分の目的地へ向かって、再び足を急がせた。

容疑者が拘束された場所まで辿り着いたとき、捜査車両は彼を乗せて発車する寸前だった。

水島はヴィークルの運転席に駆け寄って窓ガラスを叩いた。IDバッヂを見せて怒鳴った。

「二課の捜査官だ。非番だが、たまたま現場の近くに居合わせた。逃亡していた容疑者の顔を確認したい」

角張った顔立ちの大柄な警官は、気だるそうに窓をあけると、水島の全身を冷ややかに睨《ね》めつけた。上衣の袖が赤く染まっているのを見て、「喧嘩でもしたのかい、坊や」と返してきた。

「見られるのか、見られないのか」と問い詰めると、男はリストコムで水島のIDを照合し、無愛想に親指を立てて後方を指し示した。

水島は後部座席のほうへ回った。内部をのぞけないように黒くなっていた車窓が、電流の切り替えで透明な窓に変わった。

水島は逃亡犯の様子をのぞきこんだ。座席にもたれていた青白い顔の男は、水島をじろりとにらむと唾《つば》を吐きかけてきた。ウィンドウに泡だった唾液《だえき》が貼りついて、汚らしく流れ落ちた。隣に座っていた警官が、男を殴って気絶させた。

水島は失望した。ジョエルではなかった。よく似ていたが別人だった。

念のため、車の側にいた局員に訊ねた。「ジョエル・タニじゃなかったんだな」

「細胞組織を採って遺伝子データを照合したが別人だった。誤報だな」

がっかりして車から離れたとき、歓楽街の野次馬に混じって、藤元の姿があることに気づいた。藤元は青褪《あおざ》めた表情で、人混みを掻き分けながら駆け寄った。

「水島さん、その怪我……」

「おまえも来ていたのか」

「情報が情報でしたから。それにしても、これは――」

「私に対して、力ずくの警告に出たようだ」

「体のほうは大丈夫なんですか」

「かすり傷だよ」

「だめですよ。ちゃんと病院に行きましょう。化膿《かのう》したらやっかいです」

容疑者を乗せた車が走り去るのを、水島は残念そうに見送った。

水島が歩き出すと、藤元もあとをついてきた。「警告ということは、神月さんの死には、やはり秘密があるんですね」

「そうだな」

「まだ調査を続ける気ですか」

「ああ」

「怖くないんですか。こんな目に遭ったり、組織からはみ出したりするのが……」

「多少は怖い。だが、人が集まる場所なら必ず、ひとりやふたりは、そこにいられなくなる人間がいるものだ」

「水島さんは、いられなくなるほうなんですか」

「そうだな」

「強いんですね。ひとりでもやっていく自信があるんだ……」

「そんなことはない。弱いから出ていくんだとも言える――」

「安心しましたよ」

「何に」

「『怖くない』と言われたら、どうしようかと思っていました。水島さんは、意外と普通の人なんですね」

水島は苦笑を浮かべた。「黙っていると、普通には見えないわけか」

「ええ。見えませんね。誤解を招きやすいタイプだな」

「いまのうちに、おまえをバディから外したほうがいいかもしれないな」

「え？」

「神月の件を調べていた二課の捜査官が転勤になった。手がかりにつながる道が少しずつ切られている――。今日みたいなことが勤務時間内に起きれば、おまえが巻き添えを食うかもしれない」

「僕も警官ですから、水島さんと一緒に動いていればそう簡単には……」

「これ以上、身近な人間が被害を受けるのは見たくない。ひとりで仕事ができるように、明日、人事課のほうへ訊いてみる。もし、それが通らなければ、辞表を出すことも考える」

　藤元は息を呑んだ。「正気ですか」

「他人を巻きこむよりは、自分ひとりが殺されたほうがましだ」

「警官でなくなったら、調べるものも調べられないでしょう」

「現職警官だから手を出せる領域もあれば、逆に手を出せない部分もある。そのあたりはやり方次第だ」

「でも……」

「私は自分のわがままで動いているだけだ。君に迷惑はかけられん」

「仕事を辞めてまで、真相を知りたいんですか」

「そうだ」

「何のために」

「知らないままでは生きていけない。このまま真相が埋もれてしまえば、神月は二度死んだことになる。二度目の死というのは――社会の中での死、職場の中での死だ。私はそれを許せない。彼女の死がうやむやにされることに耐えられない」

「だったら、迷惑のかからない範囲で僕にも手伝わせて下さい。こんな若造じゃ頼りないでしょうが、無視されるのは悔しいんです」

「君は神月とは何の関係もない。悔しがる必要はない」

「僕だって警官ですよ！　同じ仕事に就いていた人が殺されて、何も感じないはずはないでしょう!」

「それは、ただの感傷だ」

水島はぴしゃりと言い放ったが、藤元はひるまなかった。口をつぐんだまま、黙々と彼のあとをついてきた。

治安管理局に付属する夜間病院へ行き、治療を受けている間も、藤元は水島の側《そば》で待っていた。水島が帰れと言っても帰らなかった。診断書の内容まで確認しようとしたので、水島が頭に来て罵声《ばせい》をあげると、「これ、もう少し重症に書いてもらったら、休暇が取れるんじゃないでしょうか」と、しれっとした口調で言った。「少し休んだほうがいいですよ。内科と精神科の病名もつけてもらえたら、一ヶ月ぐらいは休めるはずです」

「よけいなお世話だ」

「でも、休みが取れたら自由に動けます。調査のために」

確かに、藤元の言う通りではあった。

精神的にまいっているところへ、いきなり銃撃を受けたのだ。一ヶ月は無理にしても、一週間ぐらいは休めるかもしれない。今夜の襲撃で怯《おび》えた——と見せかければ、少しは相手にも隙ができるかもしれない。

水島が考えこんでいるのを見て、藤元は自分の提案が受け入れられたと判断したようだった。受付へ行くと、別の科の受診手続きをした。「急患が入らないうちに、手早くすませましょう。ほら、いまなら先生の手もあいていますよ」

「……悪いな」水島は口調を和らげた。「私が、ひとりでやるべきところを――」

「気にしないで下さい」藤元は爽《さわ》やかに微笑した。「これも、バディの仕事のうちと思っていますから」

5

ダイオンへ遊びに行った翌日、アデリーンとシャーミアンは、ジャネットから呼び出しを受けた。

研究所の一室で、ふたりは立ったまま小言を聞くことになった。

ジャネットは、シャーミアンをにらみつけながら言った。「いままで多少のことには目をつぶってきたけれど、今度の夜遊びは度が過ぎたわね。ダイオンは未成年が出入りしていい場所じゃないわ」

「待って」アデリーンが割って入った。「ダイオンへ行きたいと言ったのは私なの。シャーミアンのせいじゃない。シャーミアンは私を元気づけようと思って……」

「でも、一緒に楽しんできたんでしょう。つき合っている相手が問題ね。悪いけど、ジグには、もう会えないようにしておいたわ」

「どういうこと」

「ジグには、マリネリス峡谷から出ていってもらいます。彼の父親が、仕事で転属命令を受けるように処理しておいたわ。いずれは、火星からも立ち去ってもらうことになるでしょう。あなたの自分本意な行動が、彼と家族の運命をねじ曲げた。それを、よく覚えておくことね」

「なんてことを……」シャーミアンは、体中の毛を逆立てた雌猫のように激怒した。「あたしとジグのつき合いが、ジグの両親の居住権と何の関係があるのよ」

「プログレッシヴには、一般人と遊んでいる暇はないはずよ」

「あたしには、爪の先ほどの自由もないってわけ？」

「火星に住んでいる以上、あなたにも火星市民としての権利はある。研究所の中へ閉じこめておこうとは思わない。そんな生活は、プログレッシヴの精神にいい結果をもたらさないと、実験で証明されているからね。だから研究所は、あなたたちに多少の自由を認めている。街へ出る許可だって与えている。一般人との違いを知って、あなたたちがプログレッシヴとしての自覚に目覚めてくれるのを願ってね。でも、深入りしてもらっては困るの。一般人みたいに暮らしたいなんて思われた日には、何のためにお金をかけてあなたたちを育ててきたのかわからないわ」

怒りのあまりシャーミアンは震えていた。凄まじい感情が、アデリーンの心にも伝わってきた。

このままだと共振が起きるとアデリーンは直観した。生まれて初めて目にするシャーミアンの激しさは、ふたりの安定した関係を突き崩しかねない勢いだった。

アデリーンがシャーミアンに感情移入している分、もし共振を起こせば、とてつもないエネルギーが部屋中で爆発するに違いなかった。そうなればジャネットだけでなく、研究所全体を巻きこんだ被害になる。

アデリーンは自分の内側に精神を集中した。最悪の形で共振するのだけは避けねばならない。

だが、アデリーンの努力を無視するように、ジャネットはとてつもなく無神経な言葉をシャーミアンに投げつけた。「研究所の人たちは、やろうと思えばジグの脳をいじることだってできたのよ。あなたとつき合っていた記憶を消して、知能レヴェルを下げてしまうことも。そうしなかっただけ、感謝してもらいたいわね」

「卑怯者《ひきょうもの》！　あんたなんか、ただの落ちこぼれのくせに！」シャーミアンは怒鳴った。「たかだか、グレアムの使い走りのくせに。Aクラスでもない、木星選抜メンバーでもない、そんなあんたから、プログレッシヴの生き方について説教なんてされたくない！」

ジャネットは表情を崩さなかった。口の端に笑みすら浮かべ、グレアムの態度を真似《まね》たように冷ややかに言った。「次に同じことをやれば今度はあなたが処分される。Aクラスから外されて、一生、火星の研究所で雑用をしてもらうことになるでしょう。それが嫌なら大人しくしているのね」

怒りのあまり飛びかかったシャーミアンを、ジャネットは難なく突き飛ばし、ついでにアデリーンの頰を軽く平手で打った。

自分の内面に沈みこんで力を抑えていたアデリーンは、はっとなって意識を取り戻した。

頬を押さえて視線をあげた彼女を、ジャネットは侮蔑《ぶべつ》に満ちたまなざしで見おろした。

「あなたは本当に不器用な子ね。こんな程度の感情で共振を起こしてしまうなんて。いっそ、あなたも選抜メンバーから外してもらおうかしら。バンクス部長を説得して」

「やりたければ、そうすれば？」アデリーンはジャネットをにらみつけた。いままで彼女に感じていた苛立《いらだ》ちの正体が、ようやくわかったような気がした。

この人は、ずっと私たちを見下したかったのだ。仕事でしかたなく従っているふりをしているが、本当は私たちの力がうらやましい。そして怖い。だから権威でねじ伏せようとする。「私はそんな処分なんて怖くない。自分の好きなことができないなら、木星なんて行かなくていい。一般人になる」

「そう。では、そう報告しておきましょう。とりあえず、あなたたちはふたりとも謹慎処分。当分の間、外出は禁止よ。そう――言い忘れていたけれど、ジグの友達も同じようにしておいたわ。ミゲルという名前だったかしら。可哀想《かわいそう》に。一度あなたと知り合っただけで、この街から追放されるなんてね」

ジャネットが部屋から出ていくと、シャーミアンは、わっと声をあげて泣き出した。アデリーンにすがって子供のように震えた。

親友の激しい情動の波に、アデリーンは自分自身も痛みを抱えたまま、どうすればいいのか迷うばかりだった。

ミゲルの優しい笑顔が脳裏をよぎった。唇を固く嚙みしめた。ごめん、ミゲル。こんな形で迷惑がかかるなんて、私、想像もしなかった……。

「もう嫌だ」シャーミアンは身を捩《よじ》りながら泣き続けた。「こんなところにいたくない。ジグに会いたい。ふたりで、どこかに逃げ出したい」

アデリーンは彼女の体を抱きしめた。「下手に動いたら彼をもっと不幸にする。いまは、じっとしていましょう。機会を見て、ここを抜け出すのよ。あなたたちが駆け落ちできるように、私が力を貸すわ」

シャーミアンは、手の甲で涙を拭って顔をあげた。「あんたはどうするの。ミゲルと行くの?」

アデリーンは言葉に窮した。長くつき合ってきたシャーミアンとジグが一緒に逃げるのは当然だ。だが、自分とミゲルはまだ会ったばかり。いい人だとは思うが、本当に好きなのかどうかは自分でもわからない。ミゲルを巻きこむのは、正直、良心の呵責《かしゃく》のほうが強かった。

「私のことは気にしないで。何とか考えるから」

「あんたを、ひとりにはできないよ……」

「逃げるなら別々に逃げたほうがいいと思うの。どこへ行くにしても、いつまでも一緒にはいられないんだし」

シャーミアンはアデリーンの顔をじっと見た。「あんたって意外と強いんだね。いつもの自信のなさが嘘みたい。土壇場になると腹がすわるんだ」

「すわっていないよ」アデリーンはつぶやいた。「だって、とても怖いもの」

たった一日だけのダイオンでの楽しい思い出――それと入れ替わりに脳裏に浮かびあがってきたのは、水島と名乗った治安管理局員のことだった。

あの列車事故のときに受けとめた激しい感情の持ち主――水島は、その印象通りに猛々《たけだけ》しい人物だった。

ジグに誘われるままに、治安管理局が立ち入り禁止に指定した場所に入りこみ、他の職員の目から逃れながら歩き回っているうちに、たまたま出くわしたのがあの場面だった。

路地から洩れてくる激しい感情の波に、アデリーンはそれが、あの列車事故で感じた波と同じものだとすぐにわかった。

夜気をまっすぐに突き抜けるような、鋭く強い情緒の軌跡――。

ミゲルの肩越しに路地をのぞきこんだアデリーンは、息が止まるほど驚き、同時に、あたりに漂っている禍々《まがまが》しい感情に押し潰されそうになった。

男がふたり、拘束された格好で路面に横たわっていた。服は血で汚れていた。これまで嗅《か》いだことのない、嫌な匂いが路地には充満していた。

その場所から少し奥で、水島は壁に背をあずけて沈黙していた。

獲物の息の根を止めた猛禽《もうきん》類が、翼をたたんで休んでいるような暗い雰囲気を漂わせながら――。そして、ふいに斬《き》りつけるような視線を向けてきた彼自身に、アデリーンは吸いこまれるような衝撃を覚えて体を震わせた。

それはミゲルから感じたような甘く優しい感情ではなく、恐怖とともに刻みこまれるような重い感情だった。アデリーンが列車の中で感受したもうひとつの荒々しい感情――別の男の凶暴な感情――とも、ひどく似ているように感じられた。

警官としての措置とはいえ――そして自分の身を守るためだったとはいえ、水島は他人に暴力を振るうことにためらいを感じない人間なのだろう。人を殴るのに慣れていて、銃を撃つことにも抵抗を覚えない。それがアデリーンには恐ろしかった。恐ろしいと同時に、惹かれる気もした。

水島は、これまでアデリーンの周囲にはいなかった種類の人間だった。苛烈《かれつ》で、まっすぐで、信じられないほどの熱量を内側に抱えこんでいる。いい人なのか悪い人なのか全然わからない。警官だから社会的にはいい人のはずだが、それを否定するかのような鬱々《うつうつ》とした暗さを彼は漂わせている。正直、怖いという印象のほうが強かった。

アデリーンの中には、名を与えられていないひとつの感情があった。それは制御できない彼女の力と結びついて、暴力という形で、外へ向かって開かれることを望んでいた。列車の中で受けとめたあの凶暴な感情も、水島が持っている感情も、すべてそれらと結びつこうとしているように思えた。

この名前のない感情を、自分はどう扱えばいいのだろう。心の底に埋めて葬り去ることができるのか、あるいは、外へ向かって暴発させ続けるしかないのか。

いずれにしても水島は知っている。密閉された車内で何があったのか。自分と共振した人物がどんな男で、何を考えていて、共振の結果、彼のいた場所で何が起きたのか。魂に突き刺さってきた女性の悲鳴は何だったのか。彼女はどうなったのか。グレアムとジャネットが隠している一件を、彼なら全部知っているはずだ。

もう一度彼と会わなければ、とアデリーンは思った。

自分が何をやったのか。今度こそ確かめるのだ。何も知らずに閉じこめられているなんて嫌だ。いまこそ本当のことを知りたい。真実を知って、自分の行く末を決めるのだ。自分にとって、木星行きは本当に価値があるのか。プログレッシヴとしての人生には、本当に意味があるのか。きっちりと決めよう。あの人から話を聞いて。

6

グレアムはジャネットから報告を受けても動じなかった。ジャネットが熱をこめて話せば話すほど、冷淡になった。頬に微笑を浮かべながら、黙ってすべてを受け流した。

アデリーンとシャーミアンを、それ相応に処分すべきだとジャネットが強調すると、グレアムは初めて口を開いた。「無用の心配だ。その程度の反抗は、あれぐらいの年頃の娘にはありがちなことだ。おまえもあれぐらいの歳《とし》にはそうだったぞ」

「しかし」

「とりあえず男友達からは引き離したんだろう。結構。それで充分だ。反抗の自由ぐらい与えてやれ。脳を過剰に使うプログレッシヴにとって、感受性が豊かであるのは望ましいことだ。閉鎖環境に押しこんでも能力の発展は望めない。不安定な要素が多すぎると、能力の制御に異常をきたす。アデリーンは、まだ自分を抑えられないのか」

「ちょっとしたことでも共振を起こすようです。相手に感情移入していると、共振までの時間も早い。シャーミアンの怒りには敏感に反応しました。自分では、必死になって抑えようとしていましたが」

「あれは賢明な娘だ。そうやって自分を抑えるすべを徐々に学んでいくだろう。外出禁止はやり過ぎだ。好きにさせたほうがいい」

「そんなことをすれば、手に手を取って逃げ出しますよ。あの子たちは」

「監視だけしっかりつけておけばいい。本気で逃亡するようなら連れ戻せ。火星内ならどうとでもなるが、他の惑星へ移られると、ちょっと具合が悪い」

「どういうおつもりなのですか」ジャネットは訊かずにはいられなかった。「過剰な自由を与えれば、彼女たちはもっと街中へ出ていきます。一般人と、より深く交わるようになるでしょう。プログレッシヴとしての精神の純粋性が保てなくなるのでは？」

「研究所の目的は純血種を作ることだけではない」グレアムは、にやりと笑った。「一般人とプログレッシヴが、どのように反応し合うのか。ランダムに交配相手を選んだ場合、子供にはどの程度の能力が遺伝するのか。すべて、興味深い報告結果が得られるだろう。一般人と関わりたいと渇望している勇気あるプログレッシヴには、どんどん、その機会を与えてやるべきだ。その結果何が起きるのか私は知りたい。プログレッシヴと一般人の双方に、どのような影響が出るのか——あるいは出ないのか。一般人によって構築されている社会が、ほんの一握りのプログレッシヴによって激変するのかどうか。シャーミアンは優秀な被験体だ。私は、彼女の思い切りのよさを歓迎しているよ」

ジャネットは目を見開いた。この人は、意図的に、プログレッシヴを野に放つことを望んでいる。この人にとっては、マリネリス峡谷ですら、蓋《ふた》をされた巨大なフラスコの底に過ぎないのか。「それは研究所全体の意志ですか」

「そうだ」

嘘だ、とジャネットは直観的に思った。確かに研究所は、「新しい人類」を生み出すためにプログレッシヴを育ててきた。だが、それは外宇宙の環境に対してであり、未知の宇宙空間で逞《たくま》しく生き延びられる種を作るのが目的である。一般人とプログレッシヴの混在によって、既存の社会構造を変えてしまうという発想はなかったはずだ。

グレアムは何を考えているのだろう。プログレッシヴ計画を利用して、個人の興味で実験を謀っているのだろうか。

「アデリーンはどうなのです。彼女も一般人と関わるのが望ましいのですか」

「微妙なところだな。私はあの子を、ひ弱なプログレッシヴにはしたくない。かといって、一般人の感覚に寄りすぎても困る。シャーミアンよりは監視を厳しく、だが気づかれないように。外出禁止が解かれたのを、わざわざ彼女たちに言う必要はない。怯えているなら出ていかないだろうし、反抗心が強ければ放っておいても出ていくだろう」

「わかりました。では、仰《おつしや》る通りに致します」

7

ダイオンに出かけた翌日、自分を襲ったふたり組の記録を水島は分署に確認した。だが、送信されてきたデータは至極間抜けなものだった。

銃の撃ち合いになったというのに、酔っぱらいが喧嘩をしたという内容でまとまっていた。水島が襲われた事実など、ひとことも記されていなかった。逮捕されたふたりも、一晩拘置所にいただけで、早朝には帰宅したとあった。身元引受人が現れて、書類にサインしていったとある。

あの調子では何かを聞き出せるとは思っていなかったが、案の定の結果に、水島は溜息を洩らした。

ジョエルに似た男に気をとられていたのが裏目に出た。あそこで追跡を止め、襲撃者を痛めつけたほうが真相に近づけたかもしれない。もっとも、それはあくまでも自分本位の想像であって、必ずそうなったとは言えないのだが。

治安管理局に出勤し、昨夜、病院で書いてもらった診断書を提出すると、昼前に、書類を受理した旨を記したメールが送信されてきた。

文書には、一週間の休暇を許可するとあった。今日の午後から、もう帰っていいとも記されていた。

銃撃されたとなると、さすがに、いろいろと慮《おもんぱか》ってくれたか。あるいは、これも先方の策略のうちなのか——。

いずれにせよ、これで少しだけ余裕ができた。

体も休められるし、調査の時間も取れる。

腕の痛みに顔をしかめながら上衣の袖に手を通すと、水島は二課のフロアを出て、治安管理局の建物をあとにした。

昨日の少女と会うために、待ち合わせ場所に向かって歩き始めた。


午後十二時半、水島が公園へ行くと、アデリーンは本当にそこで待っていた。

そわそわと落ち着かない様子だったが、水島の姿を見つけると、ウサギのように素早く駆け寄ってきて、ぺこりと頭を下げた。

「約束を守って下さって、ありがとうございます」

天蓋から降ってくる昼光に照らされた少女の姿は、夜のダイオンで見たときよりも、一層輝かしく健康的だった。水島のほうが、自分の不健康さを後ろめたく感じたほどだった。

「お怪我は大丈夫ですか」

アデリーンが腕をのぞきこむようにして訊ねたので、水島は少し身を離して答えた。

「もう何ともない。平気だ」

「嘘をつかないで。体がまだ痛がっているわ」

「私のことなど気にしなくていい。それより、昨日の続きを話そう」

常緑樹と灌木《かんぼく》に囲まれた公園の中を、ふたりはゆっくりと歩いた。マリネリス峡谷の随所には、峡谷の底にいるのを忘れてしまいそうなほどに見事な緑地がある。衛生管理の行き届いた園内には、地球と違って土鳩《どばと》やカラスの姿はない。そのかわり、シジュウカラやコマドリなどの、愛らしい野鳥の姿もない。ゴミは清掃ロボットが片づけ、万が一害虫が発生した場合には、駆除ロボットがやってきて焼却してしまう。おかげでどこもかしこも、冷徹なまでに清潔だった。

樹木は土ではなく、公園の土台の上に敷かれた多孔性素材の内部に根をおろしている。そこには肥料と水と成長制御剤がたっぷりと含まれており、植物の生育を完璧にコントロールしている。樹々の健康状態を、植林管理センターに伝送するためのセンサーも埋めこまれている。

水が流れるオブジェの側で、ふたりはベンチに腰をおろした。園内で、地球資本のアイスクリーム・ショップが出店しているのを見て、アデリーンは水島の脇腹をつついた。

「美味しそうですね」

「欲しければ食べたらどうだ」

「水島さんは何がいいですか」

「甘いものは苦手なんだ」

「じゃあ、今日から好きになればいいわ」

アデリーンは水島をベンチに残し、ひとりで店まで駆けていった。キャラメルソースとウォールナッツがたっぷりミックスされた品をふたつ注文すると、両方に、チョコスプレーと砂糖漬けのチェリーを乗せてもらった。

自分のリストコムで代金を払い、ベンチまで戻ると、片方のアイスクリームを水島に向かって差し出した。「これ、お見舞いの品です。甘いものを食べると、早く元気になれるから」

水島は思わず唸《うな》り声を洩らした。シュガーコーンに乗った冷たい乳脂肪の塊は、水島の一日分の糖分摂取許容量を、はるかに上回っていた。しかし、せっかくの好意を無にするのも気の毒に思い、礼を言って受け取り舐《な》めてみると、案の定、げんなりするほど甘かった。恨めしい目つきでアデリーンを盗み見ると、少女は、とろりとした甘ったるいキャラメルソースを、クリームと一緒に平気で舐め取っていた。

あっというまにアイスを食べ尽くしたアデリーンは、手の中でコーンを持て余している水島を不思議そうな顔で見た。

「早く食べないと、溶けちゃいますよ」

「悪いが、もう食べられない。胸焼けしそうだ」

「ふうん。四十近くなると大変なんですね」

「どうして、こちらの歳まで知っている。どこかで調べたのか」

「別に」とアデリーンは答えた。「見ればわかるもの」

シュガーコーンを覆っていた包みをくるくると折り畳むと、アデリーンは傍らのゴミ箱へ投げこんだ。「オリエンタル・ブレンドティーでも買ってきましょうか。気分がよくなりますよ」

「いや、それより話のほうを」

「遠慮しなくていいのに。水島さんはいまとても疲れている――それが、ものすごく強く伝わってきます。少し、息抜きをしたほうがいいと思うんです」

「警官をからかうんじゃない。私は治安管理局員で、いま君に、事件に関することを訊ねているんだ」

「私には、過労で倒れる寸前に見えますけれど……」

「治安管理局員というのは、年中こんな有様なんだよ。君のように若い女の子から見たら、私は草臥《くたび》れたよれよれのおじさんに見えるだろうが、外見より元気はあるんだ。心配しなくていい。だから、必要なことだけを話してくれないか。君はあの日、ノクティス谷からマリネリス峡谷へ向かう列車に乗っていた――これは間違いないな？」

「ええ」

「どの車両にいた」

「後ろから二番目。色の違う車両のひとつ前です」

最後尾は水島が乗っていた護送車両だ。するとアデリーンは、その直前に連結された車両にいたことになる。「そこで何を見た」

「見たというよりも感じたの。超共感性ってわかりますか」

「いいや」

「他人の感情を読む能力のこと。私はその力で、水島さんがいた車両内の様子を読んだんです」

水島は、がっくりと首を折りそうになった。この少女の話はいたずら通報以上だ。よりにもよって、オカルト話なんぞを聞かされることになるとは。

捨てられず持ったままだったアイスクリームが、溶けて掌まで流れ落ちていた。頭を左右に振り、唸り声を洩らしながら舐め取ろうとすると、

「ゴミ箱なら、そこ」とアデリーンが指さした。

「いや、もったいないから全部食べる」

「胸焼けするんじゃなかったの」

「今日から好きになったんだ」

「無理しなくていいのに」

「君の突拍子もない話を聞いているぐらいなら、こいつを食べているほうがましだと思っただけだ」

「ひどいわ」

「いいか、私が欲しかったのは、事件に対する具体的な証言だ。君の妄想や空想を聞きに来たわけじゃない。私は映画会社や電子出版の企画相談員ではないんだよ、お嬢ちゃん」

「名前、ちゃんと教えましたよね」

「失礼、アデリーン。だが、君は来る場所を間違っているぞ」

「じゃあ、本当にやってみせたら信じますか」

アデリーンは右手で水島をつかむと、ぴったりと身を寄せた。「意識を自分の内側に集中して。感情に共振してみせるから」

水島はアデリーンの指先を強引に剝《は》がした。「悪いがそんな話は信じられない。何をやってもらっても、手品にしか見えないだろう。私が知りたいのは本当の話だけだ。例えば君は、誰かにかまって欲しくてここへ来ただけなのか。それとも、本当に列車事故について情報を持っているのか――」

「手品じゃないわ！　超共感性は超常現象とは違います。人間が誰でも持っている直感力や直観力を、脳の構造をいじって、うんと鋭くしたものなの。遺伝子改変措置を受ければ、誰だって持てるんです。もっとも、能力の発現には個人差があるけれど……」

「なるほど。では、君はどこかのクリニックで、その感覚を持つように遺伝子を改良してもらったわけだ。それはどこの研究機関だ。どこかの気がふれた宗教団体か？　君のご両親は、娘にそんな処置をすることを喜んで許可したとでも言うのか」

「親なんていません」アデリーンは、ぽつりと洩らした。「育ての親ならいるけれど……。私たちは、自分の遺伝子の提供者すら特定できない。コンピュータが順列組み合わせで選び出した遺伝子を、適当にツギハギして生まれた子供だから……」

出生前の子供の遺伝子をいじるのは、いまでは珍しくない行為だ。医療行為の一環として、病気や生命に危険を及ぼす要素を取り除くための措置。そして、頭のいい人間や著名人の遺伝子を埋めこむという愚にもつかない行為――効果が確認されたわけでもないのに、迷信や占いの如くいまでも信じられている――を行う親はあとを絶たない。だが、アデリーンが言うほどのレヴェルまで、子供の遺伝子に手を加えるという話は初耳だった。「コンピュータで選ぶとは？」

「私の遺伝子は、九〇パーセント以上が人為的に配列を決められているんです。自然界の交配では絶対に有り得ない配列、本来なら何十世代も経ないと発現しない組み合わせが、ナノテクノロジーを利用した技術で成立している。デザインされた遺伝子は、受精卵の核へ挿入する方法ではなく、iPS細胞から作り出した基盤細胞の分化能力を利用して、人工子宮内で分裂・増殖させる。そうやって、体細胞の適応力や脳の神経細胞が一般人とは違う形で発達する子供を作るそうです」

「ちょっと待て。そんな研究が許されているなんて聞いたことがないぞ。もし君の言う通りなら、本当の意味で、自分の好きなように人間を作り出せてしまう。クローン人間なんて生やさしいものじゃない。それこそ、人間の性質を根こそぎ変えてしまうようなことが――」

「嘘じゃありません。私たちは、そうやって作られたんです」

「私たち？　他にも例があるのか」

「同じような方法で作られた子供たちが、火星には百人ほどいます。具体的な能力が現れず、一般人として社会の中へ散っていった人を合わせれば、もっといると思う。研究所では、そういう子供たちのことをプログレッシヴと呼んでいるんです。『進歩派』という意味だそうです」

まさか、と水島は思った。火星で、そんな大それた研究ができる機関があるとしたら、それは――。

アデリーンは、水島の心を見抜いたように言った。「そう、火星総合科学研究所。私はそこで生まれて内部の施設で育った、第三世代プログレッシヴのひとりなんです」

8

穏やかな陽光の中で、アデリーンの告白は、白日夢のような奇妙な浮遊感を伴っていた。にわかには信じ難い話に、水島は眩暈を覚えた。怪我のせいだけではない熱っぽさが、じわじわと全身を浸蝕《しんしょく》していくようだった。

水島は少し躊躇した後、アイスクリームの残りをゴミ箱に放りこんだ。近くの水道で両手を洗い、頭を冷やすためについでに顔も洗った。

アデリーンが訊ねた。「大丈夫ですか。やっぱり体調がよくない？」

「いや、もう平気だ。続きを、詳しく話してくれ」

「あの日私は、とても強烈な感情をひとつ受けとめました。それは攻撃的で暴力的で、気が狂ったような激しさに満ちた感情で――すぐ後ろの車両から飛んできた。ブロックしようとしたけど、だめだった。勢いが強すぎて、相手の波に呑みこまれてしまったんです。私の共感能力は、桁外《けたはず》れに強力な他人の感情に触れると、共振を起こして相手の感情の波を増幅させてしまう。相手の波をエネルギーに変換して、爆発的な勢いで外部へ放出させてしまう。あのときもそうだった。あの人は、きっと他人を傷つけることしか考えないような人で、だから爆発の程度も凄《すご》いことになったんだと思います。水島さんは、あのとき、幻覚のようなものを見ませんでしたか」

「幻覚――」

「恐竜を見たでしょう。ディノニクス。私の中で、あれは恐怖のイメージと直結しているから」

「君が持っていたイメージを、私たちが共有してしまったのか？」

「簡単に言うとそんな感じです。子供の頃に博物館で3D映像を見て、ものすごく怖くて泣いちゃったんです。それが、いまでも脳に焼きついているみたいで」

「どうして、私たちのほうにそんな現象が起きるんだ？」

「脳内神経が過剰にホルモンを分泌して、ドラッグを摂取したときと同じ反応が起きるんです。たいてい悪夢で、いい夢を見ることはないそうです。恐怖が具現化したり、シュールな夢を見たりするらしくて」

「そいつは、どれぐらいの範囲で起きるんだ？」

「広くはありません。幻覚の範囲は、せいぜい車両一台分ぐらいだと思います。その範囲外にいる人には、頭痛や吐き気が起きるだけです」

「信じられん。他人の感情と共振するだけで、それだけの破壊力が得られるとは――」

「もちろん、無から有が生じているわけじゃありません。研究所の人たちが言うには、物を動かすにしろ壊すにしろ――相手の脳を混乱に陥れることも含めて――物理的な現象を引き起こすためには、どこかで、エネルギーの収支決算が合っていなければならないそうです。私の能力がどれほど非現実的に見えても、現実の場で起きている以上、どこからかエネルギーを得て利用しているはずだと。私の場合には、自分の身近にあるエネルギーを体内に引き寄せて使っているそうです。体の中に量子的な『窓』があって、そこをエネルギーが行き来していると。使えるのは、電力とか物体の運動エネルギーとか……。あの事故では、列車の電磁推進力が使われたんだと思います。だから列車は、あの事件が起きる寸前に急停車しているんです。私とあの人の共振――感情の増幅にエネルギーを奪われて」

「つまり、その『窓』を通して集まったエネルギーが、一定量に達すると、突然爆発するわけか」

「私はエネルギーの橋渡しをするだけで、それが具体的にどう使われたのかは知らない――自分では知りようがないんです。だから、ずっと知りたいと思っていました。自分が何をやってしまったのか、自分の力が、相手にどんなふうに利用されたのか。誰も教えてくれませんでした。知るには、あの車両に乗っている人に訊くしかなかった……」

「知ってどうする気だ」水島は沈んだ声で答えた。「もうすんだことだし、君とは関係のない話だ」

「皆そう言うんです。でも、私は自分を知るために知りたい。あの事故以来、私の感覚は狂いっぱなしなんです。あのときのことを思い出すと、怖くて力を制御できなくなる。気持ちを落ち着かせるには、恐怖の正体を知らなければならない――。それ以外に、方法があると思いますか」

「そうか……。では、覚悟を決めて来たんだな。何を言われても驚かないと」

「ええ」

水島は少し考えこんだ後、再び口を開いた。「その前に、もう少し訊いておきたい。君の共感性には、共振を起こす力しかないのか。相手の感情に呑まれるのなら、それを利用して、相手の心をのぞくことはできないのか」

「共振中は無理です。普段でも思考を読んでいるわけではないから。ましてや、自分の内側に入りこんでいるときには何も見えません」

「では、なぜ君は、車両内にいた人間の数を、正確に言い当てられるんだ?」

「感情の波には個人ごとの特徴があるんです。色が違う……と言うとわかりやすいかしら。だから、色の違いを合計すると何人いたかわかります」

「具体的に、どんなものを感じたんだ?」

「悲鳴に近いものを……。混乱、錯乱、絶叫――私が共振した相手は、車両内で躊躇なくエネルギーを爆発させた。周囲の人間をすべて薙《な》ぎ倒すような勢いで。私がいなければ、そんなことにはならなかったはずだから――それを自分と無関係とはとても思えませんでした。暴力に手を貸したような不快感が、ずっと消えなかったんです。この両手から」

膝《ひざ》の上で掌を開くと、アデリーンは細い指先をじっと見つめた。「あのとき、若い女の人が恐ろしく鋭い感情の波を発していた。底なしの暗闇に引きずりこまれていくような悲鳴をあげながら……。いまでも忘れられません。あの声。背筋を鋸《のこぎり》の刃で削られているみたいに怖かった。私の力は、あの人に何をしてしまったのか、あの人はいまどうしているのか。もし、ひどいことをしてしまったのなら謝りたい。ずっと、そう思っていたんです」手を、きゅっと握って拳に変えた。「彼女は誰だったんですか。水島さんの知り合いですか」

「仕事仲間だ」

「だったら彼女とも会えますよね。話ができますよね」

「その女性なら、もう死んだよ」

アデリーンの肌からさっと血の気が引いた。真珠のように蒼白になり、睫毛が震えて、唇がわななないた。「死んだ?　いつ?」

「私が現場で意識を取り戻したときには、もう――。もうひとりも重体だ。あの事故で無事だったのは、君が共振した相手と、私だけだ」

アデリーンは瞳を見開き、両手で口元を覆った。叫び声とも嗚咽《おえつ》ともつかない、くぐもった声を喉の奥から洩らした。

水島は続けた。「君が共振した相手は、指名手配中の殺人犯だ。女ばかり何十人も殺して、火星中を逃げ回っていた。私たちは奴を逮捕し、治安管理局本部へ、列車で護送する途中だった。君の話を信じるなら、私たちは、君と奴との共振に巻きこまれたようだな。――だが、なぜ、君は奴と共振したんだ？　共振したのが別の人間だったら――例えば私だったら、誰も死なずにすんだんじゃないのか……」

アデリーンの両目から涙が溢れ出た。「だって、私には選べないんだもの！　私の力は、その場で一番強い感情を持っている人間と自然に反応してしまう。その人が倫理的に正しいかどうかなんて関係なく、化学反応でも起こすみたいに――。そう、むしろ相手が、本能に任せて感情を爆発させたときのほうが、より強く反応する。あの人は凄まじいエネルギーを持っていた。たぶん脱走への意志、人を殺したいという意志、何かに逆らいたいという意志が――私は無意識のうちにそれに引っぱられた。私の意志では止められなかった。あなたの言う通りだわ。私さえ共振しなかったら、こんなことにはならなかったのに……！」

アデリーンは細い肩を震わせ、涙で喉を詰まらせながら何度も同じ言葉を繰り返した。

「ごめんなさい、私何も知らないで、水島さんの気持ちも知らないで、勝手に押しかけて、勝手なことばかり言って、ごめんなさい、ごめんなさい、ごめんなさい……」

「顔をあげて」水島は静かに言った。「こんなところで泣かれても困る。君が泣いても死んだ者は帰ってこないし、重傷者の意識が戻るわけでもない」

「だったら私を裁いて。警官として私を罰して。どんな裁きでも受けるわ、お願い！」

「私には君を裁く権利などない。裁かねばならない義務もない。君に、法律的な落ち度があるとも思えない。たぶん、どこで話しても同じことを言われるだろうね。いやその前に、超共感性という現象自体、信じてもらえないだろうな。ここまで聞いた私でも、まだ半信半疑だよ」

「だったら私はどうすればいいの。罪には裁きが必要でしょう」

「確かに、私は罪に対して罰を与える側にいる人間だ。だが、人間が犯すすべての罪に、法律的な裁きが必要なわけでもない。君の罪に対する裁きは、良心の呵責と告白という形で、君が君自身に対してすでに与えているんじゃないかな。私に話したことで、裁きはもう終わったんだよ」

「でも」

「誰でも、知らない間に罪を犯すことはある。だからもしそれに気づいたら、罰を探すよりも、どうやったらそれを償えるのかを考えたほうがいい」

何か言いたげに唇を動かしたアデリーンを、水島は制した。

「それに、私の同僚を殺した直接の原因は君の力ではない。拳銃の弾だ。本当に裁きを受けねばならないのは、ふたりに向かって銃を撃った奴だ。私のバディを撃ち殺し、もうひとりに重傷を負わせ、そのまま平然と逃亡して、どこかでせせら笑っている奴だ。勇気を出して話してくれてありがとう。でも、もう充分だ。君はただ、少し事件に巻きこまれただけなんだ。過ぎたことは気にするな」

「でも、このままでは、ずっと気になります。手伝えることがあったら言って下さい！」

「私が一番欲しいのは、逃げた殺人犯の行方だ」

アデリーンは手の甲で顔をこすると、涙の痕《あと》を拭《ふ》き取った。両目は充血していたが、もう泣きやんでいた。「私で役に立つことなら何でも話します。疑問に思っていることがあったら全部訊いて下さい。協力します」


列車事故が起きた前後の話を、アデリーンの側から語ってもらうと、おおよその筋道が見えてきた。

水島は、超共感性という脳の機能を、まだ完全に信用したわけではなかった。だが、アデリーンの力という要素を加えると、事件の筋道が、すっきりと通ることに気づいた。

プログレッシヴが、地球外の環境に適応力を持つ人間を作るために生み出され、超共感能力は、その実験途上で生じた偶然の産物であることもアデリーンは話した。自分たちの素性を一般人に話すのは、本当は固く禁じられているのだとも。

いいのか、ここまで喋って？　と水島が訊ねると、アデリーンは悲しげに微笑しながら答えた。「水島さんだって、捜査の内容を教えてくれたから。それに、いつかは研究所も、本当のことを世間に公表しなければならないときが来ます。でなければ、堂々とプログレッシヴを活躍させられないから。遅いか早いかの違いです」

なるほど。アデリーンの存在を事件の表から隠そうとしたのは、それが理由か。

苦々しい思いが水島の心に広がった。

確かに、実験中の新人種が殺人事件と関わったとあっては、ひどい差し障りがあるのだろう。二課のスタンリーが、内務省が関係しているようだと言っていたのは、たぶんこのせいだ。

恐らくこの実験は、火星政府によって黙認されているものだ。しかも、地球政府の意向を汲《く》んでいないのだ。火星は独断専行でプログレッシヴを作り、既成事実として、地球に認めさせようと考えたのだろう。

地球側は、ある程度は火星側を責めるだろうが、人道的な立場で迫られれば、生まれてきた子供たちを抹殺しろとは言いにくいはずだ。宇宙開発のためという錦《にしき》の御旗《みはた》を振りかざされたら、たぶん追及の手を引っこめざるを得ない。

深宇宙へ適応するために人間の遺伝子をいじるという発想は、それほど驚くことではない。資金と企画力と、旧来の倫理観に対して確固たる信念で反旗を翻《ひるがえ》す覚悟さえあれば、二十一世紀初頭の科学力でも、充分に実験を開始できたはずだ。

それをやってこなかったのは、倫理的・宗教的な部分で、解決がつかなかったからに過ぎない。

人間が人間を作る。種が種を改良するという行為に、的確な価値判断を与えられないいま、人類は火星に都市を作ってしまった。

火星に住むということは、地球が見えない場所で暮らすということだ。地球が間近に見える月や国際宇宙ステーションで生活するのとは違う。

火星に住む人間は地球のことなど考えない。巨大な温室に閉じこもって生活し、低重力環境で過ごすのをあたりまえだと考える。地球よりも、宇宙全体のほうに親近感を覚える。地球よりも木星へ行きたがる。太陽系の外へ出ることを、空気を呼吸するように自然に考える。そういう環境にいる人間に、地球の倫理観は通用しない。

自分は、この子の秘密を守るために抹殺されようとしているのか。この子のために、璃奈の死の真相も、うやむやにされかけているのか。そう考えると、水島は、ふいに目の前の少女に対して憎しみを覚えた。この子さえいなければ、自分たちは、ここまで苦しまずにすんだのだと。

が、直後、アデリーンが感情を読めることを思い出し、はっとなった。

読まれたか？

いまの憎悪を。

アデリーンは長く喋りすぎて疲れたのか、ぼんやりと自分の足元を見つめていた。その表情からは、水島の気持ちをどう感じているのかは推し量れなかった。

無表情な少女の横顔に、水島は、一瞬とはいえ自分の中に湧き起こった感情を恥じた。

普通の人間に混じって暮らす生活の中で、この子がどれほどの孤独を感じてきたか――。自分で選べない能力を背負わされた子供が、道に迷って途方に暮れているだけなのに、自分は大人として手を差し伸べようともしていない。それはあまりにも狭量な考え方だ。憎むのはいつでもできる。いまは、この子がどうしたいのか、聞いてやるだけでいいのではないか。

「少し疲れたな」水島はベンチから立ちあがると、アデリーンをうながした。「続きは私の家で聞こう。捜査のために、きちんと記録を取りたいしな」

アデリーンは反対することもなく、黙って水島のあとについてきた。

アパートメントの自室にアデリーンを入れると、水島はまずDNAサンプルを採らせてくれと頼んだ。身元の確認をとるためである。専用のキットで口腔内の粘膜を採るだけだと説明すると、アデリーンは少しだけ戸惑ったが、やがて手を差し伸べて器具を受け取った。

綿棒のように細い器具で口の中を軽く撫でさせ、試験管内に密封させる。偽装されたりしないように、水島はすべての作業をじっと眺めていた。サンプルをアデリーンから受け取ると、別室の棚に収めておいた。

それから台所に立って、自分とアデリーンのためにコーヒーを入れた。

砂糖とミルクはどれぐらい？　と訊ねると、アデリーンは信じられないぐらいの量を口にした。さっきあんな甘いものを食べてまだ足りないのか、と水島はおののいたが、言われた通りに甘いコーヒーにして居間まで持っていった。

居間のカーペットに座りこみ、アデリーンはカップの中身を少しずつあけていった。心のわだかまりをすべて吐き出したせいか、もうすっかり落ち着いた様子だった。唇と頬に血の色が戻ってくると、思わず触れたくなるような艶《つや》が、肌の上にしっとりと浮かびあがってきた。

最初に見たときから綺麗な子だとは思っていたが、いまは精神的に落ち着いたせいか、なおのこと蠱惑《こわく》的だと水島は感じた。追いつめられた感情から解き放たれ、本来の自分に戻りつつあるのだろう。

沈黙が続くのも気まずいように思えて、水島は室内の音響装置を作動させた。低い音量で静かな音楽が流れ始めた。アデリーンは黙ってカップを傾けていたが、やがて、あ……と小さく声をあげた。

「どうした」

「これ、ナーヤナ・ヴィスワナスの『ダーク・バラード』」

「好きなのか」

「ええ」

「珍しいな。いまの若い子は、こういう曲は聴かないと思っていた」

「そんなことないわ。火星生まれ火星育ちの人間は、このメロディーに無条件に反応するの。火星の人間は、若くったって、皆、この曲が好きよ」

火星で人気のある「ダーク・バラード」には、地球産のポップス系バラードのような、感傷的で感動的な甘酸っぱさは皆無である。それらを極力排した、クールな楽曲形式が売りだ。それでいて、どこか激しさや強靱《きょうじん》さがあって、音も歌詞もストレートに心に突き刺さってくる。

開拓初期の頃、火星政府は住民のストレス緩和のために、独自にプログラムしたヒーリング・ミュージックを都市中に流した。放送局の番組、コマーシャル音楽にまで利用されたお仕着せの音楽——やがて、住民たちは物足りなさと抵抗を感じるようになり、ついにはその効能とは裏腹に、苛立ちを爆発させるようになった。

数ヶ月後、政府が統制する音楽の放送は廃止された。当時、何らかの心理実験だったのではと噂されていた公共音楽は街角から完全に消え、住民たちが自ら選んだ音楽が流れるようになった。

移民の数が増え、人種が多様化するに従って、オールタナティヴな楽曲の演奏とストリート・パフォーマンスが街中に溢れ出した。自発的に演奏され作り出される音楽は、最初は地球から持ちこまれた「オールディーズ」が主流だったが、次第に複雑化し、独特の偏《かたよ》りを見せ始めた。

地球との距離的な隔たりが、人々に新しい芸術の発生をうながしたのだ。絵画・文学・音楽・演劇・各種パフォーマンス・ファッション——地球とは違うもの、より「宇宙的」

な雰囲気をグロテスクなまでに強調した作品が、火星では流行《はや》り始めた。

火星の住民にとって、自分たちの作るものこそ最新鋭で、それ以外のものはすべて「クラシック」だった。


ダーク・バラードは、その過程で発生したジャンルのひとつだった。その曲想は、火星の不毛の南半球と、暗く冷たい宇宙と大地、不格好なフォボスの姿を人々に想起させる。

火星での日常と現実を、短く美しいフレーズで何度も繰り返し、変奏曲風に展開させながら淡々と歌いつないでいく。その直截《ちょくせつ》なところが、逆に聴く者に安心感を与えるのだ。隠すのではなく癒やすのでもなく、ただ静かに人の心の内側へ食いこんでいく。

「バラードというのは、イタリア語で『物語』を意味する言葉から生まれた音楽用語だ。だからダーク・バラードは、『ダーク・ストーリー』という意味でもあるんだが――いまの若い子は、そんなのがいいのかい」

「楽しくてにぎやかなものは好きだけれど、明るくて軽いばかりの薄っぺらなものは嫌い。ときどきは、暗くて重いものにも身を寄せていないと不安になるわ。ゆっくり眠りたいときには完全に電気を消すでしょう。あんな感じかな」

水島は、わかったようなわからないような不思議な感覚に囚われた。少女の言葉は真実を突いているようでもあり虚勢のようでもあり、もしかしたら、それすらも超越した、自分には理解できない世界の有りようを語っているのではないかとも思われた。

コーヒーを飲み干すと、水島はアデリーンに超共感能力を見せてくれと頼んだ。

「これも記録に撮るの?」

「そうだ」

公園で会った瞬間から、水島はリストコムの記録装置を入れっぱなしにしていた。画像も記録している。もし超共感性が現実に存在する能力なら——動画として記録できるはずだ。

アデリーンは、テーブルにマグカップを置いた。「このカップを動かしたいと思ってみて下さい。言葉にする必要はない。自分の内側にこもるような感じで想像するの」

床から立ちあがると、アデリーンは水島の隣に腰をおろした。ダークブロンドの髪をふわりと揺らし、水島の後頭部を抱えこむようにして、細い指先で彼のこめかみに触れた。しっとりとした柔らかな指の感触は、少なからず水島の心を揺さぶった。だがその直後、こういった感情もこの子にはストレートに伝わってしまうのだろうか、隠せないのだろうかと思い、怯えに近いものを覚えた。

アデリーンは超然とした表情で、水島とともにテーブルの上を凝視していた。他人の感情を読み慣れていると、これぐらいの気持ちには驚かないのかもしれないと、水島は勝手に想像することにした。

アデリーンは続けた。「冗談半分で考えてはだめです。真剣に、じっと集中して。カップが、ひとりでに動き出すところを想像するの」目を閉じてうながした。「さあ、やってみて」

白く滑らかな横顔から視線をそらし、水島はテーブルのカップを見つめた。腹の底で念じてみた。

動け。

左側にゆっくりと……横に滑るように……。

突然、居間と続きになっている台所の照明が何の前触れもなく消えた。音響装置が止まって曲が途切れた。同時に、水島が想像した通りの形で、カップがテーブルの上を滑り始めた。

まるで、手品を見ているようだった。

実際、事前に何の説明もなければ手品だと思っただろう。カップは水島の意志通りにテーブルの上を動き回り、速度さえ望んだように変化し、想像しているような軌跡を描いて元の場所へ戻ってきた。

アデリーンは水島の頭から手を離すと、少し身を引いて彼の顔をじっと見つめた。同時に、台所の照明に再び明かりが戻り、音響装置の奏でる曲が、先ほど途切れた箇所から再び流れ始めた。

「いまのが、列車の中で私が不用意に使ってしまったのと同じ力。規模はだいぶ違うけれど。でも、不思議だわ」

「何が」

「このあいだから、いくら練習しても、こんなにうまくはいかなかったの。いつも制御が利かなくて、物を壊したり弾いたり……。どうして今日は、こんなにうまくいったのかしら……」

「精神的なものじゃないのか。超共感性は、脳の活動のひとつなんだろう」

「それは、そうなんだけれど——」

水島は立ちあがると、リストコムの記録装置をオフにした。「疲れただろう。今日はこれぐらいにしておこう」

「もういいの？」

「ありがとう。いろいろ参考になった」

「犯人、捕まえられそう？」

「いずれはな」

アデリーンは笑顔を見せた。「思い切って、ここへ来てよかったわ」

「では、家まで送っていこう」

「タクシーを拾うからいい。ごめんなさい。家の人にあなたを見られると困るんです。わかるでしょう？　グレアムは、私が事件の真相を知るのを嫌がっていたから、今日のことを知ったら、あなたに迷惑がかかります」

「グレアムというのは？」

「私の育ての親。プログレッシヴには親はないんですけど、私は特例らしくて。ジャネットっていう監視役の先生もいるの。すごく頭の固い……」

「君は自分の父親を名前で呼ぶのかい」

「グレアムがそうして欲しいと言うから。私は『お父さん』って呼びたいんだけれど、グレアムは名前で呼ばれるほうが好きなの。彼も私と一緒に木星へ行く予定で――でも、本当は迷っているんです。このまま木星へ行って何があるんだろうって。こんな力を持ったまま宇宙へ出て、何か価値のあることができるんだろうかって……」

「行きたくなければ、行かなくてもいいんじゃないかな」

「え？」

「君が宇宙開発のために作られた人種で、そのための訓練を受けてきたのだとしても、君自身が行きたくないと思うなら行かないという選択もできるはずだ。プログレッシヴだからプログレッシヴとしての生き方しかできないというのは、どこか変だな。自分でやりたいことを見つけて、やりたいようにやってごらん。君はプログレッシヴである前に、ひとりの人間であり、一個の生命体だ。未来を自由に選べるんだ。誰かの言いなりになることはない」

「そんなことを言われたのは初めてだわ。グレアムもジャネットも、プログレッシヴとしての感覚を訓練する話しかしない。プログレッシヴをやめてもいいなんて、ひとことも言ったことないわ」

「君が心底そうしたいと思っているのなら、私は止めないよ。だが、疑問を感じているのなら、立ち止まって考えてみるのも面白いんじゃないかな」

「……そうね、面白いかもしれないわね」

アデリーンはひとりでうなずくと、再び顔をあげた。「ありがとう。自分で考えてみます。それから列車事故の件、もう少し詳しく調べてみます。グレアムやジャネットは何かを知っているはずだから、記録を漁《あさ》ってみます」

「無理をしてはいかん。変な形で巻きこまれたら大変だ」

「大丈夫。うまくやります。私が起こした事件だから、きちんと責任を果たしたい」

「君に、そこまでする必要はない」

「お願い。手伝わせて下さい。でないと私、また悩んでしまうから……」

水島は溜息を洩らした。「わかった。じゃあ君にできる範囲のことを。そのかわり、危険を察したら必ず連絡を入れるんだ。すぐに指示を出すから」

「じゃあ、リストコムの番号を教えてもらえますか」

一瞬迷ったが、水島はリストコムのパネルを操作して番号をアデリーンに送った。

アデリーンはそれを確認すると、自分の番号を水島に送った。

それから、深くお辞儀をして言った。「いろいろ、ありがとうございました。来るまでは迷ったけれど、やっぱり来てよかった。すっきりしました」

「私は自分の仕事をしただけだ。それが君の役に立ったのなら、うれしいが」

「あの、こんな言い方をするのは失礼とは思うんですが、本当は凄く怖かったんです。公園まで来るだけのことが……。来ないと何も解決しないのはわかっていたんだけれど、やっぱりとても怖くて」

「当然の反応だ。こんな嫌な事件に関わってしまったんだから。でも、もう心配はいらないよ」

「いえ、そういう意味じゃなくて。あの、怒らないで下さいね。私、水島さんのことを、もっと厳しくて怖い人だと思っていたんです。ダイオンで初めて会ったとき、そんな感じだったから」

　水島は、困惑と苦笑が入り混じった表情を浮かべた。

アデリーンは、あわてたように付け加えた。「でも、そうじゃないとわかって安心しました。本当です」

「治安管理局には、怖い警官と怖くない警官がいる。私は怖いほうだ。皆からもそう言われている。気にしなくていい」

「私、いまはもう怖いとは思いません！」アデリーンは真面目な口調で続けた。「話を聞いてもらって、それがよくわかりました。人間って、見かけの印象とか中身とか、深いところで何かもう、ぐちゃぐちゃになっててよくわかんない存在なんだけれども、わかんないなりに、ああ、やっぱりこの人はちょっと違うとか、自分が感じていたよりも優しい人なんだとか、それで、水島さんもたぶんそういう人なんだろうなって。怖く見えるけれども怖くない部分もちゃんとあって、今日、それがわかって凄くよかったなって。どれもこれも、ここへ来なければわからないことばかりでした。あのまま勇気を出さないでいたら、自分について何もわからなかったし、列車事故についても、水島さんについても、何も知らないままで終わっていた。それって、何も知らないでいるより、もっと怖いことですよね。自分自身が、一番恐ろしい存在になるってことですよね」

「………」

「私、研究所以外の人と、こんなに長く話したのは初めてです。他人にきちんと話を受けとめてもらえるのが、こんなにうれしいものだとは知りませんでした。生まれて初めて、心が楽になったような気がします」

「――私はとりわけ特別な人間じゃない。世の中には、私よりもっと上手に、他人の話に耳を傾けられる大人がたくさんいる。君がまだ知らないだけでね」

「本当ですか」

「ああ。君を騙そうとする油断のならない人間も大勢いるだろうが、だからといって他の人間まで同じだと思う必要はない」

「どうやったら、その区別がつくようになりますか」

「自然にわかるようになるよ。ましてや君は、他人の感情を読むのだろう。いや……読めるからこそ信用できなかったのかな。だとしたら、とても不幸なことだね」

「不幸……」

アデリーンが悲しそうな顔をしたので、今度は水島が少しあわてた。「君が、ずっと不幸だと言ったわけじゃない。私はよく知らないが、その力だって、使いようによっては君を幸せにしてくれるんだろう？」

「――皆そう言うんです。この力は私の武器だから、いずれ必ず役に立つって。でも、自分ではまだよくわからない。ずっと捨てたいと思っていたけれど、どうしても捨てられないものなら、確かに使い道は探さないといけないかもしれませんね。どうすればいいのかは、まだわからないけれど……」

自分の内側に沈みこむような思考を彼女に与えたことに、水島はわずかに後悔を覚えた。だが、アデリーンはそれを振り払うように屈託のない笑顔を見せた。輝くような眩しい表情に、水島は逆に、自分の暗さを強烈に意識させられた。

アデリーンはもう一度、水島に頭を下げた。

「約束は必ず守ります。じゃあ、今日はこれで……」


アデリーンが部屋を出ていくと、室内の温度が少し下がったような気がして、水島は微かに物寂しさを感じた。十代の頃の自分を見たような気分だった。ほろ苦い懐かしさを噛みしめながら、揺れる感情を、暴力という形でしか表に出せなかった頃を彼は思い出した。

規模こそ違うが、自分も若い頃には、他人に対して似たようなことをしてきたと思う。あの子はまぎれもなく普通の人間であり、どれほど特殊な立場にあるとしても、繊細なただの少女に過ぎないのだ。

9

水島のアパートメントを出ると、アデリーンはしばらくの間、歩道をそぞろ歩いた。興奮でほてった頬が、温度と湿度を管理された都市の大気に晒《さら》されて少しずつ冷めていく。それでも、体中を駆けめぐる熱さは消しようがなかった。生まれて初めて、研究所以外の場所で、心おきなく何でも話せる相手を見つけた。そのうれしさは、他の何ものにも代え難かった。

シャーミアンがジグと知り合ったときも、こんな気持ちだったのだろうか。心の奥にともった微かな火に、アデリーンは溜息が洩れるような胸苦しさを覚えた。

護送車両から逃げ出した犯人を水島さんは探している。それを知っている人間は、私の知り合いの中に必ずいるはずだ。ああいう形で私と接点を持った相手なら、追跡調査の意味も含めて、絶対に行方を追っているに違いない。

もしかしたら皆は、治安管理局が知らないところで情報を収集しているかもしれない。それを水島さんに渡せれば、きっと捜査に役立つだろう。

話を聞いてもらったお礼というよりも、もっと深いところから出てくる感情で、アデリーンはそうしたいと強く望んだ。

だが、どうやって、そのことを突きとめよう？　グレアムやジャネットに、直接、その男のことを訊ねるわけにはいかない。皆は事故以来、徹底して私に情報を隠してきた。どんなにうまく切り出しても、いったいそんな男の存在をどこで知ったのかと、逆に問い詰められるだけだ。

では、誰に？

アデリーンは通りを眺めた。車道を走っていくヴィークル、天蓋に向かって屹立《きつりつ》している高層建築物。その上を飛翔している広告ボードと、浮遊型気象観測機器を眺めているうちに、ふとあることに気づいた。

そうだ。自分のことは自分に聞けばいいいんだ。自分に関する事柄は、自分の記録の中に答があるはずだ。


アデリーンの提案を、シャーミアンは躊躇した。夜遊びは小言程度ですむが、そこまでやったら言い訳はきかない。ばれたら頭をいじられる。脳神経を、連中の言いなりになるように切ったり貼ったりされるのは嫌だよと。

「危なくなったらすぐ逃げていい。私のことは心配しなくていいから」

「そんな寝覚めの悪いことはできないよ」

「わかった。じゃあ私ひとりでやる。そのかわり、誰にも言わないで」

「ああ、もう、しょうがないなあ」シャーミアンは泣き出しそうな顔をして、結局、見張りの役目を引き受けた。「あんたの好みが、ああいう荒っぽい性格の東洋人だったとは知らなかったよ。しかも、あんな年上のおじさんを――」

「違うの。そういうことじゃないの」

いままで黙っていた列車事故の話を、アデリーンは初めてシャーミアンに話した。シャーミアンは驚かなかった。なるほど、あんたの力ではそんなこともあるでしょうよと言い、これは殺人事件の真相を解くための正当な行為なのだと力説するアデリーンに向かって、「ごまかしてもだめよ。好きな人のためでなきゃ、どうして、こんな危ない真似ができるのよ」と意地の悪い言い方をした。

作業は夕刻と定めた。研究員が帰宅した直後を狙って、実験観測室の端末を使う。そこから、ホスト・コンピュータのデータにアクセスする。場所を実験観測室と決めたのは、誰かに咎《とが》められたとき、能力の訓練をしていたと言い訳するためだ。慣れた場所でイメージ・コントロールと瞑想《めいそう》をやっているのだと答えれば、アデリーンの力の不安定さを知っている者なら、決して不自然には感じないだろうと考えたのだ。

侵入プログラムは、火星の地下ネットで入手したものに、ふたりで手を加えて作りあげた。

シャーミアンを部屋の外で見張りに立たせると、アデリーンは室内の端末を使ってプログラムを走らせ始めた。

目指すファイルは、アデリーン自身のカルテだった。人工子宮内で細胞分裂が始まってから今日に至るまで——自分のすべての記録が記載されているファイルなら、列車事故の一件にも触れているだろう。

……水島さんが言っていた逃亡犯は、私と強烈な感情波のやりとりをしている。研究所が、そういう人間を黙って見過ごすはずはない。私と接触した人間は、あらゆる面から調査を受け、実験データを取られるのだから。私の力が、相手の脳にどのような影響を与え、その結果、脳神経と脳細胞にどのような変異が現れているか——研究所の人間なら、絶対に知りたがるはず。ということは、逃亡中の犯人のデータが得られるかもしれない。それは、プログレッシヴのことを知らない治安管理局の調査とは別種のものだろう。水島さんにとって、このうえなく貴重な情報になるに違いない。

プログラムを走らせている間に、アデリーンはリストコム経由でシャーミアンに様子を訊ねた。「どう。誰か来る気配はある?」

《いまのところは大丈夫みたい》耳の奥にセットした受信器が、鮮明にシャーミアンの声を伝えてきた。《なるべく早く片づけてね。誰が来ても必ず引き留めておくけれど、長くは無理だから》

「作業が終わったらリストコムを振動させるわ。もうしばらく待って」

端末の画面が変わり、アデリーンのカルテが表示された。

タッチパネルに触れ、最新のデータから過去へ遡《さかのぼ》る。

列車事故の日を選んでページを開いた。大量の文字情報が画面を埋め尽くした。とても短時間で読み切れる量ではない。端末とリストコムを無線接続し、内容をダウンロードし始めた。

データが落ちるまでの間に、ざっと画面の内容を目で追ってみた。当日の自分の体調や発言内容は、音声添付ファイルでも細かく記録されているようだ。

事故の被害者に関するデータもあった。

列車乗客の反応。運転士の反応。一般の医療機関を利用して、研究所の意図を悟られないような形で健康チェックを受けさせ、そのデータをごっそり入手している。

ページを繰っていくうちに、アデリーンは目を見開いた。神月璃奈とオーランド・ファレルという名前の人物と並んで、水島のデータがあった。被害の状態と、病院での検査内容が記されている。脳の検査まで受けさせているのは、この時点ですぐに研究所からの指示があった証拠だ。

神月璃奈に至っては、解剖所見のコピーまであった。

なぜ？　アデリーンは思い切って、神月璃奈のファイルを開いた。生々しい写真表示が恐ろしかったが、重要な証拠が記されているのなら、それもダウンロードしなければならない。

タッチパネルに触れると、別画面で画像ファイルが現れた。サムネイルをなるべく見ないようにしながら、彼女はデータをリストコムに取りこんだ。

横目で流し読んだだけでも、神月璃奈の全身を切り刻んで詳細な記録を作っているのがわかった。

これは、ただの司法解剖ではない。

明らかに、研究所からの要請で調査されている。

私のせいで死んだから――どんな影響があったのか調べられたのだ。

アデリーンは無数の針で突き刺されるような痛みを胸に感じた。ふいに、これを水島に見せることの是非を自覚した。

水島さんは、これを冷静に見られるのかしら。大切な仕事仲間が、解剖台の上で、実験用のマウスみたいに切り開かれている画像と記録を。捜査官というものが、そこまで冷徹になれるものなのだとしても、私はいま、とんでもなく思いやりのないことをしているような気がする……。

涙がこぼれそうになったが、自分に泣く資格などないのだと思い直し、悲しみを胸の奥で押し殺した。

ダウンロードを完了させ、ホストへの侵入記録を全消去。リストコムを端末へのアクセスから離脱させた。

……このデータを読んだあとでも、水島さんは私を許してくれるだろうか。間接的とはいえ自分の仲間を殺した――そんな私を彼はどう思うのか。

公園で会った日のことを思い出した。

水島は心に壁を持つ人間だ――というのがアデリーンの印象だった。

同じように、内面に壁を持っている人間を、アデリーンはもうひとり知っていた。

グレアムである。

壁のある人間は、感情がとても読みにくい。

水島の場合もそうだ。分厚く高い壁を周囲に張り巡らせ、近づくものをすべて厳しく退けているような……そんな感触があった。

それでも、ふたりの壁のあり方は、似ているようで違っていると、アデリーンには思えた。

グレアムには、壁の存在そのものを感じさせない狡猾《こうかつ》さと、したたかさがある。壁など存在しない、何もないと思って近づいてみると、何かの拍子に押し戻される……。そんな感じだ。だからこちらが壁を意識しない限り、隠し事は何もないような錯覚に陥ってしまう。反抗心を持つ機会さえ与えられない。

水島の場合は、壁がはっきりと見えている。恐ろしいほどにしっかりと根をおろした壁が、高くそびえて他人を拒絶している。

壁の向こう側にあるものは何も見えない。

向こうから響いてくる声もない。

それでもアデリーンには、なぜか水島が張り巡らせている壁の向こうに、深く優しい感情があるように思えてしかたがなかった。

壁越しに、何かが伝わってくるわけではない。

壁自体は無表情で無変化で——何の情報も与えてくれない。

それなのに、なぜか信じてみようという気にさせられてしまうのだ。

相手の内側をのぞかなくても、その人を理解する方法が、もしかしたらこの世にはあるのではないか――。アデリーンはそう考え始めていた。

例えば、純粋に相手の行動の軌跡のみを追うことだけで、相手の内面を理解できる瞬間があるのではないか。

自分が水島を信用できると直観したのは、そういう読めない何かが、別の形をとって、心に深く響いてきたからではないだろうか。

自分の能力は、センサーの一種に過ぎない。

人間という生き物を理解する方法は、共感能力で内面の感情を読む以外にも、たくさんあるのかもしれない……。

実験室の外へ出ると、シャーミアンが脱力したようにほっとした表情を見せた。どうだった？　と訊ねられたので、アデリーンは華やかな微笑を浮かべた。

「ありがとう。欲しいものは、ほとんど手に入れた。あとは、今度会うときに、これを渡してあげるだけでいいわ」

第三章　孤立

1

アデリーンから採取したＤＮＡサンプルを、水島はすぐにデータベースで照会し、彼女の戸籍情報を取り寄せた。

ディスプレイに表示されたのは、アデリーン自身が語ったのとは全く違う内容だった。火星生まれ火星育ちであること以外は、完全に内容が食い違っている。両親の名前、家族構成、病歴、現在の居住地の情報。どれも彼女の口からは、ひとことも出なかった事柄ばかりだった。

水島はしばらくの間、腕組みをして考えこんだ。

考えられることはふたつしかない。ひとつは、アデリーンの喋《しゃべ》った内容がすべて虚構だったという可能性。もうひとつは、すべて本当なので、それが第三者に確認されないよう、研究所が偽情報を登録しているという筋書きだ。

さて、どちらを信用する？

アデリーンを撮影した映像を、水島は何度も繰り返し観《み》た。テーブルの上を、フィギュアスケートの選手のように滑らかに移動するカップ。何度見ても手品のようだ。特殊な能力で動かしたようには見えない。

だが、ではどこにトリックがあるのだと言われると、指摘できなかった。カップは自分の家にあったものだし、止めた直後、じっくり調べたが何も見つけられなかった。何かを貼《は》りつけ、電気的な力で動かしたわけではなさそうだ。

では、本当に存在するのか。あの子が言っていたような力が。

理性が大声で警告する。そんな馬鹿なことがあるものかと。

あの年頃の少女には、嘘《うそ》をつくのが平気な連中がごまんといる。自分を有利な立場に置くために嘘をつくことはもちろん、中には、自分が嘘をついているという自覚がないままに嘘をつく少女もいる。

それは精神の防衛反応の一種で、病気だったり悪意があったりするわけではない。だが、扱いには慎重になる必要がある。何か別の大きな問題を抱えていて、それをストレートに訴える場所や相手に恵まれないため、形を変えたSOSとして嘘をついている場合があるからだ。

事情次第では、水島のいる部署では対応できない。専門家を紹介しなければならない。アデリーンの場合も、そうでないとは言い切れない。

だがそれでも、泣きながら自分の罪を告白していた姿を思い出すと、今回ばかりは違うのではないかと、水島には思えてくるのだった。

なぜそう思うのかと問われても、はっきりと理由を説明することはできない。けれども何かが違う気がする。あえて言うなら、それは直観のようなものだった。捜査官としての十八年の経験と蓄積が、いつもと同じ事例だと考えてはいけないと、己に囁《ささや》いてくるのだ。もやもやとした、ひどく曖昧《あいまい》で割り切れない気持ち——それは水島をひどく苛立《いらだ》たせるものだった。だが、これだけ苛つくのは、自分が無意識下で、何かの事情や理由を見抜いている証拠だとも言える。

だとすれば、いまはすべてを保留にしておけばいいのだ。

自分にとって最も大切なのは、あの子の能力の真偽を問うことではなく、ジョエル・タニを再逮捕することなのだから。

少女の告白のすべてを、水島は音声情報から文字情報に置き換えたファイルとしてひとつ作成した。列車事故に関する真相を、あれこれ推理してみた。

筋の通る結論を導き出せるパターンもあった。うまくまとまらないパターンもあった。理屈が通らないからといって、無下に思考過程を捨てたりはしなかった。考えついたものは、文書ファイルに書き足しておいた。

水島の中で、ひとつの答が形をとりつつあった。

神月璃奈を撃ったのは誰か——。

最も筋が通る答は、あまりにも味気なく、それゆえに切ないものだった。

そして、ジョエルを捕まえて確認できない以上、いくら筋が通っていても、それもまた仮説のひとつに過ぎなかった。

ある程度まとまったところで、バックアップを記録プレートに取り、リストコムの記憶領域にも保存しておいた。

それから、電子メールのソフトを立ちあげた。

宛先《あてさき》は地球。

通信ネットワーク上には、様々な隠しスポットがあって、暗号化した情報を落としこめる。保管料を取って、それらを一括管理している人間がいる。

水島がいま利用しようとしているのは、そのうちのひとつだった。公表不可能なやばいネタや、どうしても、どこかに情報のコピーを残しておかねばならないジャーナリストや司法関係者が使っているアンダーグラウンド・スポットである。

データを送りこんだ本人が死亡した場合、その処理は保管人に任される。保管人の居場所は誰も知らない。そもそも、保管人が人間であるかどうかすら不明だった。よくできたプログラムが、データを丸抱えしたまま、自動制御で、次々とネットワーク内を移動しながら追跡を逃れているだけ……とも言われていた。

水島は、そこへ、データのコピーを送信した。

翌日の午前中、食料品の買い出しから帰る途中、水島のリストコムに藤元から連絡が入った。

「水島さん、いまどこですか」

「街へ出ている」

「どこかで会えませんか。神月さんの件で、新しいデータを入手したんです」

無茶はするなと言っておいたのに……と水島が叱責《しっせき》する前に、藤元は続けた。「コムでは話せません。僕も仕事があるので、管理局のビルの近くでいいですか」

「ああ、構わない。場所は適当に決めてくれ」

直後、リストコムに藤元から地図のデータが来た。

場所を確認すると、一旦、家に帰って荷物を置いてからのほうが楽だとわかった。水島は家へ戻って台所に品物を置いた後、あらためて外へ出て、待ち合わせ場所へ向かった。

藤元が指定してきたのは、オフィス街の一画に展開されているオープン・カフェだった。五十あまりのテーブルがひしめくテラス席は、道端に作られた休憩所というよりは庭に近かった。足元には本物の芝生が植えられ、天蓋《てんがい》からの柔らかな光に、瑞々《みずみず》しい緑の葉が輝いていた。

庭の奥には屋内型の喫茶があり、庭と歩道は白い柵で仕切られていた。

緑のいい香りが、コーヒーや紅茶の匂《にお》いと混じり合う。

午前中にもかかわらず、席はよく埋まっていた。火星を訪れる観光客は、官公庁やオフィスの集まる区域にまで溢《あふ》れているのだ。

藤元は屋内喫茶のすぐ側《そば》の、一番奥まった場所に水島を案内した。

席につくと、藤元はすぐに本題に入った。

「二課から持ち出した資料です」記録プレートをテーブルに乗せた。「コムで見られます」

水島は、自分のリストコムの挿入口にプレートを差しこんだ。仮想ディスプレイを開いてデータを読む。地図とともに文字情報が確認できた。

藤元が持参したデータによると、二課は事故直後に、現場から列車の軌道沿いに一キロほど離れた場所で、レーン内の壁にジョエルの血液が付着しているのを発見していた。そこを最後に、ジョエルの痕跡《こんせき》は完全に消えている。

「よく、こんなものを見つけたな」

「フォルダが複雑に入り組んでいましたからね。普通では見つけられない場所にありました。抜いてくるのは、ひやひやものでしたよ。軌道の途中でジョエルの足跡が消えているのは、そこで誰かと合流したからですね。でも、変だと思いませんか。レーン内は一本道です。どちらへ向かって走っても、最初に出会うのは、連絡を受けて駆けつけてくる治安管理局のヴィークルです。逃亡者の心理として、そんなところへ向かって走るでしょうか」

「何かの形で知り合いと連絡を取り、相手のヴィークルを待っていたのかもしれない」

「到着できますかね。治安管理局よりも先に」

「確かに、難しいところだ」

「乗客から治安管理局に連絡が入ったのは事故の直後です。一課はすぐに出動しています。あらかじめレーンの入り口で待機していないと、一課より先に辿《たど》り着くのは無理ですよ。でも、当日、そんな車両が待っていた事実はありません。第一、一般車両は許可なしにレーン内へは入れないんです」

だが、アデリーンを連れ出したクライスラーは、レーン内へ乗りこんでいるのだ。例えば、入り口で治安管理局員のバッヂを見せれば――それが偽造されたものであっても――一般車両でも通れるのではないか。

そのとき、水島はあることに気づいた。「ちょっと待て。もしかしたら私たちは、大変な間違いをしていたのかもしれないぞ」

「は?」

「ジョエルが見つからないのは、彼が逃げ回っているからとは限らない。誰かが治安管理局には知られない形で、奴を拉致《らち》しているのだとしたら――」

ふいに水島のリストコムが鳴った。藤元に断りを入れると、水島は通信に出た。かけてきたのは、アデリーンだった。

《いま、どこですか》耳の奥の受信器から、少女の声が響いた。

「仕事中だ」水島は答えた。「急用でないなら、折り返しこちらから連絡を入れるが」

《じゃあ、簡単な話だけ聞いて下さい。返事を待って苛々するのは嫌だから。研究所のホストから、私のカルテをダウンロードしました。列車事故があった日のデータです。参考になるかもしれないから、水島さんのリストコムに送信しておきます。この中には、神月璃奈さんの検屍《けんし》報告書も入っているんですが、これはどうしますか》
「全部送ってくれ。一ページも洩《も》らさずに」
水島が即座に答えると、アデリーンは少し沈んだような調子で《わかりました》と答えた。《あと、このデータには水島さんの名前も出てくるんですけれど、名前のあとに必ず、『w／Y00983４6』という番号がついているんです。これに何か覚えはありますか。こちらのデータには注釈がなくて、何なんだろうと、ちょっと疑問なんですけれど》
「もう一度読みあげてくれ」と水島は言った。「本当に、私の名前と一緒に、その番号が書いてあるんだな」
《ええ》
「ありがとう。では、あとでまた連絡するから、一旦、通信を切ってくれ」
《OK。じゃあ、またあとで》
通信を切ると、水島は藤元の顔を見た。「予定変更だ。新しい情報が入った」
ホット・チョコレートのカップを手に、藤元は怪訝《けげん》そうな表情を見せた。「誰からだったんですか」
「説明するから黙って聞け。いいか。そのまま動くな。私はいま銃を抜いて、テーブルの下で、おまえの腹に狙《ねら》いをつけている」
「どういうことですか」

「それはこちらが聞きたい。いつからだ。いつから私を見張って、調査室に情報を流していた」

藤元は、すっと目を細めてカップを皿に戻しかけた。水島は低い声でそれを制した。

「だめだ。右手を降ろすな」

「ずっと持っているほうが不自然ですよ。周囲で張っている職員に、あなたが態度を急変させたのがばれてしまう」

「では、不自然に見えないように工夫しろ」

藤元は両手でカップをくるみこむようにして、そのままテーブルの上に置いた。「これでいいですか」

「結構」

「では、水島さんも、銃をホルスターに戻して下さい」

「だめだ」

「なぜですか。あなたは僕を撃てない。撃てば傷害か殺人の現行犯で、即座に調査室にしょっ引かれる。どう考えたって、割に合わない行動だ」

「撃てるさ。おまえが先に銃を向けたと言って粘ってやる」

「僕はいま丸腰です。そういう理由であなたが開き直らないよう、武器を持たずに行けと言われました。ナイフ一本、カッター一枚持っていません。だから、無駄です」

水島は唇を嚙《か》みしめた。

藤元は勝ち誇るでもなく、むしろ寂しげなまなざしで続けた。「どうして気づきました。あなたに情報を提供したのは誰ですか」

「誰でもいいだろう」

「いい情報網を手に入れたようですね」

口をつぐんだ水島に、藤元は溜息《ためいき》を洩らして告げた。「僕に喋らせたいのなら、あなたも本当のことを打ち明けて下さい。それが条件だ」

「……私に関するファイルに、おまえのＩＤ番号が記してあったそうだ。ｗプラスＩＤは、そいつが内偵をやっていることを示す局内の隠語だ。記載した人間は部外者で、知らずに、そのままコピーしてしまったんだろう。正直に言うと、ダイオンで襲撃されたときから、おまえを少しだけ疑っていた。私が局のデータをモニターしていると知っていなければ、特務課にはあの罠《わな》は張れない。そして、私がデータを拾っているのを知っていたのは、局内ではバディのおまえだけだ」

「そうでしたね……」

「なぜだ。なぜ、私を連中に売った。最初からそのつもりだったのか。ボー係長も、おまえとグルなのか」

「係長は何も知りません。僕は、もっと上から派遣されたんです」藤元は落ち着いていた。いつかは、こんなふうに詰問されるのを予測していたかのように、自嘲《じちよう》的な笑みを浮かべた。「あなたの捜査を手伝っているふりをしてミス・リードし、機会を見て、調査室に引き渡す——それが僕の役目でした。あなたは、治安管理局のデータ盗用の容疑で、別件逮捕されることになっています。いま渡した記録プレートが、データ盗用の証拠として差し押さえられます。でも別に、水島さん個人に恨みがあってこんなことをしたわけじゃない。これが僕の仕事なんです」

「いままで何回ぐらいこんなことをした。何人、私たちの仲間を連中に引き渡した」

藤元は黙っていた。

水島は、もう一度訊《たず》ねた。「数え切れないぐらいか」

「ええ」

「ひとつ聞きたい。神月の件について、おまえは真相を知っているのか」

「いいえ。僕の任務は、水島さんの監視でしたから。それについては、もっと上層部からデータを引き出さないとだめです。僕も調べてみましたが、ガードが固すぎて無理でした。ただ、局長クラスの人間が、偽装に関《かか》わっているのは確かだと思います。少なくとも、治安管理局長は、調査室の目的を知っているんじゃないかと思います」

水島を見つめる藤元の目には、いつもの明るさや人懐っこさはなく、自分が知っていたのは彼のほんの一面に過ぎなかったのだと、水島はいまさらのように痛切に思い知らされた。

バディの本性を見抜けなかったのは、自分にも非がある。気をつけていれば、もっと早くに見抜けたかもしれない。璃奈の件に気を取られすぎていたのだ。調査室も藤元も、そんな自分の余裕のなさを、うまく突いてきただけだ。

「どうして、こんな仕事をやっているんだ」

「成り行き上でね。以前、二課の管理職で、局の予算を使いこんだ奴がいました。僕の直属の上司でした。僕は何も知らずに信用しきっていたんですが、いつのまにか、横領したのは僕だというふうにファイルが書き替えられていた。何十年かかっても払いきれないような金額が、僕の負債になっていたんです」

水島は目を見開いた。「公文書偽造容疑で訴えればいいじゃないか」

「脅されました。取調室に連れこまれて――暴力を振るわれました」藤元は目を伏せた。

「……ああいう状況で、最後まで反抗できる人間がいるとは思えません。暴力は人間の肉体だけでなく、精神も破壊する。彼は、僕が訴えたら殺すと言った。おまえの家族も同様だと言った。これ以上痛い目に遭いたくなかったら、負債を丸ごと引き受けろと。僕は命が惜しかったですし、家族までタテにとられたのでは、思い切った行動には出られなかった。そんなとき、調査室が僕を助けてくれました。彼らは上司をマークしていたんです。調査室との間に司法取引があったようで、上司は転属になっただけで、罪は公《おおやけ》にはなりませんでした。僕は調査室の職員に呼ばれ、こういう事件の発生を防ぐために、局の内偵を引き受けてくれないかと頼まれた。僕は喜んで承知しました。自分が怖い目に遭ったから興味が湧《わ》いたとも言えます。管理局員といえども、不正に手を出していれば犯罪者と同じです。仲間を売るという意識はなかった。悪徳警官を告発することは、僕には正義に思えましたから。あなたの言う通り、数え切れないほどの局員を引き渡しましたよ。司法関係者の中には、ほとんど犯罪者と変わらない倫理観の低い人間が、ごろごろしていますからね。もっとも後には、必ずしも裁きを受けさせるためだけに、内偵をさせているわけではないのも知りました。弱みを握ったのを幸いに、調査室員自身が相手を脅迫していることもあった。起訴されたくなかったら局内の情報や、ひどい場合には、盗難品や現金の一部をよこせとね」

藤元は、疲れ切った中年男のような覇気のない微笑を浮かべた。「ようするに、彼らも同じ穴の狢《むじな》だったわけです。でも、それがわかってからも、僕は内偵の仕事から手を引けなかった。やめると言ったら調査室がどんな措置をとるか見当がつかなかったし、もう首までどっぷり漬かっていましたから——やめる理由もなかった」

「私も、そいつらと同罪だと言いたいのか」

「いいえ、あなたは犯人じゃない」藤元は、きっぱりと言った。「僕は確かに内部告発に手を貸してきましたが、無実の人間を引き渡したことは一度もない。今回の一件、調査室はあなたが怪しいと言い張っているけれど、僕にはとてもそうは思えません。いや——最初はそう思ったこともありましたが、おつき合いさせて頂いているうちに、これは違うと感じました。それに今回のあなたの逮捕には、調査室というよりも、特務課の連中が躍起になっている。これは何かあるなと思いましたね。特務課は、調査室の中でも、特殊な位置にある部署なんです」

「知っている。二課のスタンリーに教えてもらった」

「立場上、僕にはあなたを逃がすことはできません。だが、一瞬だけ目をつぶることはできる。一瞬だけですけどね」

藤元は低い声で言った。「その間に姿を消して下さい。僕があなたに対して払える敬意は、それだけだ」

「監視員には、どうやって指示を出すんだ」

「コムで信号を送るだけです」

「何人張っている？」

「四人です」

「そんなにか！」

「あなたは武器を持ったふたり組を、ひとりで倒したじゃありませんか。だから皆、警戒しているんです」

「あのふたり組は、特務課の差し金か」

「たぶんそうでしょう。あなたが予想外に捜査に熱中するので、足止め目的で送りこまれたのでしょう。僕は、そんなこと少しも知らなかった。それで疑問を持ったんです」

「つらい駆けっこになりそうだな」

「すみません。これ以上、何もできなくて」

「気にするな。私が自分で始めたことだ。おまえの立場を、危うくさせるわけにもいかないしな」

藤元はつぶやくように言った。「あなたを、ずっとうらやましいと思っていました。神月さんのために、そこまでできるのを――」

「ひとつだけ、忠告しておこう」

「何ですか」

「いつでもいい。早いうちに、この仕事をやめろ。おまえは、治安管理局員には向いていない」

「あなたもですね」

「余計なお世話だ」水島は藤元に微笑を返した。「テーブルをひっくり返すから、できるだけ派手に倒れて助けを呼べ。そうすれば、四人のうちひとりぐらいは、おまえのところへ飛んでくるだろう。あとの三人は私が自分で何とかする」

藤元がうなずいたのと同時に、水島は彼に向かってテーブルをひっくり返した。ちょうどウェイトレスが、冷たい飲み物のグラスをいくつも盆に乗せて通りかかったところだったので、あたりは騒然となった。

水島は人々の悲鳴を後に、椅子《いす》やテーブルを蹴倒《けたお》しながら走り、柵を飛び越えて歩道へ出た。走っている途中で背後からひとりの調査官に追いつかれたが、捕まる寸前、火星の低重力を利用して楽々とジャンプすると、後ろ回し蹴りで相手の頭に踵《かかと》を叩《たた》きこんだ。

追跡者は歩道からはみ出すほどに吹っ飛ばされた。道路を走ってきたヴィークルが、衝突回避センサーを働かせ、調査官を轢《ひ》き殺す寸前に急ブレーキをかけた。後続車が次々と停止し、あっというまにひどい渋滞が発生した。

クラクションと喚《わめ》き声がエスカレートする。

歩道の人混みを掻《か》き分けながら、水島は走り続けた。腰に差した銃に手をかけたが思いとどまった。まだ早すぎる。ここでは撃てない。一般人を巻き添えにしてしまう。

足には自信があったが、三人の調査官は、猟犬のように水島を追いつめつつあった。水島は無人タクシーに乗ることを考えたが、無線で連絡が飛んで、管理センターに運転を制御されるのを恐れた。そうなったらドアをロックされたまま、治安管理局前まで運搬されてしまう。

水島は、都市の内部を走るリニアモーターカーの駅へ飛びこんだ。IDバッヂで改札を通り抜け、発車間際の列車に飛び乗った。

追ってきたふたりの調査官が、閉じたドアに衝突したが列車はそのまま発車した。水島は息を切らしながら、ホームに残された男たちを見送った。

列車は速度をあげてホームを離れた。透明なチューブ内に敷かれた軌道を、素晴らしい速度で疾走し始めた。

水島は車内に視線を転じた。ひとりの男が、凄《すさ》まじい形相《ぎょうそう》でこちらへ近づいてくる。寸前のところで飛び乗った奴がいたのだ。

乗客を強引に掻き分けながら、水島は隣の車両へ移動した。先へ、さらに先へ——。先頭車両まであと一両になった。二両目と一両目の間の、レストルームが設置されたあきスペースで追跡者を待ち伏せした。

リニアモーターカーは時速五百キロを出す。無理やりドアをあけて外へ出れば確実に死ぬ。ここで始末をつけるしかない。水島は再び銃に手をやった。——撃つか——同業者に向かって発砲すれば罪は重いが、急所を外して撃てば追跡を阻める——いや——傷害罪を追加されたのではたまらない。気絶させれば充分だ。

水島は通路のドアの横に張りつき、調査官が飛び出してきた瞬間に、首筋に銃把を叩きつけた。相手はよろめいたが倒れず、腕を伸ばしてつかみかかると、水島の左腕を拳《こぶし》で殴りつけた。

治りきっていない傷の上で痛みが爆発した。一瞬意識が飛び、何もわからなくなった。その隙《すき》に、調査官はもう一度水島を殴り、銃を叩き落とすと、背後に回りこんで彼の顎《あご》の下に右腕を滑りこませた。

太い腕が水島の首を強烈に締めあげた。水島は必死になってもがいたが、相手のほうが力が上だった。暴れれば暴れるほど頸動脈《けいどうみゃく》を強く絞められ、目が回りそうになった。顔が熱くなった。目の前が暗く霞《かす》み始めたが、水島は歯を食いしばって抵抗を続けた。

やがて、ふいに彼を締めつけていた腕の力がゆるんだ。背後の調査官は、貧血でも起こしたように突然力を失い、水島の背中にもたれかかるようにしてその場に崩れ落ちた。

水島は肩で息をしながら、その場に腰をおろした。自分の銃を拾いあげて懐に収め、倒れている男の側へにじり寄った。

首の後ろを殴りつけた瞬間に貼りつけた麻酔シートは、相手が気づく前に、すみやかに効果を発揮してくれたようだ。水島は調査官の懐を探り、予備の弾倉を見つけ出した。ケミカル弾ではなく、合金製の弾が入っていた。ありがたく頂き、フル装填《そうてん》されていた銃からもすべての弾を抜いて、自分のポケットに滑りこませた。

壁に背をあずけて床にへたりこむと、水島は左腕を押さえて顔をゆがめた。インナーの首回りから手を入れて治療用のシートに触れると、じっとりと濡《ぬ》れた感触があった。引き抜くと、掌が血で汚れていた。レストルームの洗面台で手を洗い、顔に水をかぶって気を引き締めた。

弾がかすった直後のような痛みがぶり返していたが、休んでいる暇はなかった。リストコムのタッチパネルを指先で撫《な》で、仮想ディスプレイを展開させた。

自分の銀行口座の様子を確認する。

思っていた通り、預金は引き出し停止措置がとられていた。

だが、心配は無用だった。

ダイオンで襲撃された直後、水島は預金の大半を秘密の別口座へ移していた。何かあったときに、活動資金を確保できるように。予想通り、その措置が役に立った。

ディスプレイを開いたついでに、アデリーンから送信されていたデータにも、ざっと目を通した。

璃奈のファイルを開くと、アデリーンが言っていた通り、検屍報告書があった。

どうやら本物のようだ。

列車事故の件を率直に告白してくれたり、藤元の正体を見破るきっかけを与えてくれたり、あの子の言動には何かと助けられている。

どこまで信じていいのかはわからないが、アデリーンの告白が、真相の一端を担っているのは確かなようだ。

信じ難いあの能力の存在は、嘘ではなく本当に、最新の科学技術によって作り出されたものなのかもしれない。

文書と画像を舐《な》めるように読んでいくうちに、水島は、ふと眉《まゆ》をひそめた。

銃創の数が違う――。

調査室の事情聴取を受けた際、范は『璃奈は四発被弾していた』と言った。ファレルが頭部に受けた弾が一発。これで合計五発になる勘定で、水島の銃から発射された五発分と計算が合うという話だった。

だが、検屍報告書にある璃奈の被弾数は五ヶ所。彼女は五発撃たれているのだ。ファレルの分と合わせると、合計六発。一発多い。

――偽造の証拠だ。私が撃ったことにしておくために、調査室が、弾数を故意に修正した証拠がここに残されている……。

水島は拳で壁を殴った。ちくしょう。もう少しで真実に手が届くのに、ここまで来て、自分が追われる側に回るとは。

水島は引き続きデータを読み漁《あさ》った。璃奈のカルテに続いて、ファレルと水島自身のカルテが出てきた。自分の記録を眺めながら彼は首をひねった。私の健康チェック？　いつ入手したものだ？　日付を見て、ようやく納得がいった。調査室の尋問を受ける前、確かに病院で健康状態を調べられた。脳の活動状態、血液検査……。打撲傷の治療を兼ねていたので不自然には感じなかったが、それがアデリーンの記録と一緒に保管されているということは――。

そうか。彼女と接触した人間は、記録を取られるようになっているのだ。私たちは彼女の共感能力に直接巻きこまれた人間だから、研究所はデータを欲していた。彼女の力が、私たちの体にどんな影響を与えたのか――。調査室での尋問も、事実関係を確認するというよりは、事故直後の私の状態を観察するためだったに違いない。

だとすれば、ジョエルもまた、研究所に拘束されているのではないか。藤元が持ってきたデータは、それを証明するものなのだ。

仮想ディスプレイを閉じると、水島は脱力したように天を仰いだ。

連中が突然私を捕らえに来たのは、アデリーンとの接触に気づいたせいだ。公園で会ったとき、たぶん尾行がついていたのだろう。ということは……私は恐らく逃げきれない。

特務課に捕まったら、あとはないだろう。

――ここで終わりなのか。

水島は片手で顔を覆った。内面を蝕《むしば》む絶望感を、強引に振り払った。

いや、まだあきらめるな。

権力さえあれば人の運命まで変えられると驕《おご》っている連中に、好き勝手にされていいわけがない。

走れ。まだ捕まるな。

走り続けている限り、どこかに出口が見つかるはずだ。


列車が駅に到着すると、水島は人混みに隠れて改札口を出た。制服姿の治安管理局員の姿があったが、運よく声をかけられずにすんだ。

そのまま街の雑踏にまぎれこむ。

新しいリストコムを買い、データを移さねばならなかった。このまま使っていたのでは逆探知される。服も替えたほうがいい。

だが、その後、どこへ逃げる？

火星では、ヴィークルがなければ都市から出られない。火星の荒野は地球と違って人が生きられる場所ではない。開拓途上の火星の大気は、まだ数百ヘクトパスカル程度、気温は摂氏マイナス五十四度まで下がる。ランドローヴァーを持っていたとしても、充分な設備がなければ、あっというまにあの世行きだ。

身を守るための武器は、仕事で使っている自動拳銃一丁と折り畳みナイフが一本。弾はケミカル弾が二十八発。合金製が十四発。法律で許可されている護身用の麻酔弾なら、どこかで、もう少し調達できる。

クロス・ショップへ行き、新しいジャケットとパンツ、それに似合うインナーを探して棚から取った。

新品のリストコムも購入。必要なデータを移し、いままで持っていたものは踏み潰《つぶ》して捨てた。

それから薬局へ行き、大判の止血シートと鎮痛剤を買った。タブレットの能書に記されている二倍量の錠剤を飲み下し、何とか腕の痛みを抑えこむ。トイレの個室で止血し直し、新しい服に着替えた。元の衣服はゴミ箱へ。

リストコムでニュース・チャンネルを流しっぱなしにして、日本語と英語で交互に情報が流れるように設定しておいた。

ニュースを聞きながら歩き出す。予想していた通り、水島は正式に、神月璃奈事件の重要参考人として手配を受けていた。虚脱感が一気に押し寄せてきた。葬儀のときに見かけた、璃奈の老いた両親と弟の姿をなぜか思い出し、情けなくなった。

少し休める場所が欲しかった。だがホテルは、ビジネスタイプから繁華街の安宿まで、すでに通報が回っているだろう。

宿ではない場所で隠れられるところ——。条件は限られるが、ないわけではない。リサイクル工場の倉庫、百貨店、オフィス街のビル、夜になれば忍びこめる場所があるかもしれない。警報装置と、警備ロボットに気をつけねばならないが。

雑踏に隠れるようにして歩いた。市販の痛み止めはあまり効いていないようで、左腕には依然として、苛つくような痛みがあった。

調査官とのもみ合いで殴られたのが響いている……。だが、これ以上薬を飲んだら、反射神経を鈍らせてしまう。いざというときに体が動かない。

早く、どこかで休みたかった。

一時間ほどでいい。仮眠できる場所でもあれば、多少は体力が回復する。

道路の前方から、治安管理局のパトロール・ヴィークルが走ってきた。目を伏せ、やり過ごす。ヴィークルは水島を追い越した後、少し先で停止した。中から制服姿の治安管理局員が二名姿を現し、何かを話しながら歩道を歩き始めた。

水島は足を早めた。悠長にそぞろ歩いている人々を掻き分け、細い路地へ入りこんだ。

植民直後は、火星政府がきっちりと区画整理を行ったショップ・タウンも、いまでは出店や増築で、ごちゃごちゃになっている。まるで下町の市場のようだ。息を切らしながら、水島は路地を走った。局員たちが自分を追っていると確信したわけではなかったが、不安を抑えられなかった。ときどき背後を振り返りながら前へ進む。追っ手の姿は見えなかった。だが、立ち止まることができなかった。

迷路のような路地を抜け、大通りへ出る少し手前で、水島はようやく足を止め、建物の壁に寄りかかった。空と見紛う天蓋を仰いで喘《あえ》いだ。

少し休んでから、大通りへよろめき出た。痛む腕を押さえ、暗い気持ちで歩いているうちに、アフリカ系の容貌《ようぼう》の男と激しくぶつかった。途端に、フランス語で罵声《ばせい》を浴びた。痛みのせいで頭の回転が鈍くなっていたせいか、水島は間抜けにも日本語で謝った。が、相手は虫の居所が悪かったのか、妙に攻撃的な口調でねちこく絡み始めた。

水島は眩暈《めまい》を覚えた。フランス語は得意じゃない。こんなに早口では、何を言っているのかわからない。だが、ひどいことを言われている雰囲気だけは、びしびしと伝わってくる。しかたがないので英語で謝り直し、何とか落ち着かせようと努力したが、男が怒りにまかせてこちらを小突き回し始めたので、ついに水島も腹に据えかね、おおよそ思いつく限りの激烈な言葉ばかり選んで日本語で叩きつけた。すると相手は水島の勢いにたじろぎ、訛《なま》りの強い英語で、もういい、こちらも悪かったと言って、先ほどまでの勢いが嘘のように消えた。

どうやら、とりたてて差別的な感情があるわけでもなさそうだ。水島は英語で「気にするな」と答えて手を振り、相手が立ち去ると、抱きつくように街灯にもたれかかった。

腹の底から深い溜息を洩らした。馬鹿なことをした。虫の居所が悪かったのはこちらも同じだ。口喧嘩《げんか》をするほどではなかった。

周囲を流れる人波は、ささいな小競り合いなど気にとめる様子もなく、それぞれの目的地へ向かって進み続けていた。他人にあまり干渉しない火星の気質は、いまの水島にはありがたいものだった。日常的にもそうだが、こういうとき、むやみに治安管理局に通報しないでくれるのは助かる。

雑多な人種が行き交う通りを眺めていると、ふいに背後から英語で声をかけられた。

「どこへ行く気だ、水島」

びくっとして振り返ると、見覚えのある男が立っていた。黒い髪と瞳、アジア系の顔立ち、がっしりとした体格、厳しいまなざし——。制服ではなく私服を着ていたがすぐにピンときた。璃奈の葬儀で出会った男だ。自分を殴ろうとして激情を爆発させた男、ロビーで泣き喚いていた璃奈の恋人。頭の中で人名ファイルが回転する。「ユ・ギヒョン……」

「探したぜ。いつか尻尾《しっぽ》を出すんじゃないかと思っていたが、とうとうやりやがったな」

「違う、誤解だ」水島は言い訳しながら後ずさった。なんてことだ。よりによって、最悪の状況で、最悪の相手と遭遇してしまった。「私は特務課にはめられただけだ。二課も、それに騙《だま》されているんだ」

「黙れ、見苦しい。ここまで来たら、大人しく壁に両手をつけ」

「待ってくれ、話を聞いてくれ」

ユ・ギヒョンの拳が水島の顎に飛んできた。強力な一撃に、水島は頭をのけぞらせて後方へ倒れこんだ。ビルの壁に左半身を打ちつけた。腕から脳天へ突き抜けた痛みに、頭の中が真っ白になった。殴られた箇所よりも、壁にぶつけた銃創のほうがはるかに痛かった。

水島は腰からその場に崩れ落ちた。もう、抵抗する気力も残っていなかった。

2

「目を回したか。この根性なしめ。一発殴られたぐらいで」

ユ・ギヒョンは爪先《つまさき》で水島の脚を蹴ったが、脳震盪《のうしんとう》を起こした水島は、壁にもたれたま動けなくなっていた。

遠巻きにふたりの様子を眺めていた通行人に向かって、ユ・ギヒョンはリストコムのIDバッヂを振りかざして怒鳴った。「治安管理局だ。それ以上近づくな。見せ物じゃないんだぞ」

ユ・ギヒョンは水島を引きずりあげると、道路の端に止めていたヴィークルの後部座席に押しこんだ。粘着テープを使って、水島の両手を背中側で拘束した。両脚も縛りあげ、それからボディチェックをした。水島は、ぼんやりとしながら、されるがままになっていた。

懐から銃やナイフを取りあげると、ユ・ギヒョンは、水島の全身をくるむように毛布をかけた。

化繊の匂いと体臭が混じり合った闇《やみ》の中で、水島はその行動にピンと来た。

ユ・ギヒョンは、治安管理局へは行かないつもりだ。

では、どこへ？

ヴィークルの発車音が響いた。

閉ざされた闇の中で、水島はじっとしていた。反撃に移るための力を貯めていた。

さほど遠くない場所でやがて車は止まり、ドアの開閉音が響いた。水島は、毛布でくるまれたまま自分の体が担ぎあげられたのを感じた。

地下駐車場を歩くような靴音が響いた。自動ドアが開く音、エレベータで上昇する感覚、どこかの部屋に運びこまれた気配が感じられた。

自分のマンションにでも連れてきたのだろうかと水島は思った。治安管理局に引き渡す前に、個人的な恨みを晴らそうというのだろうか。あるいは、璃奈の件で特別に訊《き》きたいことでもあるのか。

だが、毛布が剝《は》ぎ取られたときに水島が目にした光景は、笑い出したくなるほど猥雑《わいざつ》なものだった。

防音設備だけは完璧《かんぺき》であろうと思われる安手の連れこみ宿。

なるほど、ここなら管理局の目は届かないし、激しいリンチでどれほど悲鳴をあげても、誰も気にはしないだろう。個人で相手を締めあげるには、もってこいの場所だ。

水島は床に転がされたままの格好で、ユ・ギヒョンに訊ねた。「なぜ、すぐに治安管理局に行かなかった」

「せっかく捕まえたんだ、おれが自分で尋問する。璃奈の事件は二課の仕事だ。調査室に横取りされてたまるか」

「上にばれると、まずいぞ」

「一日ぐらい通報が遅れたって、どうってことはない。ようは生きたまま引き渡せばいいんだ。さあ、順々に話してもらおうか。おまえはどうやって、璃奈を殺したんだ」

「私はやっていない。無実だ」

「嘘をつくな」

胃のあたりを蹴りあげられ、水島は顔をゆがめた。息が詰まり目の前が暗くなった。怒りのあまり頭にかっと血が昇ったが、縛られているのでどうしようもない。

ユ・ギヒョンは、水島を壁際まで引きずると、上半身を引き起こして壁にもたれさせた。床の上に片膝《ひざ》をつき、水島の顔をのぞきこむ。

「おれは真実を知りたいんだ、それだけを話せ」

「だから――」

「何度も同じことを言わせるな」

「それはこちらの台詞《せりふ》だ。第一おまえは、なぜ私を犯人だと思うんだ。調査室が言っているからか。二課の上司が言っていたからか。皆が噂《うわさ》していたからか。証拠はあるのか。記録が本物だと断言できるのか。おまえは事故車両の中にすら入っていないんだろう。それでどうして、私が神月を殺したと言えるんだ」

ユ・ギヒョンは表情を変えなかった。

水島は追い立てるように続けた。「いいか、私たちは警官だ。だったらそれらしく、冷静に考えてみろ。神月が死んで一番得をするのは誰だ。私か。私の口座に金でも振り込まれていたか。架空名義の口座でも見つかったか。二課での地位が上がったか」

「おれの知らない形で利益があったのかもしれない。それは、これから調べればわかることだ」

「私はジャンキーか。頭がおかしいように見えるか。血液検査の結果はどうだ。私は気がふれているのか。人を殺さずにはいられないような男に見えるか。女に五発も弾をぶちこんで殺すような人間に見えるのか」

「必死だな、水島。その調子でじゃんじゃん喋ってくれ。ただし真実だけをな」

「ユ・ギヒョン、神月が生きていたときのことを思い出せ。神月は私をどんなふうに話していた。信用できない奴だと言っていたか。金で人を裏切るような奴だと言っていたか。何でもいいから思い出してくれ!」

「自分がバディとして評価されていたはずだと言いたいわけか」ユ・ギヒョンは嘲笑《ちようしよう》した。「随分と自信があるんだな。璃奈とは、それほど深くつき合っていたのか」

「ああ深かったさ。仕事の上ではおまえよりもな」

悔しそうに口元をゆがめたユ・ギヒョンに、水島は構わず続けた。「で、どうなんだ」

「信用していないと言ってたさ。何を考えているのかわからん奴だと」

「嘘だな」

「何だと」

「私の知っている神月は、何を考えているのかわからんような相手とは仕事をしない人間だったぞ。数年たてば交替するかもしれない相手に、それでも、とことん心を砕いてくれる女性だった。素晴らしい捜査官だったよ。――おまえに対してはどうだった？　気づかいのある優しい恋人だったんだろう……」

ユ・ギヒョンの表情が少しだけ動いた。水島が、ユ・ギヒョンを璃奈の恋人と容認したせいか、目つきが少しだけ穏やかになった。だが、まだ警戒心を解いたふうではなかった。

「……確かに、璃奈はおまえを誉《ほ》めていたよ。誠実な努力家だと。だが、その言葉を丸々信用するわけにはいかない。おまえは、やり手の詐欺師かもしれないからな」

「では、神月には、詐欺師を見抜く能力がなかったわけか。それは彼女に対する侮辱じゃないのかな」

「屁理屈を言うな」

「話の筋を通しているだけだ。どうだ。騙されたと思って、私の話を一から聞いてみないか。時間はたっぷりあるんだ。それが終わってからでも尋問はできるだろう。それとも、私の話など馬鹿ばかしくて聞く気になれないか」

「では、喋ってみろ。全部聞いてやる。そのうえで真偽を判断しよう」

「会話は記録してくれ。証拠として残したい。おまえの手元に」

「何だと」

「ひとつでも多くの場所に情報を残しておきたい。私に万が一のことがあっても、誰かが

「長話には職業柄慣れている。長いが、構わないな」

水島は、事件が起きた日のことから順番に話し始めた。ジョエルの護送、幻覚、璃奈の死、すり替えられた事故車両、プログレッシヴの少女――アデリーンのことだけは匿名にした。彼女の身の安全とプライバシーを慮《おもんぱか》って――そして、自分を監視していた調査室の内偵のこと。

ユ・ギヒョンは、じっと聞き入っていた。ときどき内容に関して質問を投げかけた。水島は自分が理解している範囲内で、それらを丁寧に解説した。総合科学研究所の成果、新しい人類とその進化、木星への移住――。

すべてを話し終えても、ユ・ギヒョンはすぐには反応しなかった。深く考えこんでいた。これが水島の妄想なのか真実なのか、決めあぐねている様子だった。

水島は付け加えた。「たぶん、話だけでは信じられないと思う。一番いいのはプログレッシヴの少女に会ってもらうことだ。私を無意味に追い回さないと誓うなら、彼女の本名を明かしてもいい」

「ちょっと待て。こんな話、いきなり信じろというほうが無理だぞ」

「では、ゆっくり考えて検討すればいい。だが、その前に私を引き渡されたのではたまらないから、とりあえず、治安管理局に通報するのだけは思いとどまってくれないか」

「時間稼ぎをする気か」

調査を引き継げるように。

「違う。私は全部話した。調べたことを全部打ち明けた。協力してくれ。神月を愛していたのなら、彼女を殺した奴を見つけ出したいはずだ。真実を知りたいはずだ。違うか」

ユ・ギヒョンは、あらためて水島の顔を凝視した。「おまえ自身はどう考えているんだ。璃奈とファレルを撃ったのは誰だと。これまでの情報で、どう考えている。それを聞かせてもらおうか」

「考え方はいくつかある。すべて仮説に過ぎないが」

「構わん。全部話せ」

「ひとつ目は、ジョエルがふたりを撃ったという考え方だ。これが最もそれらしい。奴には撃つ動機がある。平気で撃てるだけの神経もある。だが、彼は手錠でつながれていた。いつ銃を奪ったのかという疑問が残る。それに、これだと、私だけを撃たなかった理由がわからない。彼の性質を考えれば神月を殺すのは当然の成り行きだが、では、ファレルだけ撃って私を撃たなかったのは、なぜだ?」

「そう――第三者には、まるでわざとおまえを撃たなかったように見えるんだ。だから皆が、おまえと奴とのつながりを疑った……。おれもそうだ」

「本当に裏取引があったなら、私はむしろ奴に自分を撃たせているよ。生き残ったひとりが無傷じゃ不自然だろう。急所を外して、撃たせる」

ユ・ギヒョンは反論できずに口をつぐんだ。

水島は続けた。「ふたつ目は、本当に私が撃ったという考え方だ。幻覚に惑わされ、知らない間に神月とファレルを撃った……もっともらしいが、これも疑問がある。証拠となる車両がすり替えられていたこと、私にすぐには逮捕状が出なかったこと、二課のスタンリーがタイミングよく異動されたこと、発射された弾の数が合わないこと——どうもすっきりしない」

「偶然が重なっただけじゃないのか。おれには、おまえが自分のミスを認めたくないだけのように聞こえるが」

「何とでも言ってくれ。私は自分を九割方信じているが、残り一割に、捨てきれない疑惑があるのはわかっている」

「意外と謙虚だな」

「ありがとう。三つ目の考え方は、これまで誰も指摘してこなかったものだ。二課も、この可能性については考慮していない。だが、もしかしたら、これが一番真相に近いんじゃないかと私は思う。話せば、関係者は全員、真っ青になるだろうがね」

「おれもか」

「たぶん」

「遠慮はいらん。話してみろ。気に入らなきゃ、おまえをぶん殴るだけだ」

「そうか。では、落ち着いて聞いてくれ。三番目の可能性は……神月とファレルが、お互いを撃ち合ったというものだ。どちらが先だったかは知らん。だが、ふたりで銃を向け合ったのは確かだと思う」

ユ・ギヒョンは、口を半開きにしたまま水島を凝視した。首を左右に振り、とても信じられないといった表情を見せた。「なぜだ。なぜ、璃奈がファレルを撃たなきゃならない。ジョエルと取引していたのはファレルだったということか。璃奈は、それに気づいて撃ったのか」

「違う。ファレルの過去にジョエルとの接点はない。当日、初めて奴と会ったんだ。取引する時間も理由も彼にはなかった。彼は無実だ」

「だったら、なぜ」

「幻覚だ。私と同じ理由で、彼らもプログレッシヴによって増幅されたエネルギーの爆発をもろに受けていた。同じ幻覚を見ていたに違いない。神月とファレルは、お互いを怪物だと思いこんで銃を向けたか――あるいは、神月は私をかばって飛び出したのかもしれん。神月の弾はファレルに当たり、ファレルの弾は神月に命中した。ファレルは頭部を撃たれたせいで、そのまま意識を失った。神月の喉《のど》にあった傷は、このときにできたものじゃないかと思う。つまり、その時点では、神月はまだ生きていた。傷を押さえてもがいていた彼女に――ファレルの銃を拾ったジョエルが、残りの四発を撃ちこんだ」

「なぜ、そう断言できる」

「ジョエルは男をターゲットにはしない。女だけを殺す。彼にとって女を殺すことは、愛情表現のひとつだからな。血を流して苦悶《くもん》している女を至近距離から撃ち殺す――彼には最高の快楽だったろうよ。そう考えれば、四発もぶちこんでいる理由が納得がいく。本当は、マガジンが空になるまで撃ち尽くしたかったに違いない。実行しなかったのは、護身用の武器として弾を残しておきたかったんだろう。奴には、そんなふうに妙に計算高いところがある……」

言い終えた途端、水島はユ・ギヒョンに胸倉をつかまれた。激しく揺さぶられながら、相手の怒号を浴びることになった。「当てずっぽうでものを言うのはやめろ。幻覚に惑わされて仲間を撃つだと？　璃奈が、そんなヘマをするもんか。何の抵抗もせずに犯人に撃ち殺されただと？　彼女は自分を鍛え抜いていた。たとえ相手が銃を持っていても、手錠で縛られていた相手に、易々と撃たれるはずはない！」

壁に叩きつけられたせいで、左腕にまた痛みが走った。水島は奥歯を嚙みしめ、絞り出すような声で続けた。「だから——現場から、神月とファレルの両方の銃が消えているのは、それが理由だ……」

「何だと？」

「おまえの言う通りなんだ。重傷を負っていたとはいえ、神月が何の抵抗もしなかったとは考えにくい。ジョエルに向かって何発か撃ったはずだ。当たったかどうかは知らんがな。だが、そうなると、また弾の数が合わなくなる。私をジョエルの共犯にしておきたい奴らは、弾数を合わせるためにふたりの銃を行方不明にした。もしかしたらジョエルが二丁とも持っていったのかもしれんが、彼女が発砲した可能性をうやむやにしたのは確かだと思う」

「ジョエルが女ばかり殺していたのは知っている。だが、逃亡時だぞ。とっさに男を殺すことだってあるだろうが」

「彼は指名手配を受けてからは治安管理局員に追われっぱなしだったが、ただの一度も男を殺していない。一般市民も治安管理局員も、彼に殺された男はいない。私は殺されかけたが、あれだって本気だったかどうかわからん。彼は、普通の人間が食事をしたり遊んだりするのと同じ感覚で人を殺すんだ。自分が決めたルールを頑《かたく》なに守ってな」

「一度ぐらいの例外はあるだろう」

「ない。ないから異常なんだ。彼の異常性を一番ストレートに説明できるのが、この三番目の考え方だと思う。ジョエルが撃ちたかったのは神月だけだ。そして彼は、自分で決めたルールの通りに行動した。これなら、ファレルが被弾しているのに私が撃たれていないことに綺麗《きれい》に説明がつく。私とファレルは奴の興味の対象外だった。ファレルが被弾したのは、神月の銃撃のせいだ」

「信じられん。璃奈が、そんなミスを……」

「たぶん、上層部もそう思うだろう。密室状態の車両内で、捜査官が容疑者をほっぽらかした状態でお互いを撃ち合った――とんでもない醜聞だ。治安管理局長はプログレッシヴの一件など知らないだろう。現場の捜査官が不始末をしでかしたと考えた。さぞ、頭を抱えただろう。そこへもし、調査室の人間――もしくは研究所の責任者が、こんな提案を持ちかけたとしたらどうだ。『護送の任務に就いていた水島という捜査官が、ジョエルと裏取引をしていたようだ。実は彼は以前から素行に問題があって、秘密裡《り》に調査を進めていた。ついては、これを機会に詳しく取り調べをしたい。監視員をつけ、はっきりと証拠をつかんでから逮捕に踏み切りたいのだがどうか』と。管理局長は喜んで要求に応じたに違いない。捜査官のミスで容疑者に逃げられたのなら、治安管理局全体の責任を世間から問われる。だが、誰かが手引きした事実があれば、とりあえず、そいつに全責任を負わせられる。事件は不可抗力だったと言い逃れられる。管理局自体の面子《メンツ》は保たれる。よくある話だ。体面のために現場の人間を切り捨てるというのは」

そこまで喋り終えると、水島は言葉を切った。上半身を支えきれなくなって、前かがみになった。全身が妙に熱っぽく、だるかった。痛み止めが切れてきたせいだった。

様子がおかしいと気づいたユ・ギヒョンが、わずかに口調を変えた。「どうした。具合でも悪いのか」

「何でもない」

「そんな顔色じゃないぞ、おい」

強く揺さぶられたせいで、水島は思わず声をあげた。顔をゆがめて震えている水島を見て、ユ・ギヒョンは、ようやく状況を飲みこんだ。「おまえ、怪我《けが》をしているのか」

水島は壁にもたれたまま黙っていた。

ユ・ギヒョンは水島から手を離した。「撃たれたのか。逃げるときに」

「違う。一昨日の夜、ダイオンで……」

「喧嘩にでも巻きこまれたのか」

「特務課が雇った連中にやられた。夜間病院で治療は受けたが、追われて逃げたんで薬を持ち出す時間がなくて――」

「それで簡単に倒れたのか、おれが殴ったときに」

「いや、あれは本当に効いた。怪我をしていなくても目を回したと思う。いいパンチだったよ」

「車に止血用のキットを乗せている。ちょっと待っていろ」

ユ・ギヒョンは部屋を出て駐車場まで行った。救急セットを持って戻ってきた。箱をあけながら訊ねた。

「どこを怪我しているんだ」

「左腕だ」

一瞬、ユ・ギヒョンの手元が止まった。服を脱がせてシートを貼り替えるには、拘束している水島の手をほどかねばならないと気づいたのだ。

水島は唇の端にゆがんだ笑みを浮かべた。「信用できないなら、無理に治療する必要はない。死ぬような傷じゃないんだ。私は走り過ぎで、ちょっとバテているだけだ。少し休めば回復できる……」

ユ・ギヒョンは、開いていた救急セットの箱をゆっくりと閉じた。立ちあがり、身をかがめてローテーブルの端に置くと、見おろすような位置で水島の傍らに立った。

水島は落胆したりはしなかった。

むしろ、捜査官としてのユ・ギヒョンの冷静さを、誉めてやりたいぐらいだった。さすがは璃奈が選んだ相手だ。

水島は訊ねた。「……知っていることは全部話した。まだ、治安管理局に知らせたいか」

「わからない。考えても、答を出せそうにない」

水島は黙って目を閉じた。もう、どうにでもなれだ。

「璃奈は会うたびに……」とユ・ギヒョンは言った。「おまえのことを話していた。楽しそうにな。おれは水島という捜査官はどんな奴なんだろうと、ずっと思っていた。職場のリストを検索して顔写真は見ていたが、だからといって、おまえのことがわかるわけじゃない。長い間、気になっていた」

気になっていたのは自分だってそうだ、と水島は思った。璃奈が休暇のたびに会っていた男、一緒に旅行に出かけていた男――そいつはどんな奴だ。どんな声で彼女と喋り、どんなふうに彼女の髪や顔に触れ、暗がりの中で彼女を愛したのか。想像するたびに妬《や》けたものだ。

水島はユ・ギヒョンの顔を見あげた。相手の瞳の奥に沈む冴《さ》えざえとした孤独が、自分のことのようにつらかった。

水島は訊ねた。「神月とは、いつ頃から」

「訓練校にいた頃に。おれは一時期、教官として警察学校にいたことがあってな。璃奈とはそれで知り合った。璃奈は、入局してからおれと再会して――。だが、バディを組んだ経験はない。おまえは」

「火星暦換算で、もう三年ぐらいになるかな」

「うらやましいな。おれも一緒に仕事をしたかったよ。プライベートだけでなく、警官として闘う彼女の姿を、いつも側で見ていたかった」

「私生活で一緒ならいいじゃないか。しょっちゅう旅行していたんだろう」

「したよ。火星の南半球、北半球……璃奈は火星の砂漠が好きだった。人間の存在をきっぱりと拒絶している土地を眺めていると、不思議と心が安らいで元気が出てくるんだそうだ。あいつは強くて優しい女だった。おれは彼女の芯の強さが好きだった。璃奈がおまえを、上司として誉めていたのはわかっている。自分の職場の話を面白おかしく語る程度の気持ちで、おまえを引き合いに出していたのも。わかってはいたんだが――寛容にはなれなかった」

　水島は溜息を洩らすように笑った。それが璃奈なりの恋人のからかい方だったことに、この男はこの先もきっと気づくまい。いや、気づかないほうがいいのだ。気づけば、もっとつらくなるだろう……。

「……水島。おれはいまでもおまえが憎い。いろんな意味でだ。おれ自身の手で、徹底的に痛めつけたいほどに」

「だったら、そうすればいい」

「できない」

「なぜ」

ユ・ギヒョンは、スラックスのポケットから記録プレートを取り出した。受感部に指で触れて立体画像を再生させる。入局式の制服を着た璃奈の姿が虚空に映し出された。若々しい顔で笑っている二十歳の璃奈。それは、水島が懐に忍ばせていた記録プレートだった。水島が一瞬気を失った間に、武器チェックをしたユ・ギヒョンが自分で見つけたのだった。

水島は渋い顔を作った。

「こういうものを持ち歩いている男を、おれは、どうすればいいのかわからない」

「――ユ・ギヒョン」水島は穏やかな口調で告げた。「私と神月の間には何もなかった。上司と部下としての信頼関係以外何もだ。信じて欲しい」

「何を証拠に信じればいい。おまえは彼女のために個人捜査までやっている。どんな危険な目に遭っても、列車事故の真相を探り続けている。恋人でもない女のためにどうしてそこまでできる。上司としての意地か？　とても信じられん」

「おまえが私の立場ならどうだ。相棒を殺され、自分に共犯の容疑がかけられたら、普通じっとしていられないだろう」

「それでも、組織から逸脱する怖さと天秤《てんびん》にかければ、簡単に思い切れるものではない」

「おまえはそうかもしれないが私は違う。もはや、半ば気がふれているんでな」

ユ・ギヒョンは黙っていた。しばらくすると、覆い被さるように水島の前にかがみこんだ。折りたたみナイフの刃を開き、後ろ手に拘束されている水島の手首にあてがった。テープが切られ、水島の両手は自由になった。ユ・ギヒョンは足のテープも切った。ナイフを片づけると、ユ・ギヒョンは再び救急キットを手にした。水島の前に置き、「手当ては自分でしろ」とつぶやくように告げた。

水島は礼を言い、箱をあけた。中には傷口を洗うための生理食塩水や、消毒液や、外傷を固化する代用タンパク質のスプレーがあった。

血でぐっしょりと濡れた腕のシートを剥がし、素早く清拭《せいしき》してスプレーで傷口を固めると、水島は新しいシートを貼り直して患部を固定した。即効性の鎮痛剤のタブレットシートをつまみ、「これ、全部もらっていいかな?」とユ・ギヒョンに訊ねた。

「好きにしな」とユ・ギヒョンがぶっきらぼうに答えたので、水島は二錠だけ飲み下すと、残りを自分のポケットに収めた。

それから、室内の冷蔵庫をあけて水のボトルを見つけると、栓を切って一気に飲み干した。

ユ・ギヒョンが言った。「水島。おれはおまえと会わなかったことにする。今日のことは全部忘れる。おまえは逃亡中で、おれはまだおまえを発見していない――そういうことにしておく。体力が回復したら好きにしろ。おれは止めない。だが、次に同僚と一緒におまえを見つけたら、そのときは容赦なく逮捕する。わかったか」

水島はからになったボトルをテーブルに置くと、つぶやくように言った。「それでいい。私は、それに反論できる立場にはいない人間だ」

「……わかったら早く行ってくれ」

「ひとつ教えておく。調査室に私のことを聞かれたら、捕まえたが逃げられたとでも言っておくんだ。脳ミソをいじられてまで嘘をつき通せる奴なんていない。最初に知らないと言ってしまうと、わざと隠していたと思われて追及が厳しくなる。それではおまえに調査内容を教えた意味がない。喋ったデータは守ってくれ。どんなことをしても」

「逃亡資金はあるのか」

「多少は」

「特務課からは逃げきれんぞ」

「わかっている。いつかは捕まる。だが、少しでも先延ばしにしたい」ふと思い出したように懐を探り、厳しいまなざしでユ・ギヒョンを見た。「銃を返してくれ」

ユ・ギヒョンはしばらく躊躇《ちゅうちょ》していたが、結局、銃とナイフを水島に返した。水島はそれを受け取りながら「神月の写真もだ」と付け加えた。

すると、ユ・ギヒョンは言った。「交換条件だ。プログレッシヴの少女の名前を教えろ。そうしたら記録プレートを返す」

「いまの段階では喋れない。おまえが絶対に味方になるというなら別だが」

「では、プレートは返せない」

ふたりはしばらくの間、無言でにらみ合っていた。

「わかった」と水島は答えた。「だったら、そいつはおまえにやる。大事にしてくれ」

ユ・ギヒョンは目を見開いた。「それほど大切なのか。その少女を守ることが」

「そうだ」

「璃奈の思い出よりもか」

「神月との思い出ならここにもある」水島は自分の頭を指さした。「だが、その少女は現実に存在する。いまもまだ生きている。個人データを洩らすことで、その子が不幸になるかもしれないと考えると――何も喋れないね」

「……そうか。では、これはもらっておこう。おれのせめてもの抵抗だ」ユ・ギヒョンは、記録プレートを自分のポケットに戻した。「では、また会おう。水島捜査官」

水島は微笑を相手に返した。「冗談じゃない。二度と会いたくないね」

3

グレアムの書斎に呼ばれたのは初めてだった。アデリーンは部屋の中を見回し、あちこちに自分の写真が飾られていることに驚いた。生まれて間もない頃から、最近のものまで。まるで、部屋全体が一冊のアルバムのようだった。

「どうして私に呼ばれたのか、わかっているだろうな」グレアムはいつもより堅い口調で言った。「研究所のファイルを勝手に見ただけでなくコピーして持ち出した。あんなちゃちな侵入プログラムでは、うちのホストは騙せないよ」

「自分のことを知りたかったの」嘘をついても無駄とわかっていたので、アデリーンは父を恐れなかった。「みんな何も教えてくれなかった。だから自分で真相を見つけた。それがいけないの？」

「おまえが気にすることではないんだ」

「人が死んでいるのに！　殺したのは私の力なのに！」

「単なる事故だ。おまえに責任はない」

「違う、私がいなければ起きなかった。私が殺したのと同じだわ」

「……おまえは、なんて心の優しい娘なんだろうな」グレアムは目を細め、頬《ほお》に笑みを浮かべた。「自分のせいではないのに、そこまで気をつかえるなんて。研究所の教育は正しかったようだね。おまえは本当にいい娘に育ったよ」

「からかわないで！」アデリーンは叫び声をあげた。「いまに何もかもが明るみに出る。治安管理局が事情聴取をしたいと言えば、私は喜んで出向くわ。そして、プログレッシヴのことを何もかも話す」

「落ち着きなさい。おまえは自分にどれだけの価値があるか、よくわかっていないんだ」

「暴力にしかなり得ない力に、何の意味があるの？」

「おまえは頭のいい子だ。もっと詳しい話をしてもいい頃かもしれないな。研究所は共感能力を、暴力として利用しようと考えているわけではない。共振の際に起きる『手近にあるエネルギーを収束する能力』を、安全に使えるように研究しているんだ。共振の仕組みを科学的に解明できれば——プログレッシヴが真空のエネルギーまで活用できるのなら、力の新しい利用法が見えてくる。例えばその能力を、人間以外の——そう、知性を持たない人工の生命体に持たせれば、生体エンジンを作れるかもしれない。燃料の心配がいらない長距離航行宇宙船を作れるだろう。そうすれば、私たちはもっと遠い宇宙へ出ていける。おまえに自分の力を大切にして欲しいのはそのためだ。おまえの力は、人類の未来を劇的に開く可能性を孕《はら》んでいる。おまえひとりだけのものではない。皆の財産なんだ。わかるな」

「だったら、他の人を訓練して私みたいにすればいい。Aクラスのプログレッシヴは他にもいるわ」

「スペシャルAは、おまえだけだ」

「関係ない。私は自分の好きなように生きる。プログレッシヴとしての生き方なんて、もうやめる」

「そんな勝手を教えたのはどこの誰だ。ひとりで考えついたわけではあるまい」

アデリーンは黙っていた。

グレアムは続けた。「治安管理局の水島とかいう捜査官か」

どうして父が水島のことを知っているのか。アデリーンは思わず動揺を表に出した。あとをつけられたのだろうか。どこまで知られたのだろう。公園で会ったところまで？　彼の家に行ったところまで？　何もかも話したことまで？

「あの男は殺人事件の容疑者だ。そんな人間の言葉を信用するのか」

「あの人は何もやっていない。本当のことを知りたくて捜査しているだけよ」

「ニュースを見ていないんだな、可哀想《かわいそう》に」

壁掛けのスクリーンが、グレアムの声に反応して番組を映し出した。最新ニュースが水島の逃亡を伝えていた。同僚である神月璃奈を謀殺した容疑で、火星全土に指名手配がなされていた。

アデリーンは愕然《がくぜん》とすると同時に、初めて見る神月璃奈の姿に釘《くぎ》づけになった。優しそうな人——水島さんが必死になっているのがよくわかる。水島さんは……きっと、この人を好きだったんだ。だから、ひとりでも真相を突きとめようとして——。

「こんな人殺しと会って、よく被害に遭わなかったものだ。運がよかったとしか言いようがない」

「何かの間違いよ。水島さんは、こんなことをする人じゃない」

「彼とはもう二度と会うな。もっとも、こうなってしまったのでは、連絡のとりようもないだろうがな」

グレアムの書斎から飛び出すと、アデリーンは自室へ飛びこみ、外出用のケープと鞄《かばん》を取った。玄関へ行こうとしたところで、ジャネットと出会った。

「お出かけ？　アデリーン」

アデリーンは答えず、ジャネットを押しのけた。背後からジャネットの声が飛んできた。

「シャーミアンがどうなったか、聞いた？」

アデリーンは振り返って叫んだ。「彼女に何をしたの」

「あなたたちは約束を破って勝手なことをした。だから、シャーミアンにはAクラスから外れてもらった。生体プレートを埋めこむ手術をしたわ。今後は研究所で、一生、私たちの実験につき合ってもらう。少しでも反抗の素振りを見せれば、即座にリモート・コントロールで脳と心臓に負担をかけられる。あなたもそうなりたい？」

「なんて、ひどいことを……」

「データを勝手に持ち出すのはひどくないの？　あなたは殺人事件の犯人に、貴重な情報を洩らしてしまったのよ」

「水島さんは犯人じゃない。あの人は、本当の犯人を探していただけよ」

「どこへ行くつもりなのか知らないけれど、その前にシャーミアンに会ってきたら？　何度か電気で処罰された後だから衰弱しているけれど、会話ぐらいはできるわよ。脳の機能が完全に破壊される前に、会ってあげたほうがいいんじゃない？」

研究所の病室で、シャーミアンはひとりで横たわっていた。青白い顔はすっかりやつれ、室内の気配に気づいて開いた瞳にも、いつものような力はなかった。それでもアデリーンの姿をみとめると、彼女は精一杯の笑みを浮かべた。

アデリーンはベッドの側に両膝をつき、シャーミアンの手を握った。「ごめん、シャーミアン……」

「いいよ」シャーミアンはかすれた声で答えた。「私があんたの立場なら同じようにしただろうから。それよりデータは役にたったの?」

「たったと思う。だけど――」

ニュースの内容を聞かされたシャーミアンは厳しい顔つきになったが、アデリーンの手を握り返して言った。「だったら早く彼を助けに行きなよ。本当に彼を好きなら、こんなときこそ、あんたの力を使わなきゃ」

「でも、どこを逃げているのかわからない。ダイオンで偶然出会ったときとは違うわ。マリネリス峡谷中を探すわけにはいかないし、もう他の都市へ逃げたかもしれない」

「だったら、治安管理局の前で待ち伏せするの。もし逮捕されたら、必ず本部まで連行される。そのとき、横からかっさらうのよ」

「そんなの無理よ!」

アデリーンのリストコムが鳴った。つないだ途端、彼女は叫び声をあげた。「水島さん、どこからかけているの」

《場所は言えない》耳元で落ち着いた声が響いた。《ニュースを見たか》

「見たけどあんなの信じない。あなたは犯人なんかじゃない」
《私も自分でそう思っているよ。データをありがとう。おかげで、だいぶ真相が見えてきた。だが、真実がわかった途端、逃げ回ることになったのは残念だ》
「お願い、居場所を教えて。そうすれば私が助けに行ける。わかるでしょう。私は水島さんと一緒なら共振を制御できる。追っ手から、あなたの身を守れるわ」
《だめだ。これ以上、君を巻きこむわけにはいかない》
「もう遅い。私、とっくの昔に巻きこまれているもの」
《だとしたら、すまない》
「どうして謝るのよ！　水島さんは私を助けてくれた。皆が巧妙に隠していたことを、少しもごまかさずに教えてくれた。私の心がどれほど楽になったか、いくらお礼を言っても足りないぐらいなのに。だから今度は、私にあなたを助けさせて」
《いま君に来られても足手まといだ》
「ひどいわ、そんな言い方――」
《感謝している、アデリーン。そう――前に言ったことを覚えているだろう。君は自由だ。自分の望む生き方をする権利がある。それを忘れないで、しっかりと、ひとりで生きていくんだ。私が言えるのはそれだけだ》
「待って、切らないで」
《ひとことお礼を言いたかったんだ。君の声を聞けてよかった。ありがとう――》

通信は一方的に遮断された。アデリーンはシャーミアンを振り返った。シャーミアンは繰り返した。「行きなよ、アディー。あたしとジグが行けなかったところまで、あんたたちは必ず行くんだ。あたしたちの代わりに」

アデリーンはベッドの上のシャーミアンに抱きつき、頰にキスをした。「必ず戻ってくる。あなたも連れていくわ」

「きっと大変な逃避行になる。チャンスを逃しちゃだめだ。もう、ここへは戻らなくていいよ」

「いいえ、戻るわ。必ず戻るわ」

4

水島はリストコムの通信を切ると、ヴィークルのシートに深く身を沈めた。偽名でレンタルしたトヨタの小型車は、自動操縦装置に制御されながら、マリネリス峡谷から這《は》い出るハイウェイを時速百五十キロの速度でひた走っていた。

いまは、とにかくこの街を出る。火星に点在する小都市へ移動してそこで潜伏する。顔見知りのいない場所へ行かねばならない。どこへ逃げこむのがいいだろう。行き先を物色しているうちに、自分の行動が、先日まで仮定していたジョエルの逃走経路と全く同じであると気づき、思わず声をたてて笑ってしまった。なるほど。私はいま、犯罪者の逃亡心理を忠実にトレースしているわけか。

峡谷から平原へ出たヴィークルは、都市と都市をつなぐ半円柱状の天蓋で覆われた長いハイウェイを走り始めた。

心臓の表面を覆う冠状動脈のように、列車の軌道やハイウェイ・チューブが絡みついた火星の地表。いずれそれらの天蓋は、お互いに拡張し合い、つながり合って、火星の大部分をラッピングすることになる。火星の表面の八〇パーセントをすっぽりと覆い、パラテラフォーミングを完了するのだ。

チューブ内は都市内と同じく一気圧に保たれ、気温は街中よりも低めに設定されている。道路の両脇の溝には、緑化対策で作り出された新種の植物がびっしりと埋めこまれ、チューブ内で光合成を行い酸素を放出し続けていた。

座席に身を沈めていると、アデリーンの儚《はかな》げな表情が脳裏をかすめ、水島の心をざわめかせた。

いまさらだが、彼女に、どの程度の迷惑がかかるのか想像するとつらかった。研究所から、厳しい処罰を受けるのだろうか。だとすれば、躊躇なく逃げて欲しいと思った。彼女の人生は彼女だけのものだ。誰にも指図されていいわけがない。たとえ彼女が、研究所で作られた人工的な存在だったとしても。

そのとき、ヴィークルの後部に何かが衝突した振動を感じ取り、水島はリイドミラーをのぞきこんだ。奇妙な機械がヴィークルの屋根に取りついていた。人間ほどの大きさで、胴体は蜻蛉《とんぼ》のように細長い。六本の長い足をヴィークルに突き刺し、振り落とされないようにしがみついている。やがて機械蜻蛉は、金属光沢を放つ四枚の細長い羽根を一瞬にして開いた。羽根と羽根の間で眩《まぶ》しく火花が散った。途端にヴィークルの充電量がみるみる減り始めた。

バッテリーを放電させ、強制的にヴィークルを停止させる装置か！

走行速度を八十キロまで落とすと、水島は銃を抜き、弾倉をケミカル弾から金属弾に交換した。

車窓をあけ、身を乗り出した。強風に髪と上着をなぶられながら、片手撃ちで連射した。弾丸は次々と機械蜻蛉に命中し、七色に輝く羽根と体を粉々に撃ち砕いた。蜻蛉の脚が屋根から外れ、ヴィークルから剝がれ落ちた。蜻蛉は、風にあおられてくるくると回転しながら後続車のフロントガラスをかすめて上空へ舞い上がると、ハイウェイの天蓋に激突し、やがて地上へ落ちてきた。後続ヴィークルのタイヤが、道路に落下した蜻蛉の上を容赦なく通り過ぎる。踏み潰された残骸《ざんがい》が、ハイウェイにばらばらと散らばった。だが、追跡はそれで終わりではなかった。後方の捜査用ヴィークルから次々と放たれる蜻蛉は、すべて水島のヴィークルに取りつき、バッテリーを消費させるだけでなく、フロントガラスを被って走行の邪魔をし始めた。

水島は運転を自動から手動へ切り替え、アクセルを踏みこんだ。速度を百六十キロまで戻し、車体を左右に振って振り落とそうとしたが無駄だった。バッテリーを消費しきったヴィークルは、突然、がくんと速度を落とすと、勝手に自動制御に切り替わり、緊急用の別バッテリーを使って、のろのろと道路の端の安全地帯に入りこんで停止した。

水島は車から飛び出し、追いついてきた捜査用のヴィークルを銃撃した。弾け先頭車両のタイヤを撃ち抜き、車体は悲鳴のような騒音を発しながらスピンして後続車と衝突、道路の真ん中で停止した。緊急停止装置の働いた一般車両が、その後ろで次々と止まり、たちまちひどい渋滞を引き起こした。水島は不利を承知で、走行中の無人タクシーを呼び止めようとした。が、ほとんど同時に、捜査用ヴィークルから大型のケミカル弾が発射され、彼の足元で音をたててはじけた。

無色透明な気体が、限られた範囲内にさっと充満した。刺激臭が鼻の奥を突く。成分を吸いこまないように水島はとっさに息を止めたが、混合されている気体に目と鼻が痛くなり、反射的に何度か咳《せ》きこんでしまった。

その瞬間、粘膜から吸収された麻痺《まひ》剤が、彼の体内でレセプターと反応して作用し始めた。自分の意志とは関係なく、両脚から力が抜けた。水島は道路に両膝をついた。必死になって立ちあがろうとしたが、ふらつくばかりで脚に力が入らない。意識は明瞭《めいりょう》なのに筋肉が動かなかった。路面に膝をつき、じっとしているだけで精一杯になった。

数人の男たちが、ヴィークルから飛び降りてきた。ひとりが警棒を振りあげて容赦なく水島を打ち倒した。別の男が彼をうつぶせに押さえこみ、両手を後ろで束ねて手錠をかけた。

体を引きずりあげられた水島は、相手の服装から、ハイウェイで自分を追っていたのが、二課の捜査官ではなく、調査室の人間だったことに気づいた。同胞に逮捕されたわけではないと知り、彼はほんの少しだけ喜びを覚え、微笑した。

直後、再び警棒で打ち据えられた。

顔面に腹部に、立て続けに加えられる殴打に目の前が暗く霞んだ。

上半身が前に傾いた。すぐに意識が遠のいた。

5

振動によって増幅される痛みと吐き気に、水島はぼんやりと目を開いた。いつのまにか、捜査用ヴィークルに乗せられていた。ふたりの調査官が両脇を固めており、水島は後ろ手に手錠をかけられたまま、後部座席にもたれかかり、うなだれていた。

喉はカラカラでいがらっぽく、口の中は鉄臭い味で満ちていた。車内の芳香剤と入り混じった男たちの体臭が胸をむかつかせた。

頭を振って意識をしゃんとさせようとした途端、突き刺すようなひどい頭痛に襲われ、水島は思わず呻《うめ》き声を洩らした。

「目が覚めたか」助手席の男が振り返り、水島の全身をながめ回した。「カフェテラスからハイウェイまで、随分と派手に立ち回ってくれたもんだな。怪我をした職員やら、壊れた備品やら……。報告書を作るのが嫌になるほどだ」

水島は黙っていた。頭痛が消えない。麻痺剤の副作用だろうか。

「何とか言ったらどうだ」隣に座っていた男が、水島の髪をつかんで無理やり顔をあげさせた。「素直に許して下さいと言えば、悪いようにはしないぞ」

「私は、おまえたちに謝るようなことは何もしていない」水島は、かすれてはいるが、はっきりとした声で告げた。「おまえたちが勝手にでっちあげた筋書きに沿って、大人しく頭を下げるつもりもない。世の中が自分たちのためだけにあると思うなよ。火星は、おまえたちだけのものじゃない――」

言い終わらないうちに、捜査官は水島の鳩尾《みぞおち》にスタンガンの放電部を押しつけた。電気ショックの不意打ちに、水島は声をあげて体を半分に折った。唇から血の混じった唾液《だえき》が溢れ、糸を引いて膝の上に滴《したた》り落ちた。

捜査官はジャケットの襟《えり》をつかんで水島を引き起こすと、耳元で怒鳴りつけた。「馬鹿にするなよ、この糞《くそ》アジア人め。この星で一番力を持っているのは誰か、たっぷりと思い知らせてやる」

「おいおい、こんなところでつまらん争いをするな」助手席の男が窘《なだ》めるように言った。「そいつを勝手に壊すのもまずい。調査室についたら自白剤を使うんだ。ある程度、体力は残しておいてやらんとな」

水島は喘ぎながら顔をあげた。そうか。私を殺すのは、私がどこまで真相をつかんだのかを聞き出し、すべての記録を抹消してからか……。

助手席の男は、水島の心を見透かしたように、にやりと笑った。「特務課のジェイムズ・エイヴァリーだ。よろしく。本当は、列車事故のあと、すぐにおまえを逮捕したかったんだが、二課のスタンリーが邪魔をしやがった。あいつは温厚なわりに、妙に勘が鋭いところがあってな。捜査から外すのに苦労したよ。気分はどうだ」

「いいわけがないだろう……」

「そうか。だが、向こうへ着いたら、もっと苦しむことになる。いまのうちに休養しておくんだな」

6

「アデリーン、上出来よ。見違えるようだわ」

ハリエットはアデリーンのテスト結果に大満足だった。小箱の実験を一回でクリアすると、アデリーンは、さらに高度なテストも次々と成功させた。いまなら、やろうと思えば指一本動かさず部屋の模様替えができるだろうし、発電装置が壊れた人工衛星を地上から動かせるだろう。

「力が安定してきたわね。精神的に落ち着いたのかしら」

そうだろうか、とアデリーンは思った。頭の中は水島のことでいっぱいだった。シャーミアンと会った後、勢いに任せて飛び出し、水島が行きそうなところを片っ端から回った。感覚を研ぎ澄まし、群衆の中に水島の感情の波を探ったが、当然見つかるはずもなく、アデリーンは落胆したまま帰宅した。

ニュースはあれ以来何も教えてくれない。グレアムやジャネットのところへも、まだ報告はない。皆の感情を読んでみたが、とりたてて何か騒ぎがあった様子も感じない。とすれば、彼は無事逃げのびたのだろうか。

考えてみれば彼は本職の警官だ。治安管理局の追及を欺くことなど簡単なのかもしれない。自分が救出に行かずにすむのは助かるが、では、もう二度と会うこともないのだと思うと胸が痛んだ。ミゲルから遠ざけられたときにはなかった、錐《きり》をねじこまれるような痛みだった。

水島のことを考えると、アデリーンは息苦しくなるほどの心のざわめきを覚えた。自分を慰め、勇気づけてくれた――そういう理由から感じる親近感とは別に、どこかで魂が揺さぶられ続けている。体の中心から、言葉では表現のしようのない熱いものがこみあげてくる。それはアデリーンの胸のあたりで弾《はじ》け、鼻の奥から頭の中心を直撃し、ぐらぐらと脳ミソを揺さぶり、全身の血管を燃える炎のように駆けめぐっていた。

苦しい。あの人に会えないことが、あの人の声を聞けないことが、こんなにつらいとは思わなかった。不安に包まれて窒息しそうだ。甘い微熱の中で溺《おぼ》れてしまいそうだ。これが精神の安定した状態だなんて、とてもではないが思えない。

アデリーンがテストに力を入れ始めたのは、この力を使って水島を助けるとシャーミアンに言われたからだった。次に水島に会うときまでに力を磨き、制御できるようになっておかねばと。

訓練から解放されると、アデリーンは研究所の棟から出た。庭を通って裏門まで歩き、用意されているヴィークルには乗らず、勝手に無人タクシーを拾って治安管理局へ向かわせた。

治安管理局の側まで行くと、車から降りて、少し離れた場所から建物を見あげた。

水島さん……もう会えないのかもしれない。もしかしたら会わないほうがいいのかもしれない。ここで再会するのは、あなたが捕まったときだけだから。

でも――。

たった二日間の思い出が、アデリーンをすっかり変えていた。こんな気持ちになったのは生まれて初めてだった。

水島さん、あなたに会いたい。

そして、もっと、いろんなことを教えてもらいたい。

火星の本当の姿を。

社会というものの本質を。

人間の心の秘密を。

じっと立ち尽くしていると、何台ものヴィークルに混じって、黒塗りのヴィークルが側を通り過ぎていった。その瞬間、アデリーンは「あっ」と声をあげた。「いまの車に……乗っていた?」

直接顔を見たわけではなかった。瞬間的に、微《かす》かに、触り慣れた感情の波を捉《とら》えただけだった。

それでもアデリーンの体の奥には、かっと炎が燃えあがった。直観を信じて、アデリーンは駆け出した。黒いヴィークルは正面玄関前を通り過ぎると、治安管理局から離れていった。

勘違い？

一瞬躊躇したが、ヴィークルが別棟の調査室を目指しているのに気づいた。

こっちじゃない。

あちらへ行くんだ。

待機させていたタクシーを呼び出し、アデリーンはもう一度乗りこんだ。

黒いヴィークルを追わせた。


名前を呼ばれたような気がして、水島はふと車窓の外を見た。だが街の風景以外、何も見えなかった。

……呼ばれるわけなどないか。

目を閉じ、再び自分の中へ閉じこもった。

直後、再び胸の奥を強くつかまれたような感触を覚え、水島は反射的に座席から腰を浮かせた。体をひねってリアウィンドウの向こうに目を凝らす。だが、何かの姿を確認する前に捜査官に引きずり戻された。「勝手に動くな。また殴られたいのか」

水島はしかたなく動くのをやめた。

フロントガラス越しに前方をにらみつけた。

調査室のある棟の入り口が開いた。

あそこへ入れば、もう二度と出てこられないだろう——。

絶望的な気分でそんなことを考えていたとき、自動制御の門の側へ、無人タクシーが突っこんできた。

有り得ない状況に反応して、ゲートの監視システムが警告を発した。だが、タクシーは止まらなかった。そのまま、ヴィークルの後部に斜めに突っこんだ。

車内の人間は、全員、座席から投げ出されそうになった。車が停止すると、捜査官たちは悪態をつきながら、銃を抜いて外へ飛び出していった。水島はそのチャンスを利用して、ドアの外へ身を投げた。後ろ手に拘束された格好のままで地面に転がり、はずみをつけて起きあがった。

押さえつけようとした捜査官を、体当たりで弾き飛ばすと歩道へ向かって走った。突っこんできたタクシーから、ひとりの少女が姿を現した。彼女はまっすぐに走ってくると、抱きつくように水島の懐へ飛びこんだ。水島はよろけながらも、彼女を体全体で受けとめた。

アデリーンは叫んだ。「水島さん、カップを動かしたときのことを思い出して。ここから逃げるのよ。あの人たちを薙《な》ぎ倒して」

共振を起こせということか。水島は戸惑った。いきなりそんなことを言われても、どうすればいいのかよくわからない。

アデリーンは水島の腕をつかんだまま、追っ手をにらみつけた。その瞬間、調査室棟内の電源が一斉に落ちた。発進しようとしていた電気自動車はすべて止まり、オフィスのコンピュータがシステムダウンを起こした。

棟内で使われていた電気エネルギーがアデリーンの内部にある「窓」に向かって一気に収束していく。そしてそれは、一定のレヴェルを超えた瞬間、爆発するように周囲へ向けて放たれた。

追っ手が全員吹き飛ばされた。

酒瓶のように地面に転がった調査官たちを、水島は、あっけにとられて眺めていた。アデリーンは水島の腕を引っぱり「こっちよ」と叫んで走り始めた。

水島は、アデリーンに引きずられるままに街中へ駆け出した。歩道から車道へ飛び出し、突っこんでくるヴィークルを器用に避けながら、ふたりは反対側の歩道へ辿り着いた。

急ブレーキを踏む音、ガードレールに衝突するヴィークル。騒然となった一帯の混乱を掻き分けながらふたりは走り続けた。

だが、調査官だけでなく、通報を受けた制服組の治安管理局員までもが、すぐにふたりを追い始めた。

アデリーンは唇を噛みしめた。「中途半端な攻撃だった。本気を出さないとだめだわ」

「殺したいと思えということか」

「そこまでは言っていないわ」

「私には、君の力の使い方がまだよくわからない。逃げたいのは本当だが、取り返しのつかないことはしたくない」

「不思議ね」

「何が」

「少し前まで、私は自分がやったことを悩んでいた。自分の力に怯《おび》えていた。でも、水島さんのためなら何だってやれるような気がする。本当に、何でもよ」

水島を拘束していた手錠の鎖が音をたてて砕けた。驚いて両手を見た水島の隣で、アデリーンは背後を振り返って足を止めた。

追っ手に目をやり、より一層強く、水島にしがみついた。

地中に潜む巨大な龍《りゅう》が、突然全身を打ち振るったように、歩道に敷き詰められた装飾煉《れん》瓦《が》が弾け飛んだ。

爆発するように散った煉瓦は、調査官だけでなく、近くを歩いていた通行人も直撃した。引き裂くような悲鳴があがる。ヴィークルの車体はへこみ、ショーウィンドウのガラスが粉々に砕け散った。街灯が、水島とアデリーンの立っている場所を中心に順々に破裂していった。

増幅された力は見えない怪物のように次から次へと獲物を求め、建築物のひとつやふたつは倒壊させかねない勢いで荒れ狂った。

地下の水道管が破裂し、泉のように大量の水が噴き出した。

破壊され続ける街の様子を、水島は呆然《ぼうぜん》と眺めていた。これがこの子の力なのか。あの列車事故で起きたのと同じ現象を、自分はいま体験しているのか。

だとしたら、いま彼女に力を与えているのは自分なのだろうか。アデリーンは単独では力を出せないと言った。強い攻撃衝動を持っている人間が側にいるときのみ、その人物に対して共振を起こし、エネルギーを収束・爆発させるのだと。

ならば、いまこの街を壊しているのは私自身なのか。ジョエルがこの少女の力で列車を止め、璃奈を殺したように、私自身の逃走したいという気持ちが、彼女の力を借りて増幅されているのか――。

「やめろ!」水島は叫び、アデリーンの両肩をつかんで揺さぶった。「力の出しすぎだ。私はここまでやれとは言っていない。頼む、やめてくれ!」

アデリーンは答えなかった。目蓋《まぶた》を閉じて眉を寄せ、苦しそうに冷や汗を流しながら、水島に寄りかかっているだけだった。水島は彼女の頰を何度か軽くはたいた。それでアデリーンは、ようやく自分を取り戻した。

「水島さん……」

「やめるんだ。もう充分だ。見ろ――」

周囲の惨状にやっと気づき、アデリーンは目を見開いた。両手を腹の上でぎゅっと握りしめ、喘ぐように息を洩らした。

アデリーンが状況を把握した直後から、放散されていた破壊力は、少しずつ鎮まっていった。宙を舞っていた建築材のかけらがパラパラと落ち始めたとき、ようやくアデリーンは全身から力を抜いた。

両手で顔を覆ってうつむいた。

水島はアデリーンを抱き寄せようとした。その直後、低い破裂音とともに、アデリーンが体をのけぞらせた。少女は水島が差し出した腕の中へ倒れこみ、動かなくなった。水島は彼女の背中に、麻酔弾の痕跡を素早く見てとった。

自分の体にアデリーンをもたれさせたまま、水島は周囲から近づいてくる調査官たちを見ていた。全員、服が汚れ怪我もしていたが、重傷の人間はいなかった。それが、せめてもの慰めだった。

制服組の局員たちが、正面から銃を突きつけ、水島に向かって怒鳴った。「治安管理局だ。人質をその場に置いて、両手を頭の上にあげろ」

一瞬、人質という意味がわからなかったが、アデリーンのことを言っているのだと気づいて唖然《あぜん》とした。しかたなく彼女を足元に寝かせ、再び立ちあがり、両手を頭の後ろで組んだ。

私服の若い女が、アデリーンの側にしゃがみこんだ。脈拍を確認すると、少女をヴィークルへ運びこむように指示した。

女は顔をあげると、憎悪に満ちた表情で水島をにらみつけた。「あなたは、あの子の力について知っているのね。彼女の使い方を知っているのね」

「誰だ、君は」

「ジャネット。あの子の保護者代理です」

「ああ、アデリーンが言っていた、融通の利かない石頭教師というのは君か」

「承知の上で彼女の力を使ったのなら許せない。あの子と関わりを持ったことを後悔してもらうわ」

「後悔するのは君たちのほうだ。君たちは彼女が、ここまで力を使うようになるとは思っていなかった。性格のいい飼い犬のように、いつまでもペット扱いできると思っていたんだろう。だが彼女は人間だ。君たちの思い通りにはならない」

ジャネットは悔しそうに唇を嚙むと、側にいた職員に命じた。「彼を連行して。特務課のエイヴァリー調査官に引き渡して」

第四章　黒衣の天使

1

ユ・ギヒョンは、二課のデータベースでスタンリーの自宅を探し出すと、そこを訪れた。

スタンリーの家は、ファミリー向けのマンションが林立する居住区にあった。帰宅時刻を狙《ねら》って、ユ・ギヒョンは近くで張りこんだ。

長い間待った。入れ違いになったか、今日は帰宅しないのかとあきらめかけたとき、マンションの扉に、目指す男が近づいてきた。

ユ・ギヒョンは物陰から飛び出し、彼に呼びかけた。「スタンリーさんですね」

厳しい表情で振り向いたスタンリーに、ユ・ギヒョンはＩＤバッヂを見せて名乗った。

「治安管理局第二課第八班のユ・ギヒョンです。捜査ではなく個人的な用事で来ました。こんな時刻に申し訳ありません」

リストコムでユ・ギヒョンのＩＤバッヂのデータを照合すると、スタンリーは言った。

「家族が夕食の準備をして待っているんだ。手短に頼む」

「神月璃奈の事件に関して知りたいのです。二課の水島捜査官をご存知ですね。あなたが担当した……」

「水島なら、今日逮捕された」

「知っています。今頃、快適とは言い難い目に遭っているでしょうね」

「そうか。で、私に何を聞きたい？」

「あなたは水島を、本当にジョエルの共犯だと思っていますか」

「共犯だから捕まったんだろう。これは個人的な話じゃないな。勘弁してくれ」

「隠しても無駄です。あなたが水島と接触したときの話は、水島自身から聞きました」

じろりとにらまれたが、ユ・ギヒョンは続けた。「身の危険を察していたのでしょう。おれに一部始終を話してから街へ戻りました。そして逮捕された」

「あの馬鹿が」スタンリーは舌打ちすると、リストコムを操作して通信回線を開いた。

「――おれだ。夕食にはちょっと間に合わん、先に食べていてくれ。すまんな。じゃあ、子供たちにもそういうふうに……わかった、この埋め合わせは必ずするから」

通信を切ると、スタンリーはユ・ギヒョンをうながした。「私の車へ。街を走りながら話そう」

駐車場からヴィークルを発進させると、スタンリーは車をハイウェイに乗せた。運転を自動制御に切り替え、助手席のユ・ギヒョンに向かって話しかけた。

「君は、水島の友人なのか」

「いいえ。実を言うと、水島とは、あまり仲がよくありません。神月捜査官を間に挟んで、ちょっと——」

スタンリーは事情を察して肩をすくめた。「英語のままでいいか。それとも、他の言語のほうが使いやすいか」

「このままで結構です」

「わかった」

「おれは、水島をジョエルの共犯だと疑っていたのですが、彼から話を聞いて、彼なりの主張があるのを知りました。それが真実かどうか判断しかねていたのですが……彼が逮捕されたと聞いて、もし本当に無実なら何とかすべきだと思った。彼のためというのではなく、神月のために」

「君は誤解しているようだな」

「何をですか」

「調査室の権限をだ。あそこに捕まって、まともに外へ出られる治安管理局員なんていない。殊に、特務課の手に落ちたのでは、もうだめだ。政治家に知り合いでもいない限り、まず釈放されることはないだろう。可哀想《かわいそう》だが、水島はもうおしまいだな」

「そんな——」

「私は忠告したんだ。彼に『逃げろ』と。足元が明るいうちに、地球でも月でも行けばよかったんだ。だが、彼は従わなかった。己の信条に殉じたんだ。彼は彼なりに満足だろう。

私たちが口を差し挟むことではないな」

「無責任な。冤罪《えんざい》だったら、どうするつもりなんです」

「どうしようもないね。というより、私たちではどうにもならんだろうが。彼も、もっとシビアにそれを承知しておくべきだったんだ。彼は、とんでもない阿呆《あほう》さ。四十前だというのに分別というものを持たず、融通の利かない十代の若者のように、自分ひとりの判断だけで突っ走ってしまった。あれでは墓場へ直行するのも当然だ」

「おれには、水島が悪いことをしたようには思えませんが」

「では、一緒に死んでやるか？　できないだろう。なら、放《ほう》っておくしかないんだ」

「あなたは、それで平気なんですか」

「私には家族がいる。今日は次女の誕生日だった。早く帰って、皆でケーキを食べるつもりだった」

「……それは悪いことをしました。でも、このまま放っておいたら、水島は、もう二度と誰からも誕生日を祝ってもらえなくなるかもしれない。おれは警官として、それを見逃すことはできません」

スタンリーは黙りこんだ。ややあって口を開いた。「特務課の偽装を証明する方法が、ひとつだけある。鑑識の人間に証言させるんだ」

「どういうことですか」

「水島が最後まで拘《こだわ》った、列車内に残っているはずの五発の弾痕《だんこん》――。現場に駆けつけた鑑識は、撮影のときにそれを見ているはずだ。私のところへ書類が回ってきたときには消されていた――つまり加工した画像と差し替えられていたんじゃないかと思うんだが、オリジナルの画像を入手し、偽造があったと撮影者に証言させれば、特務課の立場を多少は揺るがせるだろう。だが、それをすれば君だけでなく、撮影者の運命も否応《いやおう》なしに巻きこんでしまう。そいつにも家庭があり、守りたいものがあり、何よりも自分自身を守りたいだろう。証言したからといって水島が釈放されるとは限らないし、こういう言い方は何だが、わざわざ自分から特務課に『自分を消してくれ』と言うようなものだよ。あまりお薦めはできないな。事故車両そのものは、とっくに処分されているだろう。いつまでも証拠を残しておくほど、連中も馬鹿ではないからな」

「つまり、水島の無実を証明できるものは、もう何も残っていないと」

「そういうことだ」

今度は、ユ・ギヒョンが黙りこむ番だった。

スタンリーは続けた。「中途半端に関《かか》わるならやめておけ。関わるなら、水島のように、命を賭《か》ける覚悟を固めてからにすることだ。私としては、君にまで、そんな馬鹿をやって欲しくはないね。水島は最初から境界線を飛び越えていた。バディをあんな形で亡くし、自分が疑われたのでは当然だろう。その怒りが、すべての原動力になっていた。だが、君は彼ほどじゃなさそうだ。半端に手を出しても怪我《けが》をするだけだよ。それも命に関わるような怪我をね。何度も繰り返すが、私は彼に忠告したんだ。けれども彼は従わなかった。

自分から災禍の中へ飛びこんでいった。あらゆる事柄に背を向けて。勇猛ではあったが、これも自業自得というやつだろうな」

「……おれがあいつを信じてみようかと思い始めたのは、あいつが、誰の助けも借りようとしなかったからです。ひとりで調べて、ひとりで逃げ回っていた。組織にも他人にも、決して頼らなかったから――」

「もう、戻ってもいいか」スタンリーは溜息《ためいき》を洩《も》らすように言った。「いい加減、遠くまで来てしまった」

「ご迷惑をおかけしました。帰ります。帰って――おれのできることを考えてみます。誰も死なないですむ方法を探します」

2

調査室へ連行されると、水島は以前とは違って、本物の尋問室へ放りこまれた。

取り調べ用の椅子《いす》に座るように命じられ、付き添いの職員に、椅子の背を間に挟む格好で後ろ手に手錠をかけ直された。両脚も金具で椅子に縛りつけられた。

目の前には小さな事務机がひとつあり、向かいに置かれた椅子には、まだ誰も座っていなかった。

職員が部屋を出ていくと、水島はひとりきりになった。首をひねって視線を巡らせたが、壁際に記録係用の机と椅子が一組ある以外には何も見あたらなかった。監視用のカメラがどこかに埋めこまれているはずだが、うまく偽装してあるようで目につかない。

椅子に背をあずけ、水島は全身の力を抜いた。

尋問ですべてが明らかになれば、自分はたぶん、その時点でお払い箱になる。

特務課相手に取引は効かない。特務課は捕らえた相手の頭の中を勝手に引っかき回し、欲しい情報を全部持っていく。抵抗しても無駄だ。自白剤を投与されたら、すべてを黙っているのは難しい。

ユ・ギヒョンにも、迷惑がかかるかもしれない。だが、彼は味方だったわけではないし、記録プレートさえ提出すれば、脳の中をいじられるような真似《まね》はされずにすむだろう。

アデリーンはどうだろうか。あくまでも被害者だと言い張れば切り抜けられるだろうが、彼女の性格では心配だ。こちらを気にかけるあまり、また無茶をしたら大変なことになる。

ふいに、アデリーンのまばゆい笑顔が脳裏で閃《ひらめ》き、水島は胸を締めつけられるような気分に襲われた。初めて会ったときから、歳《とし》の差というか世代の差というか、いまどきの十代の少女はこういうものなのかと驚かされたが、もう驚かせてもらうこともないのだと考えると妙に物悲しかった。

室内の肌寒さとともに、侘《わ》びしさが、ひたひたと胸の中に押し寄せてきた。自分が間違ったことをしたとは思わなかったが、それでも、老いた犬のように大人しく日向《ひなた》でぬくぬくとしていれば、別の生き方もできたはずだと考えると、いまさらのように気力が萎《な》えた。

尋問室のドアが開いた音に、水島は顔をあげた。

入ってきたのは特務課の人間ではなかった。マルチストライプのスーツに身を包んだ男は、歳は四十代の終わりか五十代の初めに見えた。調査官が好んで着るブリティッシュ・ブランドのスーツとは型が違うので、すぐに部外者だとわかった。目元と鼻の形に見覚えがあるような気がしたが、誰に似ているのかは思い出せなかった。

水島が相手を見つめていると、男は無表情のまま後ろ手でドアを閉じた。

他に職員が付き従う様子はなく、室内には水島とその男だけになった。男は向かいに置かれた椅子を引き、静かに腰をおろした。値踏みするようなまなざしで水島を眺めながら、訛《なま》りのない滑らかな英語で言った。

「私の娘が君に世話になったそうだな。とりあえず、礼を言っておくべきかな」

ホームパーティーで客を相手に話すホストのような声だった。柔らかく穏やかで温かい。だがその奥に、棘《とげ》のような引っかかりを感じて、水島はぞっとした。

「失礼だが、あなたは」

「グレアム・E・バンクス。火星の総合科学研究所で生命科学部門を担当している。役職はそこの部長だ」

アデリーンの父親か。水島は訊《たず》ねた。「彼女はいまどこに」

「家で寝ているよ。麻酔が少し効きすぎたようだが、命に別状はない」

水島は安堵《あんど》の息を洩らした。グレアムは机の上に両肘《ひじ》をつき、組み合わせた両手の上に顎《あご》を乗せた。「君は治安管理局の職員に包囲されたとき、アデリーンと共振を起こしたそうだね」

水島が黙っているとグレアムは、「ジャネットが現場にいて一部始終を見ていた。隠しても無駄だよ」と付け加えた。

水島は渋々口を開いた。「共振というのは、あの奇妙な攻撃のことか。調査室の連中を吹き飛ばした……」

「そうだ」

「確かにそういう現象はあった。だが、それ以上のことは知らない」

「君のリストコムから押収した記録も見た。君は、あの子の力を制御できるんだな。自分の望む方向へ、あの子の力を向けられるんだな」

「制御したと言えるのかどうか……。あのときは逃げるのに必死だったし、確かに邪魔な連中を払いのけたいとは思ったが、こちらの気持ちが彼女に伝わってああなったのか、彼女自身がそうしたいと思ってああなったのか——」

「アデリーンは単独では力を使えない。自分のすぐ近くに、具体的に何かをしたいと考えている人間がいて、しかも、その人物と感情の波が一致しなければ、エネルギーとして外部に放出できない。それに、いままで力の放出はあっても、その向きは場当たり的だった。程度もまちまち。あの子自身が、自分で何をやったのかわかっていないほどだった。なのに今回は、はっきりと自分の意志でエネルギーの方向と程度を制御している。君と彼女の間には、何か特殊な力が働いているのかな」

「どうだろうな。ああいう形であの子に助けられたのは、初めての体験だったしね」

「初めて？　まるっきり初めてか。打ち合わせも、テストもなしに」

「そうだ」

グレアムは口を半開きにしたまま、指から顎を離した。机の上に立てていた肘を倒し、ゆっくりと両手を組み直した。「本当に？」

「私に、嘘《うそ》をつかねばならない理由があるとでも？」

「……それは素晴らしい」グレアムは、ゆっくりと笑顔を浮かべた。「思っていた通りだ。君は私たちの研究所に来るべき人物だ。協力してくれ。あの子の力を調べるために」

「どういうことだ」

「私と一緒に、あの子の共振テストに立ち会って欲しい。君と彼女の組み合わせで、あの子の力がどう変化するのか記録を取りたい。承諾してもらえるなら、いますぐ君をここから解放してあげよう。調査室を説得して、君の容疑を解いてもらうことにする」

「何だって」

「出たいだろう。こんなところ。私が身元保証人になろう。実はその話をしたくて、尋問の前に、無理を言ってここへ入れてもらったんだ。私は、ここの責任者に顔が利くんだよ」

「ちょっと待った。あなたは私を追っていた当事者なんだろう。プログレッシヴの秘密を洩らされたくなくて、口封じのために私を追い回していたんだろう。それを急に信用しろと言うのか」

「いまの私にとっては、君が実験に協力してくれることのほうが重要だ。あの子の力を制御する方法がわかれば、いままで困っていた問題がすべて解決する。それは彼女にとっても大きな救いになる。君はいま、その重要な鍵《かぎ》を握っているんだよ」

グレアムは机の上に身を乗り出した。水色の瞳が、抉《えぐ》るように水島の顔をのぞきこんだ。

水島はそのときになってやっと、アデリーンの瞳の色が、この男から遺伝しているものだと気づいた。自分の持ち物であるという刻印を残すため、この男は、自分の瞳の色を決定する遺伝子を、わざと彼女のDNAに組みこんだのだろうか。

「ここに残っても、特務課の連中に尋問されて消されるだけだ。だが、私と一緒に来れば生き延びられる。時間が欲しくないか。命を引き延ばす時間だ。ここさえ出れば、生き延びるチャンスはいくらでも作れるぞ」

水島は息を呑《の》んだ。この男は、自分の実験のためなら、平気で抜け駆けをするつもりなのだ。特務課と内務省の幹部を出し抜いて――。こんな人物が、必要なデータを取ったあと、自分を生かしておくわけがない。再度、特務課へ突き出すか、あるいは自分の手で処分するか、いずれにしても信用できる相手ではない。

確かに、この男の言う通り、一旦ここを離れれば逃亡のチャンスは作れる。

だが、そのためには、アデリーンを実験の場に呼び戻さねばならない。

プログレッシヴとしての生き方を捨てたいと望んでいる彼女に、私の命を助けるためだから我慢してくれと泣きつくことになる。前に言ったのは言葉の綾《あや》だ、状況が変わったから考え方も変えてくれと。死ぬのが怖いから、助けて欲しいのだと——。

「私はあの子に言ったんだ」と水島はつぶやいた。「人間は、自分の望むように生きる権利があると。彼女がプログレッシヴ以外の生き方を望んでいるのなら、実験など受ける必要はないと。そう話した私自身が、彼女に、もう一度研究所へ戻れとは言えない」

「君の命を助けるためだ。あの子も納得するだろう」

「それでもだめだ。彼女に嘘をつくことになる」

「しかたがなかったと言えばいい。世の中には、時と場合というものがある。あの子だって、社会人として、そういう状況があるのを理解すべきだ」

「だが、私は彼女に、自分の足で歩き始めた最初の瞬間に、そんな理由で物事をあきらめて欲しくはないんだ」

グレアムは、すっと目を細めた。「水島くん。君はプログレッシヴという存在をどう考えている？　こんなもの、世の中になくてもいいと思っているのか」

「別にそんなふうには思わない。理由はどうあれ、生まれてきた命にケチをつける権利は私にはないさ。ただ、人間として生まれてきた以上、生き方の選択は本人に委《ゆだ》ねるべきだ。国家や組織が決めるのではなく、本人が決めるべきだ」

「君は捜査官として、人間の一番醜い部分を現場で見続けてきた。私は君のような人間こそ、プログレッシヴの重要性を、最も理解してくれるのではないかと思っているが、違うのだろうか」

「どういう意味だ」

「人間は、法律さえ完成させればよくなる生き物だろうか？　世の中が進歩すれば、人間の社会から犯罪が消滅すると思うか？　人間が罪を犯すのは社会のせいだろうか？　社会がよくなれば、この世から犯罪は消えるのだろうか？」

「そんなこと考えたこともない。私は毎日、自分の仕事をこなすだけで精一杯なんだ」

「質問から逃げるな。君は、その答を知っているはずだ。なぜ、それを口にするのをためらう。言ってしまえば、自分が警官でいる理由がなくなるからか。自分を見失いそうで、怖いからか」

「やめてくれ」水島は目を閉じ、大きく息を吐いた。「私は、そんな学生の討論みたいな話は聞きたくない」

「犯罪は、人間が食い詰めた結果だけで生まれるものか？　違うな。君はよく知っているはずだ。人間は遊びで犯罪に走る。遊びで人を殺し、遊びで人を騙《だま》し、ゲーム感覚で他人から金品を奪う。ジョエル・タニのように。昨日今日に始まったことじゃない。社会というものができて以来、人類は常に遊び半分の気持ちで犯罪に手を染めてきた。ただの一度も反省することなしに、ただ面白いから、それが手段として有効だからという理由だけで、自分以外の人間を蹂躙《じゅうりん》し続けてきた――違うか」

水島は黙っていた。目は再び開いていたが、視線を膝《ひざ》の上に落とし、グレアムを見てはいなかった。

「君の父親のことは知っている」グレアムの声が鼓膜に突き刺さった瞬間、水島は微《かす》かに頬《ほお》を硬直させた。「気の毒なことだったね」

「……親父《おやじ》の話をするのはやめてくれ」と水島は凄《すご》んだ。「吐き気がする」

グレアムは構わず続けた。「君の父親は地球の警官だった。誕生日に、友人の名前を騙《かた》って送りつけられた小包爆弾が自宅で爆発して、重傷を負って亡くなった。小包を送りつけたのは、彼とは縁もゆかりもない、いたずら好きの十四歳の少年だ。個人情報を盗んで小包を送った。君の父親が死んだと聞かされたとき、その少年は悪びれもせずに言ったそうだな。『発火薬剤の計算を間違っただけだ。殺すつもりなんてなかったよ』と」

「やめろと言ってるんだ！」水島は、椅子に縛りつけられた手錠が壊れそうなほどの勢いで暴れた。「それ以上言うな。その話は聞きたくない。黙れ！」

「裁判所は少年を有罪にしたが、何年か経《た》てば出てこられる裁決だった。保釈金で解決できそうな雰囲気すらあった。君は裁判所の前で犯人を待ち、家族と一緒に談笑しながら正面玄関の階段を降りてきた少年に駆け寄ると、有無を言わさずぶん殴って、顎の骨が砕けるほどの怪我を負わせた。当時の君の年齢は十六歳。否応なしに傷害罪が適用された。それでも、その経歴が警官になる際の妨げにならなかったのは、ここが火星で、地球ではなかったからだ。君は地球ではただの前科持ちだ。しかし、火星へ来れば市民を管理する側に立つ権力者というわけだ。たとえヒラの職員だとしてもね」

水島はもはや暴れるのをやめ、椅子の上で体を傾《かし》がせ、深くうなだれていた。思い出に苛《さいな》まれ、顔をゆがめている彼に向かって、グレアムは優しく声をかけた。「嫌なことを思い出させて悪かった。君が警官になった気持ちはよくわかるよ。自分の親をそんな形で亡くしたのでは、世の中を掃除したくもなるだろう。だが、君はいまの方法で、本当に満足なのか。治安管理局が犯罪者を逮捕し続ければ、本当に、世の中から犯罪は消えるのかね。遊びで爆弾を送りつけるような奴や、遊びで他人を殴ったり強姦《ごうかん》したりするような連中や、権力のためならどんな汚いことでもする政治家どもを、本当に世の中から消せるのか。人類というのは、そんなに物わかりのよい生き物だろうかね。地球では、未《いま》だにテロや戦争をなくせないんだぞ」

「だから、プログレッシヴがいるというのか。人類はこのままではだめだ、新しい歴史を作れるのは、新しい人間、プログレッシヴだけだと」

「その通りだ。いまの人類を思想や法律で矯正《きょうせい》しようなんて、どだい無理な相談なんだ。人類が、いまの感覚のままで宇宙進出を続ければ、やがて、あらゆる場所が地球化するだろう。火星が、あっというまに、ミニ地球になってしまったのと同じようにな。どこへ行っても地球型の犯罪がなくならず、富と利益を巡って諍《いさか》いと争いが続き、ペーパーバック時代の安っぽいフィクションのように、いずれは惑星間を巻きこむ、大規模な争い事が発生するだろう。人類の罪科の前では、どんなに平和的な文化も文明も、見る影もなく色褪《いろあ》せて破壊されていくだけだ。宇宙時代の未来をそうしないためにも、人類は、精神的に次の段階へ進まねばならない。各々《おのおの》が個性を保ったまま、誰とでも共感性を持ち、平和的解決法を第一に考える理性を保ち、犯罪や戦争に一切興味を抱かない穏やかな種族――プログレッシヴならば、そんな文化を作り出せる。私たちは彼らを全面的にバックアップして、木星以遠に開かれている深宇宙を、彼らの手に委ねるべきなんだ」

「現人類はどうなるんだ。火星止まりで進化の袋小路に激突して、絶滅というわけか」

「私たちは、現人類をプログレッシヴ化させる技術も研究している。そのうち実用化されるだろう。交配には、慎重にならざるを得ないかもしれないが」

「……おまえはどうなんだ。自分で自分のことをプログレッシヴだと思っているのか。その手術をもう受けたのか」

「私はただの現人類だよ。ただし、人類がどう進めばよいのか気づいて、そのために、どうすればいいのか知っている現人類だ。普通の人間とは違う」

「おまえは私のことを誤解している」水島は顔をあげ、グレアムをにらみつけた。「私はおまえが考えているような理由で警官になったんじゃない。私はいままでは昔の自分の行為を恥じているし、だからこそ警官になったんだ。人類の精神性を変化させるだと？　人間は不完全な生き物だ。その不完全な存在が、完全なものなど作り出せるものか。プログレッシヴは完璧《かんぺき》な人類などではない。欠点だらけの、私たちと同じ、愛すべき存在だ。アデリーンがその証拠だ」

「あの子は失敗作などではない」冷静だったグレアムが、にわかに不快感を声に滲《にじ》ませた。

「あれこそが私たちの最高傑作だ。プログレッシヴの未来そのものだ」

「成功例なら、なぜ、あの子はおまえたちを嫌う。おまえは自分の面子のためだけに、あの子を成功例だと考えたいだけだ。そう思わなければ、あの子を愛することすらできないんだろう」

「黙れ……」

「それに、プログレッシヴが本当に正しい存在なら、なぜ、こんなふうに秘密裡《り》に開発を進める。本当に正しいことをやっているのなら、もっと堂々とやればいいだろう。正しい道なら、きっと人類全体が賛意を示してくれる。それなのにおまえたちは、地球から火星まで散らばる全人類に、事の是非を問うこともせず、自分たちだけで勝手に計画を進めている。とても正気の沙汰《さた》とは思えないぞ」

「いま、すべてを公表してみろ。科学に理解のない人間が、テロリズムで計画を押し潰《つぶ》すだけだ」

「だから内緒でやりましょうということか。その段階で、すでに何もかも間違いだ。いいか。いますぐ、すべての情報を公開しろ。地球と、それ以外の場所に住む全人類に議論をさせて、自分たちの未来は自分たちで決めさせせろ。私が欲しいのは、どんな未来が訪れても、誰もが自分の選びたい生き方を選ぶことのできる社会だ！」

「君は警官ではなく、社会学者になるとよさそうだな。水島くん」

「あなたは科学者ではなく、政治屋になるとよさそうだな。バンクス部長」

「ご忠告ありがとう。では、もうひとつ、これではどうだ？」

グレアムは、上着の内ポケットから記録プレートを摘《つま》み出し、水島の正面に掲げてみせた。

「ジョエル・タニが、調査室に捕獲されたときの尋問記録だ。例の列車事故に関する供述が、すべて収められている」

水島は息を呑んだ。両腕を手錠で縛られていなければ、身を乗り出して、引ったくっているところだった。

「研究所の仕事に協力するなら、これを君にやろう。事件の真相がすべてわかる。神月捜査官が殺されたときの状況もわかるぞ」

「でたらめを言うな。治安管理局の人間でもないのに、なぜ、そんなものを持っている」

「総合科学研究所は特務課を動かせる。どうしても必要だと頼めば、これぐらいのものは手に入る。君のためにコピーを取った。どうだ。これが欲しくないか。こちらの条件を呑めば、このプレートは君のものだ」

水島は、熱湯を浴びせられたようなショックを覚えた。確かに欲しい。喉《のど》から手が出るほど欲しい。これさえあれば、いままで知りたかった答のすべてがわかる。自分が何をやったのか、やらなかったのか、何もかもわかる。

だが、これを手に入れるには、研究所の仕事に加担して、アデリーンを見捨てねばならない。何にも縛られずに自由に生きろと言った自分自身が、あれは間違いだった、君はやはり研究所へ戻るべきだと、彼女を説得しなければならない。

それを自分は許せるのか？　自分の望みのために、あの子の望みを踏みにじる気か？

水島はかすれた声で言った。「それが本物だという証拠が、どこにある」

グレアムは肩をすくめると、指先で弄《もてあそ》んでいた記録プレートを、机に付属している読み取り機に差しこんだ。再生装置の唸《うな》り音とともに、日付と時間を記した立体映像が虚空に立ちあがる。流れるように変化する記録秒数カウント、くっきりと映し出される縮小映像。音声が耳朶《じだ》を打った瞬間、水島の気持ちは映像の中に吸いこまれていった。

《で、何から話せというんだ？》

生々しく記憶に残っているジョエルの声。背筋を不快な感情が這《は》い昇る。憎悪に火がついた。食い入るように映像に目を凝らす。調査室に身柄を確保されたというのに、ジョエルは相変わらず飄々《ひょうひょう》としていた。小さな机を挟んで調査官と向かい合っていたが、体を斜に開いて脚を組み、机に乗せた左腕に体重をかけるような砕けた格好で相手を眺めていた。

室内には五人の調査官の姿があった。ジョエルは、大勢の人間が自分に注目しているのを楽しんでいる様子だった。五人も配置されているのは、彼の逃亡を警戒してというよりは、彼の自尊心をくすぐって、話を聞き出そうという作戦のように思われた。ジョエルが自分の「仕事」を誰かに話したくてたまらないのを、特務課は、いち早く看破したようだ。それに、薬物過敏症のジョエル相手では自白剤も使えない。おだてて喋《しゃべ》らせるか、大勢で小突き回して脅すか。その両方を考慮して、臨んでいるに違いなかった。

《最初からだ》と向かいに座った調査官が言った。《列車が止まったところから。どんなふうに止まって、何を聞いて、何を見たか。五感全部で感じた情報を知りたい。どんな匂《にお》いがしたか、車内の温度に何か変化があったか、とにかく全部を最初から》
《何だ。列車の話だけでいいのか》ジョエルは、がっかりした表情を見せた。《おれはまた、一番初めに殺した女の話からだと思ったよ。そこから聞かないと、おれを起訴できないんじゃないの？》
《その話は、また、ゆっくりと聞かせてもらうさ。まずは列車の件から知りたい。我々にとっては、一番重要な事件だからな》
《同胞が死ぬと焦るわけか》
《それもあるが、それだけではない》
《ふうん。じゃあ、最初は、あの間抜けなお巡りの話でも始めるか。あいつが、まだ生きているなら伝えてくれ。ざまあ見ろってな。列車が急停車したとき、あいつは——》
グレアムが映像の再生を止めた。机上の記録映像は一瞬にして掻《か》き消えた。
「君はこの情報を入手するために、命がけで個人捜査をしてきた。欲しくないわけがない——な？」
水島は、拘束された両手を背後で握りしめたまま歯軋《はぎし》りした。顔をあげて相手を見ることができなかった。見れば、誘惑に負けて、相手の言うがままになってしまいそうな気がした。それでいいではないかと囁《ささや》く声が、自分の中からも湧《わ》きあがった。あの記録を見れば何もかもがわかる。いままでの苦労が、すべて報われる。ただし、アデリーンの自由と引き替えに——だ。

グレアムは再生装置からプレートを引き抜き、椅子から腰をあげた。机を迂回《うかい》して水島の背後に立った。水島の背を軽く叩《たた》き、猫なで声で言った。「君が、責任感の強い人間だということはよくわかったよ。だが、そこまであの子に義理立てをする必要はない。君はあの子に、『自分の望む通りに生きろ』と言ったそうだが、そう言った君自身が、自分の望むように生きないのは妙なことだな。矛盾していないか。自分に正直になれ。君には、そういう生き方が相応《ふさわ》しい。そう、もうひとつ知らせておくことがある。ファレル捜査官は、今朝方、亡くなったよ」

「何だと」

「気の毒なことだ。これで事件の真相を知っているのは、本当に、ジョエルだけになってしまった」グレアムはプレートの平らな面で水島の頬を軽く叩いた。「だから、すべての答は、もはやこの中にしかない」

水島は目を閉じた。心の中で璃奈に呼びかけた。璃奈——おまえなら、こんなときどうするだろう。私よりも、はるかに強靱《きょうじん》な神経を持っていたおまえ。おまえなら、どちらを選んだ。どんな選択をした。教えてくれ。私はどうすればいい。

目蓋《まぶた》の裏の幻は答えなかった。ただ穏やかな笑みを浮かべ、水島に背を向けて消え去っていった。

涙が滲みそうになったのを、水島は懸命に堪《こら》えた。

そうだ。死者は答えない。いくら呼びかけても、もう返事をすることはない。どれほど愛《いと》おしくても、魂が震えるほどに心を捧《ささ》げていても、死者は何も教えてくれはしない。

わかっていたはずだ。思い出を手放したときから。ユ・ギヒョンに記録プレートを渡したときから。あの瞬間から自分でも気づいていた。いまの自分の望みは何なのかということを。それを守るためには、自分から捨てねばならないものもあるのだと。

ドアをノックする音が響いた。部屋の外から声がかかる。「バンクス部長、時間です」

「もう少し待ってくれ」グレアムは不満げだったが、相手は顔をしかめた。「だめです。これ以上の延長は認められません」

日本人職員がふたり、室内に足を踏み入れた。グレイのスーツに包まれた体は、水島よりもふたまわりほど大きく、威圧感を漲《みなぎ》らせていた。

グレアムは水島の正面へ回ると、肩に手を置き、目をのぞきこみながらうながした。

「水島捜査官、答を」

水島は、溜息を洩らすように、首を左右に振った。

調査官に腕をつかまれ、グレアムは後退を余儀なくされた。「私とはいつでも連絡が取れるようにしておくから、気が変わったらここの職員に申し出てくれ。君さえ望めば、私はすぐにでも君を助け出す。それだけの力は持っている。わかったな?」

追い払われるようにして、グレアムはドアの向こうへ姿を消した。自動ロックがおりる音が響くと、水島は虚《むな》しさの嵐に襲われ、張りつめていた気力のすべてを失った。

調査官は、水島の前から机を退けると、彼の正面と背後に分かれて立った。何の説明もないままに、背後の調査官がいきなり水島の頭を押さえつけ、相手に、首筋が見えやすいような状態にした。正面に立っていた男は、左手で水島の喉元を押さえると、右手に持ったディスポーザブル式注射器の針を、首の静脈へ差しこんだ。

吐き気と息苦しさが、水島の胸を押し潰した。頭痛が波のように繰り返し押し寄せ、そのたびに、精神が深い淵の底へ引きずりこまれていくような心細さに襲われた。脳の神経細胞が、下位の部分から順々に攻撃を受けていく。ある部分では酵素の受容が阻害され、ある部分では、逆に伝達物質の放出を強要されて抑制が利かなくなり、大脳全体が徐々に混乱状態に陥っていった。多角的な薬理作用を備えたその注射液は、水島の記憶に関わる細胞を強く刺激し、彼の意志とは無関係に情報を引き出す準備を、着々と手際よく整えていった。

倦怠感《けんたい》が全身を蝕《むしば》み、頭が自然と胸の上に落ちた。体はもう指一本動かせず、水島は、自分が何をすべきなのか判断がつかない状態に陥った。それでいて意識を失う自由は許されず、半覚醒《かくせい》状態で宙吊《ちゅうづ》りにされているような不安感に満たされた。

調査官は、水島の顎の下に指を入れると、顔をあげさせた。首に手を当てて脈拍を確認し、薬が安全に効いていることを確認すると、穏やかに日本語で話しかけた。「これから、いくつか質問をする。素直に答えれば、誰に頼るでもなく、すぐにここから出られる。わかったな？」

頭の中には、すでに乳白色の霧が立ちこめ、何重にも取り囲まれたカーテンの中を彷徨《さまよ》っているような気分だった。相手の声がゆっくりと響き渡る。耳で聴くというよりも、全身を声のヴェールで包みこまれ、絞りあげられていくような感じだった。圧迫感が喉を詰まらせる。尋問の声と質問の内容が、活発に動き回る虫のように、水島の脳細胞を浸蝕《しんしょく》し始めた。

3

懐かしく暖かい空気の匂いに、アデリーンは目を覚ました。柔らかなベッドの上で身を起こし、薔薇《ばら》の香りが漂う慣れ親しんだ自室の風景に目を凝らした。

丸テーブルの上でハーブオイルの温め器が作動して、華やかな香りを撒《ま》き散らしていた。ジャネットが仕掛けていったのか、グレアムが指示したのか。優しい気づかいも、いまのアデリーンには何の感動も抱かせなかった。

熟睡した後のように、すっきりとした目覚めだった。だが、眠りに落ちる直前のことを思い出すと、気が狂いそうになった。

水島さんは……どうなったのだろう。捜査官に連行されたのか？　そこから、どこへ。

ベッドからおりて靴を履き、扉のノブを回したが鍵がかかっていた。アデリーンは愕然《がくぜん》とした。内側から操作できるはずの扉が、外からしか開かないようにされている。

二、三歩後ろへ下がると、扉に激しく体当たりした。何度も繰り返したが、びくともしない。アデリーンは叫び声をあげた。「誰か、そこにいるんでしょう。ここをあけて」

返事はなかったが人の気配がした。扉に体を押しつけ、アデリーンは廊下に立っている人間の感情を読み取ろうとした。微かな感情のさざ波が伝わってきた。精神を訓練された、冷徹なプロフェッショナルが見張っているのだとわかった。

アデリーンはその場から離れた。窓辺へ行き、下をのぞきこんだ。庭には誰の姿もなかったが、降りればすぐに防犯用の警報装置が鳴り出すだろう。それでも、玄関から出ようとして無駄な労力を使うよりは、はるかにましに思われた。

クラシックなデザインの、外側へ向かって開く窓を押しあけると、アデリーンは身を乗り出して二階下を見た。目が眩《くら》むほどの高さではないが、背筋を冷たいものが這いあがる。地球育ちの人間なら、火星の〇・三八Gの環境は、思い切った行動を取る際に背を押してくれる要素になる。だが、火星生まれ火星育ちの彼女にとって、〇・三八Gは普通の状態であり、「体が軽い」という感覚は持ち合わせていなかった。ましてや、特別に運動能力に優れているわけでもなく、訓練で体を鍛えたこともなく、どちらかといえば、無重量状態への適応能力を試され続けてきた彼女である。たった二階分の高さでも、飛び降りるには勇気がいった。

だが、ここを出なければ水島には会えない。彼を助けることもできない。彼は人殺しではないと証言して、釈放してもらうこともできない。

──助ける？　私が彼を？　どうやって。権力も何も持たない、ただの十代の小娘に過ぎない自分がどうやって？

だが、それでも行かなくてはならないのだ。

彼は私を助けてくれた。話を聞いて、重荷を一緒に担いでくれた。だから今度は、私が彼の荷物を背負う番だ。

アデリーンは喘《あえ》ぐように息を吸った。少しでも衝撃が緩和されるように、あまり勢いをつけずに窓辺を蹴《け》った。スカートが空気を孕《はら》んでまくれ上がった。小さな悲鳴をあげながら、彼女は着地と同時にバランスを崩して、芝草の上に横転した。

足を挫《くじ》いたかと思ったが、さすってもたいした痛みはなかったので、そのままよろよろと立ちあがった。乱れた髪を掻きあげ、門に向かって走り出したのと同時に、玄関から背広姿の男がふたり飛び出してきて、彼女の前に立ち塞《ふさ》がった。

「部屋へお戻り下さい」ひとめでボディーガードとわかる体つきの男が、慇懃《いんぎん》な口調で言った。「お父様からのご指示です。許可なく家を出てはいけません」

「そこをどきなさい」アデリーンは身を震わせながら、しかし凛《りん》とした声で命じた。「どかないと、ただではすまないわよ」

もうひとりの男が素早く動き、アデリーンの腕をつかんだ。その瞬間、アデリーンの体内で、かっと炎のようなものが燃えあがり、次にはそれを無意識のうちに相手に叩きつけていた。

野獣のような叫び声をあげて男は手を離し、悲鳴をあげてその場を転げ回り始めた。激しい感情の乱れをアデリーンは感知した。相手が、全身に焼けた鉛玉を撃ちこまれたような痛みに苛まれているのがわかったが、自分が何をやった結果そうなったのかは、まるっきり理解していなかった。

戸惑うように視線を彷徨わせていると、もうひとりの男と目が合った。相手は意外なほどびくっと飛びあがり、狼狽《うろた》えた。自分の中に凶暴な何かがいる——それに気づいたアデリーンは、望むままにすべての力を解放した。

大気がゆがんで振動し、見えない恐竜が棘のついた尻尾《しっぽ》をひと振りしたように、アデリーンの目の前の男を弾き飛ばした。男は背中から芝草に叩きつけられると、呻き声を洩らしたきり動かなくなった。

アデリーンは目を見開いたまま立ち尽くした。だが、すぐに、この機会を逃してはならないのだと気づいて門をあけ、通りへ飛び出した。

車道で無人タクシーを拾い、治安管理局を行き先に指定した。車が走り始めると、シートに深く身を沈め、今頃になって精神が崩れ落ちたように震え始めた体を、両手でしっかりと抱えこんだ。

何なの。いまのは。私の力は、私ひとりでは発動しないはずなのに。誰かの感情と共振し、相手の望みを増幅させる形でしか働かないはずなのに——いまのは、いまのは……まるで私が、自分の欲望を相手にストレートに叩きつけたみたいな反応だった。何の躊躇もなく、容赦なしに。なぜ、そんなことができたのだろう。そんなの、いままで、ただの一度もやれた経験はないのに。

両手の爪《つめ》を、血が滲《にじ》むほど腕に食いこませた。

力の質が、変化し始めているのだろうか。

グレアムが最も嫌っている人類最大の罪——暴力というものを、私は、いつどこで学んだのか。水島さんを助けたい、彼の命を救いたい——ただそれだけの想《おも》いが、他人の命や体を何とも思わない行動に私を駆り立てているのだとしたら、自分はいま何と残虐で身勝手で、しかし、甘い誘惑に満ちた解放感に揺れているのだろうか。そう、私はいま揺れている。暴力を使えることに揺れている。自分に力があることに揺れている。他人を叩きのめす力を得たことに揺れている。私は私自身の中に力の源を見出《みいだ》し、そこから無限の力を汲《く》みあげられることに気づいてしまった。私はいま、私自身に共振している。何かを壊したいという自分自身の感情に共振している。私は一本の揺れる弦、自分が望むままに永遠に揺れ続ける強い弦だ。止まることができない。自分では止められない。どこまでも暴走し、破壊し続ける——。

アデリーンは顔をあげた。いつのまにか涙に濡《ぬ》れていた頬を、手の甲でぐいと拭《ぬぐ》った。

構わない。彼を助けるためなら、私は、どこまでも力を振るい続けよう。止まる必要などない。進んで、進んで、進みまくるだけだ。

調査室が水島に対してどんな尋問をしているのか、想像するだけで恐ろしさに身がすくんだ。

一刻も早く辿《たど》り着かなければ。

あの人の元に。


司法調査室の建物は、ほとんどの窓に明かりがともり、宵闇《よいやみ》の中でもまだ明るく輝いていた。こういう職場に勤める人間は何時頃に帰宅するのだろう、あるいは、一晩中誰かがいるものなのか――とアデリーンは考えた。

輝く矩形《くけい》の塔を眺めながら、どうやって中へ入ったものかと思案する。

どのような言葉を費やしても、まともに水島に会わせてもらえるとは思えなかった。だが、だからといって、手慣れた泥棒のように忍びこむ方法などアデリーンは知らない。

入っていくなら正面玄関から。

馬鹿みたいな発想だったが、それしかないとアデリーンは気づいた。

自分の能力を最大限まで使うのだ。思いっきり感度を上げて彼の気配を探り、見つけたらその部屋まで侵入する。途中、妨害する人間は、自分の力ですべて薙《な》ぎ倒す――。

そんなことが果たしてできるのか。

単独で力を外側に向ける術《すべ》に目覚めたばかりの自分に、ひとりでコントロールできるのか。

いや、迷っている暇はない。

できるのか、ではなく、やらなければならないのだ。

4

外線のランプが点滅し、通信装置がベルを鳴らした。エイヴァリーは、読みかけのファイルをそのままにして、回線をつないだ。聞き慣れた声が耳に響いた。
《バンクスだ。総合科学研究所の》
エイヴァリーはディスプレイを横へ動かし、椅子の背にゆったりと体を沈めた。「買い物は充分に楽しまれましたか。バーゲン時期ですから、凄い人出だったでしょう」
《たまには繁華街をぶらつくのもいいものだな。娘に素敵なプレゼントを見つけたよ。水島はどうしている》
「部下が、ふたりがかりで取り調べ中です」
《私は彼を、ディナーに招待できそうかね》
「今夜はちょっと無理でしょうな。予想以上に頑固な男でね。あれは、本気で死ぬ覚悟を固めているんでしょうな」
《死ぬのが平気な人間なんていない。やり方が手ぬるいんじゃないのか》
「では、様子をご覧になりますか。内側も外側も、彼はもうボロボロですよ。手駒のひとつも持たずに、特務課へ連行されたんですから」
グレアムが不満げに悪態をついたのを、エイヴァリーは悠然と聞き流した。「それにしてもあなたも意地の悪い人だ。本気で彼を実験に協力させたいのなら、直接研究所へ連れていってあちらで説得すればいいでしょう。それを、わざわざ一旦うちへ運びこんだ。しかも、ああいう状況でああいう切り出し方をしたら、水島が絶対に承知するわけがないと知っていながら、わざと彼に自由意志で選ばせるような真似をした。いったい何を考えているんです。彼の性格は資料を読んでよくご存知でしょう。それとも、研究対象としての興味がなくなったんですか」

《彼には、いずれ研究所で役に立ってもらうつもりだ。目の前にある貴重な実例を、むざむざ廃棄する気はないからね。だが、彼は私の娘に、いろいろと余計なことを吹きこんでくれた男だ。それ相応の罰は受けてもらわねばな。ところが私は、暴力の振るい方については全く知識のない人間でね。そういうことにかけては、君たちのほうがプロだろう。専門分野は専門家に任せるに限る。それに、私たちが研究対象として欲しいのは、精神的にも肉体的にも、私たちに忠実な人間だけだ。反抗心に富んだ人間など必要ない。そちらで散々痛い目を見れば、彼も態度を変えるだろう》

「あなたは、充分に暴力的な人間ですよ」エイヴァリーは口元に冷ややかな笑みを浮かべた。「今度鏡で、じっくりとご自分を観察なさるといい」

《今夜、もう一度連絡を入れる。そのときに、また様子を聞かせてくれ》

「了解。それまでに水島が折れるといいですね」

《強引に落とすのが、君たちの仕事ではないのか》

「相手によりけりですよ」

グレアムが通信を切ったので、エイヴァリーは椅子から腰をあげた。尋問室のあるフロアへ行くと、隣の部屋のドアをあけた。

室内では尋問室の様子がディスプレイ越しにモニターされていた。職員は立ちあがって目礼すると、エイヴァリーのために席をあけた。

「どうだ。様子は」

「あらかたのことは聞き出しました」

「研究所のことで何か言っているか。誰か知り合いがいるとか、そいつを身元引受人にしろとか」

「いいえ」

なるほど。ただの意地ではなく、心底、バンクス部長の申し出を嫌がっているわけか。

エイヴァリーは微笑を浮かべると、モニターの中の水島を見やった。なかなか見所のある奴じゃないか。おれもバンクスは嫌いだ。たかだか生命科学部長の分際で、司法局の内部に平気で踏みこんでくるところがな。

水島は、縛りつけられた椅子の上から、いまにもずり落ちそうな格好で前かがみになっていた。自白剤で頭の中を引っ掻き回され、抵抗や反抗を示せばスタンガン式の警棒で殴られるというのでは、気力も体力も萎えて当然だった。黒いシャツの胸元が喘ぐように上下していた。陸にあげられた魚が、必死になって鰓《えら》を動かしている有様をエイヴァリーは連想した。「わかったことを報告しろ」

「逃亡中に、彼は、治安管理局第二課第八班のユ・ギヒョンと接触しています」

「何者だ。そいつは」

「神月璃奈を間に挟んでの知り合いです。水島は、ユ・ギヒョンに、個人捜査の内容をすべて話したようです。どうしますか」

「呼び出して別室で調べろ。徹底的にな。他にわかったことは」

「地球に調査資料のコピーを送っているようです。メールアドレスを調べましたが、身元を突きとめられません。何らかの方法で、別アドレスに転送されているようで――」

「わかりませんですむか。地球のマスコミが騒ぎ出したらやっかいだぞ。あいつらは火星を、自分たちが管理する借家程度にしか思っていない。こちらのミスやスキャンダルを見つけちゃ、厳しい制裁を加えてくるんだ」

「これ以上は、どうしても情報を聞き出せません」

エイヴァリーは、ちらりと時計を見た。「もう一度、投与できそうか」

「今日はもう無理です。衰弱しているので、これ以上打ったら本当に死んでしまいます」

「量を減らしてやってみろ。あいつは頑健な男だ。少々の無理は利くだろう」

「わかりました。では、半分の量で試してみます」

5

リストコムの通信を切ると、グレアムは停車中のヴィークルの中で、今夜の夕食はどこで摂ろうかと考えた。アデリーンは薬で眠っている。彼女と少し話したい気がしたが、目が覚めるまで待っているには空腹のほうが勝っていた。かといって、いまから誰かを誘うのもわずらわしい。

ひとりですませるか。運転席のシートにもたれたまま、グレアムは軽食を摂れる店の名前を、二つ三つ思い浮かべた。それから、水島は特務課の暴力に、どれぐらいまで持ちこたえるだろうかと考えた。

あいつは——誰ひとり制御できなかったアデリーンの能力を易々と使いこなした。普通に考えれば秘密保持のために始末したほうがいいのだが、使える人間なら大いに活用すべきだ。

確かに、彼は黙って人の話を聞くようなタイプではない。他人との力関係を敏感に読み取って、計算高く立ち回れる男でもなさそうだ。おまけに彼は、アデリーンの能力に異議を唱えた。自分や研究所の人間が必死になって手に入れようとしているものを——その価値を真っ向から否定した。信じ難いほどに頭の固い男だ。

エイヴァリーは苦労するだろうが、ああいう己のプライドだけが頼りの人間は、一度徹底的に屈服させることができれば、あとの扱いは簡単だ。ようは、彼の目の前にあるものが、絶対に乗り越えられない壁だと信じこませればいいのだ。そうすれば、彼は別の道を探すようになる。いつかは、自分自身すら手放し、なりふり構わず、あらゆる可能性にすがりつこうとするだろう。私たちは、その道のひとつで、彼が通りかかるのを待っていればいい……。

それにしても、地球生まれ地球育ちの人間というのは、皆、あんなに頑固で意固地なのだろうか。同じ生まれのオリヴィアにも、一歩も引かない頑固さがあったが。惑星の重力に慣れ親しんで育った者は、おしなべて、あのような精神の根の張り方をするものなのか。恫喝《どうかつ》にも恐怖にも負けず、差し伸べられた救いの手を一顧だにせず——。

グレアムは、ステーション生まれのステーション育ちだった。地球の国際宇宙居住区で生まれ、そこで十六歳まで過ごした。二十世紀に実験目的で作られた初期型の宇宙ステーションとは異なり、グレアムが住んでいたNISSには、本格的な居住モジュールが備え付けられていた。世界各国から集まった一般人が、混合社会を形成するようになった時代の世代だ。

NISSの内部には遠心力を利用した人工重力が形成されていたが、無重量区域へ移動すれば、好きなだけゼロGの環境を味わえた。ゼロG区域はステーションの人気のスポットでもあった。NISSで暮らしている者にも、ステーションを訪れる客にも、ちょっとした観光場所になっていた。

グレアムにとってゼロG区域は、いつでも遊びに行ける自宅の庭だった。それでも訪れるたびに、彼は新鮮な気分を味わった。ダイバーが珊瑚礁《さんごしょう》や深海を、登山家が高峰を愛してやまないように、グレアムもまたゼロG区域を愛した。子供時代特有の活力で、悪友たちとともに区画内を制限速度いっぱいに跳びまわり、監視システムや大人にどやされるまでふざけ合った。ときには静かに星を眺めた。

ステーションで生まれ育った人間は、地球を常に足元に見おろしながら過ごす。子供の頃から、風景のように青い惑星を眺め続けてきたグレアムにとって、地球は「人類発祥の地」という重い歴史が刻みこまれた土地というよりは、ただの綺麗な水球に過ぎなかった。ピンと指先で弾けば、あっというまに壊れてしまいそうな脆《もろ》い水の星。自分の瞳に似た色をした青い星。それは風景の一部で彼の居場所ではなかった。グレアムにとって故郷と呼べるものはすでに宇宙空間そのものであり、地球を古里と考えることはなかった。

小学生の頃、長期休暇を利用して、両親と一緒に地球へ降りる機会があった。グレアムの父親はＮＩＳＳの管理技術者で、母親は医師だった。ふたりともステーションで暮らしていながら、地球に深い愛着を持っていた。そういう古い世代の人間だった。だから自分の息子もそうであるに違いないと思いこみ、一度は地上に降り立たせたいと考えたのだ。

地球に初めて降りたとき、グレアムは大地の確かさと、しっとりと生々しい匂いを含んだ空気の味に驚きはしたものの、無重量状態を楽しめる場所がないと知ると、その不自由さのほうに気がそぞろになった。海水浴場でのスキューバダイビングでは、なるほど、疑似的な無重量状態を味わうことはできた。だが、それとてジャケット内に溜めこむ空気を調整し、中性浮力を保ってやれば——という条件下での話だ。少しでも油断すれば、ウェットスーツの浮力を消すためにウェイトを装着した体は、海底へ向かって、ずるずると引きずり降ろされていった。

自分の両親も含めて、地球に住む人間たちが一Gの環境に抵抗を感じていない様子を、グレアムは大きな驚きをもって知った。ゼロG区域が恋しくないのかという彼の質問に、両親は弾かれたように笑った。ゼロGに夢中になるのは子供のうちだけだ。おまえも大人になればわかるよ。大人になると、重力のある状態のほうが恋しくなってくるものなんだ。

本当にそうなのだろうか。自分がゼロGに執着しているのは、まだ子供だからなのか。グレアムは咀嚼《そしゃく》できないものを無理やり呑みこむように、両親の言葉を胸の内に納めた。そして、成長していくに従って、それは両親にとっては真実であったが、自分にとっては違うのだということを、ひしひしと感じるようになった。

慣性の力を利用すれば楽々と回転し、自分の望む場所へ移動することができる無重量状態の便利さ、その気持ちよさ、胸が躍るような快感——それは深宇宙へ旅立つべく宿命づけられた人間だけに与えられる、血で書かれた未来への通行証明なのだとグレアムは思うようになった。宇宙に住んでいるとはいえＮＩＳＳから一歩も出ず——たまに地球や月で休暇を過ごす程度に——一生を終える人々とは違い、そこを出発点にさらに遠くへ、可能ならば銀河の果てまでも駆け抜けてみたいと渇望する人間にとっては、無重量や、無重力・低重力環境のほうがあたりまえのはずだ。少なくとも自分はそのほうが自然に感じる。

遠くへ、より遠くへ。地球から限りなく離れていくことこそ、自分の生き方だとグレアムは確信した。

世の中は、とうの昔に「宇宙で暮らしている人間＝宇宙飛行士」という狭い図式では測りきれない時代になっていた。宇宙へ進出するにしても、どういう立場・どういう場所でそれを果たすのかを、グレアムは真剣に考え始めた。

様々な可能性を頭の中でいじくり回しているうちに、漠然と、医学方面はどうかという考えに思い至った。母親の仕事に馴染《なじ》みがあったせいもある。医学部へ進むのに抵抗はなかった。宇宙進出の最先端を目指す人々をバックアップすべく、医師として彼らとともに任地へ赴く。もちろん、それだけでは最先端の現場に携わる機会が少な過ぎるから、可能な限り宇宙関連の学問を履修しておこう。医学以外の複数分野をこなせる人間になればいいのだ。

飛び級制度でハイスクール過程を二年早く完了したグレアムは、両親に火星の大学を受験したいと告げた。息子の突然の申し出に両親は驚愕した。なぜ地球の大学ではだめなのかと訊ねた。どうして火星まで行かねばならないのかと。

火星の環境下で人間がどう変化しているのか知りたいからだ——とグレアムは答えた。両親は言った。地球にいたって火星住民の研究はできるよ。そういう仕事は、データを送ってもらって分析するだけなんだから。違うと彼は答えた。火星のことは火星に行かなければわからない。惑星の環境や雰囲気を丸ごと自分の体で受けとめてこそ、あそこで生きている人間の変化が理解できるはずだ。数値だけではわからない、微妙なニュアンスを持った何かが。

そう、変化。

火星まで進出した人間は、地球人とは、何かが変わり始めているのではないかとグレアムは直観していた。ステーション育ちの自分の感性が、地球育ちの人間とは全く異なっているように。NISSからは地球を見おろせるが火星ではそれすらない。パラテラフォーミングの技術に支えられた天蓋《てんがい》の中に住み、重力は三分の一、いびつな月が空に昇り、都市の外にはひどい寒暖の差があり、砂嵐が吹き荒れる。そんな状況下で、人々の意識はどのように変わるのか。惑星環境そのものが、人間の精神と肉体の可塑性を、どこまで試し尽くすものなのか。

それは医学というよりは、生命工学の分野になるのではないかと母親は助言した。父さんと母さんの仕事の中間にある分野を選んだのね、あなたは。

グレアムの両親はNISSで一生を終えるつもりだった。少なくとも現役職員である間は、ステーションに留まり続けるつもりだった。だから、グレアムをたったひとりで火星へ送り出すことには、子供を手放す戸惑いと、子供が自立していく瞬間を見る喜びの両方があった。

長い間話し合った後、両親は、グレアムの移住を認めた。ときどきは帰って来なさいよ、嫌になったらいつ帰ってきてもいいのよ。母親はそう言ったが、グレアムは、そうはならないだろうと確信していた。自分はタンポポの綿毛のようなもので、一旦気流に乗ったが最後、風がやんで落ちるまで飛び続ける運命にあるに違いないのだ。

　地球を足元に見られなくなること、海で泳げなくなること、森林を散策できなくなること、一Gの環境でゆったりと過ごす機会を永遠に失うこと、それがいったい何だというんだ？　地球へ戻れないからといって、だから何だというんだ？　僕の心は、それよりも素晴らしいものが宇宙には満ち溢れているはずだと叫び続けている。だったら自分に正直になる以外、この胸を焦がすような渇望から逃れるすべはないのだ。

　そして、グレアムは旅立った。火星へ向けての航路へ。永遠に終わりのない旅路へ。


　ヴィークルのシートにもたれながら、風邪をひいたように背筋がぶるりと震えたのをグレアムは感じた。昔を思い出すと同時に、嫌な思い出が心の底から浮かびあがってきた。火星へ到着するまでの旅で自分が体験したあの忌まわしい思い出――。水島のことを考えているうちに、なぜ、こんな気持ちになったのか。

　彼は、もしかしたら昔の自分と似ているのかもしれないとグレアムは思った。自分が捨ててきた影、自分が捨ててきた可能性のひとつ。もし、火星への旅の途中で、あんな出来事がなかったら――自分はどんな科学者になっていただろうか。オリヴィアのように、技術の進歩よりも古めかしい倫理観を優先させる人間になっていただろうか。水島のように、得たものを惜しげもなく切り捨てられる人間になっていただろうか。ステーションを旅立つときに想像していたように、宇宙開発の現場に立って現場の人間をサポートし続ける、人情味溢れる医者にでもなっていただろうか。

グレアムは唇の端に、自嘲《じちょう》するような酷薄な笑みを浮かべた。

有り得ない。自分は自分だ。いまの自分以外に、どうなり得たというんだ？　たとえどんな体験をしてきても、結局は自分の意志で、ここへ落ち着いたに違いないのだ。

思い出など糞食らえだ。

人間とは、こういうものなのだ。

6

取調室で尋問されているうちに、水島は昔のことを思い出していた。十六歳の少年だった頃を。父親が死んだ直後のことを。

当時水島を調べた捜査官は、父親よりも少し年上の落ち着いた男だった。裁判所の前で被告の少年を殴って連行された水島に、自分の行為をどう思っているのかと訊いたのだ。

水島は自分は正しかったと言い張った。もうひとりの捜査官が顔をしかめたが、構わずまくしたてた。法律が充分に裁いてくれないなら自分で気の晴れるまでやるしかない。自分は正しい。絶対に間違っていない——。

心の底には、本当は何か間違っているのではないかという疑問があった。だが、だからといって沈黙することもできなかった。相手を殴りに行くまでは確かに燃えさかっていた怒りも、いざ殴ってみれば爽快感《そうかい》と直結するような昇華された感情とはほど遠かった。ただ、熱く燃える膨大なエネルギーが、自分の中から無駄に抜けていったのを感じただけだった。

それでも自分は、やらずにはいられなかったのだと思う。いまやらなければ違う形で感情を爆発させそうで、むしろ、そのほうが怖かった。

初老の捜査官は水島の話をじっと聞いていた。咎《とが》めるようなことは何も言わなかった。話を聞き終えると彼は言った。本当なんだな。本当に君は後悔していないんだな。自分が正しいことをやったと思っているんだな。でも、だったらどうして、いま君は泣いているんだろうか。自分を正しいと思っているのなら、なぜ君は泣くんだい……。

自白剤の効果が切れると、半覚醒の状態から次第に現実感が戻ってきた。遠い記憶と過去を、水島は心の表層から追い払った。

――気分が悪い……。

体は、まだ椅子に縛りつけられたままの状態だった。上半身が傾き、胸の上に首を落としていた。全身が熱っぽく、金属の板で締めつけるような痛みが節々を苛んでいた。治りきっていない左腕が痛む。どれぐらいの時間拘束され、何をされていたのか。記憶はほとんどなく、暗い谷底へ引きずりこまれるような疲労感だけがあった。

壁際で談笑しながら紅茶を飲んでいた調査官たちは、水島の意識が明瞭になってきたことに気づくと、会話を切って彼の様子をうかがった。ひとりが、ボトルから冷たい紅茶を簡易カップに注ぎ、それを持って水島に歩み寄った。顎の下に指を入れて顔をあげさせると、「飲むか」と訊ねた。

水島がうなずくと、調査官はカップを彼の口に押し当てた。中身を全部飲ませてやると、相棒に向かって日本語で言った。「薬が切れたみたいだ。もう一回打っておくか」

「やめておけ。それ以上投与したら保たんだろう。心室細動を起こされるとやっかいだ」

「だが、肝心なところが、まだわかっていないんだ」カップを床に放り投げると、調査官は水島の胸倉をつかんだ。「おまえだって、いい加減休みたいだろう。素直に話したらどうだ」

「何のことだ」

「データのコピーを地球へ送っただろう。その送り先を知りたい。それがわかれば尋問は終わりだ」

「勝手に調べればいい、そのために薬を使っているんだろう……」

「相手の居場所がわからない。突きとめる方法を知っているはずだ。素直に喋れ。おれだってこれ以上残業なんかしたくない。さっさと家へ帰りたいんだ」

「……奴は他人に居場所を知られるようなことはしない。私だって奴がどこにいるかなんて知らない。だからこそ皆が安心してデータをあずけるんだ」

「データの保管人か。おまえ個人の友人じゃないんだな。なんて呼ばれている奴だ。これ以上薬を使われたくなかったら教えろ。どこの管理者だ」

水島は弱々しく答えた。「知りたいのなら自分で見つければいい。そいつには名前なんてない。特殊なアップロード方法があるわけでもない。送った本人も、どこに行ったのかわからなくなるぐらい、器用に追跡を避けるんだ。だからこその保管庫だ。これ以上私の頭を引っ掻き回したって、もう何も出てこないぞ」

「おい、頼むから教えてくれよ。水島」記録机の前に座っていた調査官が懇願するような声を出した。「これではいつまでたっても尋問が終わらないだろう。おれたち、同じ日本人同士じゃないか。ちょっとは気持ちを察してくれよ。協力してくれたら、悪いようにはしないんだからさあ」

「都合のいいときだけ同族意識を振りかざすのはやめろ」水島は低い声で言った。「おまえたちが私を担当しているのは、日本語が聴き取れるからという、ただそれだけのことだろう。自白剤を投与されると、第一言語で反応するようになるからな。日本語の自白を英文に置き換えられる奴が必要だっただけだ。同族意識に訴えて何とかしようなんて薄気味の悪いやり方はやめてくれ。虫酸《むしず》が走る」

調査官は溜息を洩らすと、水島の首筋に再び注射針を押しこんだ。薬剤が静脈経由で浸透していくに従って、体に痙攣《けいれん》を起こしそうになるほどの悪寒がまた戻ってきた。調査官の腕の下で、水島は顔をゆがめながら身をよじった。

頭上から冷ややかな声が降ってくる。「おまえはどこまで阿呆なんだ。まあいい。せっかくだから、さっきの続きをやろう」

「名前は知らない」水島は喘ぎながら言った。「本当だ」

「こいつ……」

調査官は警棒を握った右手に力をこめた。

そのとき、尋問室のドアが大きな音をたてて開いた。

背後に気配を感じた調査官は、首をひねって後方を見た。「誰だ」

戸口にひとりの少女が立っていた。ウェーヴのかかった濃いブロンドの髪に縁取られた白い顔。ほっそりとした小柄な体。青いワンピースを着て黒い靴を履いていた。調査官は一瞬、ルイス・キャロルの小説を元にあまたの画家たちが描いてきた永遠の少女像を連想した。不思議の国のアリス。少女の頬は桜色に紅潮し、薔薇色の唇は噛みしめるように堅く閉じられていた。冷たい清水のように澄んだ水色の瞳が調査官をにらみつけた。すべてを石に変える魔力を持った伝説の女メデューサのように。

自分よりはるかに背が低く、歳も若い少女が発している威圧感に、調査官はしばらく言葉を失った。が、すぐに自分を取り戻し、腹に響く太い声で威嚇した。

「何だおまえは。勝手に入ってくるな。いま取り調べ中だ」

突然、記録係が机の前から立ちあがった。自分で立ったというより、何かに押されて弾かれたように飛びあがった感じだった。椅子を蹴り、くるりと調査官のほうを向いた。目は知性の光を失い、全身が硬直していた。ふいに腰から自分の警棒を引き抜くと、啞然としている調査官に向かって勢いよく打ちかかっていった。

頭部に直撃を食らい、調査官はよろめいた。頭を抱えて喚いた。「やめろ！　何のつもりだ！」

だが、記録係は打擲《ちょうちゃく》を続けた。何かに操られているように容赦なく調査官を打ちのめす。電気ショックの火花が散った。警棒が肉を潰し、骨を砕く音が響いた。

隣室で様子を見ていたエイヴァリーは椅子を蹴って立ちあがった。その場にいた全員に怒鳴った。「アデリーンだ。誰が彼女を中へ入れた。すぐにやめさせろ。彼女は水島のためなら、躊躇なく人を殺すぞ！」

職員は一斉に扉へ向かって走った。だが、いくら引いても押しても、観察室の扉は開かなかった。全員で体当たりしたが、それでも開かない。見えない力で、外から押さえつけられているかのようだった。

尋問室の中でアデリーンは、顔をゆがめ、頭痛に耐えながら力をこめ続けていた。叩け叩け叩け。そいつが、二度と起きあがれなくなるまで！

調査官は床の上に崩れ落ち、ついに動かなくなった。額が割れ、鼻と口から夥《おびただ》しい量の血を流していた。だが、死んではいなかった。心臓がまだ動いているのを、アデリーンは共感能力で確認ずみだった。

それから、もう一度、頭の中に力をこめる。

血まみれの警棒を持って放心していた記録係の体が、びくんと跳ねた。そのまま後ろ向きに走り始める。壁に激突し自分で後頭部を打ちつけた。そして、ずるずると壁にそって座りこみ、白目を剝《む》いて動かなくなった。

ああ……。

アデリーンは脱力して膝から床に落ちた。両手をついて喘いだ。汗で濡れた顔に、長い髪がまとわりついてわずらわしかった。乱暴に片手で掻きあげ、再び立ちあがった。

頭がズキズキした。吐きそうだった。だが、救出はまだ終わっていない。椅子の上で力なく首を落としている水島の側によろよろと近づくと、肩をつかんで力いっぱい揺さぶった。

「水島さん、しっかりして。目を覚まして」

水島は顔をあげ、ぼんやりと彼女を見た。「なぜ……君がここに……」

「鍵はどこ。手錠の鍵」

「……どちらかが持っているはずだ……キーリングを探れ……」

アデリーンは倒れているふたりの間を行き来し、記録係の腰に電子鍵がぶら下がっているのを見つけてむしり取った。複数ある鍵を順番に試しながら水島の手錠を解いた。両脚の枷《かせ》も同じようにして外す。

水島は椅子から立ちあがろうとしたが、よろけて前のめりに倒れた。とっさにアデリーンは彼の体を支えた。

少女の両腕に、ずしりと体重がのしかかった。体を鍛えあげた大人の男の重さに耐えきれず、彼女は水島を抱いたまま床に尻餅《しりもち》をついた。両腕を突っ張って、水島の体の下から抜け出した。

水島は何とか体を起こすと、調査官と記録係の姿を一瞥《いちべつ》し、呻《うめ》いた。「これは、君がやったのか」

アデリーンは、こくりとうなずいた。両目に涙が盛りあがった。彼女の気持ちを察して、水島は胸を痛めた。この娘は、自分が自分の意志で暴力を振るったことを実感して揺れている。慰めてやりたかったが、いまの水島にその余裕はなかった。アデリーンの助けがなければ、自分はもう少しで後戻りの効かない領域まで蹴落とされ、人間性も誇りも踏みにじられた惨めな存在になり果てていたはずなのだ。感謝こそすれ責める筋合いはなかった。だが、だからといって、よくやったと誉《ほ》めてやっても、この子は喜んだりはしないだろう。救われた気分にもならないだろう。この子はそういう少女なのだ。

水島はアデリーンの肩を借りて身を起こした。かなりの身長差があるので歩きにくかったが、支えがないよりはましだった。足を引きずるようにして尋問室を出ると、廊下には誰もいなかった。ふたりは可能な限りの早さで歩き始めたが、どこかで誰かと出くわすのは時間の問題に思えた。尋問室の様子はモニターされているはずなのだ。

案の定、予感は的中した。エレベータに辿り着くまでに、ようやく扉を蹴破ったエイヴァリーたちが後ろから追いついてきた。しかも、階下からも、武装した職員が駆けあがってきてふたりの行く手を遮った。

だめだ、逃げきれない——。水島が絶望しかけたとき、その内面を読んだようにアデリーンが言った。

「大丈夫。私が道を開くから」

途端に、ガス爆発でも起きたような衝撃波がフロアの端から端まで突き抜けた。大地震でも起きたようにフロア全体が激しく揺れ、追ってきた全員が、あおりを食らって床や壁に叩きつけられた。樹状突起が急速に伸びてゆくように天井に亀裂《きれつ》が次々と走り、建築材が剝がれてばらばらと落下し始めた。

霞のように視界を遮る破片の中で、アデリーンは凜と前を見つめて立っていた。水島の手を取ると、ぴくりとも動かず床に横たわる大勢の職員の体を避けながら、階段へ向かって歩き始めた。

悪夢のような光景の中を、水島はふらつきながらアデリーンとともに歩いた。


他のフロアにいた職員たちは、建物全体に加わった激しい揺れを、階上のどこかで爆弾が破裂したせいだと思いこんだ。

何人かが消火装置を持って階段を駆けあがった。

尋問室のあるフロアに到着した瞬間、誰もが息を呑んだ。

四階の廊下の壁が抜け、外の景色が丸見えになっていた。高層ビルの青い窓ガラスと、その合間をぬって伸びるハイウェイ・チューブの輝きが目に突き刺さる。廊下の壁と天井は補強材が見えるほど崩れ、足元は砕けた建築材で埋まっていた。その瓦礫《がれき》の山の中に、エイヴァリーを初めとする調査官と武装職員の体が壊れた玩具《おもちゃ》のように投げ出されていた。職員は彼らを抱き起こした。全員、息はあった。ショックで朦朧《もうろう》としているだけだった。

エイヴァリーは呻き声をあげながら目を開くと、悲鳴に近い声を喉の奥から洩らした。

意識を取り戻す寸前まで見ていた夢が、まだ尾を引くように精神を蝕んでいた。名状し難いものが自分に向かって襲いかかり、脚をひっぱって骨を砕こうとする夢だった。怪物の姿は、異形のものというよりは、むしろ人間に近かった。彼らの顔には妙に見覚えがあった。自分が仕事で処分してきた人間の顔だったのではないかとエイヴァリーは思った。容赦なく踏みにじり、せせら笑って切り捨ててきた者に、おれは夢の中で復讐《ふくしゅう》されかけたのか……。

エイヴァリーは破壊し尽くされたフロアを見回した。アデリーンと水島の姿はなかった。逃げられたのだ。周囲の惨状がそれを物語っていた。

ふたりが爆弾を隠し持っていたのだと思いたかった。だが、そうではないと一番よく知っているのはエイヴァリー自身だった。

これをあの娘が、アデリーンがひとりでやったのだ。となると、あの子は自分の中から自由自在に破壊のエネルギーを引き出す方法を、ついに獲得してしまったわけだ。

このまま、あの力を磨き続けたらどうなるのか。あの子が自分の意志に任せて力を爆発させたら、マリネリス峡谷など一発で吹き飛ぶに違いない。都市の発電所やライフラインを絶たれるだけで、普通の人間は確実にあの世行きだ。それどころか、火星の都市全部が危ないのではないか。地下の水脈がすべて地上へ噴き出すだけで、火星には広大な海が出現する。都市は溺《おぼ》れる。マリネリス峡谷やノクティス谷は、真っ先に水底へ沈むだろう。

「冗談じゃないぜ……」思わず声に出してしまったとき、彼は「指示をお願いします」とすがってきた部下の顔を見た。その場にいる全員が、怯えた子犬のような目をしていた。

あれが爆弾などではなかったことを、皆、直観的に理解しているのだ。あるいはあの瞬間、自分と同じようにひどい悪夢でも見せられたのか。水島が列車事故のときに幻覚を見たのと同じように。

「ふたりを追跡しろ。まだ遠くへは逃げていないはずだ」腹立ちまぎれに足元の瓦礫を蹴飛ばしながら、エイヴァリーは怒鳴った。「バンクス部長に知れたら、ただじゃすまんぞ。職をなくしたくなけりゃ、さっさと探しに行って来い！」

7

アデリーンは水島を建物の外へ連れ出すと、近くに待機させておいた無人タクシーをリストコムで呼び出した。黒い車体が、忠実な飼い犬のように、軽いエンジンの唸りを響かせながら寄ってきた。

水島を座席に押しこみ、アデリーンはそのあとから乗りこんだ。音声入力で自動操縦装置に適当に行き先を命じると、車は制限速度を守りながら走り始めた。

水島はかすれた声で訊ねた。「どこへ逃げるつもりだ」

「どこかで休まないと」アデリーンはハンカチで水島の顔の汚れを拭いながら続けた。

「ホテルでも探して」

「だめだ。宿泊施設には、真っ先に手配が回る」

「だったら、どうすればいいの」

水島は黙っていた。苦しそうに胸を上下させながら、シートに寄りかかっているばかりだった。

彼に考えさせるのは無理だとアデリーンは判断した。素早く考えを巡らせた後、彼女は口を開いた。「飛行機には乗れそう？」

「何だって？」

「貨物機で火星の北半球へ飛ぶの。あてがあるわ」

「どこまで行く気だ」

「クリセ平原の少し北まで」

「そこに何がある」

「何もないわ。研究施設があるだけ。でも、そこなら匿《かくま》ってもらえるかもしれない。知り合いがいるの。小さい頃、行ったことがある」

「わかった。全部任せる」水島はあきらめきった口調で答えた。「どうせ街中では逃げきれない。体のほうは保つだろう。好きにしてくれ」

「了解」

ほっとしたのか体力を使い果たしたのか、水島はシートにもたれたまま、首を傾けて深い眠りに落ちこんだ。

アデリーンは、追っ手がかかっていないかときどき後方を気にしながら、ポケットから新しいリストコムを抜き出した。

データのやりとりを始める。

シャーミアンから習った方法で、ネット銀行の架空口座作りを試してみた。利用制限をかけられている自分のＩＤの防護壁をこじ開け、貯金を全額そちらへ移動させた。やろうと思えば、グレアムの口座にも手をつけられるはずだったが、それはやめておいた。どんなに金に困っても、それだけは、やってはいけないような気がしたのだ。倫理の問題ではなく、意地の問題として。

狭い車内でぴったりと身を寄せ合っていると、アデリーンの頭の中に水島の包み隠さぬ感情がゆるやかに流れこんできた。意識レヴェルが下がっているせいか、尋問のときに打たれた自白剤のせいなのか——誰よりも堅い水島の壁の向こう側を、アデリーンは初めて味わうことになった。

こんな形で水島さんの内面をのぞいてしまうなんて……と、アデリーンは戸惑いと羞恥《しゅうち》心を覚えた。

だが、これも自分の能力のせいだ。しかたがないとあきらめた。

理性の制御がゆるんだ水島の暗い意識の底には、外殻を剝かれた感情が砕けた星屑《ほしくず》のように散らばっていた。かけらのひとつひとつは、強く輝いたり薄明るくぼんやりと発光したりして、好き勝手に明滅を繰り返している。漂うかけらに身を寄せていくと、水島の率直な感情を読み取れた。頑固で融通の利かない態度とは裏腹に、水島の内面を彩っているのは、気弱とも言えるほどに優しい感情だった。

一番気にしているのは、やはり神月璃奈のことだった。恋愛感情を伴った執着というよりも、ごく単純に、その死にショックを受けて怯えているようだ。彼女を守りきれなかったという自責の念が、アデリーンにすら手の届かない領域で彼をひどく苛み、蝕んでいた。水島にとって神月璃奈は、大切な人間であると同時に、己の罪を量る裁定者でもあるのだ。

その感情のさらに奥に、古いしこりのようなものがあることにアデリーンは気づいた。はっきりとはつかめないが、その想念と璃奈の一件は複雑に結びついているようだ。

アデリーンはそこへ意識を集中してみた。

家族――お父さんの思い出？　水島さんのお父さんの死と、璃奈さんの死のイメージが、なぜか重なる……。

そうか――。

深く入りこみすぎたのを感じて、アデリーンは素早く水島の内面から離脱した。

感じ取ってきたものを、複雑な思いで反芻《はんすう》した。

水島の父への感情については古すぎてうまく辿れなかったが、それが璃奈の件につながっている理由だけはわかった。

どちらの出来事も、水島は自分に責任を感じている。いや、もっと正確に言うならば、父親の死をきっかけに他人の命を守ると誓った自分が、最も身近にいたバディを守れなかった――この皮肉な事実に打ちのめされているのだ。

普通にバディを失っただけでも警官はつらいのに、こんな感情を抱えていたのでは、平静でいられるわけがない。執念深く個人捜査を続けていたのは、薄っぺらな正義感からではないのだろう。ともすれば狂い出しそうになる自分の精神の手綱を、何とか放すまいとするぎりぎりの方策だったのだ。

生まれつき他人の感情を読む能力があるアデリーンは、人は誰でも見た目と内面の間にひどい落差を持っていることを、誰に教えられるでもなく知っていた。

水島も例外ではないだろうと考えていたが、それでも、その落差がこれほど大きいとは思っていなかった。強くまっすぐに前を向き、他人に臆することのない彼の内面が、ここまで複雑に錯綜《さくそう》しているとは、とても不思議な気がした。

もしかしたら――とアデリーンは思った。

人間は内面が脆くて弱いからこそ、強くあろうとして勇気を奮い起こすものなのかもしれない。

醜く惨めな本質を持つからこそ、どこかに、本当に美しい真実があるかもしれないと夢想するのかも……。

強さと弱さは矛盾しないで、ひとりの人間の中にある——。
そのふたつがお互いに働きかけるから、人間の可能性は無限に開かれるのではないか
——そんな気がした。

第五章　焦熱の塔

1

貨物機が予定の場所に着陸すると、フレッドは、研究施設宛《あ》ての荷物を専用運搬機に載せ替えた。運搬機は自動制御で、施設までの道順をすべて覚えこんでいる。発進コマンドを打ちこめば、あとは勝手に荷物を運んでくれる仕組みになっていた。だからフレッドが研究所まで同行する必要はなかったのだが、今日は少しばかり勝手が違った。同行せねばならない理由があったのだ。

研究施設の入り口へ車を横付けすると、フレッドはインターフォンで中に呼びかけた。

「すみませんが、届け物を確認してもらえませんか」

大柄な男が施設から出てきた。髭《ひげ》も髪もすでに灰色で、顔には火星の峡谷のような深い皺《しわ》が刻みこまれていた。だが足取りは軽く、肌はピンク色の果実のように艶《つや》やかで、薄茶色の瞳は炯々《けいけい》と輝いていた。

「お久しぶりです、ゲラシモフ博士」フレッドが声をかけると、博士は厚く大きな掌でフレッドの体を軽く叩《たた》いた。「確認とはどういうことだ。頼んだものが届かなかったのか、許可が降りなかったのか」

「いいえ、荷物は全部そろっているんですが、客がふたりいるんです」

「客?」

「可愛《かわい》いのと可愛くないのが、ひとりずつ」

「何だ、それは」

「とにかく見てもらえませんかね」

フレッドが扉を開いたコンテナのひとつを、ゲラシモフ博士はのぞきこんだ。積みあげられた荷物の陰に、濃いブロンドの髪を背中まで伸ばした少女が、膝《ひざ》と胸の間に頭を埋めるようにして座りこんでいた。コンテナの内部に差しこんだ光を吸いこむように身じろぎをし、ゆっくりと顔をあげる。博士の姿をみとめると、突然、スイッチの入った人形のように体を起こして、コンテナから飛び出した。

「博士!　ゲラシモフ博士!」

「アデリーン!　なぜ、こんなところへ来た。グレアムは知っているのか」

「いいえ。彼は知らないの。内緒で来たの」

「よくフレッドを見つけられたな」

「前に何度か、博士を見送りに行ったことがあるでしょう。それで覚えていたから」

「四、五年も前のことだ」

「私の脳はものを忘れないようにできているの。知っているでしょう」

「詳しい話は中で聞こう。熱い紅茶を淹《い》れてあげるよ」

「待って。ひとりで来たのではないの。もうひとりいるの」

「可愛くないほう……かね？」

　ゲラシモフ博士は、アデリーンに招かれるままにコンテナの中へ入りこんだ。荷物の陰、彼女がしゃがみこんだ場所に、背を丸めて虫のように小さく縮こまって毛布を被《かぶ》っている者の姿を目にした。

　毛布をそっとめくって見ると、血の気を失った顔色で眠りこんでいる中年男性の姿があった。不精髭の伸びた見知らぬ男は衰弱しきっていた。顔には青痣《あおあざ》やひどい腫《は》れがあり、こめかみには乾いた血がこびりついていた。体にも傷を負っているようだった。ゲラシモフは、面倒なことになったと思い、顔をしかめた。

　背後に視線を感じて振り返ると、アデリーンが目に涙を浮かべてこちらを見つめていた。しかたなくフレッドを手招きした。「手伝ってくれ。私ひとりで担ぎ出すのは無理だ」

「助けてやるんですか」

「放《ほう》っておくわけにもいくまい。君も、そのつもりで連れてきたんだろう」

「医者に連れてったほうがいいと忠告したんですがね。博士の専門はミジンコや魚の類《たぐい》で、人間じゃないんでしょう」

「応急処置をするぐらいの医療器具はある。ここまで来られる体力があるなら、何とかなるだろう」

　ふたりは、ぐったりしたまま目を覚まさない男を抱えて、施設内の医務室のベッドへ運びこんだ。ゲラシモフは、他の職員は呼ばずに、ひとりで処置することにした。アデリーンから事情を聴くまでは、むやみに他人の目に触れさせないほうがいいと踏んだのだ。

　手当てのために男のシャツを脱がせた途端、ゲラシモフは小さな唸《うな》り声を洩《も》らした。厳しい表情でアデリーンを振り返った。「いったい何があったんだ。どういう経緯で、彼はこんな怪我《けが》を負ったのかね」

「警官なんです、その人」アデリーンはうつむいたままつぶやいた。「事件があって、ちょっと……」

「治安管理局が君の護衛でもしていたのか。犯人を追いかけて怪我をしたとか？」

「そう、そんな感じなの！」

「嘘《うそ》はいかんよ、アデリーン。普通の打撲傷では、こんなふうにはならない。医者じゃなくても、それぐらいはわかるよ。これはまるで、よってたかって殴られたか、拷問でも受けたような傷だ。ほら、手首にも拘束された痕《あと》が残っている」

　アデリーンは目を閉じて息を呑《の》みこんだ。

　いつまでも隠し通せないのを、彼女自身よくわかっているようだと理解したゲラシモフは、追い討ちをかけるように言った。「黙っていないで。それでは、きちんとした治療ができない。最初から全部説明しなさい。でなければ私は、いますぐにでも君をマリネリス峡谷へ送り返すぞ」

「あのう」フレッドが横合いから割りこんだ。「おれはちょっと出てきます。一服したいし、ロボットに積み荷を動かすように言っておかなきゃならないし。何かあったらリストコムで呼び出して下さい」

フレッドが気をつかって席を外してくれると、アデリーンは小さく溜息《ためいき》を洩らした。この顚末《てんまつ》を話そうとしたとき、横たわっていた男が口を開いた。「……彼女を送り返すのだけはやめて下さい。迷惑になるのなら、私が出ていきます……」

「だめよ！　水島さん、動いてはだめ！」

アデリーンの言葉を無視して、水島はベッドの上で起きあがろうとした。ゲラシモフは少女を片手で押しのけると、厳しい口調で言った。「君が出ていくのは勝手だが、ここまで運びこんでやった我々に礼のひとつも言えんのかね。ましてや彼女は、南半球からずっと君に付き添っていたんだぞ。それを何だ、その言い草は」

「彼女が大切だから出ていくんです」水島は、ぎらついた瞳でゲラシモフをにらみつけた。

「この子だけは安全な場所へ逃したいんだ」

「それは結構だが、そうなったら、この子は来る日も来る日も、君が心配で胸の張り裂ける想《おも》いをするだろう。それでも構わないのかね。君が望んでいるのは、本当にそういうことなのか」

水島は口をつぐんだ。ゲラシモフに言い負かされたからではなく、アデリーンが腕にしがみつき震えていたからだった。

「そもそも」とゲラシモフは付け加えた。「私は、君の名前すら知らないんだぞ」

「……失礼しました。私は治安管理局の二課に勤めている者で、名前は水島といいます」

水島はゆっくりと頭を下げた。「申し訳ありません。焦って気が立っていたので、無礼な真似《まね》をしてしまいました……」

それだけ言うと、水島はアデリーンにもたれるようにして再びベッドに倒れこんだ。苦しそうに顔をゆがめたきり、次の言葉が出てこなくなった。

「まるで手負いの野犬のようだな」ゲラシモフは冷ややかに言い放った。「体中の毛を逆立てて、うーうー唸っている痩《や》せた犬――。アデリーン、タオルとぬるま湯を持ってきなさい。とにかく傷口を洗ってやらないと」

アデリーンは飛びあがるように身を起こすと、水島から離れ、洗面器を引っつかんで湯沸かし器まで走った。

ゲラシモフは水島に言った。「私はこの研究所の責任者で、ゲラシモフという者だ。専門は惑星生物学。微生物の遺伝子研究で博士号を持っている。いまは、火星の地底湖に棲《せい》息《そく》している地球産の生物の研究を――そう、火星産のではなく、地球産の生物の研究だ。植民政策で持ちこまれた遺伝子改良生物の追跡調査をやっているんだ。企業が観光客目当てに、動物園だの植物園だのとぬかして、火星の地底湖で勝手に飼い始めた生物の監視も行っている。医学知識は常識程度にしか持ち合わせていないから、危ないと思ったらすぐに都市へ転送するぞ。そこで君が誰かに捕まろうが連行されようが、私にはどうしてやることもできない。それでも構わないんだな」

「——私たちには、いま他に道がありません。あなたの都合のいいようにして下さい。本当は、いますぐに通報されても文句は言えないんです……」

「わかった。では、もう喋《しゃべ》るな。大人しく治療を受けなさい」

2

室内のリモコンでスイッチを入れると、研究施設の外の様子がスクリーンに映し出された。赤い嵐が吹き荒れていた。鈍い赤味を帯びた塵《ちり》は、火星が、まだ人類を完全に受け入れたわけではないと、荒々しく自己主張しているかのようだった。

赤い砂の一粒一粒が、ショットガンの弾のように自分の体を粉々に打ち砕いていく——そんな幻想を抱きながら、水島はベッドに横たわったまま、じっとスクリーンに見入った。

人間を、きっぱりと拒絶している自然が好きだったという璃奈は、火星の砂嵐にも愛着を持っていただろうか。ランドローヴァーのエンジンを焼きつかせ、人間を重度の塵肺《じんぱい》症に陥らせる真紅の砂粒ですら、彼女には元気の源、立ち向かう活力を奮い立たせるための刺激物だったろうか。

水島は指先で自分の顔に触れた。頰《ほお》や顎《あご》に、消炎剤のシートが何枚も貼《は》りつけられていた。ここへ着いたとき、自分がどれほどひどい顔つきをしていたかを想像すると、ゲラシモフ博士が怒り出したのも無理はないと思った。とてもではないが、まともな警官には見えなかっただろう。きっと、精神の荒《すさ》みきった逃亡犯のように見えただろう。

胸や腹や手足にも、疼《うず》くような痛みが残っていた。ハイウェイで散々に殴られたのを、いまさらのように思い出した。左腕では、痛みがしこりのようになって、じんじんと燃えていた。

重い疲労感が全身を包みこんでいた。大地に縛りつけられているような気分だった。魂の中心には依然として強い怒りと苛立《いらだ》ちがあり、彼の闘争心を駆り立てていたが、体がそれに追いついていないのが自分でもよくわかった。精神だけが空回りしている。体力はもうないのに、無理をして死ぬまで走ろうとしている。

自分はいつでもそうだった。熱く、激しく、燃え尽きることのできる場所を探していた。そうしていなければ不安だった。忘れたいことを忘れられなかった。自分の感情を殺すために走り続けてきた。

自分の内奥に、切実に死と向かい合いたいと望む気持ちがあるのはよくわかっていた。それは他の誰にもあずけられない感情、どこにも辿《たど》り着けない殺伐とした感情だ。何も救いにはならない。だが、救いが欲しいわけでもない。あえて言うなら安らぎぐらいは欲しいような気がしたが、何か行動を起こすたびに、滑稽《こっけい》にも、ますます安息の地から遠ざかっているような気がする。なんと間抜けなことか。

砂嵐の映像をぼんやりと眺めながら、水島は思った。自分はまだこんなところにいる。

真実へ至る証拠をつかむこともできず、頭の中の理論だけで、事件を解決したつもりになっている。

神月璃奈を撃ったのは誰か。ジョエルなのか、それとも他の誰かなのか。あるいは本当に自分自身なのか。ユ・ギヒョンに話したように仮説はすでに手にしているが、完全には否定しきれない可能性について考え始めると、締めつけるような息苦しさが腹の底からこみあげてきた。

もし、考えついた仮説のほうが間違いで、本当に自分が璃奈を撃ったのだとしたら——自分はどんな形でその罪を償えばいいのだろうか。璃奈から奪った未来を、どんな形で取り戻していけばいいのか。あるいはもう何もかも手遅れで、自分はただ、部下を撃ち殺した警官として、一生、暗い淵《ふち》から這《は》いあがれず、裁きの荒れ野を彷徨《さまよ》い続けるしかないのだろうか。

毛布を剝《は》いで体を起こすと、水島はよろめきながらベッドをおりた。あてがわれた個室を抜け、廊下へ出た。

研究施設内は静まりかえっていた。何人ぐらいの研究者が常駐しているのか見当もつかなかった。場所によっては、仕事のほとんどをロボットに任せきりにしている施設も珍しくない。ここも、博士以外には人がいないのだろうか。

水島は体を引きずるようにして、ゆっくりと歩いた。足が向くままに歩き回っているうちに、リラックスルームへ入りこんだ。

室内では、ゲラシモフ博士が、ひとりでソファにもたれてグラスを傾けていた。微《かす》かに粘性を帯びた透明な液体が、大きな氷と絡み合って揺れていた。

博士はすぐに水島の姿をみとめたが、何も言わずに手元のグラスに視線を戻した。

水島は彼の側《そば》に歩み寄ると、「先刻は失礼しました」とあらためて詫《わ》びた。「ここに、かけてもよろしいでしょうか」

「遠慮はいらない」ゲラシモフは答えた。「いまの君の体力では、立っていることさえつらいだろう。何か飲むかね」

「いいえ」

「酒は苦手か」

「そうではありませんが、いまは……」

「では、暖かいお茶でもどうかな。そこのポットに入っているよ」

「ありがとうございます」

水島は飲み物を取ってソファに腰をおろした。ふたりはしばらくの間、黙って時を過ごした。

先に口を開いたのはゲラシモフのほうだった。「アデリーンからだいたいの話は聞いた。私はあの子の能力を知っているし、グレアムの人柄もよく知っている。だが、心配はいらん。いまでは、もう彼とのつき合いはない。お互い、蛇蝎《だかつ》のように忌み嫌い、軽蔑《けいべつ》し合っているからな。だから、君たちを彼に引き渡そうとは思わない。それにしても君も罪なことをする。グレアムはアデリーンを大事に大事に育てた。道を踏み外すことなく、まっすぐに、プログレッシヴとして生きられるように。君はその恩惑を、自分の一存でぶち壊してしまったのか。まあ、私から見れば、いい気味ではあるんだがね」

「彼女の意志です。私が強制したわけではありません」

「だが、相手が君でなければ、彼女も踏み切らなかっただろう」

「そうでしょうか」

「鈍い男だな。そうに決まっているじゃないか」

ゲラシモフは、火酒のグラスをゆっくりと傾けた。「知っているか。あの子のDNAに組みこまれている要素の一部を作り出したのは私だ。当時、私が研究していた生物の塩基配列が、彼女の遺伝子に応用されているんだ」

目を見開いた水島の顔を眺めながら、ゲラシモフはにやりと笑った。「データを持っていったのがグレアムだ。うまい具合に理由をつけて、持ち出し許可の書類を作ってしまった。こちらにも落ち度はあったんだが、まさかそれをベースに、人間の遺伝子を作られてしまうとは思ってもみなかったよ」

「どんな生物の遺伝子だったんですか」

「微生物の一種だ。ただし、地球産のではない。そいつは火星で発見された、『地球外で初めて確認された生命体』だったんだよ」

「そんなものが役に立ったんですか」

「最初は使えるとは思わなかったさ。入植が始まった当時、火星には独自の生物はいないと言われていた。実際、地球から何度無人探査機を飛ばしても、生命の痕跡《こんせき》を収めたサンプルは採取できなかった。研究班が到着して細かい調査を行っても結果は同じだった。それに加えて、火星を一日も早く開拓したいという企業の思惑もあったから――結果『火星に生物はいない』となったんだ。生物のいない土壌は、いくら開発しても問題はないからね。おかげで、火星の都市建設は急速に発展した。当初の予想よりはるかに早く、我々は火星に永住するという歴史を手に入れた」

「庭を少し広げただけです。ここはもう火星じゃない。ただのミニ地球だ……」

「そうだな。だが、都市がある程度開発され、火星での長期滞在が可能になった頃、地下の永久凍土内の調査によって、そこに数種類の微生物が凍結状態で存在していることが判明した。天然の冷凍庫内に保存された、火星産の生物の遺伝子を見つけたわけさ。しかもその構造は、地球産の生物の分子構造と恐ろしく似ていた――これがどういう意味か、わかるか？」

「……太陽系内の複数の惑星に、起源を同じくする生物の発生と分化が見られる――ということですか」

「警官のわりにはよく知っているじゃないか。その通り。なぜ地球にだけ生物が発生したのか、それは長い間謎《なぞ》だった。火星本体や、木星や土星の衛星――生命がいても不思議ではない場所は太陽系内にいくつもある。地球の深海にある熱水噴出孔、海洋地殻内、上部マントルなどを調べているうちに、微生物の生活圏が予想以上に広範囲にわたっていることが、すでにわかっていたからね。むしろ、こう考えるほうが自然なんだ。太陽系内には複数、生命が存在する場所があるのではないか。そして、それらの生物の遺伝子構造は、地球産のものと共通点があるのではないか——。だとしたらそれはどこから来た？　太陽系外での惑星同士の衝突によって弾《はじ》き飛ばされた岩石、あるいは彗星《すいせい》の一部が、太陽系中に撒《ま》き散らされた——その内部に、生命形成の重要な鍵《かぎ》となる分子があったのだとしたら——」

ゲラシモフは酒を飲み干し、新たになみなみと注《つ》ぎ足した。「もし、同起源の生物が、環境ごとに適応を繰り返しながら分化・発達してきたのだとすれば、各々《おのおの》の生物を詳しく調べることで、生物が環境に適応し変化していく過程を解き明かせるかもしれない。地球以外の環境は、低重力、低酸素、気温も低過ぎたり高過ぎたりだ。場所によっては太陽光の恩恵すらない。遺伝情報や、それを発現させるためのプロモーターや制限酵素が、どんな働き方をして、各々の環境に最適な生物の体を作り出しているのか……。我々は火星産の微生物の細胞内から、必要な情報を抽出し、タンパク質や酵素を自由に複製できるところまで研究を進めた。発見された微生物には、それぞれギリシャ語で愛称がつけられていた。ユーフェミア、イグナティウス、エウセビオス——。火星の低重力への適応を決定している遺伝子はどれか、宇宙放射線への耐性を決定している遺伝子はどれか、これらの微生物はどの程度まで環境変化に耐えられるのか、環境が激変した場合どのように変異速度が上がるのか――。そして、それを地球産の生物に組み込むと、どのような変化が現れるのか。形質転換に関する実験だ。組み込みの対象を、我々は少しずつ高等な生物へ移していった。同レヴェルの微生物から始まって、線虫、昆虫、マウス、ラット、ウサギ、犬、チンパンジー――そこまで研究結果をまとめたとき、グレアムは恐るべき決断を下した。次の段階へ進もうと。つまり、人間の受精卵に、このタイプの遺伝子を埋めこもうと言い出した」

「何か、目に見えて大きな変化があったのですか。チンパンジーまでの実験で」

「はっきり言うと、我々の誰ひとりとして、正確なところはつかんでいなかったと思う。火星生物の遺伝子は、地球の生物に組み込まれると、確かに奇妙な振る舞いを見せた。新しい種類の酵素をいくつか作り出したし、RNAの働き方も変えた。ある種のペプチドは脳内に入りこみ、レセプターと結合したり、神経細胞の発達に関与したり――。だが、その全体像を把握している研究者はいなかった。誰もが早計だと判断した。けれどもグレアムには『何か』が見えていたようだ。より正確に言うと、彼と、彼の妻だったオリヴィアには――我々よりものが見えていたようだ。ただ、オリヴィアはグレアムの勢いを心配していたから、結果的には、彼女がグレアムを説得することになった。長い時間がかかったが、グレアムはヒトの受精卵を使うのをあきらめた。もう少し霊長類で実験を続けてみると言って――まあ、我々は彼の素直な態度に、うまいこと騙《だま》されたわけだね。彼が何をやったのかわかったのは、火星暦換算で一年半ほどたってからだ」

「秘密裡《り》にやったんですね。誰かの手を借りて」

ゲラシモフはうなずいた。「私は、火星の総合科学研究所というのは、皆に平等に情報が公開され、自由な討論の上で、様々な研究・開発が行われる場所だと信じていた。火星政府が、地球に本拠を置く開発国や、大企業同士の権力闘争の場になっているのは知っていた。だが、科学研究の現場だけは、そんなこととは無縁だと思っていたんだ。しかし、いつのまにか事態は変化していたらしい。何やら政治的な、表に出ない部分できな臭い研究が我々の知らないところで行われ、相応の資金がつぎこまれるようにもなったのだ。私は時流に取り残され、グレアムはうまく立ち回って波に乗ったわけだ。我々が相談して禁止していたはずの、ヒト受精卵への遺伝子組み込みが、いつのまにか彼の手によって行われていた。しかも彼はそれを、自分の実の娘に対して行った。不妊症だったオリヴィアに、人工授精を行うという名目を隠れ蓑《みの》にして、火星生物とのハイブリッドによって作り出した遺伝子を受精卵の核内へ強制的に挿入したんだ。それは核内にあったもともとの遺伝子と結びつき――オリヴィアは、何も知らないままにその子を出産した。グレアムとオリヴィアと火星生物――この三者の遺伝子を併せ持った人間が誕生したんだ。その子はクリスティーナと名付けられ、普通の女児として育てられた。火星暦換算で一歳半になるまでは」

「気がついたのは、母親ですか」

「そうだ。グレアムが、娘から実験データを取りたくてそわそわし始めたことから、オリヴィアは真相を知った。激怒したさ。彼を人でなしと罵《ののし》って、即、離婚だ。裁判沙汰《ざた》になるのを恐れたグレアムは、彼女の要求を呑んだが、裏で手を回りしてクリスティーナを実験に参加させた。必要なデータを取り、体細胞を採取してから、オリヴィアに突っ返した。欲しかったものは充分手に入れたわけだな。グレアムが管理していた研究チームは、クリスティーナのDNAを在庫に加え、さらに新しい遺伝子配列を作り出そうとした。制限酵素で片っ端から実験対象のDNAを断片化し、遺伝子バンクの中から集めてきた必要な要素をリガーゼで結合する。ノンコーディングRNAにも積極的に手をつける……。手のこんだ寄せ木細工を作るようなものさ。最終的には、九〇パーセント以上の塩基配列を人為的にデザインしたDNAを彼らは作りあげた。組み替えなんて生やさしいものじゃない。彼らは――グレアムは、いちから人間を作り出そうとしていたんだ。DNAのすべての要素が、実験室のシャーレで遺伝子を切ったり貼ったりしながら作り出された――人工DNAから生み出される新しい人類をだ。ヒトゲノムの活用が始まった当時、ジーンリッチという言葉が生まれたんだが知っているかね」

「他人から優秀な遺伝子を買い付けて、自分の子供になる予定の受精卵に組み込む行為でしょう？　知能指数の高い人物や、スポーツ選手から遺伝子をもらうという……。ジーンリッチというのは、そうやって生まれた人間の総称だ――」

「そう。グレアムがやっていたのは、まさにそのデラックス版なんだよ。ジーンリッチどころか、スーパー・ジーンリッチ、ウルトラ・ジーンリッチを目指していた。目的はただひとつ、木星以遠の宇宙開発に、優れた能力を発揮できる人類を作り出すことだ。重力変化をものともせず、激変する温度変化や宇宙放射線にも耐え、酸素濃度が異なる環境にも適応し、寿命は現在の人類より何倍も長く——。そして何よりも、頭がよくて他者と不毛な争いなどせず、優れた共感性を持った、より高い知性を備えた人類。彼は、そういったものを作ろうとしていた。もちろん、いっぺんにはできない。だが、そこへ向かって、恐るべき執念深さで努力を積み重ねた。何十年もかけて、何万通りもの断片の組み合わせが検討され、GOサインが出たものは、順次、iPS細胞から作り出された基盤細胞の分化能力を利用して、増殖・分裂がうながされた。人工子宮を使って、次々と子供たちが生み出された。従来の父母の概念に囚われない新しい人類の種だ。生後すぐに死んだ者も少なくない。せっかくの配列が何の影響も持たず、普通の子供として育った者もいる。だが、何回かに一回の割合で、はっきりと形質転換を見せる子供たちが現れ始めた。アデリーンもそのひとりだ。彼女は、グレアムが、特に念入りに遺伝子配列を選択して作りあげた子供だ。私たちが調べていた微生物の中に、アグライヤと名付けられた単細胞生物がいてね。アグライヤにはI型とII型の二パターンの形態があって、II型は細胞内に共生微生物を住まわせている。そいつはアグライヤが単体生殖によって細胞分裂を行う際には、自分も同時に分裂を始め、新しい細胞内へ自分の分身を送りこむ。独立した遺伝子を持っていながら、アグライヤ本体と連動して活動しているわけだ。我々は、この共生生物にエレノアと名前をつけていた。謎の多い共生体だった。エネルギーの授受以外に、アグライヤとエレノアの間にどんな関係があるのか、わかっていないことのほうが多かった。グレアムはアグライヤII型を熱心に調べて、アデリーンを作る際に大いに活用したようだ。それでも彼は、アデリーンを被験体というよりは、実の娘のように可愛がって育てたんだよ。心のどこかで、クリスティーナを忘れられなかったのかもしれない。あるいは、オリヴィアのことが」

「随分詳しいんですね。実験の現場にいたからですか」

「オリヴィアは私の遠縁にあたる女性だ。あの頃は同じ研究所にいたせいで、頻繁に交流があった。いまは、さっぱりだがね」

「グレアムは、なぜ、そこまで冷徹に割り切れたんですか。普通の感覚を持っているなら、自分の子を実験に使うなんて、いくら技術に自信があってもできないでしょう」

「オリヴィアも同じことを問い詰めたそうだ。すると彼は言った。『人間の女性が初潮から閉経までの間に何回排卵するか、勘定してみたことはあるか。一月で一個、一年で十二個、十二歳で初潮を迎え五十歳で閉経したと考えると、四百五十個ぐらいはあるわけだな。その中で、実際に精子と遭遇して、受精卵として使われるのは何個だ。どんなに多くても一桁台《ひとけただい》だろう。あとは全部、汚物と一緒に下水へ流してるわけだよな。その中のひとつを私が使ったからといって、何で、そんなに大騒ぎする必要があるんだ？　しかも私たちは、人工授精を利用して子供を作ろうというカップルだ。実験が失敗すれば、もう一度やればいいだけじゃないか。多少、費用はかかるけどさ』――グレアムというのは、よくも悪くも、そういう物の考え方をする男だったんだよ。その型にはまらない発想が有益に働くこともあったんだがね。オリヴィアが彼と結婚したのは、あんな男でも、どこかに可愛げがあったからだろうな」

「アデリーンを、オリヴィアさんにあずけることはできないんでしょうか。事情を話して、一時的にでも彼女のところへ」

氷だけが残ったまだ冷たいグラスを、ゲラシモフはテーブルの上にゆっくりと置いた。グラスの縁を中指の腹で撫《な》でながら言った。「——一度、地球に戻る用事があったときに、オリヴィアと直接会う機会があった。火星を離れて数年たった頃だ。彼女は乗り気ではなさそうだったが、わざわざ地球まで出向いたのを気づかってくれたのか、ひとりでこっそり会ってくれた。クリスティーナを信頼できる場所にあずけてね。クリスティーナについて訊《たず》ねると、大丈夫だ、普通に育っていると教えてくれた」

《いくつになったね、あの子は》
《地球暦換算で七歳よ。もう小学校へ通っているわ。地球へ来た直後はぐずっていたけれど、すぐに馴染《なじ》んだわ。地球には刺激が多いもの。子供にとっては、中身の尽きないおもちゃ箱のようなものよ。電子ブックやコンピュータよりも、いまのあの子には、地球の環境自体が新鮮な驚きの連続なの。素晴らしいことだわ》
《よかった。それが、一番気になっていたんだ》

《心配してくれてありがとう。でも、あなたとはもうあまり会いたくないの。こうやって接触していると、きっとまた、グレアムが……》

《大丈夫だ。私は、もう彼とは切れているよ》

《こちらが切れていると思っていても、彼は何をするかわからない。知っているでしょう。司法機関を味方につけているのよ》

《だったらグレアムを告発しないか。私たちは当事者だ。ある程度の証拠は集められる。クリスティーナが落ち着いてからでいい。あの男の影に一生怯《おび》えながら暮らすなんて間違っている。火星と地球で同時にやれば、きっとうまくいく。彼の行為を法律的に追及しよう。地球の人権擁護機関なら、きっと力になってくれるはずだ》

《――取引したのよ、私は。グレアムと約束したの。クリスティーナの身の安全と引き替えに、私たちはお互いにとって都合の悪いことには、一生、口をつぐむって》

《なぜ、そんな約束を》

《グレアムが言うには、クリスティーナは未完成品なんですって。テストはしたものの、研究対象になり得るほどの結果は出てこなかった。――結局、必要なのはあの子の遺伝子だけで、あの子そのものはいらない。これ以上、研究の対象にはならないから、あの子をもう追いかけたりはしないと》

《だが、彼はこれからも、あの実験を続けるのだろう。そこで使われる遺伝子や体細胞のサンプルは、もともと、クリスティーナの体から採取したものだ。それが他の素材と混ぜ

合わされ、切り刻まれ、新たなテストに使われる。それに良心の呵責《かしやく》を感じないのか》
《告発する側に回れば、いつかクリスティーナに本当のことを話さねばならない。自分が非人道的な措置によって生まれた人間であること、火星生物とのハイブリッドであること、それを隠して地球で生きねばならないということ――これを全部話さなくてはならない。そんな必要がどこにあるの？　私はあの子に、不必要な劣等感や重荷を負わせたくない。普通の人間として生きて欲しい。黙っていればすむことよ。なぜ、真実を知らせなくてはならない？　メリットなど、ひとつもないでしょう》
《罪は、どこかで必ず裁かれるべきだよ》
《私は神様じゃないから、グレアムの罪なんかどうでもいい。それよりも、クリスティーナを幸せにしたい。あの子には、平凡でも、まともな人生を送ってもらいたいの。――自分が、ひどく身勝手なことを言ってるのはわかっている。でも、社会正義のために、クリスティーナひとりを苦しませるなんて私にはできない。火星の総合科学研究所が間違ったことをしているのなら、早晩どこかで破綻《はたん》が来て、何もかも明るみに出るでしょう。それを待つのでもいいと思う。――そう、ときどき自分で自分が怖くなることがあるわ。もし、あの実験で作られた子供が、私とグレアムの娘ではなくて、どこかよその子だったら――出所もわからない誰かの受精卵だったら――私は、ここまでグレアムの行為に反対できたかしら？　どこかで妥協して、彼と一緒に研究を続けていたんじゃないかしら……》
《そんなことはない。君は、きちんとした倫理観を持った女性だ。彼とは違う》

《本当にそうかしら。私とグレアムの間に、本当は、どれほどの差があると思う？　彼は正真正銘の開拓者だった。人類の未来と可能性を一〇〇パーセント信じている、ある意味、とても明るい心根を持った人だとも言えるわ。私はただ、そんな彼の明るさに、これ以上ついていけないと思っただけ。新しい技術や理論を打ち立てようとしたとき、それを『悪』だと定義できる基準は、本当に、確かにどこかにあるのかしら。その時代には全員が『悪』だと思っても、もしかしたら十年後には、真反対の価値観が生まれて全肯定されるかもしれない。私たちがいたのは、そういう危うい現場の最前線だった。私はそれを実感するのが、人より遅かっただけよ……》

「オリヴィアの言っていたことは、解決のつかない問題だった。私は、どう答えてやればいいのか見当もつかなかった。それ以後、私は彼女と会っていない。メールアドレスはいつのまにか不通になり、居住地も追跡不能になった。だが、最後に送ってきたメールでオリヴィアは、『何か変化があれば、すぐに自分のほうから連絡を取って詳細を知らせるから』と約束してくれた。だから、何もないということは、平和に暮らしている証拠なのだろう。少なくとも、私自身はそう信じている。アデリーンが生まれ、成長し、グレアムの態度からもアデリーンの容姿からもすぐにわかったよ。何もできずに足踏みしているオリヴィアの代わりに、私は自分にできることをしようと思った。司法局を動かせないなら、せめてアデリーンに自立をうながそうと考えたが、グレアムには即座に邪魔された。それを機に、私と彼は完全に断絶だ。むこうはもう、こんな老人が火星にいることなどとっくに忘れて、自分の理想をまっしぐら——。だが、彼は成功しても過去を忘れない男だ。表には出さずとも、自分の計画の邪魔になりそうな存在については、いまでも、しっかり覚えているだろう。だから、オリヴィアを頼ることはできないと思う。クリスティーナ自身も、元気でいるなら、いま頃はもういい歳をした大人だ。きっと当時のオリヴィア以上に、守りたいものや家族を抱えている年代だろう。そんなところへ、いきなりアデリーンを連れては行けないよ」

「そうですね」と水島はつぶやいた。「すみません。私の考え不足でした。まさか、そんな事情があったとは……」

「いいさ。君は何も知らなかったんだからな。それより、これからどうするつもりだ」

「正直、決めあぐねています」カップを両手でくるみこむと水島は言った。「私の予定には、あの子と一緒に逃げるという考えはなかった。あの子の生き方は、あの子だけの問題だと思っていた。私は自分の事件の真相を知りたかっただけで、彼女を巻きこむつもりはなかったんです」

「でも、もう巻きこんでしまった」

「ええ。だから、彼女が家に帰りたくないというのなら、それをかなえてやりたいような気がします。グレアムは彼女の変化を、ある程度予測していた。だが、どこまでも自分で制御できると考えていた。彼女は、その支配下から逃れようとしている。間接的とはいえ、自分の能力が人を殺《あや》めてしまったことを知り、自分なりに償いをしようとします。価値観の違う父親の元へは、もう帰れないでしょう。この星から出たほうがいい」

「地球や月へ逃げたって、あの子に力があることに変わりはないんだぞ。よそで、火星以上の問題を起こしたらどうするつもりだ。周囲の人間が多いほど、共振が発生する機会は増える。地球の人口は火星とは比べものにならない。あまり認めたくはないが、あの子を木星へ連れ出そうとしたグレアムの意図は、あながち間違いでもなかったのかもしれないな。安定した環境の中ならあの子は共振しない。エネルギーの爆発があったとしても、宇宙空間なら多少は被害がましだ。火星や地球の都市を破壊されるよりもな。秘密も守れるし」

「問題を起こすから隔離するというのは間違っています。あの子だって人類の一員だ。どういう形にせよ、私たちの社会に生まれてきた以上、居場所があってしかるべきです」

「とても治安管理局員の言葉とは思えないな。君たちの仕事は、問題を起こす人間を社会から隔離することだろう」

「彼女を犯罪者と同じに見ないで下さい。あの子はただ、自分を持て余しているだけだ」

「グレアムは中途半端なものは作らない」ゲラシモフは厳しい目つきをした。「あの子はグレアムに作られた子供だ。どれほどの能力を持っているのか、はっきりとわかっている者は誰もいない。あの子が幼かった頃、私は自分が彼女の生き方を変えられるのではないかと思っていた。精神的に自立させれば何とかなるのではと。だが、共感性が発達するにつれて、とてもではないが私の手には負えないと感じるようになった。グレアムの束縛から解放されたとしても、逃げた先で、もっと不幸になったのでは何にもならない。君はまだ、あの子の本当の怖さを知らないんだ。このまま進み続けるなら、いずれ、それを思い知るだろう」

水島は黙ってカップをテーブルに置いた。ゲラシモフをまっすぐに見て言った。「それでも私は、あの子に、自分が生まれてきたのは間違いだったと思って欲しくない。この世に生まれてきてよかったと、心の底から思ってもらいたい。ただ、それだけなんです」

ゲラシモフは、しばらくの間、沈黙を守っていた。やがて、ぽつりと言った。「火星から出るには、軌道エレベータ経由で宇宙船に乗りこむ以外に方法はない。だが、宙港は真っ先にマークされているだろう。ここだって、いずれはグレアムに気づかれる。君たちに安住の場所はないぞ。それでも行くのか」

「行きます。私たちには、前へ進む以外、道はないのですから」

「走り続けた先が、崖《がけ》っぷちではないのを祈るばかりだな」

「私は警官です。人の命を守るのが仕事です。だから何があっても、あの子の命だけは守ります」

3

水島がアデリーンのいる部屋をのぞきこむと、彼女は疲れ切ったようにベッドに横たわっていた。無理もない。自分を助けるために必死に駆けずり回ってくれたのだ。

側に寄り、そっと頬に触れようとすると、気配を察したのかアデリーンは目を覚ました。

水島が聞こうとしたことを逆に訊ねた。「気分はどう」

「だいぶ楽になった。博士の治療が効いたようだ」

「よかった。心配だったの……」

ベッドの端に腰をおろすと水島は言った。「これからのことを考えなければ。いつまでもここにはいられない。わかるな」

「ええ」

「火星に留《とど》まる限り、私たちは追われ続ける。唯一逃げ場があるとすれば地球だ。地球にも警察の手配は回るだろうが、潜伏できる場所は桁外れに多い。惑星としても、この星の二倍の大きさがある。火星育ちの君には三倍の重力差はきついかもしれないが、プログレッシヴだからすぐに慣れるだろう。行く覚悟はあるか」

「あなたと一緒なら、太陽系の外でも構わないわ」

「よし。だが、ひとつだけ問題がある。火星には宙港がひとつしかない。パヴォニス山のゲートを突破できない限り、軌道エレベータ経由で、宇宙旅客船へ乗りこむ方法がない。

そして当然のことだが、治安管理局は厳しい乗船チェックを行っている」

「貨物船にまぎれこむとか、そういうのは無理かしら」

「あてがないんだ。信用できる奴を捜すのは骨が折れる」

「フレッドなら飛んでくれるかも。彼、地球へも行くことがあるって言ってたから」

「ばれたら彼を巻きこむことになる。罰則や罰金を食らうだけでなく、貨物機の操縦免許を取りあげられてしまうだろう。生活の危険を冒してまで、承知はしてくれまい」

「お金次第だと思うけど……」

「大人には、お金だけでは動けないことがあるんだよ。脱出の方法については、おいおい考えよう。それより、ひとつだけ決めておきたいことがある」

「何?」

「もし、宙港で管理局員に見つかったら、私が連中を引きつけておくから、君はひとりで地球へ行くんだ」

「えっ」

「これは君が自由を獲得するための闘いだ。私のことは考えなくていい。ひとりで、自分の望む生き方を選ぶんだ」

「そんな……」

「私はたぶん、今回の逃亡で誘拐容疑が付加されているだろう。君を誘拐した犯人として。けれども、グレアムはいまでも君を愛しているはずだから、君は被害者として手配されているだけだと思う。うまく連中をまけば身の危険はない。だが、恐らく私は、見つかれば容赦なく撃たれるだろう」

　アデリーンはうつむき、つぶやいた。「水島さんを見捨てるぐらいなら、私は研究所に戻ります。自由なんていらない。水島さんが生きているほうがいい。お願いだから、そんなに簡単に自分を捨てないで！」

「ありがとう。だが、いまは自分のことだけを考えるんだ」

「嫌よ、そんな約束はできないわ」

「つらいのはわかっている。だが、約束してくれ」

「私が欲しいのは自由じゃない。あなたです」

「……私は警官として、君に助言をしただけだ。いろいろ助けてもらったのは感謝しているが、それ以上のものを求められても困る」

「心を救うのも警官の仕事ですか」

「場合によってはね」

「嘘つき」アデリーンは水島の手を強く握った。「忘れたの？　私はプログレッシヴで、あなたの感情を読めるのよ。私があなたの正直な欲求をどこまで読んでいるか、全部教えてあげたい。ひとつ残らず洩らさずに」

　水島は身震いするような恐怖に襲われた。思わず目をそらし、呻くような声でつぶやいた。「やめてくれ。聞きたくない」

「どうして」

「それは君が考えているような愛情とは違う。哀れで情けない、ただの劣情だ。頼む、読まないでくれ」

アデリーンは身を捩《よじ》り、薔薇色に染まった唇を水島の唇に押し当てた。体の中心を貫くようなしっとりとした暖かさに、水島は動揺し、顔をそむけて彼女から身を引き剝がした。ベッドから立ちあがり、壁際まで歩いていって完全に背を向けた。

水島の頑《かたく》なな態度に、アデリーンは目を伏せてつぶやいた。「水島さんは、私が怖いんですか」

「……そうかもしれない」

「だから、適当なところで放り出すんですか」

「違う、そうじゃない」

「ひとりになるのは嫌」アデリーンは両手で顔を覆った。「私は、あなたと一緒にいたい。あなたのいない世界なんて、私には何の意味もない。私は、水島さんに生きていて欲しい。死なないで欲しい。そんなことになるぐらいなら、私は火星に残ります……」

水島は背後を振り返るとアデリーンに視線を戻した。再びベッドの端に腰をおろすと、両腕を伸ばし、少女の体を自分の胸元にそっと引き寄せた。

アデリーンは驚き、少しだけ身をこわばらせた。だが、すぐに全身から力を抜いて、彼に体重をあずけた。

水島はアデリーンの細い髪に自分の指先を絡めた。自分にはとうてい手の届かない、高価な毛皮に身を包んだ、うら若い貴婦人の体をまさぐっているような錯覚を感じた。

髪に頬を寄せると、甘い香りが鼻の奥まで忍びこんできた。彼はしばらくの間、じっとしていた。官能的な疼きが体の芯《しん》を痺《しび》れさせ、ゆっくりと理性を擦り潰していくのが感じられた。頭の中の冷めた部分では、いまにも堰《せき》を切って溢《あふ》れ出しそうな自分の激情が、死を目前にした無責任な感傷であることをよく理解していた。

そんなものに、この少女を巻きこむわけにはいかない。

水島は自分自身を叱責《しっせき》するように言った。「約束してくれ。ひとりで生きていく勇気を持つと。でなければ、ここまで来た意味がないんだ」

「……私は誰かに守ってもらいたいわけじゃない。ただ、水島さんと一緒にいたいだけです。ふたりで闘いたいだけです。どうして、それをわかってくれないんですか……」

「頼むから、これ以上、わがままを言わないでくれ……」

「一緒に探しましょう。私たちが安らげる場所を。そんな場所に憧《あこが》れたことはない？　私はずっと探していたわ。自分がプログレッシヴであることを忘れられるような、はっとできる場所を」

憧れの場所、安らげる場所か――。

しばらく考えこんだ後、水島はおもむろに口を開いた。

「そうだな……。例えば、とても居心地のいい家があるとする。薪が燃える暖炉の前には、充分な数の椅子があり、私はそこの一員だ。周りにいる人たちは皆善良で、誰も傷つけず、誰も不幸にしない。私のことも受け入れてくれている。神様に祝福されたような心優しい人々だ。けれども私は、彼らと一緒にいると不安になる。彼らが誰かに傷つけられないか、不当に貶《おとし》められたりはしないか、玄関のドアを蹴破《けやぶ》って銃を乱射するような奴らは来ないか——そう考え始めると、もう暖炉の前にはいられない。席を立ち、玄関から出て、外の闇を見張らずにはいられない。家族を守ることしか知らない凶暴な番犬のように」

「でも、いつかは暖炉の前へ戻るんでしょう。いつまでも外にいると凍えてしまうわ」

「いいや、戻らない。そうやっているうちに、私は家の中へ戻るのを忘れる。ポーチの前に立ち続け、誰かと闘うのを待つばかりになるんだ」

「そんなの寂しすぎる……」

「しかたがない。自分で選んだ生き方だ。誰にも変えられない」

　水島はそれっきり、自分の内側にこもるように口をつぐんだ。アデリーンから身を離し、自分の膝の上で手を組んでうつむいた。

「……水島さん」アデリーンは穏やかな口調で続けた。「私は、暖炉の前の椅子は、あなたのような人のためにあるんだと思う。本当に家の中にいなければならないのは、あなたのほうだと思う。——水島さんには家族はいないの？　一緒に暮らせる人は？」

「いない」

「お父さんや、お母さんは？」

「父は私が十代のときに死んだ。私の父は警官だった。出世とは無縁の、四六時中ストリートを駆けずり回っているような仕事ばかりやっていたが、それを誇りにしているような人間だった。父は毎日忙しかった。ほとんど家にいなかったし、機嫌の悪いときにはとてつもなく恐ろしかった。いい加減な理由でだだをこねる、どうしようもない情けなさもあった。だが、楽しい思い出もたくさん残してくれた。――私が十六のとき、たちの悪いいたずらに熱中していた少年に小包爆弾を送りつけられて死んだ。その荷物の差出人は、父の友人の名になっていた。家族ぐるみでつき合いがあったので、私にとっても〈よく知っているおじさん〉の名で――だから私は、父に断りを入れてから包みをあけようとした。父は彼にお礼を言うために電話をかけ――相手の返事から、荷物が偽装されたものだと気づいた。箱をあける寸前だった私をその場から突き飛ばし、その代わりに――」

水島はそこで一旦言葉を切った。口をつぐんだきり、あとが続かなくなった。

アデリーンは、彼が自然に話を再開するまで待った。

やがて水島は後を続けた。

「――母は、しばらくたってから、仕事の関係で知り合った男と再婚した。ひとりで生きていけるような女性ではなかったんでね。私は義父とどうしても反りが合わず、地球を飛び出して火星に来た。警官になるために。正義感なんてものからじゃない。犯罪を追いつめ、犯人を締めあげていなければ、気が狂いそうになるからだ。犯罪を見過ごすのは、父がされたことを黙認してしまうような気がしてたまらないんだ。犯罪を人間の正当な本質と考え、それと馴れ合っている奴らを見ると、頭にかっと血が昇る……」

水島は静かに訊ねた。「君は家族が欲しいか」

「ええ、欲しいわ。表面だけを取り繕《つくろ》った偽物ではない、本物の家族が」

「だったら、いまは自分のことだけを考えろ。地球へ行って、本当の幸せを作り出すんだ。自分自身の手で」

4

研究所の倉庫へ行くと、水島はフレッドをつかまえ、地球／火星間を航行している貨物船について訊ねた。

「貨物にまぎれる形での火星脱出は絶対に無理だ」と、フレッドは答えた。「誰もが一度は考える方法だから、検査機の機能が発達している。普通に一般客として偽装したほうがいいよ。旦那は警官だから、そういう方法にも詳しいんじゃないの?」と、からかうような視線を投げてきた。

水島は言った。「勉強不足でね。知らないことも多いんだよ」

「軌道エレベータに続く地上のゲートでは、厳しいＩＤチェックをやっている。火星市民としてのＩＤがなければ、火星を出入りするのは不可能だ」

「だが、ＩＤは偽造できる」

「その通り。治安管理局の手配をかいくぐるには、指紋や網膜や骨格の偽情報を送信する人工レンズを目に入れていればいい。皮膚に貼りつけて偽情報を送信する人工皮膜もあるよ。管理局は、そういう素材があることはよく知っているが、裏取引される素材の開発速度が早過ぎて、完全には追い切れていない。チェック機能と素材開発のイタチごっこが、もう長いこと続いているんだ」

　それを調達するには一旦、街まで出なければならない。偽造屋と接触し、その場で現金払いして作らせる。

　水島には、仕事柄、心当たりの店がないわけではなかった。だが、それで本当に大丈夫なのかどうか――。

「あの子には変装もさせたほうがいいね」とフレッドは付け加えた。「ただでさえ目立つ容姿だから。髪を切って黒く染め、男の子みたいにしたほうがいい。そうすりゃ、ものすごく変わるから。旦那も少し印象を変えたほうがいいだろうね。それぐらいのものは調達してきてやるよ。金はある？」

「大丈夫だ」

「わかった。じゃあ任せてくれ。それにしても旦那も物好きだね。どんな事情があるのか知らないが、こんな綱渡りをしてまで家出娘を助けてやるなんて」

「関わってしまった以上、目はつぶれないんだ」

「職業病だね」

「まあ、そんなところだ」

フレッドは荷物の上に置いていたウィスキーの小瓶を手に取った。封を切って、水島に差し出した。「ちょっと飲んで落ち着きなよ」

水島は礼を言い、瓶に口をつけた。ひとくちだけもらって、すぐに返した。

フレッドは何度か続けて瓶をあおった後、ゆっくりと封を戻しながら言った。「黒いダリアの花に魅入られたような男だな、あんたは」

「……………」

「おれはあの子の生い立ちは知らないが、危険な娘だということだけは気配でわかる。本人も意識しないままに他人を巻きこむ——あれはそういう娘だね」

「そういう言い方はよしてくれ。迷惑をかけ合っているのは誰でも同じだろう」

「意味が違うよ。あれはあの子の特性だ。よくも悪くもね。見た瞬間、離れられなくなる何かを持っている……。人間性とか社会性とか、その手の問題じゃない。もっと本質的な何かだ」

「相手があの子じゃなくても、私は同じ行動を取ったよ。少年であろうが、中年の男女であろうが、老人であろうが——似たような境遇の人間がいれば同じように助けた。それが私の信条だ」

「面倒くさい性格だな。そんなことを言ってると早死にするぜ」

「別に長生きしたいとは思わん。自分の思う通りに生きられたら、それでいい」

フレッドは再び酒瓶を手に取ると、水島に口を向けた。水島が首を左右に振ると、「いいから、もっと飲めよ」とうながした。「あんた、仕事のし過ぎで頭がおかしくなってるんじゃないか。そういうときにはこれだ。一回、完全に緊張を解いたほうがいい。そうすれば自分が、どれだけ変なことを言っているのかわかるから」

水島は自嘲《じちよう》するような笑みを微かに浮かべた。

酒は受け取らなかった。

残念そうに腕を下げたフレッドに、「すまない。いろいろと迷惑をかける」とだけ謝って、倉庫の外へ向かった。

フレッドは出口まで追いかけてくると、水島の背後から声をかけた。

「こういう話を知っているか。昔――そう、予言者モハメッドが生まれるよりも前のことだ。人間は誰でも、生まれた瞬間から額に自分が死ぬ日付が刻まれていたそうだ。神様が刻んでいたんだよ。赤ん坊として生まれたときから、自分がいつ死ぬのか誰でもわかるように。――だが、あるときひとりの母親が、息子の死の刻印を見て、その子が自分よりも先に死ぬことを知った。それで気が狂うほどに悲しんだ。神様はそれを知って哀れに思い、以後、子供に死の日付を刻むのはやめにしたそうだ。天使にだけ、そっとその日を教えるようになったんだとさ」

「…………」

「まあ、何というのかな。猿知恵に近いような小賢しい判断で、自分が死ぬ日まで決めなくてもいいんじゃないかね。たかだか、人がひとり生きていくだけの話だろう。適当にやってりゃいいんじゃないのかな」

「……面白い話だな」水島は少しだけフレッドのほうを振り返り、つぶやくように言った。

「心にとめておくよ。ありがとう」

倉庫から離れてひとりになると、水島は様々なことに考えを巡らせた。

不安だが――軌道塔経由で火星を脱出する以外に方法がない限り、実行するしかないだろう。

ゲートではアデリーンとは別々に行動したほうがいい。変装していても、自分たちのような組み合わせは目立つだろう。あの子は容姿さえ変えれば、うまく人混みに溶けこむ。機内で合流すればいい。出発までは別行動だ。何かあればリストコムで連絡を取り合い、危なくなったら自分が盾になり、アデリーンを逃がせばいい。失敗したときのことを考えると、アデリーンにも偽造屋の居場所を教えておいたほうがいいだろう。今回失敗しても――たとえ私が死んだとしても、あきらめずにひとりで何度でも挑戦できるように。

神月璃奈の死因を最後まで探りきれずに火星を離れることに、水島は微かに痛みを覚えた。自分が地球まで逃げたら、それを追及する者は、きっと火星にはいなくなる。ユ・ギヒョンにも、完全には追い切れまい。

それだけが心残りだった。

5

総合科学研究所のファーガソン所長は、研究所の自分の部屋にいつものメンバーを集めた。水島とアデリーンがどこへ逃げたのか、アデリーンの力はどの程度まで伸びているのか、今後どのような変化を見せるのか、グレアムに説明を求めた。

グレアムは先に報告した通りだと答えた。それ以上は不明だと。

「私たちの手に負えなくなった以上、思い切って切り捨てるべきだと考えます」デュビエフ副所長は全員の顔を見回した。「皆さんの意見をお聞かせ下さい」

「私もそれに賛成する」黄が答えた。「アデリーンは確かに優秀なプログレッシヴだ。しかし、こうなっては、もう説き伏せるのは難しい。資料は充分に集まっている。もう一度、同じ方法で作ればいい」

「待ってくれ」グレアムが即座に反論した。「十五年かけて結晶させた成果を、少々、反抗的な態度を取ったという理由だけで破棄するつもりか。これまでの努力を何だと思っているんだ」

「グレアム。我々の研究にとって、最も大切なことは何だ」

黄が問うと、グレアムは悔しそうに口をつぐんだ。グレアムが充分にわかっているのを察すると、黄は追い討ちをかけるように言った。「再現性を持つことだろう。同じ条件下で同じ実験を行った場合、何度繰り返しても同じデータが得られること。その理屈でいけば、同じ遺伝子のデザインを使う限り、我々はアデリーンと同じタイプの子供を何度でも作れるはずだ。だったら、いまの彼女を破棄しても何の問題もあるまい」

「しかし……」

「それとも何か。君は総合科学研究所の莫大《ばくだい》な予算を注ぎこんで、この世にたったひとりしか存在しない、自分だけの娘を作り出そうとしたんじゃないだろうな。中国政府は、そんなことのために資金を提供しているんじゃないぞ」

「それは欧州連合だって同じだ」ボルッが割りこんだ。「ここでの研究成果は共同利用が目的だったはずだ」

「三対一です。所長」デュビエフ副所長はファーガソン所長に向き直った。「決まりですね。私たちは水島捜査官とともに、アデリーンを処分する」

「まあ待て。そう急ぐことではあるまい」ファーガソン所長は、デュビエフ副所長の勢いを掌で制した。「科学の理論に再現性が必要なのは重々承知だが、正直なところ、我々の仕事はそこまで達していないのが実情じゃないのかね。再び彼女のようなタイプを手に入れるために、あと十五年も待つというのは、もったいない話だ。外部に成果を見せておかなければ、我々は、いつ政府や企業からの援助を絶たれるかわからんのだぞ。もう少し様子を見てはどうかな。どうせ、火星からはそう簡単には逃げられん。出口はパヴォニス山の軌道エレベータだけだ。ゲートを厳重に張らせておけばいい。何のために司法関係者を味方につけていると思う」

「しかし、もし突破されたら」

「突破されるほどやわな警備なのか、あそこは。だとすれば、そのほうが問題だな」グレアムのほうを振り返った。「こういうときこそ、ジャネットが役に立つんだろう」

「はい。Aクラスのプログレッシヴも何人か使えると思います」

「結構。皆を引き連れてゲートへ行け。アデリーンが多少変装していても、感情の波を読めば居場所を突きとめられるだろう。ゲートで身柄を拘束するんだ。都市内の捜索は治安管理局に任せて、君たちは軌道エレベータの根元で待機しろ。広いと言っても、ゲート内程度の閉鎖空間なら充分に探索可能だろう。あの子が、特務課相手に直観で水鳥を見つけ出したように、今度はAクラスの子供たちにアデリーンを見つけさせるんだ」

　グレアムは自宅へ戻ると、ジャネットに審査ゲートへ行く準備をしろと命じ、自分も荷物をまとめ始めた。

「何のためですか」

「パヴォニス山のゲートで張りこみをしてもらう。アデリーンとあの男を見つけるんだ。私も山頂のホテルにしばらく逗留《とうりゅう》する。毎日、そこへ報告を入れてくれ」

「私ひとりでは無理です」

「あたりまえだ。Aクラスのプログレッシヴで、能力はあるが木星行きのメンバーに選ばれていない者を何人かピックアップしてくれ。正規メンバーと一緒にそいつらを連れていく。かなりの人数になるだろう。全員の力を合わせても、おまえの勘のよさには及ばないかもしれないが、彼らを追いつめるには役に立つはずだ」

「わかりました」

「おまえの感度のよさなら、確実にアデリーンを見つけられるはずだ。おまえは『特別』だからな」

「水島捜査官も、一緒に連れ帰るのですか」

「いいや、その必要はない」グレアムは机の引き出しから小型の拳銃《けんじゅう》を取り出すと、ジャネットの掌に乗せた。「アデリーンは無傷で連れ戻せ。だが、水島は撃っても構わない。あいつだけは絶対に許せん」

鋼を使っていないはずの拳銃が、手の上で、ずしりと重みを増したようにジャネットには感じられた。「私に、やれと仰《おっしゃ》るのですか」

「そうだ」

「殺人罪で刑務所に入れと?」

「そんなもの、特務課に言って揉《も》み消させてやる。心配することはない。遠慮なくやってこい」

ジャネットは目を伏せ、溜息を洩らすような声で言った。「人殺しなど……あなたが、最も嫌っていたことではありませんか。あなたは成果を急ぐあまり、自分が最も軽蔑している人たちと、同じ顔になろうとしているのではありませんか」

その途端、ジャネットは、首がちぎれるかと思うほどの勢いで、グレアムの平手打ちを食らった。涙が滲《にじ》むほどの衝撃に、ジャネットは頬を押さえて呻《うめ》いた。顔が壊れたような痛みとともに、口腔《こうこう》内に鉄の味が広がっていく。

グレアムは狂ったように喚《わめ》き散らした。「私の心を勝手に読むな！　誰が、そんなことをしていいと言った！」

ジャネットは目を瞬かせながら彼を見つめ返した。何？　グレアムは何を言っているの？　私は別に彼の心を読んで意見したわけではないのに、なぜ彼は、こんなに怒っているる？

きょとんとした彼女の様子を見て、グレアムは、さっと顔色を変えた。自分がジャネットの言葉の意味を取り違え、不用意に感情を爆発させてしまったことに気づいたようだった。

グレアムは、悪夢を見て飛び起きた子供のように怯えた顔つきになった。珍しく、舌をもつれさせながら言った。「もういい。早く準備をして、私と一緒に車へ」

ジャネットはうなずいて部屋を出た。研究所に連絡を取り、Aクラスのプログレッシヴを集めておくように指示を出してから部屋へ戻った。

グレアムは、ベッドの端に腰をおろし、片手を額にあててうなだれていた。ジャネットはどきりとした。こんなに落ちこんでいるグレアムの様子を見るのは初めてだ。こんなふうになる男だとは、想像したこともなかった。

ジャネットの共感能力はアデリーンよりもはるかに弱い。だから、普段からグレアムの心を読むこともままならないのだが、彼はいったい、自分に何を読まれたと勘違いしたのか。触れてはならない彼の心の秘密に、私は、知らないうちに立ち入ってしまったのだろうか。

「準備が整いました」ジャネットが声をかけると、グレアムはゆっくりと顔をあげた。もう、いつもの冷淡な顔を取り戻していた。鷹揚《おうよう》にうなずくと、足元から鞄《かばん》を持ちあげて外へ出た。

ヴィークルに目的地を入力し、自動制御で走らせ始めると、ジャネットはグレアムに言った。「拳銃、確かにおあずかりしました。ご指示の通りに致します」

「よろしく頼む」グレアムは静かに言った。「本当は、私が撃つべきなんだが」

「部長は立場もおありでしょう。心配はいりません。私は、あなたのためなら撃てます」

グレアムは、ふいに、ジャネットの頭を自分の胸に引き寄せた。つぶやくような声で言った。「すまない。感謝している」

ジャネットは耳を疑った。本当に、今日は驚くことばかりだ。

6

激情を露《あら》わにしたのはまずかった、とグレアムは心底後悔していた。おかげで、こうやって、この女を慰めておく羽目になった。無駄な手間だ。

何やら優しげな、潤んだようなまなざしで自分を見つめているジャネットを一瞥《いちべつ》した後、グレアムは目を伏せて自分の心の内側へ閉じこもった。

ジャネットの性格は、プログレッシヴの特質に深く支配されている。やたらと情が深いのだ。心配させておけば、いつまでも自分についてきてくれる。扱いやすいタイプであり、都合のいい女だとも言えた。おかげで自分は、彼女を秘書以上の存在として使い続けることができたのだ。

こいつは私が寝ろと命令すれば、きっと寝さえするだろう。パヴォニス山のホテルに到着したら、鬱憤《うっぷん》晴らしに、いっそ抱いてみるか。ベッドに縛りつけ、滅茶苦茶に殴りつけながら死ぬほど苛《いじ》め抜いてやろうか。いや、それはまずい。こいつは、アデリーンを捕まえるための道具なのだ。水島を殺すための武器でもある。大切に、力を蓄えさせておかなければならない。

《——あなたは成果を急ぐあまり、自分が最も軽蔑している人たちと、同じ顔になろうとしているのではありませんか……》

こう言われると、正直、胸が痛かった。本当は、アデリーンさえ取り返せれば、それでいいのではないのか。わざわざ、水島を殺すほどのことではないのでは。

そう、この種のネガティヴな感情を憎んだからこそ、自分はプログレッシヴの研究に身を捧《ささ》げてきたのだ。嫉妬《しっと》、羨望《せんぼう》、理不尽な暴力、他人を蔑《さげす》む心――人類の発達には、全く必要のない無駄なものばかりだ。

これらの感情に翻弄《ほんろう》された挙げ句、人間は幾度となく大きな過ちを繰り返してきた。人間は、これらのネガティヴな要素を、いい加減すべて切り捨てるべきなのだ。そんなことに脳ミソや金や労力を使っている暇があったら、未知の世界の解明や、宇宙開発にでも当てたほうがよっぽどましではないか。

彼がそう思ったのは十六歳のとき。宇宙進出への期待と希望に胸を膨らませ、火星の大学へ向かう途中のことだった。

地球を出発して何日目の出来事だったか。その日、十六歳のグレアムが搭乗していた火星行き宇宙旅客船は、突然、爆発事故を起こした。後にわかったことだが、これは点検ミス等による機体の事故ではなかった。乗客のひとりを狙《ねら》って船ごと爆発させようとした、凶悪なテロ事件だったのだ。

混乱する客船内で、突き飛ばされ押し潰され、お互いを殴り合いながら、乗客たちは非常用の救命艇を目指した。乗務員が必死に人員を整理し、定員数に合わせて客を振り分けようとしたが無駄だった。船内には有毒なガスが充満し、客たちは完全にパニックを起こしていた。四隻あった救命艇は、あるものは定員割れの状態で、あるものは定員オーバーの状態で宇宙に射出された。グレアムが乗った艇は、定員の約一・五倍もの客たちが乗りこんでしまっていた。射出と同時に、母船はもう一度大爆発を起こして完全に砕け散った。破片が、ばらばらと救命艇に衝突した。客たちは頭を抱えて縮こまり、救命艇が自前のエンジンで危険区域から脱出するのを、ひたすら待ち続けた。

脱出直後は、それでも皆、助かったことのほうを喜んでいた。母船は完全に破壊された状態で、残っていれば、あの時点で必ず命を落としていたのがわかったからだ。だから少々船内が狭くても、不平を言う者はいなかった。

だが、時間の経過とともに、皆の間に新たな不安がじわじわと広がっていった。定員数をはるかにオーバーしている脱出艇では、水も食糧も酸素も予定より消耗が早くなる。食べ物は我慢できても、問題は二酸化炭素の処理と酸素だった。地球からすでに遠く離れた状態にあるいま、救助部隊との遭遇まで、果たして呼吸可能な状態がもつのかどうか。さらに、ひとりが不用意に発言した言葉が皆の心を鋭く抉った。

「あの船に爆弾を仕掛けた犯人が、この艇に乗っているってことはないだろうな？」

「もう一度、この船で爆発させるってことはないだろうな？」

自分の隣にいる人間が、もしかしたら、あの事故を起こした犯人かもしれない——。恐怖は、乗客たちの心理状態を一気に事故直後まで引き戻した。酸素が尽きる不安、再度の爆発に対する不安——ただでさえ、他人との距離を充分に取れず、プライベートな空間を保有できない脱出艇内の雰囲気は、徐々に険悪なものへと変わっていった。

つまらないことで小競り合いが起きた。子供が泣いたからと言って、いい歳をした大人の男が「うるさい、黙らせろ」と喚き散らすようなことが頻繁に起き始めた。客室乗務員は、常に、乗客の怒りや不満をぶつける対象にされ、精神的にダウンしかけていた。

煮えたぎる感情を押しこめた坩堝《るつぼ》のような船内で、グレアムは恐怖に負けまいと努力し、やや興奮状態に陥っていた。彼には、大人たちの身勝手な態度が不愉快だった。つらいのは誰でも同じだ。それを、どうにもならないとわかっていながら他人に当たり散らすなんてまるで子供だ。力が強く、弁が立つぶん、子供よりも始末が悪い。地球のステーションにいた頃、穏やかで知的な両親と、優秀で大人しい同級生たちに囲まれて過ごしてきたグレアムにとって、乗客たちの剝《む》き出しのエゴイズムは、醜悪以外の何ものにも見えなかった。

もし彼が、もう少し大人で、人間の弱さや情けなさに対して寛容であったなら、騒いでいる人間のつらさを理解できたかもしれない。我が身に引き写して考え、場を和ませる手段を模索したかもしれない。だが、そんなふうに対処するには、当時のグレアムはまだ若過ぎた。頭が良過ぎて、理知的過ぎた。不安から問題行動を起こす大人たちを、彼は真っ向から批判し、否定してしまったのだ。

言われっぱなしの弱い立場の人間を守りたいと思った、彼なりの正義感から発した行動だった。だが、当然の如く、それは火に油を注ぐ結果となった。グレアムとしては冷静に話し合いをしていたつもりが、いつのまにやらつかみ合いになり、殴り合いになり、船中を巻きこんだ大騒ぎになった。見かねて仲裁に入った大人たちに押さえつけられながら、それでもグレアムは喧嘩《けんか》相手に向かって叫んだ。おまえはそれでも一人前の大人か。自分より弱い人間を守れなくて何が大人だ。おまえのような奴は、皆に酸素を残すために、いますぐ船から降りて死んでしまえっ。

降りるのは貴様のほうだと言い返された。ガキが生意気なことを言うな！

そして、言われた通りになった。

救命艇のエアロックの様子がおかしい、システムの動作全体が不安定になっている――乗務員たちがひっそりとそんな話を始め、救命艇の検査をせねばと言い出したとき――グレアムはそれに同行したいと申し出た。ステーション暮らしで無重量の環境には慣れていたし、父親の仕事に興味を持っていたおかげで、技術関係には知識がある。恐らく脱出時に、母船の爆発によって外部から損傷を受けたのではないかと考えていた。

艇には検査ロボットが一台しかない。人間が一緒に船外作業をしたほうが、早く損傷を発見できる。その場で修復もできるはずだ。作業を手伝わせて欲しいとグレアムは言った。じっとしているよりも、少しでも皆の役に立ちたかった。乗客の不安を少しでも解消したかったのだ。そうすれば、つまらない小競り合いも多少は減るだろうと考えていた。

乗務員は最初は反対したが、グレアムの熱心さと知識の確かさを知って、ついてくるのを許可した。減圧の必要がないハードタイプの宇宙服を着こむと、他にも乗客内から志願してきた知識のある男たちとともに、グレアムは宇宙空間へ出た。

重要な仕事を始める前だというのに、奇妙な解放感があった。密閉された狭い船内にいたことが、これほどまでにストレスだったのかと、グレアムはしみじみと感じた。自分では何ともないと思っていたのに、心も体も、ぎりぎりのところで踏みとどまってくれていたのだ。文句も言わずに黙って生き延びようとしていた一個の生物としての自分の体に、グレアムは愛おしさを感じた。

停止させた救命艇の各部分を、グレアムはひとりの男と一緒に丁寧に調べた。作業は順調に進んだ。グレアムと組んでいた男は、手際よく作業を進めたので、グレアムは安心して仕事を続けられた。

ふたりの体は頑丈な紐《テザー》で救命艇とつながれていたので、何の心配もなく船外作業を行えた。グレアムたちが調べた区域には異常はなかった。別の区域で、脱出時に受けたと思われる傷が見つかったという知らせを受けた。すぐに修復作業に入るので、調査の終わった人員は船内へ戻るようにとの指示が出た。

グレアムは、組んでいた男に無線で声をかけると体の向きを変えた。その直後、簡易移動装置のガスジェットを作動させた男が、方向制御を間違ったような感じで、グレアムと激しく衝突した。突き飛ばされたグレアムは、足場を失い宇宙空間へ放り出された。たるんでいたテザーがピンと張る。伸びきったところで停止するので大丈夫――と思っていたが間違いだった。

グレアムはそのまま虚空を飛び続けた。

どうやって外れたものか、テザーは救命艇とのつながりを失い、彼をつなぎ止めておけなかったのだ。

慣性の法則に従ったまま、グレアムは宇宙空間を飛ばされ続けた。すぐさま、自分の移動装置を作動させようとしてコントローラーを握った。だが、ガスは全く噴出されず、何度繰り返してもぴくりとも動かなかった。

故障だと？　この肝心なときに！

作業中、無重量状態に慣れているグレアムは移動装置に頼らず作業していた。だから、ガスジェットが壊れているのに気づかなかったのだ。

グレアムは無線で助けを呼んだ。乗務員のあわてた声がヘルメット内で響いた。どこから飛ばされた。どれぐらいの速度で飛んでいる。方向を教えてくれ。グレアムは作業していた場所を教え、早く来てくれと喚き散らした。

その間――グレアムにぶつかってきた相手は、彼を助けようともせず、艇の上でじっとしていた。自分のミスにおののいて、身動きできなくなっているのか――。グレアムはそう考えていたが、次の瞬間、そうではないことを思い知らされた。

救命艇の上に残っていた男が、グレアムに対して軽く手を振ったのだ。さようなら、を意味する振り方で。

背筋が凍りついた。啞然《あぜん》としたまま、言葉が出てこなくなった。先日の喧嘩騒動以来、自分を煙たがっている男たちがいるのはグレアム自身気づいていた。だが、ここまで憎まれているとは思わなかった。テザーを外したのも、ガスジェット装置を壊しておいたのも、おまえらなのか！

　そういえば、自分はステーション生まれなので普通の人間よりも宇宙慣れしている、ちょっとした作業ならガスジェットなんて使わない……と、船内で誰かと話をしたような気がしたことを、彼は、いまさらのように思い出した。それを利用されたのか、あるいは相手にとっても、その一点が、この行動に関する最大の賭《か》けだったのかもしれない。船外に出たとき、グレアムがすぐに移動装置を使っていれば、故障に気づいて引き返しただろう。だが、そのまま使わずに外にいれば――彼がグレアムとふたりきりになるチャンスがあり、誰も見ていない瞬間が生じ、そのとき、自分の中で憎悪のほうが勝ったなら――。

　冷や汗が引き、逆に、頭にかっと血が昇り始めた。嫌がらせにしても、これは程度がひどすぎる。無線通話では、乗務員と他の作業員のやりとりが続いていた。いまにも飛び出そうとする乗務員を、誰かが必死になって止めていた。距離を見ろ。移動装置のガスジェットだけで到達できる距離か？　それより大急ぎで船内へ戻るんだ。エンジンを作動させて救命艇自体で彼を追ったほうがいい。ちょっと待て、と、また誰かが割りこんだ。艇を動かしたら、救援部隊がおれたちの位置を探しそこねるんじゃないか。あいつのことはあきらめて、ここから動かず、救助信号を出し続けていたほうが――。

　聞きたくもない話を全部聞きながら、グレアムは次第に遠ざかっていく救命艇を、ただ見ていることしかできなかった。最初に考えたのは、この宇宙服の酸素は何時間保つのだろうかということだった。それから、このまま漂い続けたとき、地球からの救援部隊と遭遇する確率についても考えてみた。どちらも絶望的な数値しか出てこないような気がした。だが、だからといってパニック状態に陥ってもいいことは何もない。自分を突き飛ばした男を喜ばせるだけだ。

落ち着け。

グレアムは深呼吸を繰り返し、体と頭の興奮を徐々に冷ましていった。そのほうが酸素ももつし、何かあったときでも機敏に対応できるようになる。宇宙空間は自分にとっては庭のようなものだ。惑星の大地よりも馴染み深い。地球に住む人間にとっては脅威でしかない漆黒の闇も、瞬かない星も、無重力も全然怖くない。

ただひとつだけ、どうしようもないものがあった。静寂。頭蓋《ずがい》内がキンキンと鳴り出すほどの無音状態。これだけは、グレアムが特別な訓練や慣れを体験していないものだった。

結局、乗務員は救命艇を動かすほうを選んだ。すぐに追いつくから待っていろと無線で指示すると、一旦、通信を切った。

再び、静寂が戻ってきた。

無音状態に押し潰されないように、グレアムは微かに唇を動かしてリズムを取りながら、頭の中で好きな音楽を歌い続けた。最初はモーツァルトの軽快な曲を次々と思い浮かべて、その中にどっぷりと浸っていた。それから、バッハ、ヘンデル、ハイドン。ところが歌い続けているうちに、ある瞬間、突然ナイフを差しこまれたように、冷たい虚無感が心の中へひっそりと忍びこんできた。何か恐ろしいものを見たわけでもなく、酸素が切れたわけでもないのに、ふいに、宇宙全体が周囲から押し寄せ、彼を押し潰そうと、ものすごい勢いで迫ってくるように感じてしまったのだ。

ストレスに対する警戒心が低く、自分でもそれと気づかないうちに、いつのまにか疲労を溜めこんでしまう努力家にありがちな反応だった。大丈夫、大丈夫と自分に言い聞かせているうちに、ある時点で体のほうが先に限界を超え、身体反応を一気に爆発させてしまうパターン——。

自分の拠《よ》り所のなさを、否応《いやおう》のない力で自覚させられたグレアムは、急速に、自分の体がどこかへ落ちていく錯覚を感じた。無重力状態なのだから、そんなことは有り得ないはずなのに、宇宙空間にぱっくりと口をあけた大きな淵が、自分を吸いこみ咀嚼《そしゃく》してしまうような、そんな特大の恐怖を感じた。

ブラックホールに落ちていく物質が、潮汐力《ちょうせき》によってねじ切られ、引き裂かれてゆく姿を彼は連想した。わあっ！　と大声を出しそうになった。いや、実際に出していたのかもしれない。生まれて初めて、グレアムは宇宙に対して恐怖を覚えた。慣れ親しんだ庭だと思っていたものが、突如としてくるりと姿を変え、彼の精神を浸蝕《しんしょく》する怪物として、棘《とげ》のある黒い翼を広げつつあった。彼をあやす揺りかごだった宇宙空間は、その瞬間に、彼を閉じこめる棺桶《かんおけ》に変わった。

グレアムはヘルメット越しに自分の頭を抱えこんだ。ハードスーツの関節を、可能な限りまで縮めて体を丸くした。歯を食いしばって理由のない恐怖に耐えた。

救命艇が彼に追いついたのは、最初に放り出されたときから勘定すると、せいぜい三十分足らずのことだった。けれどもグレアムにとっては、永遠の時間が経過したように思えた。救出されて船内に戻った後も、彼は、しばらくの間震え続けた。見えないストレスのために熱を出し、呼吸困難に陥って激しく喘《あえ》ぎ続けた。

救命艇は、やがて地球側からの救助部隊に回収され、乗務員と乗客は全員無事に助け出された。月の居住区に仮輸送された乗客たちは、そこに集まっていた家族や友人たちに取り囲まれて歓迎された。マスコミが華やかに救出劇を報道し、インタビューのために誰かれ構わず捕まえて録音機を突きつけた。

乗務員は、グレアムの事故に関しては口をつぐんでいた。自分の判断で一般客を危険な目に遭わせた――公表されれば責任問題になる。自分からは絶対に触れようとしなかった。他の客たちも触れようとしなかった。グレアム本人も語らなかった。自分を突き飛ばした男を突きとめたいとも思わなかった。父親と母親に対しても、大変だったと告げただけで、グレアムはすぐに、次の便で再び火星へ向けて旅立った。

ほんの数日間の出来事で、グレアムは、人間の弱さと愚かしさと恐ろしさを嫌というほど思い知った。救命艇から遠ざかる自分に向かって、さようならと手を振った男の姿を、彼はずっと忘れられなかった。

ヘルメットに隠されて表情が見えなかったので、思い出の中では、その男の姿にはいつも顔がない。それがかえって、彼に物事を普遍的・抽象的な意味で捉《とら》える際に強く影響を与えた。

人間は弱い。脆《もろ》い。だから非常事態に陥ると、あっというまに冷静さを失う。環境の悪化によって、いとも簡単に罪深い行為に手を染める。場合によっては、平然と他人を殺すようになる――。

教育や宗教による矯正《きょうせい》など待っていられない。

だいたい、そんなものがいままで本当に成果をあげただろうか。

やってからでは遅いのだ。

やる前に止めるのだ。

やらないように、人間を作り変えるのだ。

決してネガティヴな感情に負けない、強靱《きょうじん》な精神力と高い倫理性を生まれながらに備えた、平和的解決法を第一に考える新しい人類――それを科学の力で生み出すのは可能だろうか？

グレアムは火星の大学で勉強し、やがて卒業し、総合科学研究所で働くようになっても、その問いをずっと温め続けた。だから火星政府が、宇宙環境により広く適応し得る新しい人間を作り出そうとしていると知ったとき、その計画と自分のやりたいことが、ぴったりと綺麗《きれい》に重なると気づいたのだ。

人間の精神性を向上させるには、脳の構造に大幅な変化を加えればいい。あらゆる精神活動の源は脳にある。神経細胞の配線、脳内における化学物質の分泌とレセプターの反応、蓄積された記憶との照合が、人間の精神状態を決定する。

ならば、脳をいじることで、さらに優れた人類を作り出すのが可能ではないだろうか。脳も結局は体の一部である。宇宙環境に合わせてを身体を作りかえる計画の中に、脳を改造するという要素が入りこんだところで、何の不都合や不自然があるだろうか。優秀な人材を欲しがっているという意味では、火星政府は自分の発想を却下できないはずだ。説得次第で許可を得られるだろう——。

そして、グレアムはその通りにした。説得に説得を重ねて、ついにプログレッシヴ計画そのものを自分の腕ひとつでつかみ取った。

理想の人類を作り出す計画、ネガティヴな意識に一切囚われない、宇宙時代に相応《ふさわ》しい、新しい種族を作り出すことを実現したのだ。

それなのに……とグレアムは苦々しく思った。私はいま何をやろうとしているのか。完《かん》璧《ぺき》に作りあげられた存在だったはずのアデリーンは、私を裏切り、水島とともに逃亡した。私は水島を八つ裂きにしてもまだ足りないほど憎み、人殺しをしないはずの種族であるジャネットに、彼を殺すように命じている。

何十年もの研究の果てに、自分が辿り着いた場所はいったいどこなのか。あのとき、救命艇の上で自分を宇宙空間に突き飛ばしたあの顔のない男のように、自分はいま、己の計画に邪魔になる捜査官を、容赦なく死の淵へ向かって弾き出そうとしている。

結局は、この自分も、自身のネガティヴな感情からは逃れられなかったわけか。所詮《しょせん》は自分自身も、あの顔のない男と同じだったのか。

だとしたら、誰か教えてくれ。

人間は、どこまでいっても、己の罪深さから逃れられないのか。

科学の力で、それを克服することはできないのか。

どこまでも罪を犯し続けるしかないなら、人類にとっての真の平安はどこにあるのだ。

それを望むことすらも、あるいは、姿を変えた罪の姿でしかないのだろうか——。

7

特務課の取調室は先日以来修繕中なので、エイヴァリーは調査室の部屋をひとつ借り切り、そこにジョエル・タニを連行させた。

ジョエルは電気が流れる特殊な手錠で両手を拘束されていた。ふたりの職員に両脇を固められ、エイヴァリーと向かい合っても、飄然《ひょうぜん》とした態度を崩さなかった。

こいつは本当におかしな奴だとエイヴァリーは思っていた。平然と人を殺せるから頭がおかしいという意味ではない。頭がまともでも人を殺せる人間などいくらでもいる。職業的な縛りがなくても、人は人を殺すと腹をくくったら、平気で他人を殺せるものだ。自分で自分を殺せるように。戦場で確認するまでもなく、そんな人間は日常生活の中にごろごろしている。

ジョエルの奇怪さは、社会とのつながり方のいびつさにあるとエイヴァリーは考えていた。社会に適応できないくせに、ひとりで消えていくほうではなく、他人と関係し続けるほうを選んでいる。それはあたかも、「人を殺す」という行為で、社会や他人とコミュニケートしているかのように見える。本人自身もそれを正しいことだと信じ――いや、信じるふりをしているだけなのか。何かの信念のために。だとしたら、ある意味たいしたものだが。

エイヴァリーは職業柄、この種のゆがんだ人間を山ほど見てきた。そのせいで、特務課の仕事から離れられなくなっていた。命令があるから辞めないのではない。もはや自分の精神が、特務課の仕事にがっちりと根をおろし、引き剝がせないのを感じていた。それを不幸と呼ぶべきか幸福と呼ぶべきかは、自分ではわからなかったが。

ジョエルを椅子に座らせると、エイヴァリーもその向かいに腰をおろし、口を開いた。

「君の記録は全部読んだ。それに対する個人的な感慨はいまは述べない。私が望んでいるのは、ただの取引だ。これから言うことをよく考えて欲しい」

「取引ねえ」ジョエルは不敵な笑みを浮かべた。「これほど重罪なおれに、いったい何を持ちかけようというんだい」

「君を追っていた捜査官を覚えているか。水島という男だ」

「ああ、よく覚えているよ」ジョエルはうれしそうに言った。「奴は元気か」

「はた迷惑なほど元気だ。端的に言おう。彼を殺してくれないか」

ジョエルは軽蔑しきったような目つきをした。「おれの書類を読んだなら、おれの信条については知っているはずだな」

「君が女しか殺さないのは知っている。だから取引だと言っている。これは私個人や特務課だけからの頼みではない。もっと大きな部署からの要望だ。やってくれたら、司法取引で君を減刑する」

「減刑してもらったところで無期だ。あんまり意味はないな。おれは桁外れの数を殺しているからな」

「死んだことにして新しいＩＤを発行し、解放すると言ったらどうかな?」

ジョエルは少しだけ表情を変えた。喜んでいるというより、軽蔑するようなまなざしを向けた。「あんた、おれよりも悪人だな」

「水島は捜査官として君のことをよく知っている。君が男を絶対に殺さないと思いこんで、油断している。君には、そのぶん利があるはずだ」エイヴァリーは追い討ちをかけた。「その隙《すき》をうまく突けばいい。方法は任せる。必要なものはうちで調達する」

「断ったら?」

「裁判にかけるのも時間の無駄だしな。薬殺した後、焼却処分して火星の峡谷にでもばらまくか。さあ、好きなほうを選びたまえ」

「こういうのは二者択一って言わないんだぜ」ジョエルは不満げに言った。「片方しか選びようがないじゃねえか。卑怯《ひきょう》だな」

「火星でいつまでも人殺しを続けられるとは、君も思っていなかったはずだ。どこかで捕まって死刑になることは、織り込みずみだったんじゃないのかね。君の人生のスケジュールには、最初から自分の死が入っていた——違うかな？　君はそれだけの覚悟をもって、女を殺し続けていたはずだ。それを自分の手で早めるか、もう少し先延ばしにするか……。私はそれを選べと言っているだけだ」

ジョエルが少し身じろぎしたので、特務課の職員は電撃のスイッチに指を載せかけた。エイヴァリーはそれを掌で制した。「落ち着いて考える時間ぐらいやれ。私のほうにはまだ余裕がある」

「おれが承諾だけして実際には逃げたら、どうするつもりだい？」

「君は逃げられんよ。一週間ほどおねんねしてもらっている間に、体内に追跡タグを埋めこんだ。絶対に電池の切れない高性能のやつだ。どこへ逃げても人工衛星が君を追跡する。どこへ埋めたかは言えないね。皮膚に痕は残っていないし、画像診断装置でも見つけられないようにしてある」

「……わかった」とジョエルは答えた。「あんたの提案に乗ろう。水島はいまどこにいる？」

「パヴォニス山の審査ゲートだ。これから一緒に行ってもらう。だが、すぐに探しに出る必要はない。君は最後の切り札だ。第一弾、第二弾が失敗したときの」

「なんだ。おれは補欠なのかよ」

「それならそれで楽でいいだろう？　君は主義を変える必要もないしね。——この取引は、別の手段で水島が死んだとしても、このまま有効だ。君が承諾してくれたこと自体を、私は取引成立として見ておく。だから安心して出番を待ってくれ。必要があれば、私が自ら呼び出す」

エイヴァリーは立ちあがると、ひとあし先に尋問室を出た。

それでやっと気分が落ち着き、休憩所にあるコーヒー・メーカーに手を伸ばすことができた。

簡易カップからコーヒーをあおると、エイヴァリーは苦々しい表情を作った。

あんな薄気味悪い男を利用してまで事を運ぼうとするとは、上層部はどうかしている。甘い言葉でたくみに誘導し——だが、約束は反故《ほご》にする気なのだ。首尾よく事態を収束させた後には、すみやかにジョエルも処分しろ——エイヴァリーはそう命じられていた。それに気づかれないように取引を結べと。

アデリーン絡みのエイヴァリーの仕事は、これまですべてグレアムから直接指示が出ていた。本来は、エイヴァリー自身が出ていくような業務ではないのだが、総合研究所と火星政府が嚙《か》んでいるというので、渋々応じていたのだった。

だが、ジョエルを利用しろという指示は、グレアムから出たものではなかった。内務省から直《じか》におりてきた指令だった。しかし、仕事上エイヴァリーとつながりのある役人が決めたわけではなく、誰がそう決めたのかわからない奇妙な空気があった。

上層部が、この件を本格的に整理する段階に入ったのではないかと、エイヴァリーは推察していた。そして、その指示を出しているのは、自分たちには顔も知りようのない権力者たちで、所詮自分たちは、そいつらが戯れに見おろすフィールドの中で茶番劇を演じているだけではないのか――そんな気がしてきた。

もしかしたら、全体の流れを決めている具体的な人間すら、火星にはいないのかもしれない。誰かの積極的な意志などではなく、火星の社会構造そのものが、そうなることを望んでいるのだとしたら？　効率的に緻密《ちみつ》に組みあげられた社会構造は、すでに具体的な権力者など必要とせず、ただ、その時々の状況に合わせて、構造の維持にとって最適な選択を弾き出しているだけなのかもしれない。極めて冷徹に、合理的に。皆で決めた、という言葉を免罪符に。

だとしたら、自分にしろ水島にしろ、対峙《たいじ》すべき相手はどこにもいないわけだ。

火星の社会構造が非情なわけでも腐敗しているわけでもなく、これが社会システムの本来のあり方なのかもしれない。

そしてたぶん人間という奴は、文句を言いながらも、この仕組みから離れられない。社会全体から離れられない。

エイヴァリーは、カップの中のコーヒーをじっと見つめた。

まあ、そんなのはどうでもいいことか。

カップをあおり、中身を一気に飲み干した。

おれは上からの命令に従い、定年まで無事に勤めあげればそれでいい。それ以上のことを求めたり望んだりするのは馬鹿らしい。おれは所詮、治安管理のために飼い慣らされた犬なのだ。主人に逆らう必要はない。

自分のことだけを考えていればいいんだ。

8

軌道エレベータが根をおろしているパヴォニス山の麓《ふもと》には、裾野《すその》をぐるりと取り囲むような形で都市が作られている。天蓋《てんがい》で覆われた内部には色鮮やかな建築物が立ち並ぶ。マリネリス峡谷内と違って、いかにも楽しげで明るく塗り立てられた外観は、火星の殺風景な印象を打ち消すために特別の配色が決められた結果だった。

観光都市部から山頂のゲートへ辿り着くには、山の内部を貫いている別のエレベータに乗る必要があった。二万一千メートルの高さを昇るエレベータだ。そこを中心に、パヴォニス山の内部には、街とつながるトンネルが掘られている。

山の内部には、このトンネルから分岐するような形で、あたかも蟻《あり》の巣のように随所に空洞が作られ、非常用の発電装置、災害時救助用のレスキュー・ロボット、メンテナンス用品の保管庫などが設置されている。さらに、観光客目的の遊戯施設、音楽・映像ホール、ショッピングセンターまでもが入りこみ、独特の都市空間を作り出していた。

パヴォニス山は、単に軌道エレベータの接地点であるだけでなく、山全体が観光都市なのだ。そして、この都市のあらゆる産業を束ねて管理しているのは、言うまでもなく地球に本社を置く大企業群である。

審査ゲートでの水島の手続きは、意外とスムーズに進んだ。搭乗手続き、手荷物チェック、出港審査——あっけないほどに、どれもクリアした。偽造パスと、偽装レンズのできがよかったのか。あるいは幸運がついて回っているのか。あるいは——うまく誘いこまれたのか。

ゲートを抜けるため、水島は丸腰だった。フレッドに頼んで、非金属製のスローイング・ナイフだけは十本ほどそろえてもらい、袖口《そでぐち》と足首に隠しているが、銃を向けられたら両手をあげるしかない。

武器がないのは不安だった。職業柄、銃に頼ることに慣れきっていた水島にとって、それは一般人以上に落ち着かない状態だった。

十分後に降りてくる予定のエレベータ・カーを待機フロアで待つため、水島はベンチに腰をおろした。

ゲートを通過できたから安心というわけではない。むしろ、ここで見つかったほうが危ない。ゲートの入り口を封鎖され、挟み撃ちにされたら逃げ場がない。

リストコムを操作し、仮想ディスプレイを開いた。離れた場所にいるアデリーンの横顔が下から見あげるような格好で確認できた。アデリーン自身のリストコムが映し出している映像だった。

アデリーンは、長いブロンドの髪をばっさりと切り、いまでは黒く染めていた。ショートボブにして薄化粧した彼女は、少女というよりは凛々《りり》しい少年にも見える面立ちになっていた。マニッシュなジャケットとパンツの組み合わせが、その雰囲気を余計に強めている。あの儚《はかな》げな少女が、ファッションひとつでこれほど変わるとは……と、水島はあらためて感心した。

リストコム越しでも声はかけなかった。無線を傍受される心配から、本当に危なくなったとき以外は通信するなと言っておいたのだ。アデリーンはそれを素直に守り、沈黙している。本当は文字メッセージでもいいから送りたいと思ってじりじりしているはずだが、水島はそれも禁じていた。メッセージを打っている間は警戒が疎《おろそ》かになる。ゆっくり話すのは機内に入ってからにしようと、言い渡しておいたのだ。

――もし、自分がゲートから引き返し、黙って火星の都市へ戻っていったらアデリーンは何と言うだろうか。たったひとりになった機内で、喚き、罵り声をあげ、身を捩りながら泣くだろうか。

それでも、もしかしたらそのほうがいいのではないか。地球まで行っても、自分は彼女の愛情に応《こた》えられないだろう。形だけなら抱くこともできる。だが、自分は人間の暗部と闘っていなければ心が落ち着かない人間だ。そのために一生走り続けることを選んだ男だ。地球へ帰ってもそれは変わるまい。警官という職を失った以上、その気持ちを満たすために選べる職種は限られてくる。これまでよりもさらに、危険でやばい仕事につくしかない。アデリーンは心が安まる日がないだろう。

私は君に自由を勝ち取って欲しいんだ、と水島は思った。その自由の中には、私のことを捨てる自由も含まれているんだよ……。そう言いたかったが、いまの彼女にそれが理解できるとは思えなかった。

それを理解してもらえるのは、いつの日なのだろう。

自分が、あの子を残したまま、死ぬときだろうか——。

9

水島のことを考えながら、ひとりでベンチに座っていたアデリーンは、ふと気になる感情の波を捉えて周囲を見回した。

とりたてて怪しい人間の姿はない。

だが、首の後ろの産毛が逆立つような嫌な気配があった。

特務課？　いや違う。これは……。

背筋がざわりと震えた。

これは自分と同じプログレッシヴの感情だ。しかも、どれにも感触に覚えがある。

Aクラスの仲間たちの感情波だとわかった。それらが一斉に、両手の指を伸ばすようにあたりをまさぐっている。先ほど感じたのは、その指先がかすっていった感覚だ。

私の居場所を探しているんだ……。

動悸《どうき》が激しくなった。どうすればいいのかわからなかった。感情の波は隠せない。読み慣れている相手のものなら、かなりの高い確率で居場所を突きとめられる。ジャネットが、外出先で、いつもアデリーンのいるところを見つけていたように。

それをごまかすには、ホップ・クラブのように人間の想念が激しく渦巻いている場所に逃げこむしかない。だが、ここは審査ゲートだ。そんな場所はない。

じりじりと高まってくる焦燥感に、アデリーンはパニックを起こしそうになった。

だが、先ほど触れてきた指は、意外にも二度と触れてこなかった。無数の指先が、あちこちを探っている感じは受けるが、アデリーンのところには降りてこない。

探しあぐねているのだろうか——そう思った瞬間、彼らが探しているのが、実は自分ではなく水島のほうではないかと思い至り、アデリーンは頭を殴られたような衝撃を受けた。

彼らがどうやって水島の感情波を知ったのかは不明だが、特務課に捕まったときのデータから、何か読み取れたのかもしれない。接触を感知できない水島が、知らないうちに居場所を突きとめられたら——。自分では身を守れないに違いない。

アデリーンの中で恐怖が最高域まで跳ねあがった。早く、水島さんに警告を送らなければ——。

その瞬間、アデリーンは自分の周囲に、一斉にプログレッシヴの無数の手が集中したのを感じた。指が腕がアデリーンの意識に絡みつき、爪《つめ》を立てた。アデリーンは眩暈《めまい》を覚え、倒れそうになった。身動きは完全封じられ、気が狂いそうな頭痛に見舞われた。まるで頭蓋骨の内側を、直接引っ掻《か》き回されているような激痛だった。酸素を求めて喘ぐ喉《のど》を、革紐で締めあげるように皆の力が集まってきた。

心理戦に引っかかったと気づいたのは、そのときだった。

彼らの目的は最初から私のほう――さっき触れてきたのは、自分を動揺させ、不安をあおり、隙を作らせるためだったのだ。

自分に触れている指先から、皆の感情がどっと流れこんできたのをアデリーンは感じた。毒薬のように浴びせられ続ける嫉妬、羨望、怒り、嘲笑《ちょうしょう》――。木星へ行く能力があるのに、誰よりも力を持っているのに、それらをあっさりと否定して見知らぬ男と一緒に地球へ逃げようとしているアデリーンに対して、皆は直截《ちょくせつ》に非難をぶつけてきた。《贅沢《ぜいたく》だ》《傲慢《ごうまん》だよ》《行きたくても行けない奴だって大勢いるのに》《皆を馬鹿にしているんだろう》《許せないよ！》

体中にまとわりつき、喉を絞めあげ、頭の中を殴り続ける感情の波に翻弄されながらも、アデリーンは反撃の力を徐々に溜めこんでいった。

ごめんなさい、とつぶやいた。あなたたちにとっては理不尽に見えても、これが私にとっては最も価値があることなの。悪いけど――そこを退いて！

直後、ゲート内の明かりが一瞬にしてすべて消えた。停電状態になったゲートの中で、アデリーンに向かって周囲のエネルギーが一斉に収束し始める。次の瞬間、自分の中に溜めこんだエネルギーを、アデリーンは仲間たちに向けて爆発させた。接触していた指先経由で、膨大なエネルギーが逆流を起こしてプログレッシヴたちの脳を直撃した。

引き裂くような仲間たちの悲鳴がアデリーンの内部へも直接届いてきた。音を立てて崩れ去っていく精神の波、痛い痛いと叫んで転げ回っている姿が直に感じられた。それでもアデリーンは怯《ひる》まなかった。日の出とともに朝顔が萎《しぼ》み、急速に朽ち果てていくように、探索の指先がひとつまたひとつと落ちていくのを、アデリーンは冷徹に眺めていた。

これは自分で望んだことだ。

だから私には耐えきれる。

最後の指が離れていったとき、仲間たちは何を思ってこの探索に加わったのだろうかと、アデリーンはふと思った。

研究所から命令されてだろうが、あれほど剝き出しの感情をぶつけてくるとは——私を捕まえれば褒美でも出る予定だったのだろうか。皆と正面切って対立したことはない。差別的な感情があったとも思えない。だが、それでも何かしらのわだかまりがあったのだとしたら——プログレッシヴは、そういった暗い情念とは無縁の種族として作られたはずなのに、何とも情けないことだ。

もっとも自分自身、ここまで攻撃的な人間になるなんて想像もしなかったのだから、プログレッシヴも所詮、ただの弱い人間なのかもしれない。一般人も、プログレッシヴも、たいして違いはないのかもしれない……。

すべての探索を退け、脱力しきって一息ついた直後、ふいにアデリーンの頭の中を直撃した強烈な感情があった。

あまりの攻撃力に、アデリーンは喉をのけぞらせて声をあげた。

崩れ落ちそうになった彼女の腕をつかみ、ベンチへぐいと引き戻した者があった。

ジャネットだった。

「成長したわね、アデリーン」ジャネットは両腕でアデリーンを押さえつけ、覆い被さるように見おろしながら微笑した。「でも、私からは逃れられない。ましてや二十人も倒した後ではね」

アデリーンはジャネットの腕を払いのけようとしてもがいた。だが、体が麻痺《まひ》したように動かなかった。

「どうして、あなたが木星へ行きたくないのかわからない」ジャネットは低い声で続けた。「あなたには、それだけの資格も才能もある。しかも、グレアムのお気に入りで……。私が望んでも得られないものをすべて持っているのに、あなたはそれを全部いらないと言う。行けるものなら私こそ木星へ行きたいのに。いらないというあなたにチャンスが与えられ、私には何も与えられない――不思議ね」

「行きたいのならどうぞ。権利を譲るわ」こめかみをぎりぎりと苛む痛みに顔をしかめながらアデリーンは言った。「グレアムに言っておいてあげるから、木星でも銀河系の外でも好きなところへ行けばいい」

「だめよ。グレアムはあなたを手放しはしない。そして、私のことも振り返らない。私には永遠に何も与えられないの。ただ、あの人の命じるままに働いて、いつか解雇されるだけ」

ジャネットは右手をアデリーンから離すと、上着の内側から小型の拳銃を抜き、アデリーンの鳩尾《みぞおち》に押しつけた。「シャーミアンは、あなたを逃がすために犠牲になった。グレアムがどれだけ命令しても、今回の探索に加わらないと言い張ったの。体に埋めたプレートを利用して、どれだけひどい目に遭わせても承知しなかったわ。いま彼女は、ボロ布のようになって研究所のベッドで横たわっている。もう一生、火星からは出られないでしょうね。研究材料として実験を繰り返されるだけ。ゲートでの捜索に加わったプログレッシヴたちは、あなたを見つけて連れ戻せたら、木星行きのメンバーに加えてもらえることになっていた。それをあなたは全部潰した。自分の夢を押し通すために、あの子たちの夢を潰したのよ」

アデリーンは唇を嚙みしめた。――シャーミアン。ずっと気になっていた。彼女のところへ戻れないことが。連れていくと約束したのに果たせなかったことが。置いていけばどうなるか、お互い、ある程度予測もついていた。それでも彼女は行けと言ったのだ。そして自分は、水島と一緒に行くことに決めたのだ。その切ない気持ちが、ジャネットにわかるはずなどない。「わかっているわ、それぐらい」アデリーンは呻くように言った。「知ったふうなことを言わないで。それでも私はそのほうを選んだ。あなたには、絶対に理解できない意志で」

「決着をつけましょう、アデリーン。あなたはいまここで未来を失う。それが皆に対する罪の償いになるのよ」

「私を撃ったら、グレアムが黙っていないわ」

「あなたを撃つとは言っていない。私が撃つのはね、あの男。私たちを見つけて、いま、こちらへ向かって一直線に走ってきている、あの男よ」

ジャネットは、アデリーンを突き飛ばすと、銃を手にしている方向へ体を開いた。

水島が、袖口に手をやりながら走ってくる姿が、アデリーンの目にも飛びこんできた。ゲートでの停電をアデリーンが力を使ったからだと直観した水島が、アデリーンを守るために駆けつけたのだった。ジャネットが、この瞬間を狙っていたのをアデリーンは察した。

ジャネットはわざと、私の目の前で水島さんを撃ち殺すところを見せようとしている――それで私が、狂ったようになって泣き叫ぶ姿を見て溜飲《りゅういん》を下げようとしているのだ――。

水島の手の中でスローイング・ナイフの刃が閃《ひらめ》いたのと同時に、ジャネットの銃口が彼に照準を合わせた。

アデリーンは、あたりの空気が一斉に振動するような叫び声をあげた。直後、ジャネットの掌の中で爆発が起きた。粉々に砕けた拳銃の残骸《ざんがい》と、吹き飛ばされた彼女の指が真っ赤な血とともにばらまかれた。

待合いの客たちが悲鳴と呻き声をあげた。

ジャネットは背を丸めてその場にうずくまった。左手で傷口を握りしめた。溢れ出す血を止めようとして、右手を強く腹部に押さえつけた。

水島は蒼白な表情で立ち尽くすアデリーンの腕をつかむと、素早くその場から立ち去ろうとした。だが、ゲート内に潜入していた治安管理局員が、暴発の音を聞きつけて周囲から集まりつつあった。

ジャネットは右手を腹の下に入れたまま、行き場を失ったふたりを見あげた。苦痛でゆがんだ顔に嘲笑を浮かべる。「これがあなたの本質よ、アデリーン」血まみれの手を突き出して言った。「自分が何をやったのかよく見るといい。あなたはただの怪物よ。世界を壊すことしかできない、人工の生き物――」

「やめて、ジャネット！　私を憎まないで！」

アデリーンは懇願するように叫んだ。あなたの感情の波が強すぎる。私の中へ流れこんでくる。このままだと私は、あなたの憎悪に共振してしまう。プログレッシヴ同士の共振ほど恐ろしいものはない。列車事故を起こしたとき以上の現象が起きる――。お願いだから、やめて！

痛みのせいか自分が正しいと思っているせいか、ジャネットは何も言わなかった。喉の奥から、かすれた笑い声を洩らしただけだった。無理やりねじこむようにして自分から彼女の感情に触れたアデリーンは、背筋を氷の柱で撫でられたような悪寒を覚えた。

この人の憎悪の対象は私だけではない。

ありとあらゆるものを――自分自身の人生さえも――すべて壊れてしまえばいいと、塵になってしまえばいいと思っている。こんな感情に共振したら、私は――。

たじろいだ瞬間、アデリーンの精神はジャネットに組み伏せられていた。

この人、Aクラスだ！

感覚を抑えこまれた瞬間、アデリーンは直観した。本当はこんな力を持っているのに、どうしてグレアムの補佐などしているのか。

行けるのに。この力を磨けば、この人にだって、木星へ行くチャンスはあったはずなのに。

「安定しないのよ、私の能力もね」

感情の接触でアデリーンの心を見抜いたように、ジャネットはつぶやいた。「瞬発力はあるけど、維持する力がない。第二世代のプログレッシヴは、たいていそうなの。生まれた当時は、この程度でも歓迎された。でも、あなたたち第三世代が生まれてから、私たちは忘れ去られたわ。開発の最先端からこぼれ落ちたの。最初から木星行きの候補にもならなかった」

じわじわと染みだしてくる暗い感情に、アデリーンは思わず顔をそむけたくなった。

「自分たちの都合で生み出し、プログレッシヴとしての教育も施してきたくせに、適性がないとわかるや否や、普通の人間になれと言ったのよ、彼らは。私に、あなたの気持ちがわかるわけがないと言ったわね。だったらあなたには、私の気持ちがわかるの？　どうしようもない悔しさや情けなさや、拠り所のない不安感が、もうどうでもいいよと投げ出したくなるような絶望感が、あなたにわかるとでも？」

アデリーンは喉が詰まりそうになった。やめて。そんな形で私と共振しないで。プログレッシヴ同士が共振したら、とんでもないことになってしまう。しかもあなたのように、積極的に何かを壊したいという感情で接触して来たら――。

アデリーンが抵抗できたのは、そこまでだった。治安管理局員が駆けつけ、水島ともみ合いになりかけたのを見た瞬間、アデリーンの中で制御心が壊れて、抑えが効かなくなった。

ジャネットとアデリーンのいる場所を中心に、凄《すさ》まじい衝撃が発生した。渦を描いて激しく放散され始めたエネルギーを、止めることのできる人間は誰もいなかった。

水島すらも巻きこんで、ふたりの周囲にあるものがすべて薙《な》ぎ倒された。地震が起きたように床が揺れ、あちこちに亀裂《きれつ》が走り、天井が落ちてきた。アデリーンは水島の呼び声を聞いたような気がした。だが、すべてはジャネットが発する激しい意志に押し潰され、白く霞んでいった。

10

体中が軋《きし》むような痛みに苛まれながら、水島は目を開いた。口の中は砂塵《さじん》でざらつき、粉々になった建築材の破片に、半ば埋もれるような格好で倒れていた。

のろのろと手足を動かし、ようやく瓦礫《がれき》の隙間から這い出した。立ちあがり、埃《ほこり》まみれになった頭と服を掌ではたき始めた途端、いがらっぽい空気が鼻と喉を直撃した。背を丸め、両手で膝をつかむような格好になって、涙が滲むほど激しく咳《せ》きこんだ。筋肉が痙攣《けいれん》し、胃が裏返るかと思うぐらいの発作を長い間繰り返した後、ようやく微細な異物は肺と気管から吐き出され、水島は人心地を取り戻した。

黒く汚れた顔をあげ、周囲の状況を見回した途端愕然《がくぜん》とした。ゲートの受付は吹っ飛び、壁はすべて剝がれ落ち、建築材の骨格が剝き出しになっていた。天井には大穴があき、配線が剝き出しになってぶら下がっていた。外殻が二重構造になっているおかげで、幸い室内の気圧は下がっていないようだ。しかし、衝撃で気を失った人々、怪我をした人々が崩壊した床の上に横たわっていた。レスキュー・ロボットと医療ロボットが白立走行し、処理班と医療班が到着するまでの準備を、着々と整えつつあった。

水島は左腕を押さえ、脚を引きずるようにして歩いた。追っ手の姿は見あたらなかった。そのあたりに倒れているはずだったが、あまりの凄絶《せいぜつ》さに、何がどうなっているのかさっぱりわからない。

ゲート内の崩れた階段の陰に身を潜めると、リストコムの無線受信帯域を、治安管理局員が使っている周波数に合わせた。聴覚インプラントが捉える通話を、しばらくの間じっと聞いていた。

ゲートの周辺は封鎖され、マスコミも現場へは立ち入れないようだった。テロなのか事故なのか不明という情報が飛び交い、治安管理局自体、正確に事態を把握しているわけではなさそうだった。

施設内のどこかで爆発や崩壊が続いているふうでもなかった。アデリーンの暴走は、とりあえずおさまっているようだ。

だとしたら、彼女はいまどこにいるのだろう。自分を取り戻したのなら、真っ先に私を探すはずなのに——会えない理由でもあるのか。もしくは、負傷して、どこかに横たわっているのか。

あたりを歩き回っているうちに、水島は、仰向《あおむ》けに倒れているジャネットを発見した。スーツの腹部が、右手と同様に赤黒く染まっていた。こめかみにも血がこびりつき、艶やかだったブルネットの髪は、埃で真っ白になっていた。

水島は膝をついて彼女の脈拍を確かめ、まだ手遅れではないことを知った。腹の傷を調べるために、近くにいた医療ロボットを呼び止めた。

治療の途中でジャネットは目をあけ、水島を見た。ひび割れた唇が、あの子は？　とかすれた声を発した。

「わからない」水島はジャネットの顔の汚れをガーゼで拭《ぬぐ》いながら答えた。「気がついたらゲート全体がこの有様だ。君を殺すためにあの力を使ったのだとしたら少し変だな。あまりにも程度がひどすぎる」

「――あの子の力を積極的に使おうとしたのは私よ。あの子は共振を起こしたの。私の憎悪が爆発の引き金になったのね」右手を掲げ、奇妙な笑みを洩らした。「指……五本とも全部飛んでしまった。せっかく綺麗に爪を伸ばしていたのに」

「そんなもの、再生医療の技術でいくらでも元通りになる」

「嫉妬したのよ私は。七歳も下のあの子の、能力と存在そのものに」

「彼女は、いつだって自分の力を捨てたがっていた。なのに君は、それがうらやましかったのか」

「ええ。死ぬほどうらやましかった。私は第二世代プログレッシヴで、彼女より一世代前の実験体なの。未完成型なのよ。でも、それだけじゃない。あの子は知らないでしょうけど、私は彼女のプロトタイプ。あの子は、私の実験成果から生み出された子供なの」

「どういう意味だ」

「私は遺伝的には、あの子の姉にあたるのよ。遺伝子に多くの共通点があるの。外見は似てないけれどね。グレアムは、私の塩基配列を研究してあの子を作った。ある意味では、母親ということになるのかしら。実験室で生み出される私たちに、母も姉もあったもんじゃないけれどね」

「それで彼女を憎んだのか」

「そうよ。アデリーンが物心ついて能力を発揮し始めた頃から、グレアムの関心は完全にあの子に移ったわ。それまでは私が一番だったのに。でも、彼の側から離れたくなかったから、仕事が欲しいと訴えた。一般社会の中で探すのではなく、プログレッシヴの研究に関わる仕事をしたいと。そしたら彼は、アデリーンの世話と監視を私に命じたの。いつもあの子の傍らにいて、あの子の成長を観察し続けろと言ったのよ。なんて、思いやりのない男——」

ジャネットは左手で顔を覆った。細い指の間から、黒く汚れた涙が流れ落ちた。「けれども、私は離れられなかった。だって私には、グレアムしかいないんだもの……」

「もう、あまり喋るな。救急隊が来るまで、じっとしているんだ」

「どうして、あなたがあの子を制御できるのか不思議よ。多くの人間が、あの子とは共振を起こす方向でしか関われなかった。でも、シャーミアンやあなたは違った。どこが違うのか、私にはわからない」

「それはたぶん、君がグレアムを大事に思うのと同じ感情が、あの子の中にあるからだろう。だが、まあ、グレアムなんかとは、さっさと縁を切ることだな。あいつは君のように素直で一途《いちず》な人間をコントロールする術《すべ》に長《た》けているんだ。支配されてはだめだ。どんなに甘い言葉をかけられても、二度と振り返るな。わかったな」

水島は立ちあがり、ジャネットの傍らから離れた。アデリーンを探して、崩壊したゲート内を彷徨い始めた。

「水島！」ふいに英語で呼びかけられた。水島は声がしたほうを見た。どこで手に入れたのか、一課の防護服に身を包んだユ・ギヒョンが立っていた。

「久しぶりだな」ユ・ギヒョンは感情を押し殺したような声で言った。

「よく無事でいられたな」と水島は言った。「特務課はおまえに何もしなかったのか」

「調査室の棟が爆発で吹き飛んで以来、連中はてんてこ舞いだ。おれのことまで充分に手が回らなかったらしい。おかげで、たいした苦労もせずに身を隠せていたよ」

「それはよかったな。で、ここへは、なぜ？」

「何も知らんのか。一課が出動しているんだ。軌道エレベータが破壊されて運行が停止している。一課はテロの疑いで捜査中だ。だが、おまえに話を聞いていたからピンと来た。調査室での爆発も、今回のも、プログレッシヴとかいう連中が関わっているんじゃないのか。それを確認に来たんだ」

水島は問いには答えず訊ねた。「女の子をひとり探している。ショートカットで髪の色は黒、背はこれぐらい。見かけなかったか」

「例の女の子か」

「そうだ」

「この騒ぎは、そいつが原因なのか」

「頼む、誤解しないでくれ。彼女は周囲との相互関係で力の爆発を起こす。彼女だけが悪いんじゃない。暴発の引き金になる人間がいつも側にいる——その結果なんだ。一課と特務課に先を越されたくない。何とか助け出したい。協力してくれ」

ユ・ギヒョンは黙って水島をにらみつけた。顎で周りの状態を指し示し、言った。「悪気がなくてこれだけのことになるなら、悪意を持ったらどうなる。兵器と同じじゃないか」

「違う、彼女はただの気の弱い少女だ。精神的に落ち着きさえすれば、どうということはない」

「今度会ったらおまえを逮捕する、と言っておいたはずだ。忘れちゃいないだろうな」

水島は目を細め、すっと身を引いた。ユ・ギヒョンは一歩前へ出ると、腹に響く太い声で言った。「逃げるな。協力するのはおれじゃない、おまえのほうだ」

「何だと」

「おれを、その少女の居場所まで連れていけ」

「どうする気だ」

「危険だと判断すれば撃つ。これ以上、ここを破壊させるわけにはいかない」

「おまえに彼女を撃つ権利なんかないぞ」

「ある。彼女はジョエルに力を貸して、璃奈を殺したんだろう?」

「璃奈を殺したのは彼女じゃない。話して聞かせたはずだ」

「おまえはそう思っても、おれは違う。おれとおまえでは、璃奈との関係の重さが違うんだ」

ユ・ギヒョンは懐から銃を抜いて水島に向けた。だが水島は、それよりも先にジャケットの袖口に隠していたナイフに手を伸ばし、彼に向かってサイドスルーで投げつけていた。

ユ・ギヒョンは反射的にナイフから身をかわした。水島はその隙を突いて、相手の懐へ飛びこんだ。重い体当たりを食らったユ・ギヒョンは瓦礫の中へ倒れこんだ。水島は容赦なく、相手の胸に肘を叩きこんだ。急所を殴られて呼吸困難を起こしたユ・ギヒョンから銃を奪うと、立ちあがり、彼に銃口を向けた。

座りこんだまま、悔しそうな表情で見あげたユ・ギヒョンに、水島は言った。「すまない。いま、おまえに捕まるわけにはいかないんだ。彼女は必ず私が鎮める。これ以上の破壊行為はさせない。だから追わないでくれ」

ユ・ギヒョンは口元にゆがんだ笑みを浮かべた。「怯えているくせに。その子を一番恐れているのは、おまえ自身のくせに」

「それぐらい自分でもわかっているさ」水島は自嘲するように答えた。「私はあの子が怖い。あの子の暴発が怖い。感情を読まれることも怖い。だが、絶対に見捨てはしないぞ。私はあの子に、自分がこの世に存在することが、決して間違いではないんだと、心の底から実感させてやりたいだけだ！」

唇を堅く引き結び、ユ・ギヒョンは沈黙していた。やがて言った。「おまえを助ける気にはなれないし、その少女を許す気にもなれない。だが、いま、ここにいる怪我人と、エレベータ内に取り残されている乗客を助けられるのなら——おまえの行動が結果的にそうなるなら手を貸してもいい。ただし、無謀だと判断したら、即座に切り捨てる。それでいいか」

「わかった」

「では、銃を返せ」

水島は薬室と弾倉から全弾を抜くと、からになった銃をユ・ギヒョンに放り投げた。ユ・ギヒョンは、むっとした表情でつぶやいた。「嫌な野郎だな」

「お互い様だろう」リストコムの操作パネルを指で撫でながら、水島は言った。「そのかわり、コムの番号を教えておく。何かあったら連絡を入れてくれ。私を信用できないなら、コールして居場所を逆探知すればいい」

データは一瞬にして、お互いのリストコムの間を行き来した。ユ・ギヒョンは、同じ方法で水島に自分の番号を伝えた。「情報が欲しければ、おまえのほうこそかけてこい。いつでも返事をしてやる」

「ありがとう。では、ひとつ頼みたいことがある。現場に駆けつけている人間の中に、特務課のスタッフがいるはずだ。そいつを探してくれ。ジェイムズ・エイヴァリー——もしくは、その男とつながりのある職員がいい。それから、科学部長のグレアム・E・バンクスという男。司令車両の近くか、その内部にいるんじゃないかと思う。もし見つけたら、私に連絡を入れてくれ」

「自分で探せばいいじゃないか」

「私が行くと即座に捕まる。おまえのほうが適任だ」

「そいつらが何か知っているのか」

「たぶん、いまの事態を一番正確につかんでいるはずだ。盗聴用の虫を送りこめないか」

「何でおれが、そんなことをしなきゃならんのだ」

「一課のふりをして侵入したってことは、何か情報をつかみに来たんだろう？　それぐらいの準備はしているはずだな。内容次第じゃ、直接中継に切り替えて、マスコミにすっぱ抜くつもりじゃなかったのかい？」

　ユ・ギヒョンは答えなかったが、水島は続けた。「情報はおまえにやる。自分の手柄にするなり、マスコミに売り飛ばすなりして、溜飲を下げるがいい。私の望みはふたつだけだ。殺人の共犯容疑をかけられた私自身の名誉を回復すること、そして、例の少女の安全を確保すること。彼女を連れて脱出できるなら、名前が公表されても構わないし、私がやってきたことが世間に知れてもいい」

「覚悟を決めたわけか」

「いずれは公表しなければならなかったことだ。私が自分でやるつもりだったが、おまえがやりたいのなら全部任せる」

「虫は持っている」とユ・ギヒョンは言った。「しばらく待てるか。成功したら、盗聴用の周波数を連絡する」

「わかった。私はしばらく隠れている。うまくいったら、コムに連絡を入れてくれ」

11

治安管理局から出動している車両は何十台もあったが、調査室から派遣されていたのは一台だけで、ユ・ギヒョンにもすぐに見当がついた。

適当に理由をでっちあげて扉をあけさせるか……と思っていると、防護服を着こんだ局員と、スーツを着た男が車両に近づいていった。ふたりが車両を叩くとすぐに反応があり、扉が開いて男たちを受け入れようとしたので、ユ・ギヒョンはあわててポケットから虫を放った。虫は全速力で飛ぶと、間一髪のタイミングで閉じかけの扉の隙間を通過し、車両内部へ潜りこんだ。

ユ・ギヒョンは、リストコムの仮想ディスプレイを開いた。司令車両の中が映し出された。聴覚インプラントに、乗員の会話やコンピュータの作動音が入りこんできた。

会話はすべて英語だった。彼は内容に意識を集中させた。

グレアムは車両内に入ると、挨拶《あいさつ》も抜きにエイヴァリーに訊ねた。「最新の状況を教えてくれ。あの子は、いまどこにいるんだ」

「はっきりと確認したわけではありませんが、この映像を見てもらえませんか」

エイヴァリーは複数のモニターを指し示した。「軌道エレベータ内に撮影装置を放って得た映像です。エレベータの内部には貨物用の軌道が四本ありますが、その一本の様子です。ゲートのある一階フロアから、高度三百メートルほどまで上がった位置での撮影です」

モニターに映っている塊は、荷物を運ぶ貨車が滅茶苦茶に壊れて停止しているもののようだ。貨車の外殻はゆがみ、素材が剝き出しになっている。木の根のように配線が絡みついたそれは、まるで枝を寄せ集めた鳥の巣だった。どこに荷物を出入りさせる扉があるのかもわからない。

「装置が測定した記録によると、こいつは、ものすごい高熱を発しています。周囲の気温が、摂氏五十度まで上がっているそうです」

「発熱するような荷物を抱えこんだまま停止しているのか。何が入っているのか調べたのか」

「接近させてみましたがだめでした。貨車に触れようとした途端、落とされたんです」

「落とされた？」

「貨車の内部から衝撃波を食らって」

グレアムは目を見開いた。「まさか、この中にあの子が……？」

「自分の意志で昇ったのだとすれば、いったい何のつもりなんでしょうな。ゲートで共振を起こしてエネルギーを爆発させた後、アデリーンは自分の力に翻弄されるままにエレベータの内部を駆け上った。そして、なぜかこの高さで止まり、自分から貨車の中に閉じこもったか、あるいは閉じこめられたかして、ここで留まり続けているというわけです」

「降りてくるように説得したのか」

「もう一台を送って呼びかけてみましたが、問答無用で叩き潰されましたよ。それで本格的に、一課の対テロ・ロボットを何台も登らせましたが片っ端から落とされました。あの子には話し合いに応じる気はなさそうです。これから何をする気なのかわからないが、平和的に解決とはいかないようですな」

「そんなはずはない」グレアムは唸るように言った。「プログレッシヴは、他人と闘争するようには作られていないんだ。意識の仕組みがそうなっている」

「だが、調査室のフロアでは、水島を救出するために、素晴らしい暴力を振るってくれましたな」エイヴァリーは皮肉たっぷりに続けた。「プログレッシヴといえども、恋をすると少し気が変になるんじゃありませんか。それでなくても女は魔物だというでしょう」

グレアムはエイヴァリーをにらみつけた。

エイヴァリーは飄然とそれを受け流し、「それはともかくとして、大至急、対策を考えねばならないことがあります。ゲートが損傷したことで、エレベータの制御装置が一時ダウンしたんです。宙港側のシステム自体は無事だったので、ほどなく復旧しましたが、エレベータを振動させるプログラムがうまく働かないのだそうです。原因は、たぶんアデリーンです」

「どういうことだ」

エイヴァリーはモニターのひとつに、火星と軌道エレベータとフォボスの動画を表示させた。「火星の軌道エレベータが宇宙に突き出している位置は、火星の衛星・フォボスの軌道と一致しています。赤道上空六千キロメートル、静止軌道の約三分の一といったところですね。フォボスの公転周期は約七時間四十分。エレベータとフォボスが同一点に来る周期は、約十一時間。普段、火星のエレベータは、楽器の弦のように振動してフォボスとの衝突を回避しているわけですが、それが、システムのダウンで制御できなくなりました。宇宙港側のエンジニアは、即座にシステムを復旧させましたが、彼女がエレベータ内部に留まっているせいで振動に狂いが生じているんです。確か彼女は、手近にあるエネルギーを自分の側へ引き寄せて、形を変えて外部へ放出しているんでしたな？　つまり、エレベータの振動エネルギーが、全部、彼女に吸収されてしまっているんです。このまま放っておくと、どうなると思いますか」

「フォボスとエレベータが衝突する。フォボスの通過は何時間後だ」

「たった二時間後です。火星に軌道エレベータが建設されたとき、やろうと思えばフォボスの軌道を変えることもできたし、資源として使い尽くしてしまうこともできた。政府がそれをやらなかったのは、単に観光のためです。外付けのエレベータ・カーで上り下りすれば、安全な場所でソファに座りながら、直径二十六キロメートルのジャガイモ型の月が、宇宙空間をすっ飛んでゆくスペクタクルを目の前で見られるんだ。火星観光の目玉として捨て難い要素だったんでしょう。だから、セキュリティに関しては、二重、三重の対策が練られていた。何が起きても衝突を回避できる、鉄壁のシステムが作りあげられていたんです。だが、エレベータの振動エネルギーそのものを吸収してしまう怪物が出現するなんて——しかも、そいつが軌道塔内に現れるなんて、いったい、誰が予測できたって言うんです。いや、もしかしたら彼女は、意図的に振動を狂わせて、エレベータとフォボスを衝突させる気なのかもしれない。そうなったら、どうなると思いますか」

「フォボスは、秒速一キロメートルの速度で突っこんでくるんだ。どうやったって止めようはない。エレベータが——分断される」

「確実に倒れますね」

「それよりも先に、粉々に砕かれた建築材の破片が地上へ大量に降ってくるだろう。破片は地上を直撃し、都市の天蓋に相当な被害が出るだろう。フォボスは西から東へ向かって移動しているから、エレベータも同じ方向へむかって傾いていくことになる。マリネリス峡谷のほんのすぐ側を、悪魔が太い鞭《むち》を振るったように大地を殴りつけながら倒壊していくだろう。地震のような激しい揺れが、ノクティス谷からマリネリス峡谷全体に襲いかかるはずだ。まっすぐに赤道の上を落ちていくとは限らないから、ちょっとずれれば都市に壊滅的なダメージが出る。天蓋が破れたら、空気が一斉に吸い出されて気圧が恐ろしい勢いで低下するからな。いまの火星の気圧は——数百ヘクトパスカル程度か。気密服がなければお話にならんな。都市の最下層には非常用のシェルターがあるから、そこへ逃げこめば何とかなるだろうが、あと二時間では取り残される人間のほうが多いだろう」

ておかなくては」

「シェルターの入り口でも大混乱になるでしょうな。惨事の前に、相当な被害が出るとみ

「そうだな、無益に死者が出ることになるだろう。分断されるエレベータの地上からの長さは、フォボスの衝突による破損を考慮しても五千キロメートル以上は残るだろうから、火星の赤道円周を二万一千キロメートルとして計算すると——ちぎれたエレベータの先端は、子午線地方付近に落ちることになる。だが被害は、これだけでは終わらないかもしれない」

「もっとひどいことが起きるんですか」

「まさかと思うが、あの子が、もしフォボスを地上に落としたら——君の言うように、あの子が、もし火星全体を破滅させたいと望んでいるのなら、それぐらいのことは、やるかもしれない。エレベータとの衝突で砕けたフォボスの残骸のすべてを、マリネリス峡谷の真上に落下する軌道を取らせたら——」

「そんなことが可能なんですか」

「わからん。できるかもしれない、できないかもしれない。あの子が何をやれて何をやれないのか、私たちはまだ何も把握していないんだ。わかっているのはただひとつ、先日来、あの子の力は徐々に強さを増しているということだけだ。——衝突前に、フォボスを地上から狙撃《そげき》して打ち砕けないのか。例えば、ミサイルを撃つとかして」

「地球の方針でね、火星は軍隊を持ってはいけないことになっているんです。だから、ミ

サイルなんて洒落《しゃれ》たものは、この地上のどこにもありません」

「では、対応策は――」

「あの子を殺す以外にありません」とエイヴァリーは答えた。「エレベータの振動を邪魔する前に、フォボスを落とす前に、彼女を射殺するんです」

グレアムは顔をゆがめた。モニターの操作卓に両手をつき、うなだれた。「あの子は、私が何十年もかけてようやく到達した研究成果そのものだ。こんなことで、見捨てるわけにはいかない……」

「だが、殺さなければ火星の人間が大勢死にます。――いま、エレベータの外部には、ゲートへ降りてくる途中だった、外付けのエレベータ・カーが緊急停止状態で立ち往生しています。宙港の星間旅客船から降りてきた何百人もの人間が中に閉じこめられて、救出を待っています。もし、エレベータが倒れたら、彼ら全員が真っ先に死ぬ。放ってはおけないでしょう」

「しかし――」

「それだけじゃない。私たちも死ぬかもしれないんだ。彼女が死んでも、また作ればいいだけの話でしょう。でも、あなたが死んだら――後に何が残るというんです?」

グレアムは呻くように答えた。「……私には私の、君には君の事情があるというわけか。わかった。好きにするがいい」

エイヴァリーは微かに笑みを浮かべた。「では、本当によろしいんですね? 狙撃部隊を、もう一度エレベータ内に上げますよ」

「ひとつ頼みがある。あの子の頭を撃つのだけはやめてくれ。お願いだ」

「わかりました。彼女の綺麗な顔が、弾けたプラムみたいになるのは父親としてつらいでしょうからね」

「いや、そうじゃない。脳細胞を傷つけずに残したいんだ。それさえあれば、今後の研究が楽だから」

エイヴァリーは白けた表情で、グレアムを見つめた。「じゃあ、胸を狙うように言っておきましょう。頭はだめでも、胴が半分になったり手足が飛んだりするのは、構わないわけだ。素晴らしい注文ですな」

12

ユ・ギヒョンの放った虫が、リストコム経由で伝えてきた司令車両内の会話を聞きながら、水島は少しずつ青褪《あおざ》めていった。なんてことだ。アデリーンは、いま、そんなところにいるのか。しかも、狙撃部隊が上がるだと——。

《全部聞いたか、水島》別帯域の電波でユ・ギヒョンが話しかけてきた。《連中は、例の女の子の救出など、はなから考えていないようだな。さて、どうする》

「狙撃部隊よりも先に上がらなくては。彼女をエレベータから降ろすんだ」

《どうやって。昇降口は一課が固めているぞ。おまえが行って、通してもらえると思って

いるのか》

「ちょっと待て。何か方法を考える」水島は苛々しながらあたりを歩き回った。強行突破――狙撃部隊が使うはずのロボットを乗っ取ってひとあし先に登るか？　いや、それは無理だ。こちらは丸腰だ。武装した複数の局員相手では話にならない……。

そのとき、聴覚インプラントに、銃を連射する音が飛びこんできた。水島は我に返って、ユ・ギヒョンの名前を呼んだ。「どうした。何があった」

返事はなかった。さっと全身の血が凍りついた。思わず怒鳴り声をあげていた。「おい、返事をしろ。どうしたんだ」

だが彼は答えなかった。靴底で砂を擦るような音、複数の人間が歩き回っているような気配、呻き声、早口すぎて聴き取れない会話、怒号、溜息を洩らすような音――が、水島の耳の奥を次々と引っ掻き回した。土嚢《どのう》を引きずるような音、重い靴音、スライド式のヴィークルの扉が開き、閉じる音。一刻も早くアデリーンを救出する方法を考えねばと思う一方で、ユ・ギヒョンの様子を想像すると頭が回らなくなった。必死に彼の名を何度も呼び続けていると、やがて、別の男の声が聴覚インプラント経由で飛びこんできた。

《……そこにいるのは、水島か？》

聞き覚えのある声だった。背筋を、ざわりと震えが駆けあがった。「エイヴァリーか」

《おまえの友人はあずかった。返して欲しければ、おれのところまで来い》

「ユ・ギヒョンに何をした」

《自分の目で確かめるといい》

「声を聞かせろ」

《痛くて、声も出せないそうだ》

来るな！　と叫ぶ声が聞こえた。おまえなんぞに助けられたくはない、来られちゃ迷惑だ！

続いて、人間の肉体を鈍器で殴ったときの、嫌な音がした。

水島は思わず叫んだ。「やめろ。私は逃げたりなどしない。それ以上、彼に手を出すな」

《ふざけた真似をしやがって。本職相手に騙せると思ったのか。この程度の機械で虫を踏み潰す音が遠くで微かに響いた。《盗聴していたなら、おれたちの居場所はわかるな。そこまでひとりで来い。来なければ、こいつを撃ち殺す》

「すぐに行く。待っていろ」

水島は通信を中断すると、司令車両の位置をリストコムで確認した。そこへ向かって歩き始めた。

アデリーンを助け出す方法――自分ひとりで無理なら、正面から対決して彼らから手段を引き出すしかない。これが自分たちにとって最後のチャンスになるだろう。アデリーンを連れ出し、ふたりで逃走するための最後の切り札。

司令車両の側では、数名の局員が水島の到着を待っていた。彼らは銃を突きつけ、両手を頭の上へあげるように水島に命じた。素早くボディーチェックを行い、弾倉とナイフ一式を水島から取りあげ、車両へ入るようにうながした。

司令用車両の中で、ユ・ギヒョンは後ろ手に手錠をかけられ、シートにもたれかかっていた。水島の姿をみとめると悔しそうに表情をゆがめ、顔をそむけた。右側の二の腕が赤黒く染まっていた。だが、致命傷を受けたわけではなさそうだ。水島は、ほっとして彼に言った。「気にするな。おまえを助けに来たわけじゃない。私は最新の状況を聞きに来ただけだ」

車両内には三人のオペレーターと、エイヴァリー、グレアムの姿があった。水島の視線を受けとめると、エイヴァリーは鼻で笑うような声を出した。「ようこそ、水島くん。こんなときでなければ、火星産ビールの一杯でもご馳走《ちそう》するところなんだがね」

「アデリーンは。軌道エレベータの様子は」

エイヴァリーが返事をする前に、グレアムがモニターの前から立ちあがった。こちらに近づいてくると、いきなり水島の頬を張った。「貴様、私の娘に何をした。何を教えた」

「何のことだ」

グレアムは両手で水島の襟をつかむと、車両の壁に彼を押しつけた。「他人と共振しなければ使えなかった力を、あの子は単独で使い始めた。誰かの入れ知恵がなければ、そんなことができるはずがない。どんな方法で、あの子の精神をコントロールしたんだ。言葉でか？ それとも薬物でも使ったのか」

水島は体を捩り、靴の底で相手の腹を蹴り飛ばした。グレアムは手を放してよろめいた。

スーツに靴底の模様をつけられたことに気づくと、かっとなって再び殴りかかった。だが水島は難なくかわし、逆に、肘で相手を弾き飛ばした。

「やれやれ」エイヴァリーは溜息を洩らすと、機器の前から立ちあがり、グレアムを背後から抱え起こした。「鬱憤晴らしも結構ですが、いまは目の前の問題に集中して頂きたい。こいつの処分は私たちに任せて」

グレアムを無理やり座らせると、エイヴァリーは水島の前に立った。

「状況は、たいして変わっちゃいない」

エイヴァリーは、先ほどまでグレアムと話し合っていた内容をかいつまんで話した。

「つまり我々にできることはアデリーンを射殺すること、赤道付近にある都市に緊急非常事態を告知すること――このふたつだけだ。もちろん我々自身も、すみやかにここから退避せねばならない」

「時間をくれないか、エイヴァリー。あの子を説得してみる。エレベータから地上に降りるように話してみる」

「馬鹿を言え。いまさら彼女が聞くもんか」

「聞かなければ、後はおまえに任せる。攻撃を三十分だけ待って欲しい」

「自信があるのか」

「ある」

「たいしたもんだ」

「彼女の力は確かに破壊的だ。だが、うまく利用できれば都市を救えると思う」

「何の話だ」

「エレベータから降ろすだけでなく、彼女にエレベータの振動を手伝わせればいい」

その場にいた全員が、あっけにとられた。

水島は続けた。「ようするに、フォボスが通過する空間に隙間ができればいいんだろう。地上から六千キロメートル、そこへアデリーンの力を集中させる」

「どうやって」

「そんなことは知らん。彼女に訊いてくれ」

グレアムのほうを振り返ると、エイヴァリーは言った。「どう思いますか」

「理屈の上では可能かもしれん。だが、地上からのイメージだけで、正確にフォボスの通過点に力を加えられるかどうかは疑問だ」

「では、そこまでロボットに乗って上がってみては」

「どれぐらいかかると思うね。フォボスが来るまで、あと二時間足らずだぞ」

「じゃあどうすれば」

「もっと下のほうに力を加えて、エレベータ全体を大きく揺らすことだ。本来の振動のように。もっとも、タイミングを間違えれば隙間があくどころか、エレベータのほうからフォボスに接近することになるが」人差し指と拳《こぶし》で、エレベータと小惑星の動きを表現してみせながら言った。「こんな具合に」

「どこに力を加えればいいのか、すぐに計算できますか」

「専門家とコンピュータがそろえば、さしたる問題ではあるまい」

エイヴァリーはマイクに向かうと大声で怒鳴った。「作戦決行を三十分繰り下げる。全員その場で待機。──水島、おまえは準備をしてすぐに上がれ。三十分たったら、狙撃部隊を再度上げる。作戦が始まったら、容赦はないものと思え」

「感謝する」

「ちょっと待て」

車両から飛び出しかけた水島を、エイヴァリーは手招きして呼び止めた。反対側の手で部下に指示すると、細長い筒のような器具を持ってこさせた。筒を逆手に持つと、エイヴァリーは水島に背中を見せろと指示した。

水島がしかたなく背を向けると、エイヴァリーは彼の上衣とシャツをめくり、肩胛骨《けんこうこつ》の少し下あたりに筒の先端を押しつけた。

何かが射出されたような空気音がした。水島は自分の体内に異物が埋めこまれたことに気づいた。

「簡易追跡タグだ」エイヴァリーは水島の肩をぽんと叩いた。「勝手に逃げられちゃたまらんからな。居場所をトレースさせてもらう。どこへ行っても人工衛星が追跡する。どんなときでも──おれが指示した人間が、必ずおまえの前に現れる」

意味深げな顔で最後のセンテンスを告げたエイヴァリーを一瞥すると、水島は黙って車両から降りた。

そのすぐ後をグレアムが追った。水島に向かって叫んだ。「説得は不可能だ。いまのあの子は兵器に等しい。君の提案であっても、決して受け入れまい」

水島はグレアムを振り返った。「私はこういう仕事には慣れているんだ。投降したがらない立て籠《こ》もり犯だとか、ビルの屋上から自殺しかけている奴とか、そういう連中相手に何度も仕事をしてきた。いつも成功したわけではないが、成功したこともある。だから今回も成果を信じる」

「もし、あの子が君を受け入れなかったら、君は彼女を撃てるのか。取り返しがつかなくなる前に」

「私は絶対にあの子を見捨てない」水島は断言した。「おまえとは違うんだ」

水島が姿を消すと、グレアムは車両に戻ってエイヴァリーに訊ねた。「成功すると思うか」

「さあね」とエイヴァリーは答えた。「時間はやりましたが、これ以上、あいつに好き勝手をさせるわけにはいかない。水島はいわば盾です。狙撃部隊だけで上がったら何をされるかわからないが、彼が行けば、アデリーンの態度も多少は違うものになるでしょう。その隙を突きます。狙撃部隊には、目標と遭遇次第、説得工作の結果にかかわらずふたりを射殺するように命じておきましょう」

「水島は言った通りにすると思うか。タグがあるとはいえ、途中で、奇抜な逃げをうつ気ではないだろうな」

「その点は心配無用です」ユ・ギヒョンを一瞥して答えた。「私たちがこいつを確保している限り、彼はひとりでは逃げません。あれはそういう男だ」

13

再び足を踏み入れた審査ゲート内は、負傷者がすべて運び出され、いまは一課の職員が警備している状態だった。

水島は一課の案内で、軌道エレベータへ続くメンテナンス通路を歩いた。部外者立ち入り禁止の扉を開き、一般人には入れない軌道塔の根元まで至ると、そこにはもうレスキュー・ロボットが配置されていた。少人数を救出する際に使われる小型運搬ロボットである。

一課の女性職員が、操縦の方法を簡単に教えてくれた。操縦は自動でも手動でも可能。操作パネルと音声入力で制御できる。万が一、救助員が怪我をしたり死亡したりしても、遭難者がひとりで運転して帰れる機能を備えているから心配ない。

水島はうなずき、ひとりで乗りこんだ。その直後、二発だけ弾を装塡《そうてん》した拳銃を渡された。万が一の場合、これでアデリーンを撃てという暗黙の意味が含まれているのだろうと察したが、そんなことのために使うつもりはなかった。

これはお守りだと水島は思った。無事に下へ戻れたとき、逃走のきっかけを作る二発の銃弾——そのつもりで持っていくことにした。

一課の女性職員は、水島の耳元で囁いた。「一課の指揮官を差し置いて、調査室が現場で命令を振りかざすとは、どうにも腹に据えかねる。いったい、何を企《たくら》んでいるんだ」

「私は二課の人間だ。連中の思惑までは知らん。従いたくないのなら、君たちの判断で調査室の命令を無視すればいい。もめ事を起こす気力があるなら」

水島は相手をじっと見つめた。「私が上へ昇った後、もしかしたら、想像もつかないような出来事がここで起きるかもしれない。そのときには、一課や調査室の命令を待っていてはだめだ。自分の判断で動くんだ。死にたくなかったら」

女性職員はすっと目を細めた。水島はロボットに乗りこみ、彼女に向かって手を振った。


ロボットは滑らかな動きで軌道を昇り始めた。アデリーンのいる場所へは五分もかからず到着する予定だ。エイヴァリーは約束を守るだろうか？　いや、たぶん守らないだろう。隙を突いて、下から攻撃を仕掛けてくるに違いない。だが、アデリーンを説得できれば、彼女の力を使って外へ出られる。いまは、それを頼りにするしかなかった。

目標位置の二十メートル手前で、水島は一旦、レスキュー・ロボットを停止させた。ルーフを開き、内部から身を乗り出して軌道塔の内壁を見あげた。

メンテナンス時に点灯される明かりが、真っ暗な塔内に点々ともっている。まるで蛍が並んで光っているようだ。塔内の果てはあまりにも遠すぎて見極められない。中継ステーションまでは、まだ何千キロメートルもあるのだ。

レスキュー・ロボットのライトを進行方向へ照らした。目標の貨物用エレベータ・カーが視認できた。ぐちゃぐちゃに変形し、まるで鳥の巣のように見えるカーゴが軌道の途中で停止している。水島はそこへ向かってマイクで呼びかけた。「アデリーン、私だ。聞こえるか。君を助けるために来た。下の連中とは関係なく、私の意志でそちらへ向かっている。だから落とさないでくれ」

返事はなかった。攻撃が加えられる様子もない。ルーフを開いたまま、水島はロボットを再上昇させた。

モーターの唸りだけが暗い塔内に響く。水島はじっと上方の闇を凝視していた。アデリーンは私の感情を読むだろうか。恐怖も不安もすべて。それが彼女にどんな影響を与えるのか。想像するだけで身がこわばる思いだった。

彼女がこちらを敵と見なせば、すぐさま私はロボットごと下へ落とされる。その力は彼女には制御できない形で発揮されるかもしれないし、彼女が自らの意志で行うかもしれない。

それでも、水島は上昇を続けるしかなかった。

彼女に対する想いは、決して恐れだけではなかった。何とかして助けたい、あの愛らしい少女を不幸にしたくはないと願う感情が、恐怖よりも強く彼女に届くことを期待するしかなかった。

正と負が激しく拮抗する気持ちを抱いたまま進んでいると、登っているというよりは、なぜか、塔の中を落ちていくような気がして水島は眩暈に囚われた。

確かに自分たちは落ちようとしているのかもしれない。行き先をなくし、打つ手をなくし。だが、まだ負けるわけにはいかない。少なくとも、グレアムに負けるわけにはいかない。

十メートル手前まで接近したとき、ふいに顔にあたる空気が熱くなった。気のせいではなく、さらに近づくと、はっきりと熱気が伝わってきた。息が苦しく、肺が焼けそうになった。アデリーンを閉じこめたエレベータ・カー全体が発熱しているのだ。背中に滲んでいた冷や汗は、いつのまにか熱さによる汗に変わっていた。

水島は隣の軌道にぶら下がっている貨車の外観を、あらためて目の当たりにした。

貨車の変形は予想以上だった。あらゆる壁面に細かく亀裂が入り、いびつにねじ曲がっていた。剝がれた素材と素材が複雑に絡み合い、飴《あめ》のように溶けた金属部分がべっとりとへばりついている。どこに出入り口があるのかもわからない。前衛美術のオブジェのような檻《おり》に閉じこもり、外から来るものをただ攻撃し続けているアデリーンの心情を思うと、水島は胸が痛くなった。

ロボットから身を乗り出すと、水島は貨車に向かって大声で叫んだ。「アデリーン、無事か」

《来ないで、水島さん》

貨車の中から小さな声が響いた。《それ以上近づくと、私の力が何をするかわからない。制御できなくなっているの。相手があなただから必死で抑えているけれど、そのうち限界が来る。とても危険な状態なの》
「そこまで制御できているなら心配ない。落ち着け。そうすれば、力のほうも鎮まってくる」
《だめよ。私はゲートでまたひどいことをやってしまった。自分では抑えているつもりでも、勝手に力が暴走して周囲にあるものを壊していく。こんな自分が嫌で嫌で嫌で、何とかしたいと思っていたのに、でも、やっぱりどうしようもなくて、もう、どうすればいいのかわからない。だからもういい。放っておいて》
「ゲートでの暴発はジャネットが引き金になったからだろう。彼女の絶望に君が共振しただけだ。君がひとりでやったことじゃない」
《同じだわ！　きっと私の中にもジャネットと同じように絶望があって――でなければ、あんなに大きな力が出るはずがない。私には、何か人間的な欠陥があって、それが他人の暴力を引きこむんだわ》
「アデリーン、難しい話はあとにしよう。特務課が狙撃部隊を向かわせている。三十分後にはここへ到達して攻撃を開始する。そうなる前に、こちらのロボットへ乗りこむんだ。それで弾は避けられる。バスケット付きの梯子《はしご》を伸ばすから、そちらの扉をあけてくれ」
《下へ降りてもいいことなんて何もない。私は研究所へ連れ戻されて、あなたはグレアム

に殺されるだけよ》
「では、上へ行くと言うのか。いま上へ行っても逃げ場はない。火星の外へも出られない」
《そうね。だから私は上にも下にも行けない。ここに居ることしかできない。もう何も考えられない。いっそ、何もかも壊れてしまえば楽になる。いまなら、ジャネットの気持ちがわかるような気がするわ。火星もプログレッシヴも、みんな滅びてしまえばいい。私の力と一緒に、何もなかったことにしてしまえばいいのよ……》
「本気で、そんなことを考えているのか。君の友達も恩人も、君と一緒に滅びてしまえばいいのだと？　シャーミアンは？　ゲラシモフ博士は？　フレッドは？　私も死んだほうがいいのか？　どうなんだ」
アデリーンは黙りこんだ。周囲の気温がまた上がったように感じられた。
水島は続けた。「君が下へ降りたくない気持ちはわかるよ。何しろ、ろくでもない世界だからな。君が降りたくないような社会を作った責任は、たぶん私たちみんなにあるんだろう。君から希望を奪ったのは、グレアムだけではないのかもしれない。私も含めて火星や地球や月に住んでいる大人たち全員が、つまりは君に、ろくでもない未来しか見せることができなかったわけだからな。たったひとりの少女に夢を見させることもできないなんて、私たちは、いったい、なんて社会を作ってしまったんだろうな。私たちは、こんな未来を作るために働いてきたんじゃない。こんな社会を作るために税金を納めてきたんじゃない。それなのに、いつのまにか、こんなくだらない世の中を作ってしまった……」
貨車から吹きつける熱風で噴き出す汗を、水島は袖口で拭いながら言った。「それでも、やっぱり降りて来てくれないか。下にいる奴らに従うためではなく、もう一度、チャンスをつかむために。降りたらもう未来はないなんて言わないでくれ。生きていれば、必ず別の道を見つけられるはずだ。どんなに弱々しく見える未来でも、絶対に自分の手で潰してはいけない。それは他人に未来を押し潰されるよりも、はるかに罪深い行為なんだぞ」
《私はあなたほど強くはなれない。降りるだけの理由を見つけられない。降りたいなら、あなたひとりで降りて》
「アデリーン、フォボスが接近している。あと一時間ほどで軌道エレベータと衝突する。君がここにいることで、エレベータの振動エネルギーが奪われてしまっているんだ。フォボスがぶつかれば、君は死ぬ」
《そのほうがいいわ》
「そうなったら、私も無事ではいられない。エレベータ・カーに取り残されている人たちも死ぬ。破壊されたエレベータの破片で都市の天蓋が打撃を受け、無関係な人たちが大勢死ぬ。ゲートの事故なんか比べものにならないほどに死ぬ。正直に答えてくれ。君は本当にそんな未来を見たいのか。違うだろう。君が私に列車事故の話をしてくれたのは、自分の力で他人が傷ついたり苦しんだりするのが、とてもつらかったからだろう。泣さながら本当のことを話してくれた君は、誰よりも強かったと私は思うよ。世の中には、自分の罪を振り返らない奴なんてごまんといる。私はそういう厚顔無恥な連中を、嫌になるほど見てきた。でも、君の中にはそれと向き合えるだけの強さがあるはずだ。だから手伝って欲しい。君の力でエレベータの振動を補助し、フォボスの回避に手を貸してくれ」

《そんなこと、もうどうでもいいでしょう！》

「だったら、私のためなら降りられるか。君に頼みたいことがあると言えば、そのために降りられるか」

《どういうこと……》

「グレアムが私の欲しいものを持っている。だが、私には手が届かない。君なら、こっそり持ち出せるかもしれない」

《それって、何の話？》

「特務課に尋問される前に知ったんだが、グレアムは、神月璃奈を殺した犯人の尋問記録を持っている。記録プレートにコピーしたんだ。私との取引に利用するためにな。私たちが脱走したせいで使い道がなくなってしまっただろうが、現物はまだ彼の手元にあるはずだ。私はどうしてもその記録を見たい。あれさえ見れば、事件が起きたとき車内で何があったのか、私が何をして何をしなかったのか、全部知ることができる。証拠として世間に公開することもできる。命がけで探してきた真実のすべてがあの中にあるんだ。それを彼が持っている。君ならそれに手が届く」

《私に持ち出せるかしら》

「持ち出せるさ。カルテを持ち出してくれたとき、私がどれほど助かったと思う。君は優秀なアシスタントだ。必ず、できる」

《でも、私はあなたにそれを渡せるかしら。グレアムが、その前にあなたを殺したりしないかしら》

「そう簡単に殺されてたまるもんか。真実を突きとめるまでは絶対に死ねない。仮に死んだとしても、別の人間が、必ずそのプレートを必要とする日がやってくる。そのとき、その人物にプレートを渡してやってくれ。私の知り合いで、ユ・ギヒョンという名前の男だ。君の役目は、それまでプレートを守ることだ」

再び、沈黙が訪れた。水島は黙ったまま待った。残り時間はもう十五分を切っていた。返事をしてくれ、アデリーン。連中は、どんな形で撃ってくるかわからない。一刻も早く、こちらへ乗りこんでくれ……。

《わかったわ》アデリーンの口調が変化した。《下へ降りる。扉をあけるわ》

凄まじい衝撃音とともに、アデリーンを閉じこめていたカーゴの一角が、内側から外へ向かって殴りつけられたように突出した。外壁が広がり、金属が変形していく。鍋《なべ》の底を打ち抜くように、扉らしきものが虚空に放り出され、真っ暗な塔内を垂直に落下していった。

カーゴの隙間から、埃まみれになったアデリーンが顔をのぞかせた。水島に向かって手を振り、気恥ずかしそうに微笑を見せた。擦り傷を負った頬に血が滲んでいたが、大きな怪我はしていなかった。水島は安堵《あんど》の息を洩らし、レスキュー・ロボットからバスケット付きの梯子を送り出した。

ロボットの下部に折り畳まれる格好で収納されていた梯子は、すみやかに展開して隣の軌道までバスケットを繰り出した。アデリーンの立っている場所を目標地点として設定してやると、バスケットはその足元へ静かに移動し、彼女が乗りやすいような高さに落ち着いた。

アデリーンが乗りこみ、手すりをしっかり握っていることを確認すると、あとはもう自動回収モードで引き寄せるだけだった。操縦席から身を乗り出し、水島は近づいてくるバスケットをじっと眺めた。リストコムの時計をちらりと見ると、エイヴァリーとの約束の時間までは、まだ十分余裕があった。

そのとき突然、軌道塔の下方からさっと強い光が射して、水島とアデリーンを同時に照らし出した。狙撃用のフラッシュライトだと直感した水島は、二発しか装塡されていない銃をそこへ向かって惜しげもなく撃った。同時に叫んだ。「伏せろ、アデリーン」

ライトは消えたが、途端に、サブマシンガンがフルオートで弾丸を撒き散らす音が軌道塔内に響き渡った。カーゴや梯子を直撃した弾が、甲高い音をたてて跳ね返り、掃射音が周囲の熱い空気を揺るがした。硬い金属が打ち砕かれていく振動に体が翻弄される。

操縦席の中で身を縮めながら、水島は歯を食いしばった。救出用バスケットは固い金属板で覆われている。床に小さくうずくまっていれば、急所を撃ち抜かれるのだけは避けられる。こちらへ引き寄せれば、安全な操縦席内に連れこめる。彼女さえ手に入れば状況は変わる。

だが、バスケットの動作をモニターで確認した水島は、愕然とした。梯子が途中で停止していた。たたみきれずに、塔の中で宙ぶらりんになっている。まずい。配線をやられたのか。マシンガンの弾はバスケットを狙い撃ちにしていた。アデリーンの姿は見えない。床にうずくまっているだけなのか、致命傷を負って倒れているのか。

全身の血が沸騰した。リストコムを叩いてエイヴァリーにつないだ途端、水島は怒鳴り声をあげていた。「約束が違うぞ。まだ十分前だ、射撃を止めさせろ」

《貴様との約束なんぞ知ったことか》エイヴァリーの冷ややかな声が返ってきた。《おれたちの仕事は都市の安全を守ることだ。危険なものは徹底的に排除する。それが人でも物でもだ》

一瞬でも彼とつないだことを後悔し、水島は通信を叩き切った。エイヴァリーと話している間に銃声は止み、あたりには不気味な静寂が戻っていた。

水島は狙撃されることも厭《いと》わず、操縦席から身を乗り出した。その瞬間、外部から押し寄せてきた強烈な熱波を顔に受け、思わず表情をゆがめた。気温がまた上昇していた。喉が焼けそうになって、彼は激しく咳きこんだ。

弾を受けて停止した救助用バスケットの中から、アデリーンがゆらりと立ちあがった。

手すりに寄りかかったまま、軌道塔内の下方を凝視している瞳は、恐ろしいまでに無感動だった。彼女の周囲だけ、空気がざわざわと揺れ、陽炎《かげろう》が激しく立ち昇っていた。風などないはずなのに、顎のラインで切りそろえた黒い髪がふわりと浮き、ジャケットの裾がはためいている。

被弾した様子はなかった。あれだけの銃弾を浴びていながら——いや——着弾する前にすべて弾き返したのか？　陶器のような白い肌は死人のように青ざめ、頬は肉が削《そ》げ落ちたようになっていた。手すりを握りしめている手は、筋張り、猛禽《もうきん》類の両脚のようだった。いま、宙吊りのバスケットの中に立ったアデリーンは、それまで、水島がただの一度も見たことのない凄まじい形相をしていた。内部に秘めた嵐をいまにも暴発させようとしているひとりの女の姿——。いったい少女という存在は、これほどまでに短期間で、くるくると姿を変えるものなのだろうか。出会ったときからこの瞬間まで、彼女が同じ顔を見せていたことが、ただの一度でもあっただろうか。か弱い気の弱い少女が、一瞬にして暴力に支配された大人の女へと変貌《へんぼう》を遂げる。彼女だけがそうなのか。あるいは世の中の女性のすべては、こんなふうに、自分の望む形へ自在に変われるものなのか。

アデリーンが顔をこちらへ向けた。叫び声を押し殺したものの、水島は、恐怖が背筋を駆け上るのを抑えることができなかった。感情のすべてを読まれているとわかっていても、自分の心を隠せなかった。

水島と目を合わせた瞬間、アデリーンは言った。「私たちが戻るのは、こういう世界なのね。それでも戻らなくてはならないの？　私のため？　あなたのため？　何のために？」

水島は答えられなかった。代わりに、間抜けな質問が口をついて出た。「怪我は……怪我はないのか……アデリーン……」

「下から撃ってくるのはすぐにわかったわ。上がってくる人たちの緊張と恐怖の感情を読んだから。弾を叩き落とすのも簡単だった」

「そうか、よかった……」

「私、今度こそ、本当にグレアムから見捨てられたみたい」

「気にするな。もうとっくに縁なんて切れている」

「そうね。これで、心おきなく彼を殴れるわね」

不安が胸の奥で大きくなった。「何をする気だ」

「私ひとりで降りるから、あなたはここにいて。グレアムから記録プレートを手に入れたら、きっと戻ってくるわ。だから、それまでここで待っていて」

「やめろ。ひとりで行ってはだめだ」

「助けに来てくれてありがとう。水島さんがひとりで来てくれたこと、とてもうれしかった。私を怖がっているのはわかっているけれど、それでもうれしかった。私には下へ降りるための理由は何もない。けれども、あなたのためなら降りられる」

「いかん、アデリーン――」

「心配しないで、すぐに戻ってくるから」

　アデリーンはバスケットの手すりに片足をかけた。水島の叫び声を残して、彼女は虚空に向かって身を躍らせた。下まで一気に飛び降りたわけではなく、水島のあとを追ってきた狙撃部隊のロボット・カーを目指して飛んだのだ。サブマシンガンが弾を吐き出す音が響き、マズルフラッシュが閃いたが、恐らく彼女には一発も当たらないはずだった。銃声はすぐに止み、あたりに静寂が戻ってきた。

　アデリーンはロボット・カーを操縦して軌道塔を降り、一課の連中を蹴散らしながら、グレアムの元へ辿り着くつもりに違いなかった。その過程でどれほどの破壊行為を繰り返すのか、水島には充分すぎるほど想像がついた。

　こんな形で目的を与えるべきではなかったのだ。自分もグレアムと同じだ。どこかで、彼女を制御できると考えていた。説得すれば言う通りにすると。とんでもないことだ。誰にも、彼女の力を制御などできない。彼女が自分で止めたいと思わない限り、彼女はどこまでも壊し続ける。自分の信じるもののために障害を蹴散らし、愛するもののために火星を破壊し尽くすだろう。

　レスキュー・ロボットのフードを閉じると、水島は最大速度で降下し始めた。ほとんど落下に近い速度での走行は、圧迫感で彼の体を鷲《わし》づかみにし、耳の奥をおかしくさせた。

　胸を締めつけるような重圧は、下降の加速によるものだけではなかった。降りてどうする。自分に彼女が止められるのか。生きる理由を見出《みいだ》せず、与えられた目的に忠実になることで痛みを忘れようとした彼女に、これ以上自分が何を言える？

それでも、彼女を止めねばならない。

彼女を、犠牲の子羊にするわけにはいかないのだ。

14

エレベータの根元へ到着すると、水島はレスキュー・ロボットから飛び出した。床には変形し、破壊された狙撃班のカーゴが落ちていた。職員たちが中に横たわっていたが、死んではいないようだった。だが、手当てしてやる余裕はない。横目で見ながらメンテナンス通路へ飛び出した。

審査ゲートのフロアへ出ると、登る前よりもさらに破壊されたゲートの惨状が目に入った。アデリーンが容赦なく進んでいった様子が脳裏に浮かんだ。もう殺すしかないのだと言ったユ・ギヒョンの言葉が胸の中に甦《よみがえ》る。それを強引に振り払い、水島は先を急いだ。

フロアで怪我の手当てを受け、横たわっている一課の職員の横を通り過ぎながら、水島は全速力で走った。止める者は誰もいなかった。彼を止めることで、新たな災いに巻きこまれるのを恐れているかのようだった。

ひとけの絶えたフロアを駆けていると、突然、銃声とともに足元で弾が跳ねた。

身構えてあたりを見回した。いまの水島に身を守るべき武器はない。狙い撃ちされても、逃げ回る以外に方法はなかった。

銃声は何度か続き、弾が水島をからかうように床の上で何度も跳ねた。音の方向から、水島は、自分がどこから狙われているのかすぐに把握した。

二階へ続く螺旋《らせん》階段の上から、ひとりの男がゆっくりと降りてきた。飴のようにねじ曲がった手すりを拳でリズミカルに叩きながら、悠然と水島を見おろしつつ足を踏み出していた。

猫のようにしなやかな身のこなしと、すらりとした肢体、肩まで伸ばした長い黒髪。青白い顔の上で切れ長の目が水島にぴたりと視線を合わせていた。男は水島に銃口を向けたまま、フロアに降り立った。「また会えるとは思っていなかっただろう?」ジョエル・タニは低い声で笑った。「おれもだけどな」

水島は思わず唇を噛みしめた。タグを埋めこまれたとき、必ず現れるとエイヴァリーが宣言していたのはこの男のことだったのか。

ジョエルは続けた。「特務課が、おまえを殺したら、おれを解放してくれると言うんだ」

水島は相手をにらみつけた。「そんな寝言を信じたのか」

「もちろん、信じちゃいないさ。だが、何もしなければ自分が抹殺されるのは確実だ。おれとしては、少しでも生き残れる可能性のほうを選びたい」

本気でそんなことを考えているなら、遠くから黙って狙撃すればいいだけだ。銃を持っているのだから簡単だ。わざわざ降りてきて対面したがるところに、ジョエルの猟奇性と他者に対する異常な執着を感じて、水島は激しい嫌悪感を覚えた。

こんな馬鹿の相手などしたくない。迷惑以外の何ものでもない。

「いま、おまえと遊んでいる暇はない。そこをどけ」

「愛想のないことだな」

「明日になったらいくらでも相手をしてやる。だから出直して来い」

「無茶を言うなよ。こっちだって追われている身だ。切羽詰まっているんだよ」

「おまえは男を殺さない主義だろう」

「そうだ。そしておまえは警官として、私怨《しえん》では絶対に犯罪者を殺さないと誓ってきた。そのふたりが、お互い、信条に反した行為を取らなければ、ここから先へは進めないというわけだ。つまりおれたちの勝負は、先に自分の信条を捨てたほうが勝つ」

「私には時間がないんだ。くだらないことにつき合わせるな」

「くだらない？　おれにはこの状況が、かなり面白く思えるがね」

「……どうしてもやらねばならんのなら、ひとつ訊いておきたい」

「何だ」

「神月璃奈を殺したときの状況を教えろ。そうしたら相手をしてやる」

ジョエルは声をあげて笑った。「こんなときまで尋問か。仕事熱心にもほどがあるんじゃないか？」

「いいから教えろ。それとも撃ったのはおまえじゃないのか？　だから話せないのか？　だとしたら納得できるがな。獲物を横取りされた間抜けは、おまえのほうだったわけだな」

水島の挑発に、ジョエルはあからさまに不愉快な表情を見せた。「やったのはおれだ。おれ以外の誰でもない。勝手なことを言うな」

「じゃあ話してみろ。本当のことを」

「あの列車で奇妙な体験をしたとき……おれ自身も、何が起きたのか全然わからなくてな。恐ろしい幻覚を山ほど見て……気がつけば、おまえたちと一緒に床に倒れていた。おまえは無傷で倒れていた。もうひとりの男は頭に一発食らっていた。そして、あの女は喉を撃たれ、死にきれないでもがいていた」

「…………」

「——楽にしてやらねばならんと思ったのさ」ジョエルは静かに笑った。「おれには死にたがっている奴の気持ちがわかる。頭にピンと来るんだよ。これまでの事件を全部、丁寧に調べ直してみるといい。おれは死にたがっている女ばかりを殺してきた。死にたい死にたいと言いながら、自分では死ねない女を楽にしてやるために殺してきたんだ。おまえの相棒も例外じゃなかった」

水島は強烈な眩暈を覚えた。それは怒りによるものだけでなく、すべてが明らかになった喜びから来るものでもあった。

「それはおまえの理屈に過ぎん！　神月が死にたがっていたなんて誰にわかる！」

「あの状況で、あの女が明確な意思を示せたとは思えないね。そういうときに運命を決めてやれるのは、その場にいる他人だけだ。おまえは気絶していた。何もしてやれない状態だった。だからおれが代わりにやった。感謝してもらいたいぐらいだ。でも、四発も弾をぶちこんだのは、やり過ぎだったかな？」

悲しみが憤怒と混じり合い、水島の中で逆巻いた。

璃奈を撃ったのは間違いなくジョエルだった。

自分ではなかった。

その罪だけは消失した。

あとに残ったのは、璃奈を殺したこの男を、どうするのかということだけだ。

ジョエルが言った。「決着をつけようぜ。おれはおまえが、自分の意志で人を殺す瞬間を見てみたい。自分が望むもののために、誇りを捨てて、ただの殺人者になり下がるところを見たいんだ」

「…………」

「その後のおまえの葛藤《かっとう》を想像すると、おれはそれだけでぞくぞくする。自分の中で同一性を保てなくなった人間が、どんなふうに狂っていくか……。おれはそんな人間を嫌というほど見てきた。おれはおまえを、そういう領域に突き落としてやりたい」

「残念だが、そうはならないぞ」水島は斜に体を開いた。「私はおまえが考えているほど善良な人間じゃない。おまえを殺しても後悔なんぞしない」

「なるほど。それはそれで、また面白い」ジョエルは手にしていた銃を、自分と水島の間に放り投げた。腰の鞘《さや》から刃渡りの長いナイフを抜きはなった。うねるような模様が刃の上で閃いた。「おれはな、自分を殺してくれる相手は自分で選びたいとずっと思っていた。特務課のような、顔のないわけのわからん組織に処分されるよりも、私怨を抱えた個人に殺されたいわけだよ。おまえなら相手として不足はない。来いよ、お互い楽しもうぜ」

「……もう一度訊く。勝負を明日に日延べする気はないのか」

「嫌だね」

ジョエルは両脚をバネのようにしならせ、手にしたナイフとともに身を躍らせた。水島も前へ駆け出した。瞬時に身を屈《かが》め、ジョエルと自分の間に置かれていた銃を拾いあげた。ジョエルは極端に間合いを詰め、水島の喉を狙って薙ぐように刃を振るってきた。水島は左腕でジョエルの手を上方へはらいあげると、間髪を入れず、右手の銃をジョエルの眉間《みけん》に押しつけた。ためらうことなく連続して引き金を引いた。

二発の金属弾は容赦なくジョエルの額を撃ち抜いた。弾が貫通した衝撃でジョエルの後頭部は爆発するようにはじけ、血と骨片と脳漿《のうしょう》が後方へ勢いよくぶちまけられた。

が、それと同時に水島は、自分の鳩尾から胸にかけて激烈な痛みが走ったのを感じた。食いしばった歯の間から思わず呻き声を洩らした。

ジョエルは喉をのけぞらせ、額からも血を流しながら後ろへ倒れこんでいった。その左手に、握りこむように隠されていたもう一本の短いナイフのきらめきが見てとれた。

水島はよろけながら、左手で自分の胸を押さえた。掌だけで止血できるような長さの傷ではなかった。胸骨の少し下あたりから鎖骨の高さまで、ざっくりと深く抉られていた。ことに、刃が最初に入った鳩尾のあたりの痛みがひどかった。あまりの苦痛に体を半分に折ると、フロアの床に鮮血がぼたぼたと落ち、ひび割れた隙間にまたたくまに吸いこまれていった。

息が止まりそうなほどの痛みに、しばらくの間、水島は傷口を押さえて背を丸めていた。

やがて、喘ぎながら、ようやく視線をあげた。

前方に、横たわるジョエルの姿が見えた。

よろけながら、そこまで歩み寄った。

ジョエルは完全に事切れていた。薄目をあけて笑ったような顔で死んでいた。自分が勝つと信じていたのか、あるいは相討ちになるのを望んでいたのか——それは、もはや確かめようがなかった。

弾倉を密《ひそ》かに抜いてから銃を投げていれば、こいつの勝ちだったはずだ——と水島は思った。そこまでする余裕がなかったのか、あるいは本当に死にたかったのか、命を代償にしてでも誰かと対等に闘いたかったのか。最後まで、何を考えているのかわからない奴だった。いや、こいつの内面を理解できる人間など、きっと宇宙中を探したって見つかるまい。

水島はフロアの床にゆっくりと両膝をついた。

銃を傍らに置き、ズボンの後ろポケットから、震える手で止血シートを引き出した。シャツの胸元を開き、傷の上に何枚も重ね貼りした。だが、血は瞬く間にシートの下から滲み出し、少し動くたびに、焼けつくような痛みが頭の芯を痺れさせた。

まずい。思っていたよりも傷が深い——。

休んでいる暇などないとわかっていたが、水島はそのまま動けなかった。

このまま横たわってしまえば楽になれる……もう何も考えずに眠れる……。そんな思いがさざ波のように押し寄せてきて、一瞬、意識が遠のきかけた。それを意志の力で、強引に引き戻す。

急がねば。これでは、いずれ本当に動けなくなってしまう。そうなったら、アデリーンも軌道塔も守れない。

ジョエルの銃を再び手に取ると、水島は歯を食いしばって立ちあがった。左手で傷をかばうようにして、そっと足を踏み出した。

途端に、鳩尾の奥で激痛が暴れ狂った。喉の奥で叫び声を押し殺し、よろけるように前へ進み出た。こめかみから流れ落ちる汗を、血で汚れた袖口で拭い取る。胃か、膵臓《すいぞう》をやられたのだろうかと考えた。だとしたらこの痛みは、臓器から消化液が洩れ、体内が、ケミカル弾を食らったのと同じ状態に陥ったせいだ。手持ちのもので抑えるすべはない。

悪態をつきながら、水島は全力を振り絞って歩き続けた。

ジョエルに勝ったという喜びは、かけらもなかった。

むしろ、夜の淵に引きずりこまれるような絶望感があった。

グレアムと特務課の手元に尋問時の記録プレートがあるとはいえ、璃奈を殺した本人はこれで消えてしまった。最大の証拠である犯人から、裁判で直接証言を引き出すことはできなくなったのだ。

くだらない果たし合いなどせず、無力化を図り、連行することが一番の選択だったろうか。いや、そんな暇も権限も、追われる身であるいまの自分にはない。殺さずにここへ残していったとしても、特務課が証拠を消すために必ず処分しただろう。

それでも、自分では絶対に殺さず、あとは特務課に任せるべきだったろうか。

それで、自分の信条が守られたことになっただろうか。

いや、自分で手を下さなければ罪から逃れられるなど、ただの偽善だ。

勘ぐるならば、特務課はここまで読んでジョエルをよこしたのかもしれない。事件の当事者に容疑者を殺させる……これですべての証拠は消失する。ここから生きて帰れても、私が自分の手で容疑者を殺したのでは、まるで証拠隠滅を謀ったように見えるだろう。あいつらは、そこまでして私を追いつめるつもりなのか……。

歩き続けているうちに、あまり痛みを感じなくなってきた。だが、それは体力が回復してきたからではなく、むしろひどく危険な状態に入りつつあるせいだと、水島は職業柄よく心得ていた。

ジョエルの死に顔が、一瞬、脳裏に浮かんだ。早くこっちへ来いと誘う声を聞いたような気がした。

吐き気がするようなむかつきを覚え、水島は足元に唾《つば》を吐き捨てた。「まだ、そちらへは行かないぞ」とつぶやき、足を早めた。

あいつは……ジョエルは本気だった。ほんの少しでもこちらに躊躇《ちゅうちょ》があれば、完全に命を奪われていただろう。傷の具合からそれがわかる。撃つのを一瞬でもためらっていたら、ジョエルが左手に隠していたナイフの切っ先は、鳩尾から胸骨の裏側へ入りこみ、一気に心臓まで達していたに違いない。

だが、彼が予想していたよりも早くこちらが撃ったので、刃は目指す場所まで入りそこねた。鳩尾の奥を抉っただけで外へ出て、肋骨《ろっこつ》の表面を削るような角度で胸部を斜めに切り上げたのだ。おかげで自分は即死せずにすんだわけだ。

それでも――自分はジョエルが言った通り、ただの人殺しになったのだ。法律的には正当防衛でも、あの瞬間、自分の中に喜びはなかったか？　相手の額に銃口を押しつけ引き金に指をかけたとき、ほんのわずかでも爆発するような歓喜の感情はなかったか？

グレアムが前に囁きかけたように、自分の内面には、本当は警官になると決めたときから、犯罪者を殺したいという欲求があったのかもしれない。それを自分自身に対してすら隠し、ないものとして振る舞っていただけなのかもしれない。

だが、仮にそうだったとしても、自分を抑えてきた努力が間違いだったと思いたくはない。結局はここへ至るのだとわかっていながら、殺人衝動を抑えに抑えてきただけだったのだとしても――それまでの過程に何の意味もなかったなどとは、絶対に絶対に思いたくはない。

あの子を助けに行くために殺した――そんな言葉が免罪符になるとも思わない。

だが、いまは前へ進むしかないのだ。

自分はまだ走れる。そして、走れる間は走り続けるしかない。自分はこういう生き方を望んで火星に来たのだ。だったら最後まで走りきってみせろ！

唇の端に凄絶な笑みを浮かべながら、水島は前方を見つめた。

大丈夫。走り続けた先にあるのは、文字通り何もない安息の地であるはずだ。今度こそ、そこで静かに休めるに違いない。

神月璃奈が待ってくれているその場所で、誇りだけを胸に抱き、永遠の眠りにつけるはずなのだ。

15

アデリーンは軌道エレベータの根元まで降りると、そこに待機していた一課の職員をまず蹴散らした。任務を完了した狙撃部隊が降りてくると思っていた職員たちは、カーゴから降り立った少女の姿に目を見張った。

白い相貌と短く切った黒い髪。アデリーンは線の細い少年にも見えた。武器は何ひとつ持っていなかった。身を守る装備すらつけていなかった。だが、周囲にただならぬ空気が渦巻いていた。衝撃波があらゆるものを跳ね飛ばした。

ちょうど彼女が猛威を振るい始めた頃から、観光都市全体は一斉に大規模な停電に見舞われていた。エネルギーを取ってくる先を、軌道エレベータから都市の電力施設に変えた彼女は、自走する作業用ロボットやヴィークルすら停止させるほど、力を内側に溜めこんでいた。

誰かと共振する場合とは違い、自家中毒でも起こしたように自分自身に共振し始めた彼女を止めるすべはどこにも存在しなかった。彼女が自分で止まりたいと思わない限り、肉体の働きに限界が来てエネルギーの収束と放出をやめない限り、彼女が止まることはないのだった。

アデリーンはフロアで待機していた一課の職員を全員はじき飛ばすと、ゲートの外へ出た。屋外でもバリケードを作っていた一課の職員は、暴風にあおられたようにアデリーンの周囲から次々と押しのけられていった。弾は彼女に一発も当たらず、場合によっては撃った者自身が被弾した。突撃したヴィークルは、まるで何かに衝突したように、彼女の目の前で亀の子のように裏返された。

必死になって応戦していた一課の職員は、やがて誰も何もしなくなった。誰も彼女の側へ寄ることはできなかった。灼熱《しゃくねつ》する空気の壁が彼女の周りを取り巻き、近寄ろうとするものは容赦なく熱さに焼かれた。不燃性の繊維で織られているはずの服が、着ていられないほど熱くなり職員たちの肌を焼き焦がした。

職員たちが彼女を恐れたのは、それだけではなかった。彼女が通り過ぎるたびに、彼らは言いようのない悪夢が眼前をよぎっていくのを目の当たりにした。悪夢の姿は、人によってそれぞれだった。目をあけたまま見る陰鬱な幻影に、誰もが戦闘意欲を萎《な》えさせた。それはアデリーンの力が、周囲の人間の脳に混乱を与えることによって作り出す幻影だった。だが、その原因も理屈も知らない彼らは、本能的に彼女を避けるほうを選んだ。外から来る恐怖には耐えられても、自分の内側から立ちあがってくる暗黒に耐えることは難しい。彼らは自分自身から逃れるために、先を争うようにして彼女から離れた。

「特務課の車両はどこ？」

アデリーンが凛とした声で問いかけると、職員のひとりがあわてて司令車両を指さした。アデリーンはそこへ向かってまっすぐに歩いた。中から飛び出してきた職員は、銃を構える前に全員ふき飛ばされて気を失った。

最後に車両から降りたのは、グレアムとエイヴァリーだった。白熱する娘の姿に、グレアムは眩《まぶ》しそうに目を細めた。

「アデリーン」エイヴァリーが先に口を開いた。「降参だ。これ以上ゲートを壊すのはやめてくれ。我々に敵意はない。それより、協力してもらいたいことがある」

「水島さんから聞いたわ。エレベータの振動を助けるのね。いいわよ。いくらでも力を貸してあげる。でも、それは、あなたたちの始末をつけてからよ。警告もなしに発砲してくるような人たちを、信用するわけにはいかないものね」

言い訳を口にするよりも前に、エイヴァリーの体は、突風が殴りつけたように司令車両に叩きつけられた。背中を打ちつけた痛みに声をあげ、彼は膝を折った。反射的に銃を抜いた彼の手をグレアムが押さえこんだ。エイヴァリーは悪態をついた。「なぜです」

「いまの彼女に銃など効かん」

グレアムは娘を見つめた。

アデリーンは言った。「やっと私をあきらめてくれたのね。あなたの技術なら、Aクラスのプログレッシヴなんていくらでも作れるでしょう。私がいなくなったら、新しいのを作って、また可愛がってあげてね。あなたはプログレッシヴを、その程度にしか考えてない。人間だなんて思っていない。自由に作り出せて自由に支配できる、ただの人工生物だと考えているんだから」

「確かに、プログレッシヴは人工生物だ」グレアムは落ち着いた口調で答えた。「だが、おまえはそれだけではない。おまえは私の娘だ。他に取り換えはきかない、私だけの娘だ」

「だったらクローンを作ればいい。細胞片ぐらい、いくらでもあげるわ」

「クローンなんていらない。十五年の歳月の果てに辿り着いた、いまのおまえが必要なんだ。我が子として愛している」

「殺すわ！」

「構わん」グレアムは落ち着いていた。達観しているような、冷ややかな態度を保ち続けていた。「おまえに殺されるのなら本望だ。やっていいぞ。だが、その前に、エレベータを振動させるところを見せてくれないか。どうせなら、おまえの力がどこまで伸びたのか確認してから死にたい。おまえを作った者の義務として」

突然、凄まじい物音がして、車両の外壁がへこんだ。散弾銃でも撃ちこんだように、次々と穴があき始めた。エイヴァリーは頭を抱えて悲鳴をあげたが、グレアムは揺るぎもせずに車両の前に立ち続けた。「どうした。全然当たっていないぞ。手加減しているのか。私に脅しが効かないことは、よく知っているだろう。やるなら本気でやったらどうだ」

アデリーンは体中の血が沸騰するのを感じた。

馴染み深い、たおやかな感情が心の中へ流れこんでくる。抵抗心を奪う、温かくて居心地のいい感情だ。グレアムの中にいつも感じていた寂しげで繊細な感情。それを受けとめた瞬間、彼女は自分自身ではなく、グレアムに共振しそうになった。

あまりの胸苦しさに、アデリーンは顔をゆがめた。どうして私は、グレアムに対して、いつもこんな気持ちを抱いてしまうのか。私の体には、この男に、絶対服従を誓うように定められた遺伝子でも組みこまれているのだろうか。そんなはずはない。これは、ただの懐かしさに過ぎない。十五年間ずっと見守られてきた——彼の作り出した環境が、私を縛っているに過ぎないのだ。だから捨てろ。こんな感傷は。

「おまえは、あの男に命令されてここへ来たのか」グレアムは訊ねた。「彼は、おまえに何をさせようとしているんだ」

「彼の意志じゃない、私の意志よ」

「……あの男が欲しがっているのは、これだろう?」スーツの内ポケットから、グレアムは記録プレートを一枚抜き出した。「あいつは、これを手に入れることしか考えていない。そのために、おまえを利用しているんだ。これを手にした瞬間、あいつは、おまえを見捨てるだろう。私が、子供が産まれた瞬間に妻から見捨てられたように、おまえも目的を達した男から投げ捨てられるだろう」

「あの人は、そんな人間じゃない」

「では、ゲートでやったように私を潰すか。ジャネットの指を吹き飛ばしたように、私を壊すつもりか。そこまでして、おまえは逃げたいのか。そうまでしておまえが手に入れたいものはいったい何なんだ。いっときの情熱じゃないのか。後々になって後悔するような、浮ついた感情じゃないのか」

「違う! 後悔なんて——」

「アデリーン」グレアムは語気を強めた。「私は人類を救いたいだけだ。おまえは体と精神の中に、その種を持っている。その可能性を、無駄に殺してはいけない」

「どうして、そんな言い方しかできないの」アデリーンは、泣き出しそうな顔になって叫んだ。「私に世界を背負わせるのはやめて。私は損得勘定抜きで、皆を愛したかったし愛されたかった。ただ、それだけだったのに——」

　そのとき、しゃがんだ姿勢のまま、エイヴァリーが警告なしに銃口をあげた。それはアデリーンにまっすぐに向かっていた。

だが、彼が引き金を引く寸前、別の場所から銃声が響いた。エイヴァリーの右手が血を噴き出した。銃を取り落とすと、彼は傷口を押さえて呻いた。

怒鳴り声が響いた。「全員、その場から動くな！」

アデリーンは声がした方向を振り返った。

水島が両手でホールドする格好で、エイヴァリーとグレアムの立っている場所へ銃を向けていた。これまで見せたことがないような荒んだ目つきで――続けた。「動けば容赦なく撃つ。私は本気だ」

それから水島は、アデリーンに向かって言った。「アデリーン……君は早く、こちらへ……」

あらためて水島の姿を見たアデリーンは思わず息を呑《の》んだ。衣服の前面が恐ろしいほどぐっしょりと緋色に染まっていた。返り血でないなら、どうして立っていられるのか不思議なぐらいの出血量だった。

だから軌道塔から降りないで待ってと言ったのに――。ここへ来る途中で特務課に狙撃されたのだと思ったアデリーンは、しかしすぐに、水島から伝わってくる感情の波から、そうではないことに気づいた。脈絡のない断片的な感情が、水島が誰かと対決したこと、それが彼が最も憎んでいた男であること、それを通して神月璃奈に関する真相を彼がつかんだことを教えてくれた。

恐らくそのせいなのだろう。水島の内面は激しく高揚していた。これまでの重圧から解放され、もうこれ以上は何も望まない、あとに残されているのはアデリーンを守りきる仕事だけだと――その苛烈《かれつ》な気力だけで持ちこたえているのが、はっきりと感じ取れた。

その内面の荒々しさは、感情の波を読めないエイヴァリーにすら、容易に伝わってしまう類のものだった。

エイヴァリーは負傷した手を押さえたまま、ゆっくりと身を起こした。声をたてて笑いながら水島を眺めた。「おい、おまえ。自分の有様がわかっているんだろうな。その状態では立っているだけでやっとだろう。二発目など撃てない。撃ったとしても当たるまい」

水島は口を一文字に結び、エイヴァリーをにらみつけていた。だが、銃口が少しずつ震え始めていた。照準が合わなくなりつつあった。

判断に確信を持ったエイヴァリーは、会話の引き延ばしに出た。「白旗をあげるのはおまえのほうだ。無理はもういい。あきらめろ」

「黙れ……。彼女に、軌道塔の制御を手伝わせると約束したはずだ……それぐらいは守れ！」

「大丈夫さ。この子さえ降りれば、あとは管制部が自力でやれるはずだ」

「……制御できるとは……限らん……」

「できなければ、まあ、腹をくくるだけさ。これも運命と思ってな」

「何だと……」

「これぐらいで騒ぎ立てるなよ。もしものときには、全員であの世に行くことになるだけだ。だったら、仲良く一緒に滅びようじゃないか」

水島は言葉を続けようとした。が——次の瞬間、ふいに顔をゆがめると、両膝から地面に崩れ落ちた。背を丸めてうずくまり、やがて耐えきれなくなったように横倒しになった。

アデリーンは悲鳴をあげ、水島に駆け寄ろうとした。エイヴァリーはその一瞬を逃さなかった。後ろからアデリーンに追いつくと、髪をつかんで彼女を後ろへのけぞらせた。

グレアムが鋭く叫んだ。「エイヴァリー、その子をまだ殺すな！」

エイヴァリーは舌打ちし、ベルトに提げていたスタンガンを左手で抜くと、アデリーンの首筋に五秒ほど押しつけた。彼女が気を失って倒れると、その場に横たえておき、それから水島に歩み寄って傍らに立った。

水島は目を閉じて喘いでいた。すでに腕を持ちあげる力すら残っておらず、銃は手からこぼれ落ちていた。エイヴァリーは身を屈めて銃を拾いあげた。それから、靴の先で水島の肩を軽く蹴って仰向けにさせた。水島は抵抗しなかった。エイヴァリーに胸の傷を踏みつけられても、か細い呻き声を洩らしただけだった。

グレアムはアデリーンの側に膝をつき、様子を確認しながらエイヴァリーに声をかけた。

「そっちは、どんな具合だ」

「失血で目を回したようです」エイヴァリーは答えた。「これはもうだめですね。放っておいても死ぬでしょう。だが、もっと苦しませたいのなら、お好きなようにどうぞ」

エイヴァリーは、水島から取りあげた銃のグリップをグレアムに向けた。

グレアムは顔をしかめた。「自分で手を汚すのは好かない」

「そうですか。じゃあ、私がとどめを刺して、楽にしてやりましょうか……」

銃を持ち直すと、エイヴァリーは水島に筒先を向けた。向けたはずだったが——手首が自然に裏返って、自分の意志とは正反対に上へ持ちあげられた。

ひきつった笑みを浮かべながら、エイヴァリーは周囲をせわしく見回した。気絶させておいたはずのアデリーンと目が合った。

アデリーンは横たわったまま、エイヴァリーを凝視していた。冷たい怒りを通り越し、すでに無表情になった白い顔が、ぴくりともせずにこちらを向いていた。

銃口は、すでにエイヴァリーの右目まで達していた。

「おい、冗談はよせよ」エイヴァリーは嘆願するように言った。「わかった。こいつを助けて欲しいのなら言う通りにする。だから、おれの手からこいつを放してくれ」

アデリーンは答えなかった。沈黙したまま相手を見つめ続けるばかりだった。

グレアムは娘の肩をつかんで抱き起こし、激しく揺さぶった。「やめなさい！　何をする気だ、アデリーン！」

頰をはたかれても、アデリーンはやめなかった。頭の中に力をこめて、エイヴァリーの指先に運動エネルギーを蓄積させる。

引き金にかけられた自分の指に力が加わってくるのを感じて、エイヴァリーはついに絶叫した。「やめろったら！　やめろ、やめろ、やめてく——」

乾いた破裂音が響いた。エイヴァリーは右目を撃ち抜かれ、首を大きく傾《かし》がせた。至近距離から撃ちこまれた弾は頭蓋骨を貫通し、その外部へ泉のように鮮血を噴出させた。水島の傍らに崩れ落ちたエイヴァリーは、壊れた人形のように仰向けに倒れ、それっきり動かなくなった。無傷で残った左目が、火星の天蓋を虚《むな》しく見あげていた。

グレアムは呆然《ぼうぜん》とわが娘を見た。

次は私か――。

グレアムを押しのけるようにゆらりと立ちあがったアデリーンは、しかし彼のことなど一顧だにせず、倒れこむように水島に駆け寄った。

手をとり、強く握りしめて耳元で叫んだ。「水島さん、死なないで！　お願い、目をあけて！」

何度も繰り返される呼びかけに、やがて水島はうっすらと両目を開いた。アデリーンの姿をみとめると、つぶやくように告げた。「……すまない。私は、もう動けない……」

「しっかりして。病院で手当てをすれば大丈夫よ」

「私のことはいい……。このまま置いていってくれ……」

「馬鹿なことを言わないで！」

「――火星を守れ、アデリーン」

「え？」

「君の力で、軌道塔の振動を制御しろ……」

「いやよ！　そんなことより、あなたを助けたい！」

「車の中に私の友人がいる……。手錠を外して手伝ってもらえ……。本制御は管制部のエンジニアがやるだろう……君は……塔を少し押せばいいだけだ。楽器の弦をはじくように」

「あなたの側から離れるわけにはいかないわ！」

「——行くんだ！」振り絞るような声で水島はうながした。「君は何のために生まれてきた……？　ただ物を壊し、他人を傷つけ、この街を破壊するためだけに生まれてきたのか……？　違うだろう？」

「…………」

「一度でいい。物を壊すこと以外で、君が力を使うところを見せて欲しい……」

アデリーンは口をつぐんだ。もうこれ以上、何を言っても結論は同じだと悟った。涙が頬をこぼれ落ちた。それをぬぐい去ると、彼女は水島の耳元で囁いた。「わかった。行ってくる。でも、私が戻ってくるまで絶対に死なないで」

水島は少しだけ微笑を見せた。それが返事の代わりだった。

敢然と立ちあがると、アデリーンは水島の側から離れた。グレアムは硬直したまま娘を見つめていた。アデリーンはすれ違うとき、グレアムに言った。「私がいない間に彼を殺したら、今度こそ絶対に許さない。世界の果てまで追いつめてでも、あなたを殺す」

車に乗りこむと、アデリーンはユ・ギヒョンと視線を合わせた。

ユ・ギヒョンは冷たいまなざしでアデリーンをにらみつけた。アデリーンは一瞬にして彼の感情を読み、その衝撃に眩暈を起こしそうになった。だが、何とか耐えて言った。

「……あなたが私を憎んでいるのはよく知っています。でも、いまは火星のために協力して頂けませんか」

「水島はどうした」

「外に……。私が作業を終えるのを、待ってくれています」

アデリーンはユ・ギヒョンの手錠を外しながら、事情を簡単に説明した。水島を外に置いたままにしたことを、ユ・ギヒョンはたいして驚かなかった。「あいつらしい物言いだ」とぶっきらぼうにつぶやき、あらためて訊ねた。「連中が言っていたように、本当にエレベータを振動させる気か」

「ええ。私の力で可能なら……」

「宙港のシステムが動き始めているはずだから、たぶん、いけるだろうとは思う。火星のエレベータは、もともと、振動するように設計されているんだ。力の向きとタイミングさえ間違わなければ、弦のように綺麗にしなる。君はその動きを補正するだけだ。――だが、なぜおれたちを助ける」

「え？」

「罪滅ぼしのつもりか」

「……この程度のことで、自分の罪が帳消しになるとは思いません。ただ――」

アデリーンは口をつぐんだ。

ユ・ギヒョンは続けた。「水島に、そうしてくれと頼まれたから？」

「違います」アデリーンは苛立つような口調で答えた。「きっかけはそうであっても……私の本当の気持ちは、あなたにはきっとわからないわ」

今度はユ・ギヒョンのほうが黙りこむ番だった。

アデリーンはモニターを見つめながら訊ねた。「データは、これでいいのかしら」

ユ・ギヒョンは操作パネルを撫で、文字情報を図表に切り替えた。「……わかるか。画面の端に出ているこの数字が時刻だ。百分の一秒までカウントしている」

「フォボスはどれ？」

「この赤い輝点だ。少しずつ移動しているだろう。こういう表示じゃピンと来ないだろうが、こいつは秒速一キロメートルという猛スピードで、軌道エレベータを目指している途中だ」

アデリーンは背筋がびりりと震えたのを感じた。

秒速一キロメートル！

それでは振動のタイミングがずれても、修正をかける余裕はない――。

ユ・ギヒョンは操作パネルの上でせわしく指先を動かし、グレアムたちがすでにはじき出していた数値を展開させながら言った。「連中の話によると、軌道塔に加える力は最低限のものでいいそうだ。フォボスが衝突しなければそれで充分。大きな揺れを作る必要はない。フォボスが通過できるだけの隙間を作る。ちょっと待ってくれ。衝突の時刻と、ェレベータの振幅から、何分前に力を加えればいいのか探しているから」

アデリーンはモニターを凝視した。ちっぽけな3DCGは、模型のように火星とエレベータとフォボスを表示しているだけで、その実際の大きさを実感させてはくれない。

目を閉じ、エレベータの振動をイメージしてみた。何百人もの乗客を閉じこめたまま立ち往生している外付けカーゴと、軌道塔の下に広がる街に住む人々のことを想像する。水島が命がけで守ってくれと訴えた人間たちは、もともとはアデリーンとは何の接点も持たぬ人々だ。人工生物であるアデリーンとは生まれ方も育ち方も違う。助けたとしても共存できるとは限らない。むしろ、プログレッシヴである自分を恐れ、差別し、これから先も拒否し続けるかもしれないのだ。

それでも、以前、水島の口から聞かされたように、その人たちの中には、水島のような人物がたくさんいるかもしれない。彼のように、真剣に共存を考えてくれる人たちが。その可能性が少しでもある以上、自分はこの都市を見捨ててはいけないのだろう。

アデリーンは意識をしんと研ぎ澄まし、自分の内側へ徐々に力を溜めこんでいった。周囲から膨大なエネルギーが集まってくるのが鮮明に感じられた。街の電力を獲《と》ってくるような小規模なものではない。自分の体が宇宙全体に対して量子的な「窓」を開き、桁外れのエネルギーを収束させていくのが鮮烈に感じられた。

アデリーンは心を鎮め、目を開いた。モニターの時刻表示を凝視する。

力の放出は一回でいい。振動を補助する力を瞬間的に放つだけ……。簡単なはずだ！

「さあ、来たぞ」ユ・ギヒョンが鋭く叫んだ。「思いっきり、はじいてくれ！」

その瞬間、宙港のエンジニアによって、不完全ながらも振動を再開していた軌道エレベータは、弦のようにしなって通常域での振幅を取り戻した。

フォボスはそこへ向かって猛スピードで突っこんできた。直径二十六キロメートル、質量一・〇八×e十六キログラムの岩と氷の塊は、人間たちの思惑などお構いなしに、軌道塔との接点を目指していた。

だが、宇宙空間に伸びる一万七千キロメートルを越えるカーボン・ナノチューブ製の塔は、手練《てだ》れの踊り子のように身をくねらせると、無粋な客を追い払うようにフォボスをするりとやり過ごした。彼女の懐に飛びこもうとしていた無骨なジャガイモは、己の不運を嘆くように、またたくまに漆黒の宇宙空間へ姿を消した。十一時間後の再遭遇を、より強く渇望するかのように、黙々と虚空へ飛び去った。

「成功した！」モニターでフォボスの通過を確認したユ・ギヒョンは、操作パネルを叩いて歓声をあげた。思わずアデリーンの頭を胸の中に抱きしめた。「偉いぞ！　よくやった！」

「喜んでいる暇はないわ」アデリーンは身を引き剝がした。「早く、水島さんを病院へ！」

ふたりは車の外へ飛び出した。

グレアムはいつのまにか姿を消していた。だが、それに構っている時間はなかった。

地面に横たわっている水島の元へ、ふたりは駆け寄った。

傍らに倒れているエイヴァリーの惨状を見て、ユ・ギヒョンは少しだけ顔をしかめた。それでも、しゃがみこむと掌で、残った左目の目蓋を閉じてやった。

それから水島の首筋に触れて、脈拍を確認した。声をかけても、水島からは何の反応もなかった。顔色は蒼白で、すでに死人のようだった。

「これでは救急隊を待っていたのでは間に合わない。司令車両で病院に乗りつけよう」

「動かせるの?」

「操作プログラムに鍵がかかってなければ大丈夫だ。特殊車両だからサイレンも鳴らせるぞ」

ユ・ギヒョンは、自分ひとりの力で水島を横抱きにして持ちあげた。アデリーンが手伝うと申し出ると、いらんと断り、車の扉をあけてくれとだけ指示した。

アデリーンが言われた通りにすると、ユ・ギヒョンは水島を車内へ運びこみ、車両の床に仰向けに寝かせた。そして、アデリーンに言い置いた。

「いいか。むやみに触ったり揺すったりするんじゃないぞ。そのかわり、耳元で名前を呼び続けるんだ。こいつの意識を途切れさせるな」

運転席に身を滑りこませると、ユ・ギヒョンはすぐさま操作パネルを撫で、車両のエンジンをかけた。

車両が走り出すと、近くで作業を続けていた職員や、救急隊があわてて道をあけた。ヴィークルも道を譲って脇へ退いた。気持ちいいほどに皆が車両を避けてくれる。そこを車両は猛スピードで走り抜けた。

ユ・ギヒョンはパヴォニス山頂の救急施設の前に車を止めると、再び水島をひとりで抱きあげ外へ出た。

正面玄関から病院の受付に入った途端、ふたりは息を呑んだ。

待合室全体が臨時の病室のようになっていた。床の上に直接シーツが敷かれて怪我人たちが所狭しと横たわり、その間を医師と看護師が駆け回っている。まるで戦争か大災害でも起きたときのようだった。ゲートの爆発で負傷した人々が一斉に収容されたため、病室があっというまに満杯になり、それでも追い返すわけにはいかないので、受付場所で診察と治療が始められたのだ。

廊下にまで溢れた患者の数を目の当たりにして、ユ・ギヒョンは呻き声を洩らした。これでは、いつになったら診てもらえるかわからない。だが、麓の病院まで降りるには時間がない。標高二万一千メートルの距離を、のんびり降りているわけにはいかないのだ。

泣き出しそうな顔をしたアデリーンに、ユ・ギヒョンは「とにかく、受けつけてもらうしかない」と強い口調で言った。

カルテを作るために走り回っている医療事務員をつかまえると、ユ・ギヒョンはリストコムのIDバッヂを見せた。水島の状態を手短に説明した。「失血で瀕死《ひんし》の状態だ。手術が無理なら、とにかく血を止めて酸素を確保してくれ。この人物は重要な事件の証人だ。いま死なせるわけにはいかない。何とかしてくれ」

ふたりがやりとりしている間にも、玄関のドアが何度も開き、医療用具や薬品を詰めた箱が運びこまれてきた。どうやら事故直後からずっと、他の病院から、必要品目の緊急供給が続いているようだった。パヴォニス山内部の備品倉庫からも、次々と荷物が自動制御で上げられている様子だった。麓からは何人か医師も駆けつけているようで、足りないのは大きな手術をするための設備や、細々とした器具・用具。薬は、いまは充分に行き渡っているようだが、次々と上げてこなければ、いつかは底をついてしまうだろう。

医師に話を通してもらうと、ふたりは水島を廊下の端に横たえた。与えられたシーツは新品ではなく、すでに何度か使い回されたのか、消毒液と血液の染みがついていた。

頭蓋骨骨折などの重傷患者がいるため、外科の医師はそちらで必死になって働いているようだった。水島の手術がいつになるかは、わからないと言われた。とりあえず圧迫式の止血措置が施され、血液型を選ばずに投与できる人工血液がわずかな量だけ輸血された。

ユ・ギヒョンも腕の傷の手当てを受け、痛み止めと消炎剤をもらって飲み下した。

アデリーンは水島の側に座りこみ、張りつめた顔でじっと彼を見つめていた。

ユ・ギヒョンはそっと声をかけた。「あまり心配しすぎると君まで倒れるぞ。少し休んだらどうだ」

アデリーンは首を左右に振った。ユ・ギヒョンは大きな溜息を洩らした。「……では、水をもらってきてくれないか」

「……お水？」

「コップに一杯だけでいい。おれもいい加減、疲れたんでな」

アデリーンはそっと立ちあがり、「ごめんなさい。何もかも私のせいですね……」とつぶやいた。ユ・ギヒョンは彼女を見あげながら言った。「急がなくていいから、ゆっくり行っておいで」

アデリーンが立ち去ると、ユ・ギヒョンは覆い被さるようにして水島の顔をのぞきこんだ。「……おい、何か言い残したいことがあるなら、いまのうちだぞ」

水島は目を閉じたまま、微かに唇を動かした。だが、それは言葉にはならなかった。

ユ・ギヒョンは水島の指先をそっと握りしめた。力なく握り返してきた感触に、どんな想いがこめられているのか、彼にはわからなかった。


アデリーンは近くにいた医療スタッフに水を求めたが、在庫を管理しているのは誰かわからないと何度も言われ、そのつど別の人間に同じ質問を繰り返した。最後にようやく捕まえた事務員は、飲料水はもうないのだと答えた。傷を洗う生理食塩水すら底をついているという。「輸液のパックも在庫が尽きた。あとは、山麓からの補給を待つしかない」

アデリーンは両手で顔を覆った。命がけで闘い、火星のために闘い、自分を守ってくれた人たちに何もできないなんて……。

そのとき、アデリーンの背後から彼女の名を呼んだ者があった。

顔をあげて振り返ると、見知らぬ男性が立っていた。「どなたですか」

「私は君のお父さんと一緒に仕事をしていた者だ。事情はグレアムからあらかた聞かされた。火星を守ってくれたそうだね。お礼を言うよ」

男はファーガソンと名乗り、火星総合研究所の所長だと告げた。

アデリーンは言った。「何の用ですか。私は、もう父とは関係ないんです」

「君を連れて逃げていた捜査官──水島と言ったかな。重傷らしいね」

「彼に手を出したら許さないわよ」

「違う。助けに来たんだ。この状態では満足な治療など受けられまい。私たちの車で運べば、いますぐ最良の治療ができる。どうかね」

アデリーンは迷った。罠《わな》ではないのか。これだけの状況を引き起こした自分たちに対して、この男が親切であるわけがない。

男は黙って返事を待っていた。が、ふと、「ちょっと失礼」と言うと、耳元に指先をあげる仕草をした。無線通信で何事かつぶやいた後、再びアデリーンに視線を合わせた。

「私の部下が、水島捜査官と彼の友人がいる場所を見つけたようだ。水島くんは、いま危篤状態に陥っているようだね」

「あなたには関係ないでしょう……」

「傷の場所が場所だから、何かあっても心臓マッサージもできないね。さて、どうする？　私の車には蘇生《そせい》用の電気装置が乗せてある。傷を縫う道具も、人工血液のパックも薬剤もある。グレアムが積んでいけと言ったんだ」

グレアムが無条件に自分たちを助けてくれるはずはない。これは取引なのだ。グレアムは最後の最後まで駆け引きをするつもりなのだろう。人の命を材料にしてまで。何と冷徹な男なのか。

アデリーンは毅然《きぜん》として訊ねた。「交換条件は何ですか」

「君の身柄だ。研究所に戻ってきて欲しい。今後のことを相談しよう」

「水島さんについては？　助かったあと、ひどいことをしないと誓える？」

「もちろんだ」

「………」

「私の言葉を信じるかどうかは、君次第だよ」

「わかったわ」アデリーンは決意を固めた。彼の命を救えるのなら、どんなことだって耐えられる。きっと。「条件を呑みます。だから、一刻も早く、水島さんの手当てをしてあげて」

第六章　選択

1

軌道エレベータ周辺の修復工事が始まったというニュースを、アデリーンは火星総合科学研究所の一室で知った。パヴォニス山頂をあとにした後、自宅へ帰ることは許されなかった。研究所の中に幽閉され、外へ出るのも一切禁じられていた。

水島はどこにいるのかという問いに、所員は研究所内で治療中だと答えた。会わせて欲しいと頼むと、重症なのでひかえて欲しいと退けられた。

アデリーンがそれでも粘ると、では、治療室にカメラを入れるからそれで見るようにと言われた。アデリーンはしかたなく納得することにした。

モニター越しに、アデリーンは久しぶりに水島と再会した。

治療機器に囲まれ、酸素と輸液の供給を受けながら病衣姿で横たわっている水島の表情は、とても穏やかだった。力の抜けた安らかな顔つきをしていた。まるで、覚めることのない夢を見続けているかのように。

アデリーンは、いつまでも飽きることなく水島の姿を眺め続けた。

生きて、側《そば》にいてくれるだけでうれしかった。

元気になったら、またいろいろと話ができるはず……。そう信じた。

その間にも、ファーガソン所長が何度かアデリーンの部屋を訪問した。

今後の身の振り方を決めるためである。

グレアムは一度も部屋を訪れなかった。なぜ来ないのかと訊《たず》ねるとファーガソンは答えた。「自分から仕掛けたくせに、君が躊躇《ちゅうちょ》せずにこの選択をしたことがショックだったようだね。まあ、しばらくは顔を見るのもつらかろう。気持ちを察してやりたまえ」

そして、代わりにこれをあずかってきたと、アデリーンに記録プレートを差し出した。

アデリーンは目を見開いた。それは、水島が欲しがっていたあの記録プレートだった。

もう取引材料として必要ないからくれるのだろうか……。

最後に勝ったのは、確かにグレアムのほうだ。

私たちは敗れた。ものの見事に。

水島さんの命を助けてもらうのと引き替えに、私は自由を失った。その水島さんも、いまは研究所の病室で横たわる身だ。言い方を変えれば、治療という形で命を握られ、監禁されているのと同じだ。

記録プレートをくれたのはグレアムの勝利宣言、勝った者の余裕、弱者に対する施しのようなものだろうか。

だとしたら、なぜグレアムは落ちこんでいるのだろう。いったい、どういう理由からなのか……。

アデリーンが複雑な表情をしていると、ファーガソン所長は、「君も歳《とし》をとって人生経験を積めば、グレアムの敗北感を理解できるようになるさ。いまは気にすることはないよ」と言い、そして続けた。

「Aクラスのプログレッシヴは、予定通り木星のステーションへ行く。君にも行ってもらいたい。これはグレアムだけでなく、研究所全体の意向だ」

「グレアムはどうするの？」

「もちろん彼も木星へ行く。長年の夢らしいからな」

「……ジャネットは？　無事なの？　グレアムと一緒に木星へ行けるの？」

「命は取り留めた。だが、木星へ行くという話は聞いていないな」

「火星に残るのね」

「たぶん」

「グレアムは、お見舞いぐらい行ってくれたのかしら……」

「さあ、どうだろうね。君が木星へ行ってくれるなら、彼女を連れていく理由はないんじゃないかな」

脳裏に、悪夢のようにジャネットの表情が甦《よみがえ》った。血まみれの手を見せつけながら言った彼女の言葉。

怪物――。

フォボスと軌道塔の衝突を回避させたとはいえ、彼女が言った本質が自分の中から消えたわけではない。

死ぬのではなく生きるほうを選んだ以上、自分はあの言葉を、一生、背負わねばならないのだろう。

アデリーンは口を開いた。「……やっかいな人間は全部木星へ追いやって、資格のない人間は開発から排除し、あなたたちは火星で、のんびりと休暇でも取るわけね」

「君に、そういうものの言い方は似合わないと思うよ。さて、承知してもらえるかな」

「水島さんはどうなるんですか」

「君との約束だ。どうもしない」

「一緒に、木星へ連れていってもいいですか」

「それはだめだ。彼には惑星開発や惑星研究の知識はない。極限環境で暮らす訓練も積んでいない。年齢的にも体力的にも厳しいだろうし、今回の負傷で、ハードルはなお高くなったはずだ」

「だったら、私も木星へは行きません」

「君は彼を死なせたいのかね。あの状態で深宇宙へ連れ出したら、宇宙開拓者用の分子機《モレッ》械《ク》を体内に投与したとしても、十年……いや数年と保たないだろう。宇宙環境は過酷だ。ことに木星付近は磁場と放射線が凄《すさ》まじい。私たち一般人にとっては、分子機械《モレック》による管理を受けても、まだまだ長期滞在は難しい。プログレッシヴの君とは違うんだよ」

アデリーンは唇を噛《か》んで黙りこんだ。

ファーガソン所長は、なだめるように続けた。「木星行きは火星政府からの正式な申し入れだ。行けば君の身の安全と生活は保障される。今回の件も処罰の対象にはならない」

「そのかわり、いつでも好きなときに抹殺できるとか？」

「茶化してはいかん。私は真面目《まじめ》に話しているんだ。確かに君の力は恐ろしい。むやみに暴発させたくない。だから我々は、君の力をもっと安全に利用したいと思っている。原子力開発という分野が、核爆弾や放射能汚染という人類を滅亡させるほどの脅威を辿《たど》りながらも、核融合という新たな技術を打ち出したようにね。いまは暴力にしかなり得ない君の力も、研究次第で有益なものに変わるはずだと我々は信じている」

「私を原子力開発と一緒にしないで。私はただの人間です」

「君がそう思うのは自由だが、そう思わない人間も世の中にはいる。どちらが正しいかは誰にも決められん。所詮《しょせん》、我々はひとつの事象を、それぞれに違う面から眺めて、好き勝手なことを言い募っているだけに過ぎんのではないかね」

「……私に木星で何をさせたいの？　今回のことは、Aクラスの人たちも皆知っているのでしょう。私なんて、行っても苛《いじ》められるだけだわ」

「それは考慮に入れてある。だから君には、木星のステーションではなく、一時、エウロパへ行ってもらうつもりだ。面識のないスタッフとともに」

「あんな氷漬けの衛星で、いったいどんな仕事を？」

「エウロパの海を研究するんだ。君も知っていると思うが、エウロパは氷の下に百キロメートルにも及ぶ液体の海がある。氷の下だから当然ながら太陽光は届かないが、それゆえ、太陽エネルギーに依存しない生態系が確立されている可能性がある。これまでの調査から、火星と同様に、すでに微生物の存在が確認されている。さらに複雑な構造を持つ生命が発見されるかもしれない。これが何を意味しているか、わかるだろう」

「まさか、そこで見つかる生物の遺伝子を、また……」

「当たりだ。我々はプログレッシヴに利用可能な遺伝子を発見次第、再び実験を行う。我々のプロジェクトが、なぜ『プログレッシヴ』計画と呼ばれているか、これでわかっただろう。我々が生み出す子供たちは、永遠に進化し続ける存在だ。宇宙で新しい生物が見つかるたびに、遺伝子の混合を繰り返し、新しい要素を自分の中へ取りこんでいく。一歩前へ進むごとに、宇宙そのものと同化していくんだ。それによって、さらに強く、逞《たくま》しく、宇宙環境に適応した存在へ変わっていくわけだ」

「私に、それを見つける仕事をさせたいのね。見つかれば、私が、その実験台の第一号になるんですか」

「いや、君自身は適用の対象にはならない。試されるのは次世代、次々世代のプログレッシヴだ。種全体としての進化が脈々と続いていくわけだよ。いまは我々が主導権を持っている実験も、いずれはプログレッシヴ自身が担うことになる。彼らは新しい生命体と出会うたびに、自分たちを積極的に変化させていく。そういう種族は、もう地球のことなど振り返らず、地球の思惑にも縛られず、植物の種のように銀河の中へ散っていくだろう。新しい人類の祖となって、宇宙における人類の生存域を、爆発的に拡大していくだろう。私自身がそれを自分の目で見ることはないだろうが、想像するだけで胸が熱くなるよ」

「……あなたたちは誤解している」アデリーンは静かに言った。「あなたたちはプログレッシヴを、自分の自由にできる存在だと考えている。新しい人類を作るためだという説明は、私には、自分の手足になってくれる亜人間を作ったことに対する言い訳にしか聞こえない。私は水島さんに出会ってわかったわ。他人に対して自分の心がどんなふうに変わり、開かれ、相手からどんな反応が来て、そのことでまた自分が変化する。そういうことを通じて、はっきりとわかった。プログレッシヴも、ただの人間なんだって。特殊な能力があっても、結局は一個の人間、一個の生物であるのに変わりはないんだって。だから宇宙へ行くのも火星に住むのも、プログレッシヴが自分の意志で選べばいいと思う。誰かの指図や思惑や、大層な計画とは無関係に。人類に進化なんてものはない。ただ、環境への過剰な適応があるだけよ。だから私はこのゲームから降りる。ルールも参加者もあなたたちが勝手に決めた、この身勝手なゲームから」

「じゃあ、どうすると言うんだ。木星へ行かずに、どこへ行くと？」

「――地球へ行かせて下さい」

「何だって？」

「私は子供の頃から、グレアムに宇宙の素晴らしさを教えられて育った。だから、遠い星々を見てみたいという夢はある。そこで生きるために作られた自分の体を、極限まで試してみたいという渇望もある。けれども、あなたたちと一緒に行くのだけが、宇宙へ出る方法ではないと思う。私は、私のやり方で宇宙へ行きます。そのために、まずは地球へ行ってみたいの。世界のことをもっと知りたいから」

「そのあとなら、木星へ行ってくれるのかね」

「言ったでしょう。火星政府の名目での仕事はしないわ。でも、いずれ深宇宙へは出ていきます。地球にも火星にも、私の本当の居場所がないことぐらい、自分でもよくわかっているもの……」

「なかなか微妙な回答だね。……わかった。ちょっと上と話し合ってみよう。だが、ひとつ覚えておくといい。今後どこへ行こうとも、君には必ず監視がつく。あれだけの騒ぎを起こしたのだから、これは当然と思ってくれ。そして、火星政府も研究所も、いまは君たちを静観しているだけだが、将来、その方針が変わる可能性はある。そうなったら君たちは、抹殺対象リストのトップに載るだろう。それが嫌なら、いますぐ我々と一緒に木星へ行くほうを選びたまえ。あるいは、考えが変わった時点で私に連絡を入れてくれ。我々は、いつでも君の帰還を歓迎する」

「……残念だけど、そんな日は一生来ないと思うわ」

「そうか。では、君の幸運を祈っているよ」

「待って」退去しようとしたファーガソン所長を、アデリーンは呼び止めた。「ふたつ、許可して欲しいことがあるの」

「何だ」

「まず、シャーミアンを、私と一緒に地球へ連れていってもいい？」

「彼女とは、もう会わないほうがいいと思うぞ。君たちの居場所を探り出すために、グレアムが、随分ひどい仕打ちをしたからな」

「知っているわ。生体プレートに電気を流して拷問したんですってね。でも、まだ生きているんでしょう？　会えば、私だってわかるぐらいの知性は残っているわよね」

「プログレッシヴとしては、もうたいした能力は残っていない。だが、普通に意思疎通はできるよ。ただ、脳の一部を損傷しているので、言葉を喋《しゃべ》れなくなっている」

「構わない。それでも連れていくわ」

「それは、『お願い』なのかな」

「ええ」

「だったら聞けないな。彼女も、研究所の所有物だからね」

「では、力ずくで奪いに行く」

「冗談はよしてくれ。わかった。明日、ここへ連れてこさせよう。好きにするがいい。だが、本当にそれでいいのかどうかは、ふたりでよく話し合いなさい」

「ありがとう。もうひとつのお願いは……地球なら、水島さんを一緒に連れていってもいいかしら」

「結局、そこへ話を戻すのか」

「地球の環境なら穏やかだし、問題ないでしょう」

「君のわがままを、何でもかんでも聞くわけにはいかんのだよ」

「――はっきり教えて下さい。水島さんを連れ出すのを渋るのは、彼を人質にして、私に言うことを聞かせたいからなの？」

ファーガソン所長は表情を険しくした。

アデリーンは食い下がった。「彼に何かあったなら、その瞬間、今度こそ火星は滅びるわよ。私にとって水島さんのいない世界なんて、何の意味もないものなんだから」

「……地球へ連れていくにしても、彼が回復するまで待たねばならない。だが我々は君を、それまでずっと遊ばせておくわけにはいかないんだ。それはわかるね？」

「私が先に地球へ行き、水島さんには元気になってから来てもらう……これなら許してもらえるのね」

「ああ。それでいいなら、上へ掛け合ってみよう」

「わかったわ。それでお願いします」

翌日、アデリーンの部屋をシャーミアンが訪れた。シャーミアンは、本当に言葉を喋れなくなっていた。だが、アデリーンが想像していたよりは、ずっと元気だった。

ふたりは強く抱き合うと、しばらくの間、再会を喜び合った。アデリーンが、「これまでの話を聞いてくれる?」と訊《き》くと、シャーミアンはリストコムの仮想ディスプレイに文章を表示させた。

《もちろん。いろいろと気になっているもの!》

アデリーンは、長い長い物語をシャーミアンに語って聞かせた。シャーミアンは途中で飽きたり投げ出したりせず、じっと耳を傾けていた。水島がまだ回復しないのだとアデリーンが打ち明けると、そのときだけは暗い表情になって溜息《ためいき》を洩《も》らした。

最後にアデリーンは、自分と一緒に地球へ行かないかと訊ねた。

シャーミアンは、首をゆっくりと左右に振った。

《あたしは仕事を探したいの。ひとりで暮らしていけるだけの仕事を。言葉が喋れなくてもできる仕事はいくらでもある。言語の障害は手術すれば治るみたいだし、だったら、その費用も貯めないといけない》

「だったら、地球は最適じゃないのかしら。新しい生活を始めるためには……」

《ジグを探したい》

アデリーンは、シャーミアンの顔を見つめ直した。

シャーミアンは続けた。《もう一度、彼に会いたい。だからあたしは火星に残る。あんたと一緒に地球には行かない。彼を探すことが、いまのあたしの生き甲斐《がい》だ》

「わかった」アデリーンはうなずいた。「わかるよ、その気持ち。行っていいわ、シャーミアン」
《住む星が違っても、あたしたちはずっと親友だ。いつか、また会おう》
「ええ、必ず会いましょう。きっと、またどこかで」
ふたりは、お互いの手を強く握り合った。

2

幽閉から一ヶ月ほどたった頃、アデリーンはようやく水島との面会を許された。

アデリーンのほうが病室に入る形になった。

ふたりだけにしてという願いを、研究所の所員は許してくれた。

病室内からは、モニター装置がもうほとんど片づけられていた。

水島は、白い病衣を着てベッドの縁に腰をおろし、アデリーンを待っていた。

頬《ほお》がだいぶこけていたが、彼女の姿を見ると、以前のように穏やかに微笑《ほほえ》んだ。そして彼女に訊ねた。「今日は、アイスクリームの差し入れはないのかい?」

アデリーンは水島の胸の中に飛びこんでいった。体に抱きつき、しばらくの間泣いていた。

水島は片腕をアデリーンの背に回したまま、じっと動かないでいた。

やがてアデリーンは、涙を拭《ぬぐ》うと顔をあげた。

「水島さん、まだつらそう……。それに、白髪《しらが》が随分生えたのね」

「病みあがりだからしかたない。四十前のおやじにしては、よくやったんじゃないかと思っているが。それよりも君のほうはどうだ。情報が何もなくてね。ずっと苛々《いらいら》していたよ」

　アデリーンは現在の身上について話した。いずればれてしまうことだからと思い、水島の命を巡ってグレアムとの間に取引があり、自分は自由を捨てるほうを選んだと告げた。

　水島は暗い顔つきになったが、すぐにそれを振り払い、すまない……と頭を下げた。

「この代償は、必ず私が払おう」

「変な言い方をするのはやめて。私は水島さんが助かっただけでうれしいの。他には何もいらない」

　アデリーンはポケットから記録プレートを出し、水島の掌に乗せた。「もういらないかもしれないけれど、記念に持っていて下さい。これはあなたが確かに闘ったという証《あか》しです。勝ち負けはもはや関係ない。受け取って下さい」

　水島は礼を言ってプレートを握りしめた。その寂しそうな表情に、アデリーンは少しだけ心が痛んだ。

　自分たちが時間差で地球へ向かうことになるだろうと告げると、水島はゆっくりと首を左右に振った。「いや、私は地球には行かないほうがいいだろう」

「どうして？」

「前々から言っている。君はひとりで生きていくべきだ。私と一緒ではなく」

「そんな言い方をしないで」

「私は、ろくな男じゃない」水島はアデリーンの頰をそっと撫《な》でた。「君を助けに行くた

めだったとはいえ、私は人をひとり殺した」

「そんなこと！　私だって殺したわ。間接的なものも入れれば、もっといっぱい殺してい

るはずよ。血で汚れてしまったのは私も同じだわ。水島さんだけが苦しむことじゃない」

「君の場合とは意味が違う。私は人殺しをする奴を許せなかったから警官になった。その

ために火星まで来た。それなのに、どうしてもという望みと目的のために、自分も人を殺

してしまった。一度己の信条が壊れてしまえば、あとはもう際限なく転がり落ちていくだ

けだ。自己を保とうとしても、過去の矛盾した行為を思い出すたびに精神を蝕《むしば》まれる。法

律的には正当防衛であっても、あの嫌な感触を忘れることはできないよ……」

「だったら、その傷は私が背負います。私のためになされた罪なのだから、私が丸ごとす

べて引き受けます。世界中の人間が許さなくても、たとえ神様が許さなかったとしても、

私があなたの罪を許すわ。だからひとりで背負わないで。私にも同じものをあずけて！」

「……ありがとう」水島は静かに目を伏せた。「そんなことを言ってくれるのは君ぐらい

のものだ。――いつまでも覚えておくよ。いまの君の言葉を」

「…………」

「君は地球へ行ったら、隙《すき》を見て、適当な頃に逃げるといい」

「え？」

「研究所の連中から逃げ出すんだ。君の力を使えば造作もないことだ」

「でも、そんなことをしたら、火星に残っているあなたが……」

「そう、連中は私を人質として、君に言うことを聞かせようとするだろう。時間差で地球へ行くのを反対しなかったのも、恐らくそれを考えに入れてだ。だから時期を見計らって、私もここから脱走しようと思う」

「そんな危険なこと……」

「心配するな。簡単に捕まりはしない。だが、もし私を盾に、研究所が君に無理を言おうとしたら、そのときには――」

アデリーンはその言葉を遮った。「お願い、約束して下さい。私の自由のために、自分から命を捨てるようなことだけはしないで。私は水島さんに絶対死んで欲しくない。私は逃げのびてみせるから、水島さんも必ず逃げきって。そして、いつかどこかで再会しましょう。この広い宇宙のどこかで」

「私は、約束のできない男だ」

「構わない。だったら、私のほうから会いに行くから。それまで必ず待っていて。絶対に待っていて。でも、その前に、ひとつだけお願いがあるの」

「何だ」

「この前みたいに逃げないで、ここで私と本当のキスをして。私は地球へ行く前に、ひとかけらの嘘《うそ》もない形で、水島さんと結ばれたいの」

水島はしばらくの間、黙ってアデリーンを見つめていた。やがて彼女の体を両手でそっと引き寄せると、自分から彼女に唇を重ね合わせた。

痺《しび》れるように甘い衝撃が、穏やかな波のようにアデリーンの体に波紋を広げていった。熱い情念が胸の奥から湧《わ》きあがってくる。

だが同時に、アデリーンは愕然《がくぜん》としていた。

触れ合えば水島の内面と溶け合えると思っていた。無条件に、壁の向こうに行けるだろうと。

だが実際には、水島はこれまで以上に心を固く閉ざしていた。何も見えない、何も聞こえない……そんな状態で、優しく愛撫《あいぶ》される感触だけが、アデリーンの体には鮮明に刻みこまれていった。

アデリーンは自分から身を離した。

涙が頬をこぼれ落ちた。

どうしても、この人は私に壁を越えるのを許してくれないのか。その向こうにあるはずの、限りない優しさに、直に触れさせてはくれないのか……。

「――もう行きなさい」水島はアデリーンから掌を離すとうながした。「少し疲れた。ひとりで休みたい」

「…………」

「そんな顔をするな。地球へ行くまでは、まだ何度でも、ここで会えるじゃないか」

「……そうね。また来るわ」

「アデリーン」水島はつぶやくように言った。「君が本当に大人の女性になって、もう一度、私に会いにきてくれたら――そのときには何でもするよ。一晩中、口づけを繰り返しながら、いつまでも君を抱いていよう。君が望むままに体を重ね、いくたびも愛することを誓おう。だが、いまはここまでしかできない」

アデリーンは立ちあがった。

もう泣いてはいなかった。

水島の言葉が、できの悪い嘘であることは彼女にもよくわかった。だが彼が、そんな嘘までついてくれたことが、何となくうれしかった。

たぶん私を落ち着かせ、慰め、未来に向かって歩かせるためだけに、懸命に考え出したに違いない嘘。不器用で無骨な――しかし、それはとても温かい嘘だ。

名残惜しげに何度も振り返りながら、アデリーンは水島の病室をあとにした。

心の中に、なぜか、晴れやかな青い空のイメージが広がっていった。

エピローグ

研究所の病棟で世話をしてもらっている間に、水島は自分が書類上、治安管理局を退職になったと聞かされた。ただ、容疑はすべて取り消され、経歴上、何の汚点もないままの自己都合退職とされていた。

本来ならば懲戒免職のところを、アデリーンの口添えでそうなったらしい。だが、本当は研究所側が恩を売ったのではないかと、水島はにらんでいた。つまり、助けてやるから秘密は洩《も》らすなということだ。

しかし、すべての秘密は、水島が予想していた形で表沙汰《おもてざた》になった。

研究室内の情報端末でニュースを見ていた水島は、火星のマスコミがある日一斉に、列車事故とプログレッシヴ計画について報道し始めたのを目にした。地球／月／火星のすべての人々が、細部に至る出来事を初めて知ったのだ。

神月璃奈とファレルの遺族は、治安管理局長に、ふたりの死の真相を隠したのはなぜかと詰め寄った。局長はマスコミの情報を「デマ」「中傷」と取り合わなかった。自分は無関係だと言い募ったが、追い討ちをかけるように次々と内部告発が始まり、果ては局長個人の醜聞まで暴かれていった。

ユ・ギヒョンがやったのだと水島は直観した。マスコミに情報を流したのだ。パヴォニス山で会ったときからそんな様子だったが、彼なりの努力がようやく実ったのだろう。治安管理局長は、遺族やマスコミの追及に必死で抵抗したが、ついに自分の城を支えきれなくなって自ら職を退いた。

管理局長の交代劇は、火星政府にコントロールされたものだろうと水島は推察した。これで関係者を、またひとり葬ったわけだ。私を、ここへ閉じこめたように。

水島は、藤元はこの件に、どの程度関わっていたのだろうかとふと思った。内部告発をあおるほうに回ったのか、あるいはもみ消すほうに回ったのか。いまとなっては確かめようもなかったが。

マスコミは水島とアデリーンの行方も探っているようだったが、研究所にいる限り、彼らの手が届くことはなかった。水島はそれには頓着しなかった。マスコミに助けてもらおうとは思わなかった。情報さえ表に出れば、自分の役目は終わりだと考えていた。

あらゆる場所で、あらゆるレヴェルの討論が始まった。真面目《まじめ》なもの、きつい冗談や揶揄《やゆ》を含んだもの、道徳的なもの、反動的なもの――。ネットワークでも現実世界でも、様々な主義主張が飛び交った。

反対意見と賛成意見は、ほぼ半々で拮抗《きっこう》した。これは当然と言えた。火星政府は、無目的にプログレッシヴを作り出していたわけではない。狂信的に、科学技術の成果を試していたわけでもない。宇宙進出のため、よりよい精神性を備えた人間を作り出すという確固たる目的があったし、人間が人間を作り変えるという発想には、ある種、抵抗し難いエロチックな魅力がある。人類が、その誘惑に対して、どこまで旧来の倫理観を適用するのか、あるいは、全く新しい倫理観を確立して対応するのか。それはこれからも、時間をかけて話し合わねばならないのだ――という方向に世論が落ち着くのを、火星政府は見事に演出し、誘導し、成功したと言えた。

情報を公開したことのよしあしを、水島は自分では判断しないことにした。人間という存在は、期待をかけすぎても、絶望しすぎてもいけないものだ。

ここから先は、流れるに任せるしかないのだ。

グレアムが、ある日突然、火星のTV番組に出演したのも、水島は情報端末経由で観《み》た。番組内でグレアムは、キャスターからプログレッシヴについて質問を受けていた。批判的な調子の問いかけに、グレアムは臆することなく、マイクを通じて堂々と意見を述べた。その内容は、水島やアデリーンに語っていた頃から全く変わっていなかった。グレアムは信念と誇りを持って開発にあたり、これからも、そうすべきだと強く訴えた。

水島は思わず苦笑いを洩らした。彼はたぶん、一生こんな感じなのだろう。ある意味、尊敬に値するとも言える。

外出できるまで体力が回復したとき、水島はアデリーンの出発スケジュールを教えられた。当初の予定通り、アデリーンはひとりで地球へ向けて旅立つ。水島のほうは、体調の回復も考慮に入れて二年近くあとの便。火星と地球では公転周期が異なるので、双方の距離が縮まるのが、その頃になるためでもあった。

　ファーガソン所長に「見送りに行ってもいいか」と訊《たず》ねると、「あの子に直接会うのは遠慮してくれ。審査ゲートで、船が出ていく映像を見るぐらいなら構わないがね」と返された。

「つれないね」

「直接会うと、またあの子の気持ちが揺れるからな。察してやりたまえ」

「あの子が地球へ行ったら、私も研究所から外へ移れるのかい」

「ああ。近くに新しいアパートを用意してある。そこに住むといい」

「全監視つきの、さぞ住み心地のいいところなんだろうな」

「我々はそこまで暇じゃない。監視は確かにつけさせてもらうが、君が風呂に入ったり、人恋しくなって夜の街に女を漁《あさ》りに行ったりするところまでのぞこうとは思わんよ。仕事は積極的に探してくれたまえ。君を養うほどの経費はうちでは落ちないんでね。まずい就職先は、こっちから先にブロックする。就職試験にパスできたら、問題なしだったと思っておいてくれ」

「追跡タグはどうなんだ。また新しいのを埋めたのか」

「狂犬を放し飼いにしておく趣味は我々にはないよ。ご理解頂けるかな？」

水島は首輪をつけられた犬を連想した。迷子にならないように電子機器で見張られている犬。

まあ、いい。電子機器である限り、データの送受信を妨害する方法はある。偽情報を送る方法も。そのためのソフトウェアは、火星の地下ネットを探せば見つかるだろう。ここから先は、お互い騙《だま》し合いの域に入るわけだ。結構。もとより、完全な自由が得られるなどとは思っていない。ほんの少しの穴でいい。見つけられれば、自分は檻《おり》から逃げられる。

久しぶりに外出着を身につけた水島は、解放感に満たされながら火星の街を歩いた。すべてが明るく空虚に見えた。

自分の手の中に、何も残っていないのが不思議だった。いや——ひとつだけ残ったものがある。水島はポケットの底に忍ばせた記録プレートの表面を指先で確かめた。データは別のメディアに移したので、中身はすでにからっぽだった。空疎なプレートの外殻だけを、水島は記念に持ち歩くようになっていた。主のいない墓のようなもの。そこへ何かを入れるつもりはなかった。自分に必要なデータを入れるつもりもなかった。

あれほど必死になって注ぎこんだ情熱は、何も生み出してはいないし、新しい世界を開いたわけでもない。

ただ、ひとりの少女の背中を、ほんの少し押しただけだ。

それが世界全体のために、何の役に立ったのか水島にはわからなかった。だが、自分の仕事は、本来そういうものであったとも思う。いまは成果が見えずとも、将来、どこかで何かの運命を変えるかもしれない――それを信じたからこそ、自分はジョエルのような人生ではなく、警官になるほうを選んだのだ。その職も志もすでに失われたが、いまはもう惜しいという気持ちもなかった。

審査ゲートに着くと、宇宙旅客船の発着時間リストを眺めた。次に、ロビーの巨大スクリーンに発着の様子が映るのはいつだろうと水島は探した。アデリーンが乗っている船の番号と照らし合わせ、リストコムの仮想ディスプレイと同期させようとしたとき、それよりも先に、メッセージの着信音とともに画面が開いた。

アデリーンからのメールだった。

水島さんへ

監視の目をかいくぐってメッセージを送ります。いま、あなたはどこにいますか？ きっとファーガソン所長が反対しても、私にとても近いところまで来て、見送ってくれているのではないでしょうか。そんな気がしてなりません。

いま私は、宇宙旅客船の展望窓から火星を見おろしています。軌道エレベータの下に広がる赤い不毛の星に、びっしりと張りついた都市の天蓋《てんがい》が見える。こうやって宇宙から見おろしてみると、私が住んでいた街は何と小さなものだったのかと実感します。私があれほど悩んでいた場所は、なんて狭い世界だったのかと。

でも、そんな狭い世界でも、あそこには人間のすべてがあった。それを気づかせてくれたのは、あなただった。あなたと出会っていなければ、私は何の感慨も抱かず、冷たい心のままで宇宙へ、木星へ旅立っていたはずです。

遠回りのようだけれど、地球行きは私にとって、とても大切な旅路であるような気がします。

私は人工の生き物ですが、人間として人間社会の中で胸を張って生きていい――それを教えてくれたのもあなただった。それをいま、とても感謝しています。

早く、水島さんと再会したいです。

地球でなくてもいいから、一日も早くあなたともう一度会いたい。

船が出てしまうと、通信速度の関係でメールの到着もだんだん遅れていきますが、もしよかったら返事を下さい。

どんな些細《ささい》な言葉でも、あなたの言葉があれば、きっと私は救われる。どんなにつらくても、あなたとつながっていると信じられれば、絶対に耐え抜けると思います。

では、いまはこれぐらいにしておきますね。

また、メールします。

それまでお元気で。

水島はアデリーンからのメールを繰り返し何度も読んだ。この短いメッセージを、読みやめることができなかった。

しばらくたってから、リストコムの操作パネルに触れた。返信欄を開き、アデリーンに返事を書こうとした。

だが、言葉が出てこなかった。

指先はパネルの上を何度も撫《な》でるだけで、気の利いた文章はひとつも出てこなかった。

……いまさら何を伝えればいい？　何を言えばいい？　気弱な自分が自分自身に囁《ささや》くのを水島は感じた。おまえはあの子を、自分の感情の中から切り捨てたはずじゃなかったのか。なのに、なぜ、これぐらいのことで心を揺さぶられる。なぜ、わざわざ、惨めなところを見せようとするんだ？　うらぶれた中年男が、未練がましいことをするんじゃない――。

自分で自分を叱《しか》りつけ、水島は返信欄を閉じた。

しかし、気持ちは落ち着くどころか、かえってざわめいた。

長い間躊躇《ちゅうちょ》した後、彼は再び、リストコムを操作してメールの返信欄を開いた。

アデリーンへ

メールをありがとう。

私はいま審査ゲートに来ている。君が旅客船から見おろしている足元で、君の船が出発するところを見あげている。

……私は、感謝してもらえるほどのことを君にしてあげられたのかどうか——疑問に思っている。

むしろ、感謝せねばならないのは、私のほうかもしれない。

君と出会ったとき、私は警官だった。だから、他人の命を守るのが仕事だった。そして、そういう仕事についている以上、他人もまた私に対して、自分たちを守ってくれることをあたりまえだと感じ、自分たちのために危険な場所へ飛びこんでくれるのを当然の義務だと考える——。私と社会、私と他者は、常にそういう関係性の中にあった。

自分で選んだ仕事だから、世間が私に対してそう求めることを、私は一度も拒否してこなかった。否定したり、愚痴を言ったりしたこともない。求められるままに働き、そのために命を落としても、しかたがないと思っていた。

だから君が、自分ひとりの力で私を助け、ゲラシモフ博士のところへ逃げていったとき――あの部屋で私に対して「死なないで欲しい」「生きていて欲しい」と言ってくれたことが、とてもうれしかった。

それは君が私を警官としてではなく、ひとりの人間として見てくれていなければ、決して出てこない言葉だったからだ。

だからこそ私は、その瞬間、君を最後まで助けると誓ったのだ。警官としてだけではなく――自分のすべてをかけて。

それがうまくいったのかどうか、いまはまだよくわからない。

けれども、君がほんの少しでも希望を持って旅立てるのなら、きっと何かの役には立ったのだろう。

私はそのことを誇りに思う。

そして、君の存在そのものが、私の魂を救ってくれたのだと信じている。

ありがとう、アデリーン。

礼を言わねばならないのは、私のほうだ。


メールを書き終えると、水島は一度だけ読み直した後、すぐに送信した。わずかに、照れのようなものを覚えた。

　そのとき、背後から聞き慣れた声が響いた。「振り返らないで、そのまま話を聞いてくれないか」

　ユ・ギヒョンの声だった。

　水島は言われるままに前を向いたまま、答えた。「……無事だったのか。よかったな」

「おかげさまでな。聴覚インプラントを使うと盗聴される恐れがあるから、このまま聞いてくれ」

　水島はうなずいた。

　ユ・ギヒョンは続けた。「おれに処罰がなかったのは本当だが、その代わりに新しい任務をひとつ与えられた。——おまえの監視だ」

　水島は黙っていた。予想はついていたことだった。アデリーンの事件と関《かか》わった者を、火星政府は見逃しはしない。どこまでも追いつめ、利用する。ユ・ギヒョンに対しても、それは例外ではなかったわけだ。

「……あの子を守るためなら、おまえが自分をどれほど犠牲にしても後悔しないことを皆は承知している。あの子に真の自由を与えるためなら、おまえは自ら命を絶つことすら厭《いと》うまい。だから、そうさせないために、おれは彼らから派遣された」

「ほう。親切なことだな」

「茶化すな。わかっているはずだ。連中はおまえを人質に、あの子をいつまでも縛っておくつもりだ。研究所につないでおくつもりだ。だから、おまえには自殺の自由さえない。もし、そんな素振りを見せたら――おれが阻止することになっている」

「どうするんだい？」

「おまえの体には生体プレートが埋めこまれている。近い距離から装置に信号を送れば、プレートが頸髄《けいずい》神経を即座に損傷させる。再生治療を受けさせなければ、おまえは一生全身不随だ。逃げることも死ぬこともできない。永遠に囚われの身分になる」

「そんなことをして、あの子にどう言い訳するつもりだ？」

「日常生活で事故に遭ったと言えば、受け入れざるを得まい」

「忘れたのか。あの子は他人の感情を読むんだぞ。嘘をついても一発でばれる」

「ばれても、起きたことを元に戻すのは不可能だ。おまえの治療を巡って、新しい駆け引きが始まるだけだよ。そして今度こそ――火星政府は、あの子を精神的にねじ伏せる」

「…………」

「そのための装置のコピーを、おれは渡されている。だが――こんなこと、できるもんか！」絞り出すような声でユ・ギヒョンは言った。「逃げてくれ、水島」

水島は、掌に硬い小さな機械が押し当てられたのを感じた。ユ・ギヒョンはだめ押しするように囁いた。「こいつを持っていけ。信号の内容を分析できれば、それをブロックする方法もわかるはずだ」

「――これは受け取れない」と水島は言った。「私がこれを持って逃げれば、おまえが代わりに殺される。責任を取らされて……いや、秘密保持のために」

「大丈夫だ。おれだって何とか逃げきってみせる」

「その可能性がとても低いことは、おまえ自身がよく知っているはずだ」

ユ・ギヒョンは言葉を切った。沈黙しているのでなく、低い嗚咽《おえつ》の声を洩らしていることに水島は気づいた。

「おれは無力だ」ユ・ギヒョンはかすれた声でつぶやいた。「おまえを助けてやることすらできないのか。璃奈に何もできなかったように……」

「泣くな。その言葉だけで、もう充分だ」

水島はしばらくの間、ひとりで考えを巡らせた。考えろ、考えろ。こんな形で研究所や火星政府に好きにされていいわけがない。こちらの人生を勝手に押し潰《つぶ》されてたまるものか。よく考えるんだ。完全に連中の裏をかく方法が、ユ・ギヒョンも自分も助かる方法が、どこかに必ずあるはずだ――。

だが、答はどこからも現れてくれなかった。

恐らく火星政府は、ここまで見越してユ・ギヒョンを送りこんでいるはずだ。彼が自分に秘密を打ち明けて逃がそうとするところまで。彼がその通りにすれば、命令にそむいたという理由で彼らは確実にユ・ギヒョンを抹殺する。またひとり、アデリーンの事件と関わった人間を潰すのだ。そのキーとして配置されているのが、またしても自分であることに、水島は底なしの絶望感を覚えた。

少しずつ、手足を切り落とされているような気分だった。ジョエルを殺したときの失望感が、再び胸の奥を深く蝕《むしば》んでいった。

　自分を落ち着けるように大きく息を吸うと、水島は続けた。「銃の携帯は、まだ許可されているか」

「もちろんだ」

「いま持っているか」

「ああ」

「では、この場で私を射殺してくれ」

「何だと？」

「頭か心臓を撃ち抜いて欲しい。そうすれば私は確実に死ねる。私がおまえから装置を奪って逃げようとしたので、阻止するために急所から狙《ねら》いを外して発砲した――それが致命傷を負わせることになったと言い訳すればいい。他の市民を巻きこみそうになったからとか、私が手近な人間を人質にしようとしたとか……いくらでも理由は作れるだろう」

「だめだ！　そんなことはできない！」

「できなければ、おまえが連中に殺されるだけだ。もっとも、うまく嘘をつかなきゃおまえの身も危ういがな」

「……」

「遠慮はいらない。さあ、一撃で仕留めてくれ」

「やめろ……そんな言い方をするな……」

「私はあの子の未来のために、足手まといになりたくない。おまえができないのなら、隙《すき》を見て私が自分で自分の身を処すだけだ。あの子が地球に到着して生活が落ち着いたあたりが……ちょうどいい頃合いだろうね」

水島は背後を振り返り、顔をゆがめて立ち尽くしているユ・ギヒョンと向き合った。

「私はただの番犬だ」水島は晴れやかな笑みを浮かべながら言った。「あの子はその犬を愛《め》でることを、恋だと錯覚していたに過ぎない」

「本気で、そんなことを思っているのか」

水島は答えなかった。

その姿には、いかなる感情も読み取れないほどの静けさがあった。

ユ・ギヒョンは自分の懐にゆっくりと手を伸ばした。銃のグリップを握ったのが水島にもわかった。だが、彼はホルスターから銃を抜こうとはしなかった。水島を見つめたまま、いまにも泣き出しそうな顔を見せ、やがてそのまま深くうなだれた。

水島は「そうか……」とだけつぶやくと、ユ・ギヒョンに装置を返し、その肩を軽く叩いた。

「では、今日はこのまま家に帰る。新しいアパートへの引っ越しもあるしな。おまえとふたりで火星を脱出する方法も、少しは考えてみよう。プレートの信号を制御する手段を見つけたら、グレアムやファーガソンにひと泡吹かせに行くのも面白いだろうな。だが、このまま外へ出たときに、すぐにおまえが私を殺してくれたとしても……私は後悔しないし、むしろ、ほっとするだろうね」

「おまえは——」ユ・ギヒョンは弱々しくつぶやいた。「世界で一番の馬鹿者だ。でも、おれにとっては、もうすでに友人に等しいんだ……」

水島は口をつぐんだまま、ユ・ギヒョンの側《そば》を通り過ぎた。

背を向けて歩き始めた水島を、ユ・ギヒョンは追ってこなかった。水島は振り返らなかった。まっすぐに、ゲートの出口を目指して進み続けた。

途中、宇宙旅客船の様子を映し出す巨大スクリーンの前を通りかかった。軌道エレベータの先端にある宙港から、地球行きの船が旅立つ映像が中継されていた。

水島は足を止め、スクリーンの映像に見入った。

宙港からのアナウンスが流れ始めた。出発の合図だった。いよいよアデリーンが発《た》つのだ。

アデリーンと共に過ごしたほんのわずかな日々が、水島の脳裏に一瞬だけ浮かび、そしてすぐに消えた。

——アデリーン。地球へ行ったら、驚くことがたくさんあるぞ。まずは、間近で見る地球の大きさに圧倒されるだろう。その青さにびっくりするだろう。それに地球を知ったら、きっと他の星へも行きたくなる。宇宙の広さを実感して、もう、同じ場所には留《とど》まれなくなるだろう。

そうなったら、自分の気持ちに忠実に、どこまでも宇宙を駆けていけばいい。火星生まれの君には、そういう生き方がきっとよく似合う。その活力に溢《あふ》れた生き方の先には、きっと君のすべての罪を越えるほどの成果が待っているだろう。君が火星で犯した罪は、確かに生涯消えないだろう。どこまでも君を縛り、君の足枷《あしかせ》になり続けるだろう。だが、だからといって歩みを止める必要はない。それは誰もが歩き続けている道だ。だから心配はいらない。うまくいけば仲間だってできる。その途中には、きっと、いいことも少しは待っているはずだ。

旅客船のエンジンが始動し、ゆっくりと宙港から離れ始めた。

見送りの音楽がロビーに軽やかに響き渡る。

それは水島が火星へ来て以来、何度も目にしたことのある光景だった。だが同時に、これまでの人生において、最も輝かしく見える旅立ちの瞬間だった。

船を見送り終えると、水島はその場から離れた。

直後、リストコムが鳴り、仮想ディスプレイが開いて再びメールの着信を知らせた。

アデリーンから返信メールが来ていた。

開いてみると、たぶん監視の目を気にしてなのだろう——二行だけの短い言葉が記されていた。

水島さん。

　あなたを、いつまでも待っています。


ディスプレイを見つめたまま、水島はほんの少しだけ頬に微笑を浮かべた。やがて静かに画面を閉じると、再び歩き始めた。

ゲートの出口は、すぐそこだった。

人々の流れに押し出されるようにして、水島は扉の外へ出た。天蓋を見あげ、住み慣れた都市の空気を、ゆったりと肺に送りこんだ。

そして彼にとっては、もはや暗黒とわずかな気休めしか残されていない街へ向かって、力強く足を踏み出した。

あとがき

書き手は物語を作るときに、いくつかの筋道を想像し、各々の作品的効果を徹底的に検討してから本執筆に入ります。複数の設定、複数の展開、複数の結末――。そのうち選べるのは、ひとつだけです。ひとつの結末を選んだ瞬間、他のすべての可能性は消失する。これは書き手が作品を発表する際の、逃れられない宿命とも言うべきものです。

ただし一度だけ、この法則が当てはまらない場合があります。単行本から文庫になるとき――書き手には、前と違う展開・前と違う結末を選択することが許される。

第四回小松左京賞を頂いたこの作品も、文庫化の機会があれば、大きく改稿しようと思っていました。今回お届けするのは、この「もうひとつの〈ダーク・バラード〉」です。

私は最初に書いた作品を、著者として愛しておりますし、あれが間違っていたとも思いません。ただ、その裏側で、それと同じぐらい選びたかった、もうひとつの結末がありました。それを今回、文庫の形で残しておくことにしました。文庫版での設定と結末は、単行本でのエピローグがお好きだった方には違和感があるかもしれません。しかし、こちらもまた間違いなく、私の資質のひとつなのです。

改稿は全ページに及んでいますので、どこをどう変えたのかは、あとがきでは触れません。本編より、あとがきから先にお読みになる方もおられると思いますので。

ひとつだけ書いておきますと、治安管理局の捜査官・水島の年齢を、単行本時よりも九歳引き上げて三十九歳としています。これは今回の改稿で、最も手を加えたかった部分でした。

また、今回の改稿作業は、出版社や読者などの要望・意見によってなされたものではありません。あくまでも、著者の内的動機によって行われたものであることを、ここに明記しておきます。

すべての責任は、著者が負うべき種類のものと考えます。

投稿時にあの結末を書きあげた後も、このもうひとつの設定と結末が、私の中からずっと消えなかったというだけのことです。

文庫化の機会を下さった角川春樹事務所さまには、大変お世話になりました。この場を借りまして、あらためてお礼申し上げます。ありがとうございました。

二〇〇八年　十月

著　者

解説

八杉将司

本編は上田早夕里さんの第四回小松左京賞（二〇〇三年）受賞作であり、デビュー作です。


ぼくが初めて上田さんのお名前を目にしたのは二〇〇三年夏。

当時のぼくは数多《あまた》いるプロ作家志望の一人でした。新人賞に応募原稿を送り続ける日々で、その年はSF作品を書き、日本SF新人賞（主催・日本SF作家クラブ。後援・徳間書店）へ原稿を送ってました。

公募の新人賞でSFに特化して受賞させる賞は、二つぐらいしかありません。

それが日本SF新人賞と小松左京賞でした。

実は書いたSF作品は当初同じ年の小松左京賞に送ろうかなと考えていたこともあって、自然とそちらの選考も気になっていました。

夏、角川春樹事務所のHPにて受賞者が発表。

そこに上田さんのお名前がありました。

兵庫県姫路市在住なるプロフィールとともに。

驚愕《きょうがく》と同時に凹《へこ》みました。

だってぼくも同じ姫路市在住なんですよ。日本中から原稿が集まってくる二つのＳＦ系新人賞で、同じ年に姫路市なんてピンポイントな地域から二人も受賞者が出るなんてあり得ない。いや、もちろん出てもいいんです。ダメなことはありません。だけど、そう考えたくなるじゃないですか。

ところが、幸いぼくも最終選考に残り、この『火星ダーク・バラード』が本屋に並ぶ頃、ぼくの第五回日本ＳＦ新人賞受賞が決まり、翌年『夢見る猫は、宇宙に眠る』（徳間書店）が出版できてデビューを果たすことができました。

上田さんとはこの地域的なご縁で地元新聞社が対談を組んでくださり、そこで初めてお会いしました。

上田さんはこのデビュー作を皮切りに、木星の宇宙ステーションを舞台に雌雄同体の新人類が登場したことで起る事件を描いた『ゼウスの檻』（角川春樹事務所）、打って変わって緻密《ちみつ》な菓子作り描写と菓子職人のプライドを力強く書き上げた『ラ・パティスリー』（角川春樹事務所）、気骨あるショコラティエが菓子を巡る人間模様の謎《なぞ》を解く連作ミステリ『ショコラティエの勲章』（東京創元社）、ひとを狂わせる不思議な香水を軸に双子同士の男女の愛憎が絡み合う『美月の残香』（光文社）とＳＦに限らず様々な分野で才能を発揮されております。

そうそう、それから、ぼくは上田さんと異形コレクションシリーズ「進化論」「心霊理論」「ひとにぎりの異形」「未来妖怪」（光文社）において立て続けに短編で競作させていただきました。

そこでも上田さんは素晴らしい作品を残しています。たとえばヒトゲノムの異形なる進化を描く「魚舟・獣舟」（異形コレクション36巻「進化論」）はその年のベストSF短編とも評される傑作でした。

そんな上田さんの原点ともいえる作品がこの本編です。

火星治安管理局の捜査官水島はパートナー神月璃奈と凶悪犯ジョエル・タニを追い詰めて逮捕したが、列車で連行する途中、奇妙な現象に巻き込まれる。それによって起きた事故によりジョエル・タニは姿を消し、璃奈は射殺されていた。司法省の監視機関である調査室は唯一無事だった水島を犯人と睨《にら》む。しかし、そこには人類の未来を自分の手で作ろうと試みるある男の思惑があった。叩《たた》きのめされ、屈辱にまみれた水島は、やがてキーパーソンとなる「プログレッシヴ」の少女アデリーンと出会うことになり、物語は大きく揺れ動いていく……。

流麗でありながら歯ごたえのある文章と、加速感に溢《あふ》れた展開は本当にのめりこみます。

また登場するゲノムを徹底的に改造されて生まれた「プログレッシヴ」と呼ばれる人間は、エネルギー保存則に左右される「力」を持ち、その「力」を利用しようとする科学者たちの視線の先は人類の可能性と未来へと向かっています。その発想にはサイエンスフィクション《SF》独特のテーマを持った広がりがあります。

しかもそんな重荷を生まれながらに背負った少女アデリーンの内面を、上田さんは丁寧に描き出しています。

それから、何と言っても主人公の水島。

この四十前のおっさんが食えない。自分の心に根を下ろした信念を守るためには親切からくる忠告だろうが、どれだけ魅力ある甘言であろうとも、そっぽを向き、己に正直に生きようとし、いかなる暴力にも屈せず強大な火星の権力者に対峙《たいじ》します。

ところで、ハードカバー版『火星ダーク・バラード』を読まれた方は目次を見た時点でおや？　と気づかれたことでしょう。前にはなかった第六章「選択」が加えられています。

そうです。この文庫版は大きく書き直されています。

ハードカバー版を読まれた方も是非とももう一度読んでいただきたい。ジョエル・タニが再び現れるなど、あらゆる登場人物にしっかりした決着がついています。

それに結末が前とはずいぶん違います。とても厳しく、危うく、希望も見えるけども決してハッピーエンドとは言い難い波乱が垣間《かいま》見られる結末で、胸をかきむしりたくなるほど切なくなる読後感に襲われます。

それは前の物語を否定するものではありません。前から匂《にお》わせてはいたものをはっきりとした形にしたものです。本来の姿に戻ったといってもいいでしょう。

そして、このような「選択」をしたのは水島という男の性格のなせる業でもあります。

まったくもってこの男、茹《ゆ》で上がりすぎた卵です。

そんな野郎の生き様がここにあります。

その生き様が人類の命運を変える。

『火星ダーク・バラード』

本作品は上田早夕里、渾身《こんしん》のハードボイルドである。

（やすぎ・まさよし／作家）

本書は第四回小松左京賞受賞作品です。
二〇〇三年十二月に小社より単行本として刊行されたものに、
大幅に加筆・訂正いたしました。

Haruki Bunko
ハルキ文庫

う 5-1

火星《かせい》ダーク・バラード

著者 上田早夕里《うえださゆり》

2008年10月18日第一刷発行
2024年 1 月18日第二刷発行

発行者 角川春樹

発行所 株式会社角川春樹事務所
〒102-0074 東京都千代田区九段南2-1-30 イタリア文化会館

電話 03(3263)5247(編集)
03(3263)5881(営業)

印刷・製本 中央精版印刷株式会社

フォーマット・デザイン 芦澤泰偉
表紙イラストレーション 門坂 流

本書の無断複製(コピー、スキャン、デジタル化等)並びに無断複製物の譲渡及び配信は、著作権法上での例外を除き禁じられています。また、本書を代行業者等の第三者に依頼して複製する行為は、たとえ個人や家庭内の利用であっても一切認められておりません。
定価はカバーに表示してあります。落丁・乱丁はお取り替えいたします。

ISBN978-4-7584-3372-3 C0193 ©2008 Ueda Sayuri Printed in Japan
http://www.kadokawaharuki.co.jp/ [営業]
fanmail@kadokawaharuki.co.jp [編集] ご意見・ご感想をお寄せください。